贵州地质文学艺术联合会◎著

铿锵脚步

贵州地矿奋进十年报告文学作品集

贵州出版集团
贵州人民出版社

图书在版编目（CIP）数据

锵锵脚步：贵州地矿奋进十年报告文学作品集/贵州地质文学艺术联合会著. —贵阳：贵州人民出版社，2023.9

ISBN 978-7-221-17763-6

Ⅰ. ①铿… Ⅱ. ①贵… Ⅲ. ①报告文学–作品集–中国–当代 Ⅳ. ①I25

中国国家版本馆CIP数据核字(2023)第144213号

KENGQIANG JIAOBU——GUIZHOU DIKUANG FENJIN SHINIAN BAOGAOWENXUE ZUOPINJI

铿锵脚步——贵州地矿奋进十年报告文学作品集

贵州地质文学艺术联合会 著

出 版 人 朱文迅
策划编辑 刘向辉
责任编辑 杨进梅
装帧设计 陈 晨
责任印制 蔡继磊
出版发行 贵州出版集团 贵州人民出版社
地 址 贵阳市观山湖区中天会展城会展东路SOHO公寓A座
印 刷 深圳市新联美术印刷有限公司
版 次 2023年9月第1版
印 次 2023年9月第1次印刷
开 本 787毫米×1092毫米 1/16
印 张 25
字 数 372千字
书 号 ISBN 978-7-221-17763-6
定 价 98.00元

《铿锵脚步——贵州地矿奋进十年报告文学作品集》

创作领导小组

组　　长：陈代军

副 组 长：周万强　朱春孝　张　淼　周　琦

成　　员：何毓敏　李开红　王秋生　陈国勇　张　林　况顺达

创作领导小组办公室

主　　任：何毓敏

副 主 任：龚章河

成　　员：王　琴　詹海燕　杨姗姗　叶章青

创作组

【能源资源保障板块】

领　　题：何毓敏

配合单位：地　勘　处　101 地质队　102 地质队　103 地质队

104 地质队　105 地质队　106 地质队　108 地质队

113 地质队　114 地质队　115 地质队　117 地质队

【生态文明建设板块】

领　　题：王　琴

配合单位：科　技　处　地　勘　处　环　工　处　101 地质队　106 地质队　109 地质队　111 地质队　112 地质队　114 地质队　117 地质队　环　境　院　地　调　院　实　验　室

【服务经济社会发展板块】

领　　题：詹海燕

配合单位：地　勘　处　环　工　处　108 地质队　111 地质队　测　绘　院　环　境　院　地　调　院　装备中心

【科技创新和成果转化板块】

领　　题：龚章河

配合单位：地　勘　处　108 地质队　114 地质队　测　绘　院　地　调　院　实　验　室　地矿集团

| 序 |

十年奋进的铿锵脚步

陈代军

不忘初心步铿锵，踏遍高原探宝藏，服务社会担责任，十年奋进写华章。

党的十八大以来的十年，是贵州后发赶超、跨越发展的“黄金十年”，也是贵州地矿事业高质量发展的十年。十年开拓奋进，十年脚步坚定，贵州地矿儿女坚守初心使命，肩负责任担当，矢志找矿报国，切实服务社会，历程光荣，成果丰硕。

贵州地质文联精心策划、组织创作的《铿锵脚步——贵州地矿奋进十年报告文学作品集》，将笔触瞄准火热的地质工作一线，全方位、多角度、多侧面反映贵州地矿事业十年奋进的峥嵘岁月，展现服务贵州经济社会发展的重大贡献，展示服务能源资源安全、生态文明建设、经济社会发展以及科技创新取得的重要成果，生动记录、激情讴歌贵州地矿儿女在黔中大地找矿报国、服务社会的高尚情怀和时代风采，主题鲜明，内容丰富，朴实无华，生动感人。

全书收录的36篇报告文学作品，充分体现了文学性、真实性、政论性。文学性上，采取比喻、拟人、对偶、衬托等文学手法，艺术性地展现了十年奋进的坚实步伐，深情礼赞了找矿报国的炽热情怀。真实性上，生动记录了十年奋斗的艰辛岁月，全景再现了十年奋进的累累硕果。政论性上，突出彰显了地质工作的职能定位，深刻阐述了地质事业的重要作用。阅读一篇篇作品，仿佛聆听到党旗指引下地矿儿女十年跋山涉水、十年开拓创新的激昂足音。

能源资源保障板块的10篇作品，瞄准十年群星闪耀般找矿成果中的亮点，翔实记录了全省重点矿产资源大精查和毕节试验区优势矿产资源大普查中，取得以黔东锰矿、大湾磷矿、小院铝土矿、猪拱塘铅锌矿、黔中和务正道铝土矿、金沙矿泉水为代表的重大找矿成果，生动展现了周琦等一批地质专家胸怀祖国、脚踏高原辛勤找矿的感人故事，热情颂扬了全局地质技术人员跋山涉水、找矿报国的奉献精神。

生态文明建设板块的10篇作品，详尽记录了全局全面贯彻习近平生态文明思想和新发展理念，从传统地质找矿向民生地质、生态地质、绿色地质找矿转变，在赤水大同河流域、纳雍鬃岭煤矿区等地探索推进生态保护修复、地质环境治理的生动实践和治理实效。情景再现全局干部职工心系民生打井抗旱、地质灾害防治等方面的动人故事，呈现了地矿人由金山银山勘探者到绿水青山修复者的时代形象。

服务经济社会发展板块的9篇作品，详细记录了大写地矿担当、彰显服务社会功能取得的突出成就。从实施省域旅游资源大普查到46项公益地质技术服务，从耕地质量调查助力农业现代化到第三次国土调查，从1：5万区域地质调查到装备中心走出一片新天地，从环境监测院开展贵州地质灾害自动化监测到111地质队为中国天眼（FAST）提供地质技术支撑，一个个生动的人物、鲜活的故事，生动反映了我局十年来以服务保障地方经济社会发展为主线，服务贵州经济社会发展战略和重大需求，打通地质工作服务政府、社会的“最后一公里”的责任担当。

科技创新和成果转化板块的7篇作品，集中展示了我局坚持科技是第一生产力，推进科技创新和成果转化运用取得的重要成果。从固体矿产全流程数字勘查到建成全国首个省域“玻璃国土”，从找矿理论突破到打造科技创新平台，从开拓浅层地温能产业到地质科普走进寻常百姓家，彰显了地质科技工作者不懈探索、敢为人先的科学品质。

文化是民族的血脉，也是一个行业发展深沉而持久的力量。加强地矿文化建设，大力弘扬“三光荣”精神，热情赞颂和宣传贵州地质事业发展的新业绩、新成就、新风尚、新典型，是十分重要而光荣的任务。

新时代呼唤新作为，新征程需要新奋斗。

登山则情满于山，观海则意溢于海。期待全局文艺骨干和文学爱好者，肩负“举旗帜、聚民心、育新人、兴文化、展形象”光荣使命，苦练脚力、眼力、脑力、笔力，深入基层，深入一线，深入群众，与时代同频，与人民同行，将我们的笔、我们的镜头瞄准火热的地质生活，聚焦蓬勃的地质一线，创作一批批紧扣时代脉搏、反映时代声音的精品力作，为地质事业赞歌，为先进典型立形，激发昂扬奋斗之志，凝聚开拓创新之力，为助推贵州地质事业高质量发展，服务谱写多彩贵州现代化建设新篇章，提供强大而持久的精神文化力量。

（作者系省地矿局党委副书记）

目 录

能源资源保障

生态文明建设

服务经济社会发展

科技创新和成果转化

能源资源保障

寻锰大突破

詹海燕　杨胜鸿　姚远杰

2021 年金秋时节，从首都北京传来喜讯，由省地矿局首席科学家周琦领衔的贵州省锰矿资源预测评价科技创新人才团队脱颖而出，荣获中组部、中宣部、人社部和科技部联合授予“第六届全国专业技术人才先进集体”称号，成为受表彰的 97 个专业技术人才先进集体之一。

寻锰、探锰，省地矿局为突破我国锰矿找矿困局，组建锰矿创新团队潜心开展科技攻关，久久为功，捷报频传。近十年来，贵州新增锰矿石资源储量 7.37 亿吨，新发现的超大型锰矿床约占全球总数的三分之一，实现了我国锰矿找矿大突破，有力保障了国家锰资源安全，谱写了贵州地矿人新时期地质找矿大突破的辉煌乐章。

“大塘坡”锰矿——找矿实践经验总结

说到锰矿找矿，就离不开黔渝湘“锰三角”，就必须回顾“大塘坡”锰矿。

“大塘坡”锰矿位于黔东武陵山区，青山葱茏，绿水竞秀。处于中国第 2 阶梯与第 3 阶梯过渡带的武陵山脉，是连接中原与西南的重要纽带，这里蕴藏丰富的矿产，锰、汞、重晶石等矿产储量居全国第一。

20 世纪 50 年代末，铜仁松桃组织千余名村民在寨英镇大塘坡铁矿坪开采“铁矿”准备大炼钢铁，因为当地有一种黑石头形似铁矿，便拿来炼铁，但无论怎样总是炼不出铁。于是，他们向省地矿局103地质队求援，该队派出李伯皋主任工程师等人现场踏勘。经过查验，这种黑石头不是铁矿，而是氧化锰矿。

贵州“大塘坡”锰矿找矿由此发端。

1960年至1962年，103地质队对大塘坡铁矿坪锰矿进行普查，首次提交锰矿C级储量222万吨。在普查过程中，发现原生碳酸锰矿，证实在大塘坡铁矿坪有沉积型碳酸锰矿的存在，并正式命名为“大塘坡式”锰矿。

黔东及毗邻地区南华纪“大塘坡式”锰矿就这样被发现了。大塘坡锰矿于1967年完成详查地质工作，因种种原因直到1988年底才完成初勘工作，前后历时整整30年。

贵州松桃大塘坡锰矿的发现，引起了毗邻的四川、湖南地勘部门重视。他们分别派人前往现场考察学习，随后发现湖南花垣民乐锰矿和重庆秀山小茶园锰矿。与此同时，省地矿局108地质队在松桃发现了大屋锰矿床。

1966年的盛夏，103地质队高兴基、徐承明等人在松桃大屋锰矿做普查工作，沿大塘坡组底部含锰层位向西追索。走到杨立掌村时，他们到溪边喝水，忽然发现河中砾石多被黑色薄膜覆盖。这黑色薄膜从哪里来的？善于凡事问个为什么的高兴基没有放过这个问题，他们追本溯源，发现大量碳质页岩碎片间夹少量菱锰矿碎片，进一步追溯发现原生锰矿层。就这样，著名的松桃杨立掌锰矿床被发现了。

通过不断探索、研究与勘查实践，高兴基等人总结出指导黔东及毗邻区南华纪“大塘坡式”锰矿找矿的厚度、方向性与等距性、岩相组合三大规律。这是贵州铜仁及毗邻地区锰矿找矿理论认识上的第一次突破，它指导发现和评价了一批露头或半隐伏的锰矿床。

随着几个主要锰矿床陆续被发现并逐步探明资源量，“大塘坡式”锰矿床逐渐成为我国重要的锰矿床类型之一，奠定了黔、渝、湘“锰三角”的格局——我国第二大锰业基地诞生，黔东成为我国最重要的锰矿富集区和锰工业基地。至2008年，在黔、湘、渝毗邻地区相继探明资源量超过亿吨，其中103地质队在黔东地区提交7000余万吨。

“气液喷溢沉积型锰矿床”——原创理论突破

无锰不成钢。锰（Mn）是一种银白色脆性金属，不能单独构成结构材料使用，但它是钢铁工业的基本原料。锰广泛用于冶金、化工、轻工、医药、机械、国防、通信、农业等，而且锰也是新时代高端装备制造、新能源汽车、新材料等战略性新兴产业不可缺少的关键矿产资源之一。

进入“十一五”以来，国家对锰矿资源量的需求迅速上升，供需缺口不断加大。随着黔东及武陵山区地表锰矿尽数被发现，在原有找矿实践基础上总结出的找矿规律面临新挑战，难以指导和帮助圈定新的找矿靶区。黔东锰矿保有资源储量出现严重负增长，到1998年底，黔东地区主要锰矿山服务年限不足10年，迫在眉睫的是需要解决后续的锰矿资源供给问题。

深埋在大山地底的锰矿在哪里？黔东锰矿还有没有？到哪里去找？问题一个接一个地摆在省地矿局锰矿团队的眼前。

周琦作为该团队的领衔人，在人们认为黔东已没有锰矿的低迷情绪中，他从未放弃在黔东找锰的决心和信心。

1981年被分配到103地质队锰矿科研组工作的周琦说他很幸运，“一开始工作遇到的就是锰矿”。17岁的他跟随前辈进深山、下矿洞，自此踏上四十余年的寻锰之路。

在武陵山区特别是大塘坡地区寻找锰矿的过程中，周琦发现，很多奇怪的现象说不清楚，比如锰矿体中的沥青球现象、底辟构造。“沥青是怎么跑到锰矿里来的呢？这两者在传统理论中不搭界嘛。”为了搞明白这件事，每到节假日，周琦就会去公路边或者坑道中观察锰矿，还通过素描将它们的形态画下来，引得旁人笑他太痴。

1999年省地矿局锰矿团队申报获得了一项首批国土资源大调查项目

“贵州铜仁—松桃地区锰矿资源富集区评价”。按照传统理论设计方案，项目进行得并不顺利。连续两个钻孔无矿，对团队来说是沉重的打击。

没有搞头了，还找什么矿。周琦比团队任何人压力都大。尽管如此，周琦依然坚信黔东武陵山区还有锰矿，只是找寻的理论方法不对。因为那时，周琦发现锰矿的出现是有规律可循的，并非像传统理论说的那样。

“但为什么没找到矿呢？想来想去，我觉得这是因为自己相关专业知识不足。”带着疑问和“充电”的渴求，周琦以优异的成绩考上中国地质大学（武汉）硕士研究生、博士研究生，研究课题还是锰矿成矿过程。

为解决深部找矿面临的技术难题，从2000年起，省地矿局与中国地质大学（武汉）协同创新，汇集各部门专家、教授和地质科技人员组成产学研创新团队，依托全国工程教育实践中心这一平台，在黔东地区开展锰矿成矿理论和深部找矿方法技术研究。

2005年，当时还在读博的周琦参加了全国第三次沉积学大会。“当听到台上学者讲到现代海底天然气渗漏形成冷泉碳酸盐岩时，我发现其沉积构造、化学特征等和6亿多年前的锰矿何其相似！”周琦说。于是他沿着这一思路，在导师指导下，于2008年在其博士毕业论文中提出了一种全新的锰矿成矿理论——古天然气渗漏沉积成锰理论。他提出，形成锰矿的物质主要来源于地幔。锰和烃类气体、流体融合在一起从地幔涌上来，在裂谷盆地、断陷盆地等中心区域沉积成矿。

这一思路，打破了锰矿传统成矿理论的固有模式。挑战传统，敢于说“NO”，毫无疑问，不仅需要深思熟虑，而且需要巨大的勇气，同样还需要事实来证明，证明周琦不是异想天开，不是信口而来。

随后的两年，他们在大塘坡锰矿区，相继发现3个南华纪早期的气液喷溢口，并构成了1个喷溢口群，他的这一原创理论从而得到实地印证。证明形成锰矿的物质主要来自地幔，这也揭开了锰矿中含有沥青的谜底——沥青可能是古天然气渗漏沉积成锰过程中的伴生产物。

并非外生沉积，而是内生外成。锰矿古天然气渗漏沉积成矿系统与成矿模式，突破了国际上锰矿“外生外成”传统成矿理论的束缚。经过不断地打磨，如今周琦和他的团队终于建立起一套较为完善的锰矿气液喷溢沉积成矿新理论，并依据此理论创建了一个新类型的锰矿找矿勘查技术体系。国内陈毓川、翟裕生、侯增谦、毛景文、汤中玉、常印佛等院士都对此给予了充分肯定。

气液喷溢沉积型锰矿床这一原创成矿理论的突破，是从实践总结到理论创新的升华。这一发现，让团队找到了深部锰矿宝库大门的钥匙。自此，南华纪锰矿地质找矿拨云见雾，在新的原创理论支撑下，深部隐伏新类型锰矿成果喜讯频传。

“三位一体”到“整装勘查”——勘查机制创新

2010 年 6 月，为加快锰矿找矿进程，按照“公益先行，商业跟进，基金衔接，整装勘查，快速突破”和“找新区、挖老点、上专项、依靠科技和人才”的总体思路，贵州省率先实施了铜仁地区锰矿整装勘查。

早在 2008 年 8 月，为改变铜仁锰工业发展资源不足的现状，省地矿局与铜仁地区行署在全省探索建立了地方政府、地勘单位、企业“三位一体”的矿产资源合作勘查新模式，此举，当时被誉为国土资源部和行业找矿突破的“铜仁模式”，开创了贵州地质找矿合作勘查的先河，得到了省国土资源厅的大力支持，受到省政府的高度肯定。

2012 年为贯彻落实国家“358”找矿战略行动，按照省“246”找矿战略行动部署，省地矿局认真组织实施贵州铜仁松桃锰矿整装勘查工作，积极推广使用新技术新方法，大力引进和运用国内外先进的地质勘查设备，局、队共投入资金 1000 余万元，引进了加拿大 V8 多功能电法工作站、美国 EH4 连续剖面电导仪等物探设备和动力头液压岩心钻机、RTK 多功能全站仪、ICP 等离子发射光谱和多元素矿石快速分析仪等先进设备，并集中 103 地质队、112 地质队、101 地质队和地调院等单位约 500 名地质工程技术人员和35台钻机，联合作战、协同攻关，在武陵山麓开展了地质找矿快速突破的大会战。“这是一场很多年未见的大会战”，时任103地质队党委书记、队长的尹森林回忆道，“多部门、多兵种整体快速推进，得益于省地矿局党委和铜仁地委行署的高度重视和统一组织协调。”

负责牵头的103地质队按照编制的《铜仁地区锰矿资源整装勘查专项规划》，加强综合研究，以最新理论为指导加快理论验证工作。

尽管依托传统理论并不能找到锰矿，但是能否依靠创新的原创理论找到矿又成为许多科研人员心中的疑问。

“正是‘三位一体’铜仁优势矿产资源合作勘查为原创理论从‘探索阶段’到‘实践阶段’提供了契机。”回想当年，那时周琦并不轻松。他决定直接运用刚刚形成的锰矿成矿新理论和模式，开展锰矿的找矿预测，进行风险验证。“在这个战略合作平台上，我作为合作勘查指挥部的指挥长兼技术总负责人，最重要的任务就是能在深部找到锰矿。”

任何新事物的接受都需要一个过程，真金需要火炼。新的成矿理论能否经受住实践的检验，能否找到矿、找到好矿、找到大矿是唯一检验标准。

一场传统理论和原创理论之间的对决正式拉开。一开始，两拨人各持己见，面对设计图纸，他们常常争论僵持不下。周琦创立的锰矿成矿新理论，突破了国际上传统的锰矿外生沉积理论的长期束缚。这是不是“金刚钻”？每个人都在心里画了个问号。

两种思路，面对深部找矿传统理论一次次失败的实践，原创理论开始得到认可。新的科技、新的理论支撑和指导拨开了地质找矿的云雾。然而，原创理论实践并非一帆风顺。

合作勘查的头一年，首先选择西溪堡外围作为切入点。时任103地质队总工程师覃英回忆：“布了4个钻孔，4个钻孔全部落空。”

原创理论面临着一场前所未有的考验。那一刻，局党委给予周琦最大的支持。

周琦率领科研团队，反复思考运用气液喷溢沉积型锰矿床成锰理论，对西溪堡外围锰矿找矿重新作出调整部署，制定了“先东西，后南北”的总体技术路线。从 2010 年 4 月起，在西溪堡外围重新调整布置施工的 10 个钻孔连连见矿，锰矿找矿工作终于柳暗花明。

安正泽是松桃道坨锰矿整装勘查项目组负责人。通过西溪堡外围见矿的启发，对道坨找矿充满了信心。

“这个区域深部具有隐伏成锰盆地，可以用钻探方式对深部进行追踪验证。”他们的想法和建议得到了大队的支持。2010 年 9 月的一天，通过填图、读图及找矿自然信息等，他们布下了首个钻孔。

两个多月，对项目组来说很难熬。

“773.15 米，奇迹终于出现，见矿了。”

听到消息的周琦赶赴矿区，按捺不住心中的喜悦：“锰矿有 5 米多厚，主要是块状矿，结构细腻，肯定是一个大矿。”

“但当时还不敢讲，因为之前没找到过这么大的矿。完全不被看好的盲区首孔见矿，真是个奇迹，让人不可思议。”安正泽回忆说。

迈向快车道——锰矿找矿取得大突破

2012 年 2 月，时任国土资源部党组书记、部长的徐绍史深入贵州铜仁松桃锰矿整装勘查区现场考察，对贵州黔东锰矿取得的成果给予充分肯定和高度评价。2012 年 9 月，铜仁市的松桃地区列入了全国第二批锰矿整装勘查区，自此，地质找矿迈向了快速推进、快速突破的崭新航程。

十年来，周琦率领的锰矿科研团队，运用原创的气液喷溢沉积成锰新理论，攻克了深部锰矿找矿预测关键技术难关，先后在铜仁松桃县境内新发现 4 个世界级隐伏超大型锰矿床和 1 个特大型富锰矿床，贵州锰矿资源位居亚洲第一，新发现的超大型锰矿床数约占全球总数的三分之一，改变了我国锰矿在世界的格局，维护了国家资源安全。

——道坨，第一个超大型锰矿的发现。道坨，这个在贵州版图上不起眼的小地方，大自然赐予了这里山势雄伟，坡陡谷深，群峰高耸，溪流纵横。谁也不曾想到，这个自古以来以农业生产为主，经济欠发达，不引人注目的偏僻之地，竟然发生了奇迹！

2010 年 9 月，松桃道坨首孔成功，探获深部隐伏厚达 5.6 米的锰矿体。攻深找盲首孔见矿，让人不可思议，让 103 地质队人惊叹不已。截至 2013 年底，该矿区普、详查工作全面结束，2014 年编制提交《贵州省松桃县道坨锰矿详查报告》，提交锰矿资源量 1.42 亿吨。此一举突破了我国锰矿找矿久攻不克的困局，取得了我国锰矿找矿 40 多年来的重大突破。该矿床为全隐伏超大型锰矿床，2013 年荣获中国地质学会全国十大地质找矿成果，谱写了共和国锰矿找矿历史上的新篇章。

面对该队建队历史上率先发现这一超大型锰矿，项目负责安正泽兴奋不已，他坦率地说，这是秉承大队高兴基、王华云等老一辈地质工作者研究思路，在以周琦原创的气液喷溢沉积成锰理论为支撑和指导下，而取得的不同寻常、令人振奋的成果。

——普觉，亚洲第一锰矿床的诞生。普觉距平头乡政府不到 2 公里，距松桃县城不到 30 公里，距渝怀铁路 20 来公里。这里峰峦相叠，植被发育，青山绿水。山连着山，村连着村，炊烟缭绕，每次来到这里，总给人留下美丽乡村的美好回忆。

2010 年，103 地质队委以张遂重任，让他担任西溪堡项目负责。张遂这位贵州沿河土家汉子性格豪爽，长年在野外一线开展锰矿找矿工作，是一位不折不扣的硬汉子。

项目部在时任省地矿局总工程师周琦的关心与指导下，运用锰矿气液喷溢沉积成矿系统模式和深部找矿预测模型理论方法进行找矿预测，圈定锰矿找矿靶区。通过岩相剖面测量，在不同的点上取样，进行锰铬比值测试分析发现，西溪堡地区的锰矿体呈从南东向北西、由薄到厚的走向，分别在太平、下院子、平土得到了印证。这让 103 地质队项目部更加坚定了在这里实现找矿突破的信心和勇气。2012 年西溪堡地区上升为国家级锰矿整装勘查重点区，找矿成果越来越好，实现重大找矿突破。

2015 年 8 月，西溪堡外围松桃普觉锰矿普查、详查全面结束，2016 年 12 月，提交备案的锰矿石资源量 1.92 亿吨。普觉锰矿床为亚洲第一、世界第五的超大型锰矿床。

这一巨大的收获，让张遂和项目部的队员们喜出望外，脸上挂满了灿烂的笑容。

——桃子坪，又一超大型锰矿床被发现。桃子坪超大型锰矿床处于完全的隐伏区，2012 年发现并列入了第二批国家级锰矿整装勘查区。该矿床是在普觉超大型锰矿床实现重大突破的基础上，探边摸底，继续扩大战果，通过成果转化和商业勘查，于 2016 年提交的又一个超大型锰矿床。

桃子坪与松桃普觉超大型锰矿床毗邻。这里山清水秀，民风淳朴，千百年来，土家族村民日出而作，日落而息，谁也没有想到地底深处会隐伏着一座超大型锰矿。

2013 年 3 月组建的由杨胜堂担任项目负责的项目部，5 月布设两个钻孔施工，先后终孔见矿。其中一孔见矿厚达 14 余米。桃子坪勘查旗开得胜。从当年 10 月起，10 多台钻机云集桃子坪，勘查区呈现一片热火朝天的壮丽景观。时任大队总工程师王佳武兴奋不已，决心再找出一个大矿来。

不出所料，桃子坪地质找矿突破竟然奇迹般地出现了，到 2015 年 10 月，普、详查结束，2016 年提交资源量 1.06 亿吨。第三个超大型锰矿花落桃子坪，且是那么绚丽耀眼。面对这一奇迹，接任项目负责的尹廷龙和担任技术负责的赵爽、吴桂武，他们从大学毕业来到 103 地质队这几年，就发现了这个超大型锰矿，他们打心底激动、自豪！

——高地，既是我国首个特大型富锰矿又是超大型锰矿。

“看，这是富矿的标志，只要有这个气泡状构造，品位至少 25%。”张遂手拿一段矿芯，尽管这是 2014 年施工的钻孔，他依然掩饰不住内心的激动。从他激昂的话语中，似乎又回到当年在高地忙碌的奋战中，山谷间钻机阵阵轰鸣也许还在他耳畔回响。

高地锰矿是第二批国家级锰矿整装勘查区，为松桃县冷水镇、乌罗镇所辖。这里一座山连着一座山，一望无际，显得格外气势磅礴，让人心旷神怡。

高地锰矿于2014年初发现，2014年4月启动实施勘查，该矿区处于完全的隐伏区，在项目部全体同志努力下，为实现找矿的突破，凭着坚定不移的追求和梦想，终于不负众望。ZK2715钻孔，分析化验最高品位达32.69%，锰矿厚度14.95米。消息传来，厚大的高品位矿让大家兴奋得欢呼雀跃，几乎要将屋顶掀翻了。

如此厚大的高品位矿在贵州锰矿史上是首次出现的奇迹，打破了过去对贵州锰矿“既贫又薄”的认知。过去人们普遍认为贵州锰矿价值不高，即“品位低，一般14%左右”“矿体厚度薄，一般1~2米”等。ZK2715这一钻揭露了矿体的中心，厚富矿体为气液喷溢沉积型锰矿床增加了新的依据，因而日臻完善。由此，“中心相”“过渡相”“边缘相”的锰矿体结构生动地呈现出来。

高地锰矿自2014年至2017年底结束野外详查工作。2020年列入贵州省首批实施的重点矿产资源大精查项目，2021年提交勘探资源量1.76亿吨。该队党委书记舒多友说他与班子都没有想到，土地面积仅27.45平方公里的高地，竟然在这里刷新了地质找矿重大突破的三个奇迹：在这里新发现了1.76亿吨的世界级第四个超大型锰矿；在这里蕴藏着富锰矿0.76亿吨，成为我国首个特大型富锰矿床；在这里施工钻孔34个，除一个构造控制孔外，见矿33个，这在103地质队地质找矿史上为之少见。

至此，在铜仁松桃县境内新发现4个世界级隐伏超大型锰矿床和1个特大型富锰矿床等，新发现的超大型锰矿床约占全球总数的三分之一，贵州锰矿资源储量跃居了全国首位，跃居亚洲第一，改变了我国锰矿资源勘查开发格局及世界超大型锰矿床主要分布在南半球的格局。黔东成为中国锰矿资源最丰富的地区和新的世界级锰矿资源富集区。

——贵州遵义二叠纪锰矿找矿实现突破。团队将南华纪新类型锰矿勘查理论技术体系，推广应用到贵州遵义二叠纪锰矿国家整装勘查区找矿。

刘志臣是锰矿科技创新人才团队核心成员，看着文质彬彬，工作中却有一股子韧劲。2015 年 7 月，102 地质队以刘志臣劳模创新工作室为依托，形成了矿产资源科技创新人才团队。

经过细致周密的勘查工作，团队在谢家坝锰矿找矿靶区，部署施工了 5 个钻孔均揭露了隐伏富锰矿，估算了富锰矿潜在资源量 1819 万吨，提交富锰矿床一个；大窝锰矿找矿靶区部署施工了 1 个钻孔，也揭露了隐伏锰矿，取得了重大的找矿新发现。

据刘志臣介绍，通过开展深部找矿预测研究发现新的锰矿成因证据，攻克了制约贵州二叠纪遵义锰矿的“隐伏矿体找矿预测”这一核心技术难题，102 地质队由此建成了自然资源部基岩区矿产资源勘查工程技术创新中心二叠纪锰矿勘查技术研发基地。

该队在遵义锰矿区域新发现隐伏大型锰矿床 2 个，中型锰矿床 1 个，新增锰矿资源量 7700 万吨，潜在经济价值约 200 亿元。新发现的遵义锰矿资源量有了历史性的重大突破！且探获了遵义锰矿区域有史以来品位最高、厚度最大的全隐伏锰矿。遵义锰矿也被列为“十四五”国家能源资源基地之一。

科技创新攻关——矿产勘查与大数据融合试点成功

站在地质科技前沿，锰矿团队领衔人周琦敏锐地意识到勘查工作与大数据发展融合的重要性。在局党委的支持下，把地质科技创新提升到影响全局发展高度，深入实施大数据战略，推进地质工作与大数据融合发展。

2017 年在锰矿勘查项目上率先进行数字勘查探索，通过贵州省科技支撑项目“锰矿勘查与开发大数据管理与智能处理系统研发应用”，以及局重大科研项目“黔东北若干超大型锰矿床三维地质建模与数据挖掘”，以黔东高地——道坨超大型锰矿为试点，103 地质队与该领域国内一流研发团队中国地质大学（武汉）地矿信息科技研究所等开展产学研合作，研发锰矿数字勘查信息系统。

“局党委非常重视，在全国率先开展固体矿产数字勘查，成立研发团队，开展产学研合作创新，实现了矿产勘查从普查到详查、勘探全过程数字化。”周琦介绍。

面对新的数据采集方式，很多同志不太理解，时任局总工程师周琦亲临矿区现场指导时鼓励大家：“野外数据采集就像修房子，首先要打好地基，数据录入完整，只有地基坚如磐石才能在上面建成高楼大厦。”

103 地质队年轻的技术骨干沈红钱切身感受数字勘查的便利，通过实施数字勘查，去掉了纸笔，“老三件”加上了平板电脑、便携机、智能手机“新三件”，不但以前的苦恼一去不复返，而且勘查数据的质量和完整性也得到了保证。

2020—2021 年实施的贵州省松桃县高地锰矿大精查，首次运用数字勘查技术，实现了矿产勘查从野外数据采集、数据存储、管理和综合整理，到地质图件编绘、三维地质建模。资源量估算全过程的数字化、信息化、智能化，使得勘查工作流程规范化，工作内容标准化。工作成果的数字化，为锰矿深层次成矿信息的挖掘和提取提供基础，为基于地质大数据的成矿规律认知和矿床预测奠定坚实的基础，为矿山开发利用提供数字化和可视化的勘查资料。

通过不断的努力和探索，最终形成了一套固体矿产数字化勘查体系，成功实现了矿产勘查过程中无纸化的流程。录入历史上形成的原始数据、勘查报告等各类勘查资料，建立勘查数据库，实现各类图件及表格的自动化编绘，实现了多方法储量计算和编图一体化，储量估算结果更加精确和可靠，实现地质统计学方法估算误差在 3% 以内，传统几何法误差在 1% 以内的好成绩。

研发团队利用计算机三维可视化信息技术，建立矿床地质空间精细三维地质模型，实现矿区地上—地下、地质—地理、结构—属性一体化的矿床精细、全息三维地质空间模型，快速、动态、精细地表达矿区地层、构造、矿体等空间特征，为开展基于三维地质模型和地质大数据的成矿预测，以及后续矿山采矿设计、数字矿山建设、矿山生产管理提供了数据支撑和技术支撑。

通过“实践—认识—再实践—再认识”这一过程，锰矿气液喷溢沉积成矿理论和新类型隐伏锰矿找矿预测关键技术逐步完善。一个个超大矿床的发现震惊业内，一组组资源量数据激动人心。团队的科学研究和找矿实践成果，不仅解决了贵州深部隐伏锰矿找矿的关键科学技术难题，还取得了我国锰矿找矿大突破，重构国家锰矿资源格局，避免了这一战略紧缺矿产资源被“卡脖子”的风险，为维护国家锰资源安全做出了重大贡献。

有着黔东门户之称的铜仁松桃是革命老区，早在 1934 年，红军就在松桃这块热土上建立了红色苏维埃政权。而今，因为有“锰”而兴“锰”，资源优势正在转化为经济优势，以往的偏僻荒山已耸立起座座厂房，深部锰矿资源得到开发利用。以丰富的锰矿资源为支撑，“贵州省铜仁市新型功能材料战略新兴产业集群”成为国家批准建设的首批国家战略新兴产业集群，为贵州实施新型工业化战略，大力发展新能源电池和新材料产业奠定了坚实基础，为该地区脱贫攻坚与乡村振兴注入强大动能。

寻锰之路奏凯歌。在国家新一轮找矿突破战略行动实施之际，相信地质工作者们将继续把论文写在祖国大地上，努力保障国家能源资源安全，在寻锰的道路上走得更加坚实而长远！

小院绽铝花

何毓敏　何　健　包崇博

2022 年初夏。

115 地质队一间办公室，陈群研究员站在一张地质图前，久久凝视图中央一个图形，一个轮廓酷似“机器狗”的图形，仔细查看图形中密密麻麻标注的圆点、编号、符号。他拿起铅笔，在“机器狗”上画了一个圈，脸上绽放喜悦的笑容：“真是夜郎无闲石，黔中多宝藏。”

这个“机器狗”图形，就是贵州省重点矿产资源大精查中，历时一年多时间，取得黔中地区 20 年来铝土矿重大找矿突破的清镇小院铝土矿勘查区。

找矿获突破，小院绽铝花。2000 多万吨优质铝土矿资源量，如一束璀璨夺目的铝花，绽放在黔中大地，陈群怎能不喜上眉梢！

2021 年春，省地矿局党委提出建议并获得省政府批准实施的贵州省优势矿产资源大精查，正在如火如荼展开。局党委研究认为，铝是国家战略性矿产，贵州是铝资源丰富的省份，但最近 20 多年来黔中地区没有大的铝土矿找矿成果，曾获地质部“地质找矿功勋单位”称号的 115 地质队，20 世纪七八十年代一直战斗在黔中地区，勘查探明了全国闻名的猫场大型铝土矿，对该地区有丰富的认识和经验。省地矿局决定由 115 地质队提供黔中地区铝土矿勘查靶区，申报全省大精查项目。局地勘处处长陈国勇组织相关专家指导靶区筛选，经过专家论证、立项报告初审，进入最关键一步——划定空白区坐标。

转眼来到2021年4月。时任省地矿局总工程师周琦的办公桌上，摆着一张图纸，矿区林立的中间，有一块空白区，周琦和115地质队原总工程师、研究员陈群的眼睛，紧紧盯着这片空白区，反复研究，反复琢磨，最后果断划定空白区坐标范围，向省里提交了立项报告。

“开标了吗？情况如何？”为确保项目万无一失，省地矿局党委委员、副局长朱春孝，对立项、设计、报告编制每个环节都十分关注，投标过程中更是十分关心，多次电话询问。2021年5月26日传来喜讯，115地质队凭借最优、最科学的设计方案，从众多投标单位中脱颖而出，一举中标。

中标了，谁来领军？115地质队党委班子立即召开会议，研究商量项目负责人。大家意见高度一致，党委书记刘川勤当场宣布：陈群担任项目负责人。

70年代初出生的陈群，1991年参加工作来到115地质队时，轰轰烈烈的猫场铝土矿勘查大会战已近尾声，虽然没赶上野外大会战，但后期资料汇总、成果编制的“后半篇文章”同样重要，他立刻参与其中，对黔中地区铝土矿成矿规律有了初步认识。之后，他一直潜心从事铝土矿勘查工作，2011—2013年，还带领18名技术人员走出国门，开赴柬埔寨，勘查探明3亿多吨铝土矿。经过国际国内的丰富历练，陈群对不同地区、不同类型的铝土矿成矿规律有了全面认识，拓宽了视野。正是基于这样深厚的研究，在《贵州矿产地质志》研编时，他大胆把小院列为重点靶区。也正是基于这样的积淀，大队党委把项目负责的重任交给了陈群。

中标后，队党委立即成立指挥部，党委书记刘川勤任指挥长，队长邹志鸿、总工程师金波等任副指挥长。大队派出精兵强将，做到精锐尽出，并迅速成立小院项目部。六一儿童节当天，刘川勤、邹志鸿和同志们一起，到小院勘查区选择项目部住址。勘查区内房屋很少，唯一合适的是曾创办过幼儿园的一栋老旧废弃房屋，刘川勤看了看，果断地说：“今天是六一儿童节，眼前是过去的幼儿园，培养的是祖国的希望，你们是黔中铝土矿找矿的希望，就这里了！”

项目部驻地选定后，70 多人的地质、钻探、水工环、测绘技术人员浩浩荡荡开进矿区，下设备、搬行李，望着生龙活虎、斗志昂扬的同志们，陈群心里既高兴也深感压力巨大。高兴的是，115 地质队承担的第一个省级大精查项目正式启动，局党委、队党委高度重视，局大精查办、地勘处专家悉心指导，自己对脚下这片空白区成矿规律心中有底，对靶区的找矿前景充满信心。感到压力的是，时间紧，任务重，规范要求高，而且没有大精查项目实战经验，更关键的是从传统地质勘查转型数字勘查，这是大姑娘上轿——头一回。

当天晚上，大家都睡了。陈群辗转反侧，怎么也睡不着。他索性翻身下床，把图纸铺在简易办公桌上仔细研究，从技术环节到工作过程，逐项缜密思考。技术方面，周围矿权林立，全都发现矿体，但脚下这片空白区是一片处女地，未见铝土矿露头，如果下面有矿，一定是隐伏矿，采取什么手段达到找矿目标是最大的技术难题。工作方面，大精查项目使用的是省级勘查基金，规则非常明确，如果 2~3 个孔不见矿，项目就要叫停终止，如何布好第一批钻孔，至关重要。

第二天，他找来地质、钻探技术人员一起认真研究，并在局大精查办指导下，根据区域找矿规律研究成果和物探成果，把重点工作区放在西面，首先在西面紧邻已发现矿体的矿区附近，设计了 4 个钻孔。

怀着忐忑的心情，钻孔开钻了。

第一孔没有见矿，大家的希望寄托在第二孔上。屋漏偏逢连夜雨，当第二个钻孔打到 320 米时，遇到地下溶洞，钻杆掉落 30 多米，局退休老专家苏宁立刻赶赴现场指导，将钻机移动 1 米斜向钻进，总算顺利终孔，但也没有见矿。两个月后，第三个钻孔终孔，但也只发现 1 米左右的矿层。

难道事先的推断有误？难道成矿规律有变化？陈群此时的心情犹如十五个吊桶打水——七上八下。大家疑惑的目光更是聚集到陈群身上，他第一次感受到巨大的压力。

陈群心想一定不能让项目按下暂停键。当天下午，他匆匆扒了几口饭，独自来到办公室，展开图纸认真思考。目前 3 个钻孔有 1 个见矿，说明是部分落空，不是连片落空，符合铝土矿产出规律。想到这里，陈群心里顿时敞亮了许多，“夜郎无闲石，黔中多宝藏”的信心更加坚定。随即，他和大队总工程师金波商量，拨通了局大精查办专家的电话，立刻向局汇报施工情况。

第二天，退休老专家刘远辉、局地勘处处长陈国勇、副处长谭华等亲临现场，和技术人员一起认真研究分析。

紧接着，地调院物探调查研究团队也来了。李家斌率领蒙应华、刘俊、杨仕欲、吴永成等同志开展项目攻关，在地球物理探测区域深入分析研究矿区基础地质资料，结合野外踏勘情况，决定采用音频大地电磁法破解找矿难题。

小院的夏天，骄阳似火。为采集真实可靠的数据，队员们每天背负沉重的设备，翻山梁、下陡坎，早出晚归，不畏疲惫。功夫不负有心人，在团队共同努力下，终于在地形复杂、岩溶发育、物探干扰因素诸多的勘查区，利用地质物探技术方法，成功发现多个与铝土矿成矿密切相关的古岩溶洼地异常。

专家组根据物探调查研究团队提供的资料，果断决定将重点工作区东移至中部，布设 9 个钻孔。

思路不对，努力白费；思路一对，事半功倍。在所有人期待的目光中，第四个钻孔轰隆隆开钻了。“当打到 422 米时，曙光初露，希望展现，首次发现 3.17 米矿层。更重要的是，说明矿体是存在的，事先的推断是正确的。”陈群兴奋不已。

第五个钻孔接着开钻，再次传来捷报，打出 5.14 米矿层。大家欢欣鼓舞，期待更大更好的找矿效果。但是，俗话说“好事多磨”，第六个钻孔终孔时，见矿效果并不理想，大家刚点燃的信心仿佛被浇了一瓢冷水。

得知见矿效果不稳定，职工士气有些低落，时任省地矿局党委书记、局长付贵林风尘仆仆赶赴施工现场，为一线同志们打气鼓劲。他说："115地质队党委专门成立小院铝土矿项目勘查指挥部，共有五个指挥长，目前打完5个钻孔，每个领导一个孔，说明什么，说明大队党委高度重视，局党委也高度重视。我们是大团队、多兵种联合作战，有局里的专家，有队上的专家，有地质技术，也有钻探物探技术。我今天来现场看望大家，希望大家树立信心，鼓足干劲，科学研究，稳步实施，我坚信，小院一定能取得良好找矿效果。"

"船到中流浪更急，人到半山路更陡。"就在勘查工作踌躇不前、陷入瓶颈的关键时刻，大团队、多兵种联合作战的优势展现出来，局大精查办各位专家给予精准指导，每开工一个钻孔，每终一个钻孔，陈国勇处长都亲自了解情况，及时向局领导汇报，及时组织专家研究讨论，确定下一批钻孔布置。

功夫不负有心人，集体智慧见成效。第十二个钻孔终孔时，传来振奋人心的好消息，矿层厚度达到13.16米，且品质很好，印证了事先推断是完全正确的，而且具有达到大型矿区的条件。

得知这一消息，职工们士气高涨起来，整个矿区像一台开足马力的机器，日夜不停地轰鸣着，各台钻机更是铆足干劲，大家克服各种困难，全力以赴，争取更多的钻探进尺。

走进矿区，顺着山间小道一直向前，远远便能看到ZK3909钻孔机台上工人师傅们忙碌的身影，能听到起下钻时工人师傅们的阵阵吆喝声……

ZK3909开孔已有半个多月，上部软土层一直没有钻穿，机台人员个个干劲不松、斗志不减，但每个人都在心里捏一把汗，在软层中钻进风险极高，稍有不慎，就会造成埋钻和偏斜。

正当大家小心翼翼，争分夺秒钻进时，钻机忽然冒出阵阵浓烟。按照经验，这是孔内垮塌或遇到掉块负荷突然增加造成的憋车，如果不及时停止钻进提出孔内钻杆，很容易造成埋钻，现场情况十分危急。机长母志忠亲自操作钻机，只见他双手紧紧抓住钻机手把，边往上提钻杆，边喊“糟了、糟了”，随着钻机黑烟越冒越浓，他额头上青筋凸起，钻杆向上提升的速度越来越慢，最后再也提不动，钻机也被憋熄火。母机长刹紧刹把，断开离合器，坐在一旁的工具箱上，额头上一颗颗汗珠顺着脸颊流淌下来。

钻探负责人黄明勇闻讯后，匆忙赶到现场，他二话不说立即组织机台人员采用液压油缸顶、主动钻杆拉等办法把钻杆、钻具从孔内拔出。项目负责陈群和地质组人员也赶到现场，一起分析孔内取出的土样。陈群认为，还要经过 20 米以上的软土层才能钻至基岩，应该采用泥浆护壁与大口径套管跟管钻进配合，降低钻压和钻速的办法穿过软层。紧张作业了三四个小时，所有人终于可以松口气，大家边休息边调侃：“开孔的时候，母机长没把山神祭好哦，总是钻不穿软土层。”

经过一个半月的紧张钻进，ZK3909 钻孔经验收合格终孔，最终孔深 434 米，钻孔上部软土层厚达 99 米，这在钻探施工中并不多见。全体机台人员不畏艰难，连续奋战，确保了钻孔的质量和钻进效率。

“钻得更好、钻得更深”，这是 115 地质队每个钻探施工人员的目标和理想，理想在平常的日子里不过是静悄悄的潜流，既没有声音，也没有浪花。当遇到艰险和障碍时，这潜流就会变为推动前进的巨大潜能。

吴林波机台施工的 ZK1706 孔，钻进至 349 米进入栖霞组下部时，遇到 6.85 米的溶洞，吴机长当即决定下长套管封隔，但因溶洞底部不平，套管倾斜，继续钻进过程中，钻具被折断。

正当大家一筹莫展的时候，黄明勇来到施工现场，接下来应采取什么方法继续钻进？机台人员不约而同地把目光投向黄明勇，此刻他还没有思考成熟，他抬了抬鼻梁上的镜框，立即转身打电话向陈群汇报现场情况，陈群接完电话，马上组织地质组和物探组人员赶到现场，通过物探测量数据综合分析，最终决定移孔重打。虽然这并不是大家希望的，因为移孔意味着时间、人工、材料各项成本的增加，但每个人对接下来的施工都充满信心。

经过充分准备，ZK1706-2 开孔钻进。所有机台人员暗自下定决心：这次一定要一钻到底。但事与愿违，钻进至栖霞组的施工过程中分别两次遇到溶洞，尤其第二次遇溶洞直接导致憋钻、卡钻。这已是 ZK1706 施工以来第三次钻遇溶洞，这无异于给机台人员泼了一瓢冷水。遇到问题解决问题，所有施工人员都在总结经验，探究问题根源，为接下来的施工积极做好准备。经陈群和地质组技术人员反复分析地层情况，认为溶洞底部钻遇新溶洞的概率很小，采取扩孔施工的办法继续钻进，这给机台人员吃了颗定心丸。但在采用水泥封固溶洞顶部，下钻试探溶洞底的施工过程屡遭失败。

机台上施工不顺，项目人员忧心忡忡，大队领导也十分牵挂。这天大家刚吃完午饭，正准备去施工现场，只见一辆白色丰田汽车从远处疾驰而来，在项目部门口停下，从车上下来的正是大队总工程师金波，他没有停留，径直奔赴施工现场。听了大家的汇报，了解了整个施工过程，他突然问："在这个矿区哪个机台钻进得最顺利？"刘懿被大家推了出来，金总微笑着向刘懿说道："你来试一试吧。"

刘懿也没推辞，他怀着忐忑的心情，快步走上机台。只见他小心翼翼地操弄着钻机上的手把，经过一番尝试和努力，钻机再也没有憋钻，再也没有冒浓烟，孔内事故被消除，钻机开始正常钻进，一直钻穿溶洞底部。接着采取扩孔施工的办法继续钻进，最终，ZK1706 得以顺利终孔，终孔孔深为 518 米。

终孔那天，机台上准备了丰盛的晚餐，大家吃得很开心，席间刘懿开玩笑地说："ZK1706 的进尺有一半是我的哦。"饭桌上爆发出阵阵爽朗的笑声，这笑声是久经压抑后的自然宣泄，是获得成功后的开怀释放，是内心喜悦的真情流露。

随着ZK1706终孔，矿区的钻探施工也接近尾声。但各个机台你追我赶、争先恐后、力争上游的激情没有丝毫减退，钻探施工的平均台月效率达到了 720 米 / 台月，矿区内的钻探施工正在快速推进……

党建引领，这不是一句口号，是小院勘查项目的真实写照。时间回到2021年6月，115地质队正式成立小院铝土矿精查领导小组指挥部、小院铝土矿精查项目部，项目部下设综合研究组、质量管理组、地质组、水工环组、数字勘查组、测量组、钻探组、物探组、安全组、后勤保障组，创建了“地质勘查及找矿青年突击队”，建立了临时党支部。临时党支部有党员10名，麻杰磊任临时党支部书记，同时也是“地质勘查及找矿青年突击队”副队长。麻杰磊个头不高，身体壮实黝黑，络腮胡让30出头的他看起来有几分彪悍，坚挺的鼻梁上架着眼镜，平添了几分睿智和斯文。麻杰磊是典型的技术型干部，“只管大胆设想，但须小心求证”是他的工作原则，高标准严要求是他的工作作风。由他主持的项目从未让优秀旁落，尤其是金沙耕调项目的设计编写、野外验收、成果报告全部达到优秀级，为115地质队赢得了口碑和荣誉。接到小院项目的任命后，麻杰磊激动又忐忑。既要抓党建还要抓项目建设，双重责任和压力是他没有遇到过的。麻杰磊脑中一直有个问题，怎么才能将党的理论知识融入野外地质工作中。那段时间，麻杰磊跑得最多的地方就是党办和党委书记办公室，一方面咨询基层党建的工作任务、目标、要求，另一方面向党委书记请教党建与业务融合的方法。如此几番下来，麻杰磊心中有底了，执行层面他不担心，把党建制度规范落实到位就可以，更为关键的党建与业务融合，党委书记刘川勤也给了他答案——“党建+项目”。

2021年7月1日，庆祝中国共产党成立100周年大会在北京天安门广场隆重举行，小院铝土矿项目临时党支部党员和共青团员一起观看电视直播，庆祝大会结束后，党支部马上组织党员召开会议，交流分享学习体会。预备党员赵刚恰好当年转为正式党员，他的体会最深刻。“习近平总书记《庆祝中国共产党成立100周年大会上的讲话》中指出‘必须进行具有许多新的历史特点的伟大斗争。敢于斗争、敢于胜利，是中国共产党不可战胜的强大精神力量’。”赵刚激动地说，“落到我们每一名共产党员身上，落到小院铝土矿精查团队身上，又何尝不是如此，就是要逢山开道、遇水架桥，就是用过硬的技术、坚忍的毅力、忘我的精神把每一个阶段目标圆满完成。胜利从来都不是敲锣打鼓就实现的，都是顽强拼搏、不懈奋斗的结果。我们要做好奋斗的充分准备。”团结一致、砥砺奋进、完成目标、夺取胜利，党建与业务融合，党建引领不就是要做到这些吗？办法不是目的，创新不是目的，措施不是目的，完成任务、力争找到大矿、富矿才是目的啊！麻杰磊恍然大悟，之前一直在思考怎样把党建抓好抓出新内容，答案就在身边，把党员同志的斗志激发出来，模范作用发挥出来，带动全体项目人员完成目标就是关键所在！

项目组共青团员吴正勇是一个皮肤黝黑的小伙，做工作细心认真，从不含糊，麻杰磊细心观察着，利用工作间隙、吃饭时间向他介绍党史，介绍入党程序。类似的其他年轻同志，麻杰磊也会经常鼓励他们努力工作，引导他们树立远大目标，在晚上的例行交底会上，他把学习习近平新时代中国特色社会主义思想、习近平总书记最新重要讲话作为第一议题，事先根据近阶段工作有针对性地安排学习内容，会上和大家交心谈心，复盘当天的工作情况，把学习与工作有机结合起来。

抓基层党建学习只是第一步，必须用学习来发现问题、解决问题。在以往传统工作方法中，须根据矿体在地表的露头，以矿层倾向、倾角计算其在深部的位置及产出状态。小院铝土矿属全隐伏矿床，埋深300 ~ 600米，工作程度低且地表没有露头，找矿难度很大。而矿体向深部的延伸情况和稳定性，始终是国内隐伏铝土矿定位预测的技术瓶颈，是小院铝土矿精查团队最要优先解决的技术难题，也是项目负责人陈群和临时党支部书记麻杰磊最为头疼的事。

这天晚上，技术交底会后已接近11点，同志们陆续回到房间休息，陈群和麻杰磊留到最后继续交流。想到当天的“学习强国”APP还未登录，麻杰磊赶快拿起手机学习。忽然，他激动得站起来跑到陈群身边喊道：“陈总，您看这一段，习近平总书记的讲话，他说‘对调研得来的大量材料和情况，要认真研究分析，由此及彼、由表及里。对经过充分研究、比较成熟的调研成果，要及时上升为决策部署，转化为具体措施；对尚未研究透彻的调研成果，要更深入地听取意见，完善后再付诸实施；对已经形成举措、落实落地的，要及时跟踪评估，视情况调整优化。’您看，省大精查厅际联席会议办公室联同大队、省地调院已经开展了技术攻关，我认为咱们的调研成果已经比较成熟，要继续下去，还要更深入加强研究和论证。”“对，事实证明我们的方向是完全正确的，不能贻误战机，要及时果断。”陈群回应道。

统一了思想，项目组技术人员干劲十足，工作更加高效。他们在上级和大队的坚定支持下，在之前的研究基础上，采用先进的二维地形正演和改正方法物探手段，对铝土矿系基底古岩溶侵蚀面进行解译，提取到有效信息，再辅以针对性的施工工程验证，成功摸索出在隐伏区寻找铝土矿的技术方法。同时，全面采用信息技术和大数据技术，探索并初步建立以数据库为核心的精查区地质信息系统，基岩区固体矿产勘查与地质大数据融合的技术体系，实现了勘查工作的数字化转型，最终形成了在中深部寻找铝土矿的成功案例。

尽管成果令人振奋，但曲折和困难也着实让人头疼。回味小院项目的个中细节，陈群感叹道：“无论是项目组织、施工控制、技术质量管理，还是安全生产、后勤保障，只有做好每一个细节，方能水到渠成。”看起来毫不费力，背后可花了大力气。大队领导是小院铝土矿的常客，党委书记刘川勤来的次数最多，他在给小院铝土矿宣讲党的十九届六中全会精神时说：“同志们一定要认识到项目来之不易，支部党员不发挥先锋带头作用，项目就是一盘散沙。埋头苦干、勇毅前行地把项目干好是每一名党员的责任，大家放心，大队是你们的坚强后盾。”这番话给现场人员极大鼓舞。队长、总工、服务部门也多次深入项目一线解决问题，为项目保驾护航。

火车跑得快，全靠车头带。陈群作为项目负责人，总是身先士卒，示范带头。小院勘查区离他家并不算远，回家只需半个多小时车程，但他一直吃在项目，睡在项目，经常一个月回不了一次家。国庆、元旦假期他更是提前安排，让年轻同志、家中有事的同志回家，自己留下来坚守。对深夜下班的钻工，他更是关心细致，体贴入微，要求后勤保障同志们做到“四热”：热饭，热菜，热水，热情。他曾经担任大队总工程师，具有把思想工作融入技术细节的优势，每当职工遇到技术难题情绪低落时，他不仅用局党委、队党委的高度重视鼓励大家，还结合铝土矿找矿规律激发大家的信心。113 地质队钻机一开始就遇到掉钻杆，思想上已经想打退堂鼓了，负责整个勘查区钻探工作的黄明勇也信心不足，他把黄明勇拉到办公室，指着图纸说：“兄弟，从地质规律来看肯定是有矿的，一定要有信心，咱们共同努力！”

每一次地质找矿的成功都离不开团队的力量，那些坚毅的眼神、沉稳的脚步是迈向成功的基石。陈群在填图第一天就不慎从两米高的土坎上重重摔下去，他强忍疼痛爬起来又继续前行；田维红在填图过程中，不慎被岩石飞块击伤眼周，仍坚持完成工作；宋致军身患疾病也准时准点同技术人员一起上山填图。这是一支充满朝气、积极向上的团队，是一支专业技术过硬，综合素质好的优秀团队。

赵刚毕业于贵州大学地质专业，瘦而不高的个子，黝黑的肤色，一看便知是个喜欢跋山涉水的小伙，显得十分精干。在项目实施伊始，赵刚牵头完成了项目部的基础建设、文化墙建设、岗位制度建设等。2021 年 7 月起，他凭借扎实的技术功底，成为专业带头人。带领项目技术人员开展 1 ：10000 地质数字化测量，其间教会大家怎么按区域地质调查的方法来开展数字化填图，如何在电脑上建立底图库，学习平板 APP 的操作和运用，学会采集 GPS 点、采集地质点、勾绘地质界线、绘制沿途、采集照片、标注产状等数字化相关细节工作。

赵刚在工作中不断践行青年突击队队长的职责，注重发挥党员的先锋模范作用。因数字化勘查工作量大，他基本都是早出晚归。一早背上干粮及工作包出发，天黑才回到项目部。吃过晚餐后，继续完善图面和记录本的上墨、技术讨论等工作。闲暇之余，赵刚也放不下工作，时常思考矿区地质构造形态是否有问题、剖面上钻孔与地表工作是否能一一对应、钻孔深度加深后是否会影响工期、个别样品化验数据异常的原因、对岩心库房的安排部署、阶段性工作是否完成、样品布置是否合理等等，一想到问题就马上同相关同志讨论寻求解决。在不断发现问题、解决问题、总结经验中，把项目的野外工作顺利推进。

陶泳昌是项目水文责任工程师。他特别喜欢鲁迅先生的一句话："我的确时时解剖别人，然而更多的是更无情面地解剖我自己。"这种更无情面地解剖自己的勇气和态度，推动他圆满完成了小院铝土矿区的水文工作任务。小院铝土矿勘查初期，由于拟设的找矿靶区见矿效果不理想，勘查工作陷入瓶颈，经过专家论证决定调整找矿靶区后，意味着接下来的勘查工作难度加大，尤其水文工作，既要最大限度地节约施工成本，又要满足精查设计要求，使得水文地质孔的布设变得难上加难。经过再三考虑、反复研究和推论，陶泳昌建议接下来施工的所有钻孔均采用较大口径钻穿上部潜水含水层，变径止水后再钻入下部承压含水层，确保后续钻孔都能取得翔实的水文资料，避免新靶区出现水文数据空白地段。这个建议无疑增加了钻探施工成本与施工难度。当他与项目钻探组同志商讨时，在场的钻探负责人苦涩地摇了摇头，施工过程原本就困难重重，再按这个建议施工，增加成本和施工难度不说，连工期都不能保证。接着一一列举了施工中可能遇到的难题，总之一句话，不太可行。

当晚，陶泳昌彻夜难眠，辗转反侧。他索性起身下床，翻阅前辈们留下的工作体会。"质量是技术工作的命根子"，这是前辈们不约而同的体会和结论。他幡然醒悟，挡在面前的不是各种困难，而是坚守质量的坚定信心。第二天，陶泳昌向上级如实汇报了工作思路，提议进行调研论证。最终，他的建议得到采纳。实践证明，按照他的方法施工，不但利于技术要求，同时也有效避免了钻探施工中常见的反复扩孔问题。这件事让陶泳昌感触良多，事后回忆，他坚毅地说："只有信念坚定，才能在困难中寻觅到光明。只有信念坚定，技术工作才能屹立不倒。"

2022年春节，黔中大地普降大雪。

大年初六，雪花还在漫天飞舞，年味依然浓郁温馨。8台钻机的45名钻工告别家人，顶着大雪回到小院项目施工一线。白茫茫的矿区，钻机昼夜不停地轰鸣钻进，钻塔上的“贵州地矿”旗帜迎风招展，气势磅礴。

小院项目是115地质队第一次实施数字勘查，在每一个关键时点，局首席科学家周琦都亲临现场指导，帮助解决关键科技问题，悉心指导三维建模，局科技处处长况顺达等专家也亲临现场指导，最终圆满实现了全流程数字勘查和绿色勘查。

2022年4月，春暖花开的时节，小院矿区23个钻孔全部终孔，达到预定目标。2022年5月，小院铝土矿项目野外验收经专家审查获评93分，野外工作质量等级为优秀级；2022年7月，小院铝土矿精查成果资料经专家审查，获评192分，属优秀级成果，估算铝土矿资源量达到大型矿床规模。找矿效果超过预期，实现了在猫场铝土矿外围的重大找矿突破，并为下一阶段扩大找矿区域，实现更大的找矿突破提供了地质支撑。更为可喜的是，为黔中地区深部隐伏铝土矿找矿提供了成功示范，开辟了崭新的找矿空间。

“不仅如此，一年多的辛勤努力，小院项目还培养了一大批技术管理人才，‘小院模式’已推广到全队所有勘查项目，实现了‘三出’，即出成果、出人才、出模式的良好效果。”115地质队党委书记刘川勤高兴地说。

找矿新突破，小院绽铝花。站在小院铝土矿勘查区，忽然想起宋代大诗人叶绍翁《游园不值》中的著名诗句“春色满园关不住，一枝红杏出墙来”，如今小院这片热土上，不正是一片片铝花绽放、生机勃勃的热闹景象吗?

铝是重要的战略资源，关系着经济社会发展和国家安全。2000多万吨大型矿区优质铝土矿资源量，不仅是贵州优势矿产资源大精查的丰硕成果，不仅是黔中铝土矿20年来找矿突破的精彩篇章，更为贵州铝工业产业发展和资源安全提供了新的资源保障。

探寻隐藏深部的大矿

赵婷婷　刘永锋

2021 年冬天，北京传来一个令人无比振奋的好消息：中国地质学会评选的年度“十大地质找矿成果”奖隆重揭晓，省地矿局 104 地质队承担的福泉市大湾磷矿勘探项目榜上有名。

这是贵州省探明的第一个深部隐伏超大型磷矿床。该成果不仅是贵州省重点矿产资源大精查项目取得的重大成果，同时是贵州深部隐伏磷矿勘查取得的重大突破。

听闻喜讯，104 地质队干部职工奔走相告，激动不已。104 地质队地质专家杨兴玉、项目负责人宋普洪湿润了眼眶。

逾越鸿沟选靶区

巍巍崇山，莽莽峻岭，贵州中部的瓮安福泉地区孕育了丰富的磷矿资源。20 世纪五六十年代开始，贵州地矿人就跋涉在这崇山峻岭之间，探明了丰富的磷矿资源，为“亚洲磷都”瓮福磷矿崛起做出了突出贡献。

104 地质队，便是深耕瓮福地区磷矿找矿事业的排头兵。从瓮福磷矿玉华矿段的普查评价到瓮安磷矿北斗山矿区的地质报告，从英坪磨坟矿段的普查到福泉小坝磷矿勘探采掘，一代代 104 队探矿人夙兴夜寐、呕心沥血，在瓮安福泉这片沃土上，挥洒汗水默默耕耘了四十余载。

进入新世纪，随着国家对资源能源的持续投资，瓮福地区磷矿资源勘探储量不断取得新高。细心的104地质人发现，探明的磷矿资源主要集中在瓮福地区白岩背斜和高坪背斜附近，错综复杂的地质构造和高低起伏的地形影响，使得远离背斜区域的找矿工作一直未能取得突破。尽管瓮安福泉地区分布着大大小小几十处磷矿，但找矿和开采深度普遍在500米以浅，深部找矿仿佛一条不可逾越的鸿沟，横亘在地质队员面前。

为突破这条鸿沟，104地质队的技术专家将目标锁定在了攻深找盲上。瓮福地区两条成矿有利的背斜附近，矿权林立，犬牙交错，白岩背斜西部的大湾地区成为104地质队专家艰难而无奈的选择。时任104地质队总工程师赵征眉头紧锁，在远离背斜的空白区域划定矿权，风险极大。他说："当时压力山大，相邻的穿岩洞、王家院等矿区矿层在向大湾地区延伸时明显变差甚至灭失，附近的磨坟矿区连着好几个钻孔都没见矿，大湾区域有没有矿，当时谁心里都没底。"为了尽快拿出结论，尽早做出决策，赵征率总工办同志对大湾附近构造开展详细调查，福泉市的地质图一直铺在项目部他的卧室里，他一有空闲就拿着放大镜，在地质图上"数格子"。

以往理论研究认为，瓮福地区存在一个大的成矿盆地，远离盆地中心部位的矿层会变得越来越差，大湾地区勉强落在了这个盆地边缘。赵征在进行大量调查和夜以继日的"数格子"后，得出一个令人兴奋的结论：瓮福地区磷矿不是由一个大的成矿盆地控制，而是由若干个小的成矿盆地分散在两条背斜附近构成，这就解释了区内数条无矿带存在的原因，也对个别距离背斜较远的区域矿层反而较好做了很好说明。思路决定出路，有了理论支撑，就有了努力方向。随着调查的深入，越来越多的调查成果对大湾地区深部有矿做出了支撑，逾越深部找矿这条鸿沟的底气和信心更足了。时任104地质队党委书记、队长杨松平在会上明确表态："只要理论支撑，专家认可，大队党委将全力以赴拿下这个矿权。"

最终，104地质队专家用红笔在大湾磷矿区域画了一个圈。104地质队举全队之力，办理了《贵州省福泉市大湾镍多金属矿普查》矿权，成立了大湾镍多金属矿普查项目部，开启了大湾磷矿地质勘查崭新的一页。

探寻深部隐伏矿

2011 年，是贵州开启“黄金十年”加速发展的起始之年，104 地质队乘着发展东风，一场轰轰烈烈的探寻深部大矿的大幕也正式拉开。

首先开展的普查工作，完成钻孔 25 个共 1.9 万米，不仅大致查明了勘查区地层层序、赋矿层位、岩性组合以及含矿岩系特征，同时提出了将镍多金属矿勘查向磷矿勘查转化的重要思路。接着，开展大湾磷矿详查工作，完成钻孔 72 个共 5 万余米，估算磷块岩矿石资源量 4.23 亿吨，为大湾磷矿下一步勘探打下坚实基础。

大湾，从籍籍无名的一个乡村，蜕变成矿藏丰富的宝地。这一蜕变，凝聚了多少 104 地质人的智慧、心血和汗水。

项目负责人宋普洪，就是在开展普查这一年来到这片山区的。回忆起刚到项目部的情形，宋普洪感慨万分。2011 年大湾磷矿项目部刚成立时，交通环境十分差，路面到处都被大矿车压得坑坑洼洼，天晴一身灰，下雨一身泥，出门回来一定是“蓬头垢面”。从大队到项目部，坐车要 4 个多小时，碰到矿区发矿，矿车只出不进，堵车是家常便饭，一堵就是一整天。矿区填图基本都不通车，全靠双腿，碰到下雨就到老乡家避雨，肚子饿了，厚着脸皮向老乡要吃的。正是这几年的工作，宋普洪认识了一批“老伙计”，与大湾的村民建立了深厚友谊，为探明超大型磷矿床奠定了良好的群众基础。

矿区第一个钻孔开钻了。深度达到预测矿层后，大队总工程师、项目负责、技术负责每天围在钻机旁，眼睛紧紧盯着不断向下探寻的钻机。当岩芯倒出钻杆的一瞬间，所有人的目光齐刷刷汇聚到岩芯上，一天、两天，一周过去了，还是没有看到预想中的矿层，着急失望的气氛笼罩在大家周围。只有赵征信心坚定，他鼓励大家，再耐心等等。等待的同时，他和地质专家杨兴玉将所有岩芯平铺在地上，一箱一箱检查，一米一米编录，经过几天的研究，两个人皱起的眉头逐渐舒缓。赵征说：“运气不好打到褶皱带上，碰到了地层反复，矿区还有希望。”认真研究后，两位专家的手不约而同指向钻孔旁边一百米左右的山坳。正是在这一个山坳里，打到了600米以深的富矿体，这一富矿体让大家精神振奋，拉开了大湾地区普查、详查工作的序幕。

2020年，贵州省人民政府决定在全省组织重点矿产资源大精查。局领导和各级专家都十分关心重视，将矿层厚度大、矿石分布连续、品位较高、矿床规模达超大型的福泉大湾磷矿，列为贵州省2020—2021年首批九个重点矿产资源大精查项目之一。

2020年4月精查工作启动，2021年9月完成勘探报告评审，历时一年多，先后有近百名专家及技术人员参与福泉大湾磷矿大精查工作，累计完成槽探907立方米，钻探25孔共1.6万米，项目野外验收和成果报告获得“双优秀”，主矿体埋深482 ~ 967米，矿石质优，其中Ⅰ级品资源量1.43亿吨，Ⅱ级品资源量1.27亿吨，提交磷块岩矿石资源量4.05亿吨，矿床达超大型规模，潜在经济价值达1698亿元。

艰辛努力探宝藏

资源有价，奉献无价。在大湾磷矿勘查期间，涌现出无数无私奉献的感人故事，也正是他们的默默付出，无私奉献，才揭开大湾深部隐伏磷矿神秘的面纱。

火车跑得快，全靠车头带。福泉大湾磷矿大精查项目启动伊始，既受到疫情影响，又面临时间紧、任务重的难题，许多工作都要提前筹划。为了推动项目开展，大队党委第一时间对项目进行安排部署，会上决定由大队党委书记、队长张忠俊亲自挂帅，担任项目总负责，协调全队人、财、物，全力以赴推动项目开展。有了一把手的支持，地质、水文、测量、物化探以及钻探人员等快速就位。项目开展前期，张忠俊每月都要深入项目一线两三次，了解项目进度，召开项目调度会议。在发现项目征地搬迁协调困难后，张忠俊充分发挥其组织谈判的技巧，蹲守项目部，和项目负责一起组织村支两委及村民代表开展协商谈判，制定征地和搬迁统一收费标准。在发现钻探施工推进缓慢后，张忠俊充分发挥其钻探高工的技术优势，驻守钻机机台，分析症结所在，研究解决办法，指导钻探班组施工。张忠俊在充分调研后立即决定成立福泉市大湾磷矿精查项目临时党支部，以支部为抓手，充分发挥党支部的战斗堡垒和支部党员的先锋模范带头作用。党支部成立以来，党员同志带头争先，支部工作凝聚人心，在推动工作、破解难题、服务地方等方面发挥了巨大作用，推动了福泉市大湾磷矿大精查项目又好又快开展。福泉市大湾磷矿精查党支部也因此获得 2021 年度省直机关“先进基层党组织”荣誉称号。

据统计，大湾磷矿大精查工作野外施工的 9 个月里，省地矿局领导及相关处室到项目部检查指导 15 次，104 地质队班子成员率队到项目部调研指导 22 次，104 地质队相关科室到项目一线开展现场办公、服务一线 12 次。正是局、队高度重视，班子成员带头谋划、一线指挥，支部党员率先垂范、舍身忘我，大湾磷矿精查项目时间、质量等才得到有力保障。

“越是专家，越离不开野外现场”，这是地质专家杨兴玉反复强调的，他也是这样以身作则坚守一线推动生产的。在大湾磷矿普查、详查期间，杨兴玉就作为技术指导扎根项目部。大精查工作开展期间，杨兴玉已经接近 60 岁，是 104 地质队为数不多的正高级工程师、局管专家，由于长期的野外工作，导致他的腿脚多有磨损，行动略有迟缓，并伴有高血压、糖尿病，出差都要背着一袋药，爬坡上坎更是难上加难。

在大湾磷矿大精查项目实施整个过程中，杨兴玉不仅多次到一线指导工作，更在项目最忙的 7、8、9 月常驻项目部，和一线队员同吃同住同爬山。为了项目高质量实施，杨兴玉不仅要给技术人员讲解磷矿的成矿理论、找矿方法、勘查标准等，他也和年轻队员一样，顶着酷暑烈日一尺一尺地参与钻孔编录，经常在现场一站就是几个小时。在项目实施期间，不管施工现场的路有多难走，只要遇到难题他都会亲自到现场仔细察看，细心讲解，对刚来单位工作不久的年轻同志，他手把手教如何规范地编录、认真工作。遇到难题难点，老同志不光自己熬更守夜翻查资料，也利用自己的人脉四处拜师学艺，攻坚克难。矿产勘查的关键环节杨兴玉都逐一示范，仔细讲解，经常讲得口干舌燥，挥汗如雨，已然忘记了施工现场的嘈杂和艰苦，忘记了自己的身体和病痛。

据工作人员介绍，矿区东部的一条断层对成矿有重要影响，几位技术专家勘查后得出的结果都不尽相同，最后难题落到了杨兴玉肩上。杨兴玉仔细研究资料后，提出必须到现场调研才能最终确定。调研位置在一个陡坡上，道路不通，年轻人员上坡也要手脚并用爬上两三个小时，更不用说有病在身的老同志。大家纷纷提出由年轻队员上去系统拍照、视频通话进行确认。杨兴玉严肃地说："地质工作一丝一毫也马虎不得，不同的视野有不同的结果，越是专家，越离不开野外现场。"最后，杨兴玉坚持拄着拐杖、拉着绳索，艰难向上爬行，休息了四五次，耗费了大半天时间，终于爬上山坡，此时汗水已经湿透了衣衫。来不及休整，杨兴玉马上展开图纸、拉直皮尺，竖起罗盘，开始一丝不苟地工作。山顶上，凉风习习、树影婆娑，见证老中青三代地质人的艰辛付出。

在大湾磷矿勘查期间，像杨兴玉这样亲临野外一线悉心指导的专家和领导还有很多，他们践行"越是专家，越离不开野外现场"的诺言，用实际行动向年轻地质队员传承着地质"三光荣"和"四特别"的奉献精神，激励着年轻同志勇往直前、砥砺前行。

"坚守一线，才能摸清底线。"2020 年，宋普洪作为大湾磷矿大精查项目负责人，再次来到这个熟悉的"战场"，矿区周边厂矿较多，钻探协调工作难度极大。一到项目部，宋普洪就一头扎到寨子里，召集"老伙计"出谋划策，和村支两委、村民代表打成一片，谈搬迁、谈占地、谈协调。在大队党委的大力支持下，项目部很快制定了项目实施"六个统一"标准（统一调度安排、统一技术标准、统一对外协调、统一项目管理、统一绿色勘查和统一工程保障）和钻探搬迁“三个统一”（钻机统一搬迁、费用统一标准、合同统一签订）要求。尽管制定了统一标准，但是每一个钻孔都有特殊性，谈起赔偿家家都有特殊原因。

宋普洪身体肥胖，一走路就是一身汗，又有痛风，痛风严重时走路一瘸一拐，但为了协调钻孔搬迁，一天天往村民家跑，有村民开玩笑说：“老宋呀，你天天来，我家的门槛都被你踩烂了。”经过几个月的“软磨硬泡”，老宋在大湾附近几个村的人缘变得出奇的好，他也总结了一系列的协调经验：“只有坚守一线，和村民充分沟通，才能了解老乡的真实需求，摸清底线，才能大胆谈判。”“钻机、钻杆和耗材搬迁的劳务，占地赔偿都是统一单价，这是底线不能动，村民想多拿一点，我们只能把工作的重要性和紧迫性跟老乡们讲清楚，可以使用零工进行补偿。”“协调工作也要创新，必须多到老乡家拉家常，相互之间有了感情，遇到难题老乡也会帮我们。”

“在一方工作，就要造福一方人民”，大湾磷矿大精查项目开展期间，项目部积极构建和谐“邻里”关系，和当地村民构建起了密切的伙伴关系，各项工作得到当地村民的支持和配合。项目人员多次看望慰问驻地的贫困户及孤寡老人，优先采购当地贫困户的肉蛋及蔬菜，和当地的多个贫困家庭建立了长期的肉蛋及蔬菜供应关系，购买农户自产肉、蛋、蔬菜5万余元，优先使用当地贫困闲散劳动力，聘用村民152人次，发放民工工资300余万元，为贫困村民提供了难得的就业机会。

“再艰苦、再困难，也必须保障村民的用水安全，水质不达标，我们负责到底。”2020年9月，正值大湾磷矿大精查项目快速推进的关键时期，位于矿区天堂山口的某钻孔正在快马加鞭地施工，一天，山脚下的村民突然把施工项目部围得水泄不通，原来是钻探施工导致在山脚居住的二十几户村民世代饮用的山泉水遭到了污染。接到村民反映，大队高度重视，钻机马上停钻，项目部立即组织车辆为村民运水解决燃眉之急，水工环部门快速制订解决方案。

水工环专家向刚临危受命，经过三天紧急调查，向刚得出结论：“应该是钻孔施工打通了地下水流通的岩溶管道，钻探泥浆沿着岩溶管道渗漏地表，造成地下水污染。施工期间，在出水点附近下套管，施工结束，严格封孔，水流应该会再次清澈。”结论是有了，但是万一水清不了或者水流被钻机阻断，这可是要出大问题的。面对村民的疑虑，向刚用他的专业和自信给了村民满意的回答：“我们是专业打水的，技术方面我们说第二，黔南州就找不出第一，就算真的发生意外，我保证给你们找一口新水井，确保大家吃水不受影响。”有了这个承诺，村民同意钻孔继续施工。钻孔施工期间的村民用水也是难题，在向刚的建议下，项目部对水池进行封闭，组织车辆每天从几公里外的社区为村民拉饮用水，从河边抽水保证村日常用水。两个月后，施工结束，向刚现场指导封孔，连续一个月常驻项目部，天天监测水质，组织人员对村民的蓄水池进行了 4 次清淤，看着流水一点点变得清澈，最终水质化验报告达到饮用标准，向刚一颗悬着的心才算落地。抽水、拉水、清淤成本很大，但是向刚是这样讲的：“习近平总书记多次教导我们，江山就是人民，人民就是江山。中国共产党领导人民打江山、守江山，守的是人民的心。作为地勘单位，我们代表的是国家形象，作为中共党员，我们要时刻不忘为民初心，再艰苦、再困难，也必须保障村民的用水安全，水质不达标，我们必须负责到底。”

正是对地质工作的专业和自信，对村民的责任和担当，大湾磷矿水工环工作开展得到了大湾地区村民的大力支持，矿区实施的 6 个水文钻孔全部达到施工目的，为后期矿山开发提供了宝贵的科学依据。

“和项目比起来，其他的只能往后排。”因为妻子已有身孕，早就和家里商定好 2020 年 3 月结婚，然而 3 月正值疫情严重时期，婚期不得不往后推。等到疫情有所缓解，大湾磷矿精查项目已然上马，各项工作千头万绪，作为技术负责的陆跃荣，自然不能“临阵脱逃”，只有做老婆的思想工作，把婚期再往后拖。拖到后来，老婆的肚子却越挺越大，只有再次和老婆商量，还是先把孩子生了再结婚。听陆跃荣讲，妻子的预产期在 7

月底，讲好了不管工作多忙，一定要守在病房迎接自己的小宝贝出生。结果，临近老婆生产，项目也到了最关键时段，钻探工作全面铺开，10 台钻机同时施工，地质工作也要及时跟进，各项野外资料必须每天汇总，晚上加班到 12 时是常态。7 月 22 日，刚刚汇总完当天工作，突然接到家里电话，老婆马上要生产。陆跃荣这才立即从项目部往医院赶，到医院时，母亲已经把小孩抱出了病房。看着病床上的妻子和怀中的小宝贝，这个坚强的男人热泪盈眶，还没休完陪护假，陆跃荣又马不停蹄地赶回项目部。

12 月，项目野外工作基本结束，难得的忙里偷闲，和家人商量好 12 月 12 日办结婚酒。办酒的准备工作由老婆打理，酒店、婚庆、请帖等都由家人一手操办，但新郎谁也替代不了。婚期临近，突然接到上级通知，项目野外验收和婚期“撞车”了，办酒的喜帖已经发出，这可难住了这位技术负责人，再怎么忙也不能往后推了。项目部的兄弟们十分理解他，众人拾柴火焰高，大家一起加班加点准备验收资料，编制汇报材料，本来是陆跃荣做现场汇报，只能临时转给项目负责人宋普洪。为了确保项目获得优秀，陆跃荣带着项目成员一遍遍核对验收资料，一次次和项目负责修改汇报材料，强调汇报重点和亮点。直到 12 日凌晨左右，看着宋普洪熟练完成预汇报后，陆跃荣如释重负地笑了：“辛苦兄弟们，你们继续努力，我得回去当新郎了。”办完酒第二天，亲戚朋友还没走完，陆跃荣就告诉亲友：“你们在家里、在都匀好好玩，野外验收发现的许多问题必须立即落实，只有下次再来陪你们了。”

正是有许多像陆跃荣一样的技术人员，舍小家为大家，一心扑在项目上，始终把工作放在第一位，才推动了项目高质量开展。

“死亡不可怕，活着的时候就要活得有意义”，这是大湾磷矿大精查钻探机长周友林在病床上的感叹。1972 年出生的周友林，年近半百，长期和钻机打交道，从一名技工成长为经验丰富的钻探机长。大湾磷矿精查工作启动后，第一批钻孔便有两个是周友林负责的。项目初期，许多钻探技术人员对矿区的岩性不熟悉，经常出现孔内事故。为顺利推进钻探施工，周友林的班组在机台上搭起帐篷，吃住都在机台，24 小时蹲守在钻机旁，随时关注进尺和岩层变化，经过不断地摸索和总结，周友林班组钻探进度遥遥领先。他不光把自己的工作做好，还将施工经验、泥浆配比、注意事项等整理成册，交给其他机长，通过周友林机组的传帮带，矿区钻孔事故率大大降低，钻探工作顺利开展。

天有不测风云。就在钻探工作顺利开展时，周友林却因为劳累倒在了机台上，体检中查出肝癌晚期，医生要求立即住院。项目部同志到医院看望他，周友林谈得最多的不是身体而是工作。他说："得了癌症，死亡不可怕，能不能活全凭天意，但活着的时候就要活得有意义。"从 2020 年 9 月查出癌症到 2021 年 1 月去世，周友林在生命的最后 4 个月里，一直心系钻孔施工，在病床上经常电话、视频了解钻机进度，指导钻探施工。本次大精查矿区共施工钻孔 25 个，优质钻孔 25 个，优质钻孔率 100%，这份优异的成绩单，足以告慰这位九泉之下的钻探机长。

"只要我能到现场，就能让各位专家心服口服认可我们的模型。"大湾磷矿大精查项目作为 2020 年省、局重点勘查项目，在项目立项阶段，就开展了很多超前性设计，其中数字勘查无疑是一个巨大亮点。魏世鹏，2020 年河南理工大学毕业生，一到项目部就肩负起数字勘查重任，勘查区普查到精查共施工 122 个钻孔累计 8.6 万米，需要使用专用软件逐一录入。刚开始的录入工作困难重重，一不小心就要返工重来，地层对不上、构造不连续、矿层不吻合，让数字勘查组的同志焦头烂额。魏世鹏多次到省地矿局、中国地质大学取经学习，加班加点钻研。最终，在魏世鹏的努力下，工作组摸索出原始钻孔资料处理方法，在资料预处理阶段进行严格的数据加工，录入成果也就能一一对应。通过年轻技术人员的刻苦钻研，数字勘查顺利推进，该项工作得到省大精查办、武汉地大坤迪公司教授专家的一致好评。通过对地质图、钻孔和采样地层、岩性、构造、品位等数据的收集、分析和提取，构建了大湾磷矿床高精度三维地质模型。该模型汇聚了海量的空间数据和属性数据，直观反映矿床和矿体特征，把深部空间的复杂变化直观清晰展现给观察者，为矿山建设管理和外围找矿预测，提供了可视化工具。

从第一个钻孔录入，到最终模型调试，各次工作汇报，魏世鹏都亲力亲为，并表现得异常冷静与老练："这个工作尽管是中国地大的专家教授研究出来的，但是他们没有我们这样的海量钻孔数据，我们通过实践，给软件和系统提出了许多合理的建议，在实践领域，我们才是专家。"2021年4月，大湾磷矿大精查项目三维建模工作需要在中国地质大学开展交流与验收，魏世鹏是第一人选，可在临出发前一周的一次野外工作中，魏世鹏崴了脚，经检查脚部严重骨折，打了石膏，他只能拄着拐杖。随着会期的一天天临近，大队和项目部都在为合适的汇报人选发愁，魏世鹏一咬牙："只要我能到现场，就能让各位专家心服口服认可我们的模型。"后来，魏世鹏拄着双拐，在同事搀扶下，一瘸一拐踏上开往武汉的高铁。在交流现场，魏世鹏果然不负众望，扎实的工作、大量的数据、逼真的模型，让一众专家不吝好评，纷纷点赞。

正是有了这种认真负责、敢于创新、自信大胆、勇于担当作为的年轻技术人员，大湾磷矿数字化工作才得以顺利推进，成为标杆。

"工期不能耽误，绿色勘查更应坚持，宁要坚持绿色勘查，也不工期冒进"，钻探负责人陈体云就是这样严格践行绿色勘查理念的。绿色勘查是贯彻落实中央生态文明战略的重要举措，是保持地质勘查行业持续健康发展的迫切需要，是坚持以人为本建设绿色矿山的基本要求。大湾磷矿大精查项目在设计初期，就提出了必须严格践行绿色勘查相关要求，在施工前期，项目部制定了严格的绿色勘查细则。

陈体云对所有钻机都一视同仁，严格要求，他把绿色勘查的相关要求发放到每一个机场。检查钻机施工情况时，一看安全措施是否到位，二看绿色勘查落实情况，第三步才了解钻探进度和钻孔质量。尽管管理严格，但是违反操作细则的机台依然时有发生，为严格践行绿色勘查要求，陈体云牵头制定处罚追责办法："乱扔垃圾罚款10元；标语、围栏不规范，罚款 100 元；泥浆池泄漏，钻孔复绿不到位罚款 500 元……”制定细则后，陈体云的第一张罚单就开给了 104 地质队实施的钻孔，项目负责人宋普洪亲自上门讲情，陈体云铁面无私严词拒绝。看到 104 地质队的钻孔首先被罚，其他钻机也只能严格落实细则要求。大湾磷矿大精查共实施 25 个钻孔，全部达到绿色勘查施工要求，绿色勘查验收合格率 100%，施工完毕所有机台都进行恢复治理。一年过去，机台上绿草莹莹、稼禾茂盛，完全看不出施工的痕迹。

“长风破浪会有时，直挂云帆济沧海。”贵州新型工业化战略正在加速实施，新一轮找矿突破战略行动正在如火如荼地开展。站在大湾磷矿区，我仿佛感受到脚下超大型磷矿隐隐涌动的力量，仿佛看到“亚洲磷都”磷化工产业如雨后春笋，不断拔节……

一只罗盘的黄金10年

——贵州省首个超大型隐伏铅锌矿床猪拱塘勘探记

林小会

很多年后，得知猪拱塘铅锌矿成为贵州省首个被发现的超大型隐伏铅锌矿床，实现贵州省超大型铅锌矿床零的突破，李媛媛依然记得当年何良伦带着她们在猪拱塘调查矿井的情景。

2012年，刚参加工作一年的李媛媛，在何良伦带领下，与另两个同事吴启红和小王东，调查一个矿井。12月，天冷，每人带了两个馒头一瓶水，头戴矿灯就出发了。上午8点钟，李媛媛守在井口，其他三人下到井里，井下有多个采空区，巷道700多米长，测量用的皮尺50米长，后测手是吴启红，前测手小王东，何良伦拿出罗盘，定方向和坡度，一边教他俩定点方位要“灯光对灯光”。连续工作9个多小时，直到下午5点钟，三人才出井，此前带的馒头冻得硬邦邦。身体跑热了，喝下去的矿泉水，居然也没感觉到冰凉。

2012年至2015年，113地质队在猪拱塘进行着零星的勘查工作。之前，钻孔孔深均在500米以内，零星在浅表见氧化矿，但效果不好。380米、480米、580米……1天、10天、15天、20天……大家试探性地往地下深处一步步探索。

终于，一个700米左右的钻孔，见矿效果给了大家极大的信心。

然而，深不见底的地壳深处，其复杂程度超过了人类的认知，预想中的那些矿芯，并未如期而至。针对这些问题，科研工作也快速跟进，省地矿局启动“黔西北地区铅锌找矿攻关”，113 地质队成立铅锌找矿研究课题组，针对制约当时找矿突破的关键地质问题，开展成矿潜力、矿床赋存规律、矿体定位预测研究。

钻孔见矿情况不稳定，虽然少部分钻孔见矿，品位也不错，但也只是浅表矿，并未找到原生矿，见矿效果“只见星星不见月亮”。项目部在这种磕磕绊绊，时喜时忧的境况下摸索着往前走。

一切都是懵懂的，大家都在一种无绪的思路中探索着。按照周边地区如赫章天桥铅锌矿的形成条件推断，猪拱塘应该是有矿的，但为什么时有时无，当真是“鸡窝矿”？

那段时间，大家对成矿地层有着不同的看法，项目部的争论，是大家晚上工作的常态。大多数专家认为，容矿岩石形成于 3 亿 ~4 亿年前的石炭纪、泥盆纪地层，应为“层控型”铅锌矿床，且有之前的经验可供参考，此前的工作也是按照这个思路安排实施。

据当前的认识，推断深部应该有矿，试探性地打了一个 1700 米的深孔，却没有见着预想中的矿，大家有些心慌了。

在项目部驻地外的大坝子上，1700 多米的岩芯排列整齐，可大家的思路是凌乱的。又一次的争论再次涌起，印象中，这是最为激烈的一次。

项目负责何良伦与大队总工赵峰、副总工金翔霖、技术负责吴大文等技术人员，在项目组驻地外的大坝子上，围着这 1700 多米的岩芯讨论，在浅层见矿，中部也见了矿，按此前的思路与判断，往下的深部应该有矿带存在。而现在，一堆岩芯排列整齐，却没有任何其他颜色或见矿端倪。

大家一致认为容矿岩层在石炭纪和泥盆纪，但岩芯中的颜色比较杂乱，且各种颜色所显示的岩层都叠在一起，何良伦感觉地质学理论不支持这种判断，但又拿不出充分的证据，他要把心中的疑虑解开。

再仔细观察，何良伦发现了二叠纪岩层的顶和底，这是 2.8 亿年前二叠纪的岩层，他心里明白，这不是3.2亿年的石炭纪地层，中间相差了4000万~5000万年，地层的判断应该是出现了偏差。

何良伦睡不着了。前期浅表物探工作不足以支撑以后的工作方向，若如大家所认为的，这个带上的容矿岩石形成于石炭纪，那按照这个思路去布置工作，应该早就找到成规模的矿体了。不行，必须到矿区外围找地质证据，解决当前的问题，才具备往下探索的条件，不能再这样低头盲干了。

何良伦看了看桌子上的罗盘，下了决心。

第二天，何良伦拿着罗盘，带着两个地质人员到矿区外围找露头。他们先在赫章1500平方公里的范围找典型位置，但现场多被植被覆盖。有一层紫红色的岩层找不到完整的剖面，只找到一些露头，他们将露头处的岩层系统取出来，记录它的特征，拿去跟取出来的岩芯对比，通过肉眼识别，再通过岩矿鉴定，确认岩芯里存在有各类岩石，这些岩石分别产生于不同年代，其中那些紫红色岩石形成于4亿年前。

前后3个月，何良伦带着地质人员踏勘，手拿罗盘跑了10多个点，在矿床的北东侧，找到了一条完整的剖面，清楚地显示二叠纪地层特点，初步印证了他此前的判断。但何良伦心里还是不踏实，他又组织项目部人员两次测剖面，将岩层中的古生物化石与猪拱塘岩芯进行对比。

种种证据证明并确定，猪拱塘矿床的容矿岩层形成于二叠纪的碳酸盐岩。

露头和剖面都显示了打出来的岩芯里包含了从2.5亿年至4.4亿年的地层，时间跨度近2亿年，这是个多么复杂的地层呀，在以往的工作中从未见过。以前发现的铅锌矿都认为是“层控型”的。但目前猪拱塘所发现的铅锌矿应该是在二叠纪的岩层中，这在黔西北尚属首次。这些岩层不仅多，且岩层未按其形成年代的新老关系依次覆盖，其顺序是杂乱的。

猪拱塘，一个不按常理出牌的地方。

何良伦虽还不太明白其中的原因，但至少他们能正确确认其产生的年代，并确定逆冲断层的存在。也就是说，猪拱塘矿带是几套地层相互逆冲后形成的，所以才出现其未按形成时间分布的特殊构造。

接下来的工作，就是对以前的认识进行纠正，按照新的思路重新编录和整理。地质工作来不得半点马虎，必须有证据进行科学地论证。

现在回想起来，如果当初没有这种争论、科学探求的精神以及执拗的坚持，仅局限于浅尝辄止，就不会有后期猪拱塘找矿储量及理论的重大突破，何良伦说。

几万米的岩芯，重新一米一米地编录，而且是反复编录。编录后还得填图，重新区分地层。更为困难的是，很多岩芯已被遗弃，甚至有的岩芯被埋在了地下，要用铁片将岩芯挖出来，从残留的岩芯票上记录的数据，及少量附在一起的岩芯来分析，证明岩芯在岩层中产生的规律。重新编录及填图产生不了经济效益，待遇不如其他项目，大家积极性并不高，甚至有人认为做的是无用功。部分地质人员思想有些动摇，稳定军心，是目前的首要任务。

一次次开会，一趟趟编录，何良伦给大家打气，他以种种证据向大家证明，这个项目，将会在大家的地质生涯中记上重重的一笔。

当时的猪拱塘项目，要对以前几万米岩芯重新编录并进行填图，地质技术力量明显不足以支撑这样大的工作量，不仅要稳定现有人员，还需要充实技术力量。何良伦把眼睛转向了正在从事其他项目的地质技术人员。

王军就是这个时候来到猪拱塘项目的。

这个毕业于西安石油大学的年轻人，2012 年来到 113 地质队，一直在从事煤矿的地质勘查，从未接触过猪拱塘铅锌矿这种的热液型矿产勘查工作，一切将从头开始学习。

何良伦给王军分析猪拱塘项目的前景，以及自己对这个项目的判断，“你不会后悔来这个项目的，相信我，对你的技术及理论提升有绝对重要意义，这个项目是一个很好的练兵场。”何良伦既是给王军信心，也是给自己信心，支撑信心的，是心里那个金色的罗盘，它一直在指引着方向。

何良伦一次次的思想工作，让28岁正在攻读硕士研究生的王军动了心，他也想在从事地质工作最好的年纪，来一场实践与理论的跨越。青春，就是用来奋斗和探索的。打点行装，王军开始了地质生涯的新旅程。

地层确认了，思想统一了，但大家仅仅是改变了对岩性的认识，没有转化到找矿方面的认识，也就是构造方面的认识。下一步找矿需要成矿理论来支撑，需要总结出成矿规律来指导。

2017 年 4 月，ZK10405 号钻孔传来喜讯，深部见了 7~8 米的矿层。第 2 天早上 7 点钟，何良伦又到机场上，第 3 天，均打到 50 米左右的矿层，他心里有些欢喜，但又怕是空欢喜，心里有点担心，会不会是打到矿柱上了？第 4 天，他继续守着钻机，这次矿层打完了，矿芯有 100 多米。到这时，何良伦还是不敢轻易下结论。后来，他围绕着 ZK10405 号钻孔周边布了 4 个钻孔，均打到 50 多米的矿芯，“下面就是一个大矿囊呀，这真是把手伸到宝囊里了”。仅这 5 个钻孔计算，其控制的资源量达到了大型矿山规模。

当时布置的 11 个孔，9 个见矿，最厚的矿层达 60 米，矿芯上百米见矿率高达 70%，何良伦喜上眉梢。

此时，一个大型矿床雏形远景形成。

但是，又出现一个问题，黔西北未见过这种规模的矿床，以前发现的矿床仅有几十米长，且没有连续见矿，下一步如何布置勘查工作，存在着极大的不确定性。只能一边探索一边实施，真正是摸着石头过河，一边干一边修改设计。

又一轮讨论开始了。何良伦认为要拉开孔距打，部分专家认为按第Ⅲ勘查类型的间距布孔。何良伦认为这有点浪费工作量，而且只能控制矿床的局部，无法看清全貌，双方陷入僵持中。

一次到省地矿局出差，何良伦向时任局副总工程师刘远辉、地勘处处长陈国勇等汇报工作。此时的他，已经感觉到抵抗不住各方面的压力：专家的压力，合作方的压力，项目部工作的压力。他比任何时候都需要有人扶一把，帮他撑一撑，再这样孤掌独鸣，自己有一天会崩溃的。

陈国勇是铅锌矿找矿攻关负责人，此前贵州省最大的铅锌矿即五指山铅锌矿床，就是他带队发现的，是一个铅锌资源量达 200 万吨的大型矿床。刘远辉也是这方面专家，他们听了何良伦汇报后，认为需要以长期的研究来搞清楚成矿规律，何良伦的想法得到了他们的支持。

得到权威专家的认可支持，何良伦心里有了底气，心中的那个罗盘又一次为他指引了方向。

回到项目上，他反复调整设计，拉大勘查工程间距，一口气布了 40 多个钻孔，基本达到详查的控制程度。

迈出了第一步，以后的工作就顺理成章，一步步向着地心探索。

2017 年中秋节，机场上开始见矿了，矿芯近 70 米，很纯的金属。大家认为达到目的，可以终孔了。何良伦不同意，基于对矿床的研究和认识，他认为，要往深处探索，也许还有矿体，且应该是大矿。接着打，随后的 50 米，又见 2 层矿，加起来有 20 多米的矿层。正是这个孔，为以后的深部钻探探索开启了一扇门，后期其他孔最好的成绩是打出了近 80 米的金属矿层。

何良伦的判断逐渐得到印证。

他感觉，自己的心也成了一个罗盘，指针直指地壳深处。

张爱军是这个项目上年龄最大、在项目时间最长的技术人员，大部分钻孔都经他的手编录。他熟悉这些钻孔，就跟熟悉手里的罗盘一般。

34 年的地质工作，什么样的艰苦条件没有经历过？但钻天坡上的那场大雪，依然让他记忆深刻。

2017 年 12 月，正是如火如荼加班加点抓紧干的时候。一天大早，张爱军起床洗漱，水管出不了水，下水道也排不出去，水管都被冻上了，透过项目部办公室的窗户，对面的山上一片白雪皑皑。今天要和何良伦一起到钻天坡编录，上面有 3 台钻机。

钻天坡，海拔 2200 多米，确实名不虚传，车子呜啦啦地吼着，就是上不去，只见车轮在打转，将地上的雪与泥搅打成一片污泥，甩在挡泥板上、车门上。离机场还有 4 公里，张爱军和何良伦弃车步行。周围的松林上都是晶亮晶亮的冰挂，冰凌有 20 多厘米长。冲锋衣的帽子阻碍视线和听力，只能掀掉帽子，顶着纷纷扬扬的雪片、不断掉下来的冰凌，往山顶爬。

因为连续运转，所幸机场的水管未被冻上。他们用戴着纱布手套的手，拂去岩芯上覆盖的雪层，用地质锤敲碎一小节岩芯，细细观察，生怕漏掉见矿位置，特别是雨雪天，岩芯被打湿，没有阳光反射，一个疏忽，就会将矿化点遗漏。这样的节骨眼上，不能有丝毫差错。

中午与钻探工人分着吃了点馒头，他们一鼓作气跑了几个机台，晚上回到项目部，将湿衣服换下，何良伦又坐在电脑前整理资料了。

以成矿构造学理论指导猪拱塘的地质找矿工作，就像跟着罗盘的指针走，方向明晰了，工作推进高效了。

2018 年，详查报告通过评审，提交铅锌金属量 275.82 万吨，为贵州省首个超大型铅锌矿床，实现了贵州超大型铅锌矿床零的突破。一时间，各类媒体争相报道，猪拱塘“拱”出了大矿，全国各地投资商纷纷前来问询合作意向。

工作并未止步于此，勘查工作继续推进。

113 地质队党委一直关注着猪拱塘项目的进展，无论是在详查还是勘探期，队领导数次到现场慰问指导，就人员、物资、工作和生活提供多方位关心，给予项目强有力的支持，任何成果的取得，均需要多方面力量的加持。

2019 年 12 月，提交勘探报告的关键时刻。来看看这一个月的时间是如何奔跑的：12 月 1 日野外验收，12 月 10 日根据验收意见修改报局，12 月 20 日提交成果报告送局审批，12 月 25 日将据局意见修改后的报告报省规划设计院。

吴大文带着项目部一帮人赶报告，他们 10 多个人关在贵阳的酒店里，没白天没黑夜地编写报告，反反复复，不断修改。整整一个月，只出了 3 次酒店门。一帮人早上 7 时上班，晚上 11 时下班，猪拱塘项目施工了 171 个钻孔，仅图件就有 365 张，这些剖面图、勘探线图、钻孔图、地质平面图、储量图、水工环图件，仅仅是打印图件，就需要几台机器打 2 天，而其中的勘探线图就涉及 60 多条线，200 多个工程。

对第一次承担综合性报告编写的吴大文来说，压力无疑是很大的，时间紧工作量大，他得统筹整个团队的工作，还得执笔编写报告，这么短的时间里，能否如期完成工作任务？工作质量是否经得住专家评审？吴大文心里有些着急。此时的何良伦远在美国考察学习，吴大文没有了依靠，只能自己撑着或者以电话的方式进行远程咨询。直到最后一个星期，从美国回来的何良伦与他们会合，对报告做最后的修改，吴大文这才稍稍松了口气。

2020 年 1 月 16 日，如期赶出的勘探报告经过了专家评审。2020 年 4 月通过备案。经过 2 年的勘探工作，猪拱塘项目探明铅锌资源量 327.44 万吨，相当于 6 个大型矿山规模，且富含多种伴生元素，潜在经济价值达 700 亿元，为建立黔西北铅锌矿资源基地特别是毕节试验区矿业经济发展，提供了资源保障。

猪拱塘项目部租住一间民房，就像一台孵化器，不仅孕育出猪拱塘找矿丰硕成果，也锻炼了一批优秀技术人才。何良伦、王军、吴大文、张爱军、李媛媛、曾燕春他们，一个个都是奔跑者，朝着心中罗盘指引的方向迈着大步奔跑。

一个铅锌矿找矿的骨干团队成长起来了。他们运用“构造解析与逆冲滑脱”理论，创新黔西北铅锌矿理论技术成果，发表科技论文 20 余篇，国内外未见相同文献报道。地矿部原部长宋瑞祥高度评价这支地质找矿研究团队对该地区长期研究工作所做出的贡献。

猪拱塘项目得到了多方面认可，先后获得各类奖项：中国地质学会 2018 年度十大地质找矿成果、中国有色金属地质找矿成果一等奖，全国找矿突破战略行动优秀成果，自然资源部“十三五”重大科技成果，省地矿局地质科技成果特等奖，2019 年“贵州省工人先锋号”荣誉。何良伦获贵州省找矿突破战略行动优秀成果及优秀个人、中国地质学会授予“野外青年地质贡献奖——金罗盘奖”。自 2008 年参加工作，10 年后的今天，获这样一份殊荣，这是他的黄金 10 年。

“功成不必在我，功成必定有我”，一直关心指导猪拱塘找矿的局地勘处处长陈国勇，在项目申报奖项时，主动提出将获奖名额让给基层一线技术人员，这种甘为人梯的精神值得点赞。

猪拱塘项目不仅是贵州省首个被发现的超大型隐伏铅锌矿床，实现了贵州省超大型铅锌矿床零的突破。更为重要的是，理论上的突破与创新。猪拱塘项目解决了制约黔西北地区铅锌矿“攻深找盲”关键技术难题，突破传统认识，取得了猪拱塘铅锌矿受双重逆冲构造和二叠纪碳酸盐岩联合控制创新性认识，明确了深部找矿方向；同时，创新勘查技术方法，构建猪拱塘铅锌矿找矿预测地质模型，为铅锌矿深部勘探提供可靠依据。理论上的突破，如罗盘的指针，为以后黔西北铅锌矿找矿指了方向，提供了又一种可能。

对面山上的风力发电机缓慢地转动着叶扇，像罗盘上的指针。当初上马猪拱塘项目时，山顶上的风力发电机只有零星几个，现今，满山满坡的白色风扇已经呼啦啦铺开了。

如今的猪拱塘，山上山下如花瓣般绽放铺开多个大项目：“贵州省垭都－蟒硐地区深部资源调查”“贵州省赫章矿集区深部找矿预测”“新一轮找矿突破战略行动”“毕节试验区赫章县菜园子铁多金属矿深部及外围地质三维空间调查评价项目”“毕节试验区赫章县猪拱塘铅锌矿深部及外围地质三维空间调查评价项目”等，山中钻塔上的红旗与山顶上的白色风扇，构成了一幅战略找矿的远景，在一个金色罗盘的指引下，发出熠熠的光芒。

猪拱塘铅锌矿项目自 2012 年至 2022 的 10 年，是 113 地质队脚步铿锵的黄金 10 年，是对其矿产及成矿理论探索的 10 年，目前在其成果基础上衍生的多个项目依然在继续，以后的无数个黄金 10 年，正在前方，召唤着一代又一代的地质人员。

好风凭借力，送我上青云。赫章县菜园子铁多金属矿项目与猪拱塘同在一个构造带上，项目部就在猪拱塘当初的驻地，人马大多仍是当初的那批地质技术人员。张爱军仍然扎根在猪拱塘，王军、吴大文成长为项目负责人，还有黄庆、雷林洋、蔡京辰、杨思涛、杨天等一批批在猪拱塘项目成长起来的技术人员，像一朵朵蒲公英，飞向毕节试验区的山川大地，战斗在优势矿产资源大普查的山山水水之间……

锦上添花找大矿

——101 地质队天柱寨脚重晶石矿大精查项目纪实

袁柳芝

走进素有“中国重晶石之乡”美誉的天柱县，映入眼帘的是郁郁葱葱的绿色，清水江两岸，崇山峻岭，层峦叠嶂，青山涌翠，优雅宁静，俨然一个诗情画意的世界。

2020 年 12 月，诗情画意的“中国重晶石之乡”再传喜讯，寨脚发现一个大型重晶石矿，实现空白区内找矿突破，为“中国重晶石之乡”锦上添花，增添了沉甸甸的分量，给地方政府带来直接经济效益上亿元，这是 101 地质队在全省重点矿产资源大精查重晶石找矿中取得的重大突破。

勇挑重担立项目

驻扎在苗乡侗寨、清水江畔的省地矿局 101 地质队，是一支长期为苗乡侗寨提供能源资源保障、生态文明建设、国土空间规划、地质灾害防治等专业地质技术服务的地勘单位，大队党委积极响应省委省政府重点矿产资源大精查号召，决心为“中国重晶石之乡”再找大矿，再立新功。

重晶石是世界上应用最广的钻井泥浆加重剂原材料，同时也是油井生产或油气混合井生产、钡化工及防核辐射等原材料的重要来源。

在局领导和专家指导下，101 地质队迅速对天柱县重晶石整装勘查、相关矿区勘查成果进行认真分析和综合研究，主动向省大精查办申报“贵州省天柱县寨脚重晶石矿详查”作为省2020年度重点矿产资源大精查项目。

2020 年 8 月，项目获得批准立项。省地矿局党委和黔东南州委、州政府十分关心支持，101 地质队党委迅速安排部署，立即行动，第一时间成立了以队领导挂帅的项目指挥部，组织全队强有力的技术力量和精良的设备，整理行装，身背行囊，抱着为“中国重晶石之乡”再找大矿的决心，向寨脚出发了。

挑战是进步的开端

回顾地质历史，我们可以看到，101 地质队几代地质人栉风沐雨，辛勤努力，为苗乡侗寨乃至贵州重晶石勘查工作做出了突出贡献。但是，再次实现找大矿目标，何其艰难。既不盲目自大，也不能怯懦退缩，既然选择了梦想和远方，就注定执着无畏，风雨兼程。

寨脚大精查项目野外工作周期，原本工作设计 12 个月，9 月初项目启动，由于任务紧迫，省大精查办要求将寨脚重晶石矿详查项目列入 2020 年 12 月中旬野外验收项目之一。

硬生生将 8 个多月的野外工作时间，压缩到不足 4 个月，时间紧迫，任务艰巨。接到通知的第一时间，项目部人员从信心满满一下变成忧心忡忡，心里没底了。

挑战是进步的开端，压力是动力得以转化的前提。省地矿局党委和大队党委十分关心重视，立刻派出专家到项目部精心指导，全体人员信心倍增，指挥部发挥龙头作用，带领项目组成员倒排工期，撸起袖子加油干。

说起工作区域的环境，项目负责人刘灵深有感触：“寨脚大精查项目野外工作范围，主要在天柱县邦洞街道寨脚山环村，该地区属于老矿区，不仅工作环境危机四伏，村民的思想也比较复杂，在项目临时征用土地的事情上，习惯了以前对矿老板漫天要价的模式，对我们也毫不客气，部分村民还常常阻工，严重影响工期。项目指挥部多次与村民沟通协商，结果都不理想，大家急得像热锅上的蚂蚁。最后在黔东南州自然资源局和天柱县人民政府的关心支持下，征地难题才得以顺利解决。”

“我们的指挥长谢湛明，白天忙着各类工作的协调，晚上还亲自到各机台、测试点、测量点看望大家，了解我们身体能不能吃得消，工作生活上有没有遇到困难，项目进度如何，还关心叮嘱我们工作固然重要，但身体是革命的本钱，一定要保重身体，才能更好地完成任务。”刘灵接着说。

项目野外调查工作从 9 月中旬开始，所有人员只知道不停地钻探施工、编录、野外填图、整理资料、填写各种表格和撰写总结，每天工作从天际刚露出鱼肚白到星月布满天空，向统一目标迈进，都不知道哪天是周末，哪天是中秋，甚至有的人对国庆节也没有了概念。每当晚上夜深人静时，整个村子和周围大山里就只有指挥部、项目部、钻探机台、水文测试点的灯光像一朵朵小金花，一颗颗闪亮的星星，特别耀眼，各台钻机“轰隆隆”声对响不停，像男男女女对唱情歌，把原本寂静无声的山夜烘托成一座温暖明亮的城堡。

大家有时冷了，就围在钻机旁的火堆边，伸伸手和烤烤脚，凛冽的寒风飕飕刮在脸上，犹如打在雕像的脸上，完全没有知觉。有人问“大家冷不冷？”大家开玩笑回答“雕像怎么会冷呢！”目光炯炯中，你看我，我看你，不约而同地哈哈大笑起来。

当他们被问到冷吗？累吗？永远微笑着回答：“不冷，不累。”这就是 101 队地质人，为了抓进度、抢工期，保质保量完成任务，他们舍小家，顾大家，扎根深山，通宵达旦。当时有一台钻机离村里较近，晚上施工会影响附近村民休息，施工队为了不影响总体工作进度，从早上 6 时到晚上 10 时不间断工作，10 时准时让钻机安静下来，中晚餐就在机台上随便对付一口，舍不得跑回项目部，坐下来吃口热乎乎的饭菜和喝口温热水暖暖身子。

无论是秋风萧瑟，还是雪花纷飞，在寨脚项目工地，总能听到轰隆隆的打钻声，总能看到项目组成员忙碌的身影。山环村村支书感动地说：“感觉这群地质队员们干起工作来不要命呀，没日没夜地，好像总有使不完的劲，不知道他们是为了什么？记得有一次，连续好几天大雨，出村唯一的公路因滑坡全被堵死了，好几天出不去，我路过他们项目部时，见他们拿盐巴放白水打汤泡饭吃，还有说有笑，看不出他们脸上有一点怨言，看着都让人心疼。他边说边竖起了大拇指。

俗话说：“人是铁，饭是钢，一天不吃饿得慌。”野外工作期间，最难的不是工作多艰苦、工期长短和资料收集难，而是当时受疫情严重影响，很多小卖部、菜市场都关了门，再加上天公不作美，从深秋到寒冬，不是秋雨绵绵,就是大雪纷飞,50多名项目组成员每天的吃喝成了最头痛的问题。

“说来不怕你笑，我一个口罩连续戴一个星期都舍不得换。当时各种物资紧缺，口罩就更别说了，有钱都买不到，大家只能重复用。记得当时，我们整整吃了一个多月的泡面，现在别说闻到，就是看到它我胃里就泛酸，不自觉地想远离它。当我们路过村民家门口时，听到从里面传来热热闹闹的欢笑声，心里暗暗羡慕，不由得想起了妻儿，一种莫名的伤感和愧疚油然而生。”技术负责人石庆鹏微笑着说。

他继续说道：“从2008年参加工作以来，就一直从事矿产资源勘查工作，有时在野外一待就是好几个月，待着待着就习以为常了，如果哪天我不出野外，没看到那些蛇虫马蜂，不被刮伤几下，不爬几座山，都感觉不习惯。”说到这儿，一直微笑着的他，脸上掠过一丝苦涩。不能承欢膝下，陪伴妻儿，这就是地质人注定的生活。

“家里人支持你吗，对你有没有过抱怨？”

“不支持的话，工作肯定无法开展，偶尔抱怨下也是难免的。两全其美的事情太难了，更何况我们的工作性质决定了无法两全其美，大家慢慢适应，慢慢磨合，希望孩子长大后能理解我。”他有些愧疚地低下头。

钻探工人邹小辉幽默地说：“最让我们头痛的是钻机，因实行两班制，

24小时施工，它们也经常闹脾气，动不动就罢工。不过在钻探施工中，钻机出现这样那样的问题，对我们来说就像家常便饭。但在这次施工中，我们遇到了从未遇到过的难题，在水文钻孔施工中，大概打到100多米时，钻头居然断在里面了。可那时对我们来说，时间就是生命，只能争分夺秒，与时间赛跑，才能完成组织交给的任务。如果扩大孔径，既费时又耗力，经过认真分析，集思广益，也没有更好的办法了，只能用扩大孔宽这个笨办法，值得庆幸的是当时天气比较冷，大家节约了喝水和上厕所的时间，终于排除故障，最终按时完成钻孔施工工作。”

毋庸置疑，来自天气，来自大自然，各种问题和挑战，对项目部全体人员是一个重大考验。支撑大家的是挑战是进步的开端这个信念，是地质“三光荣”精神，这是一种无形的精神力量，这是鼓舞和激励地质工作者的精神支柱和力量源泉，“苦”与“乐”自然转化，就是无悔的地质人生。

折根细枝作拐杖，一路探寻不畏难。
千山万水莫等闲，心中原本一罗盘。
地质锤下岩石坚，放大镜中矿物现。
曾经年少志比天，而今白头胸怀润。

这是一位地质队员作的一首打油诗，很好地诠释了项目部人员的初心使命。

从指挥部成立开始，谢湛明就扎根那里。在项目上，他就像大家的老大哥、一家之主，不管是项目进度还是大家的日常生活，他都安排得妥妥帖帖。听其他同事介绍，他每天忙项目的事，只偶尔打电话问问父母的身体，老大的学习，老二好不好带，山里信号本来就不好，说话断断续续，就这样加起来通话时间也不超过五分钟。他家老大上小学，老二不到半岁，妻子在医院上班，早出晚归是常态，俩孩子只能交给年迈的老母亲。这位乡下的老太太进城就像进了迷宫，出去不知道路回来，因此从不敢出门，家里吃的东西都得妻子提前准备好。

最让大家记忆犹新的是一天晚上，寒风呼啸，大雪纷飞，窗外寒风掠过树梢、屋檐的嚎叫声，项目各组当晚收工稍早，忙碌了一天的地质队员们拖着疲惫的身体进入了梦乡。整个项目部和指挥部就只有两个房间灯是亮着的，一个就是这位一家之主的房间，另一个是水文地质组小郑的房间，他在整理白天的工作数据。

这位一家之主休息前，习惯性地都要去看看其他同事是否休息，他才能安心地躺下。当打开小郑房门时，看到他不停地在身上到处抓，很多地方都抓出血，呼吸也很急促。谢湛明副队长立刻进屋关心询问："这是怎么了？是吃了什么不该吃的东西吗？过敏这么严重，怎么不早说呢？赶紧去医院吧。"一边帮小郑披好衣服，一边打电话给驾驶员，急急忙忙送小郑去县医院。

当晚，注定是一个不平凡的夜晚。后来听小郑叙述，他是看到漆树过敏的，其实晚饭时他就觉得不对劲，但为了不让大家担心，自己吃了几颗药，强忍着钻心的痒，把数据整理完。没想到药没起太大作用，半夜里全身大块大块红彤彤的，还伴有恶心、呕吐、腹痛、腹泻、胸闷、气短的情况。后来听村里人说："漆树会让人过敏，有的人即使没有碰到，只要看到都会过敏。漆树乍一看和香椿树长得很像，如果分不清，很容易被蒙蔽。"

领导重视，专家指导，大伙齐心，定能成功。

寨脚重晶石勘查工作区，处于云贵高原东部向湘西丘陵过渡的斜坡地带，地质构造复杂，植被、浮土掩盖严重，一般勘查手段无法达到工作要求。101 地质队现任总工程师杨宗文，作为项目技术指导专家，为了向省委省政府提交一份高质量的答卷，主动邀请中国地质大学教授对岩芯编录、水工环地质调查、数字勘查等进行现场指导。大队党委成立了队领导领衔的指挥部，抽调了全队精兵强将，本应放一万个心，相信大家肯定能完成任务，但作为单位的总工程师、项目指导专家，杨宗文心里时刻惦记的是项目，习惯了对年轻人像对自己的孩子一样，不管他们能力多强，总想着关心帮助一把。他每天不管多忙、多晚，人在哪里，总是想办法抽出时间询问项目的具体情况，几乎每周都到项目进行各类专项指导，解决项目实施过程中的各种难题。

101 地质队现任队长罗康生，无论是秋雨绵绵还是大雪纷飞，只要能抽出一点时间，心里挂念的就是寨脚大精查项目。在项目上，他常常与大家交谈工作与生活，了解他们存在的困难，鼓励他们关关难过关关过，步步难行步步行。

在各级组织和专家的关心支持下，项目组在原有的工作方法上不断创新，通过可供源音频电磁法新技术试验、数字勘查、三维地质建模、物探、追索法和穿越法等不断尝试，基本查明了矿床地质特征及矿体的连续性，确定了矿体的规模、形态、产状、空间位置和矿石质量特征，实施的 16 个孔中，见矿率达到了 75% 以上，矿体平均厚度约 3 米，估算重晶石矿石资源量为 1050 万吨，实现了大河边重晶石矿区空白区找矿新突破。

当大家还沉浸在一片成功找出大矿的欢欣鼓舞中时，队长罗康生盯着《贵州省化工用矿产资源开发利用上线及管理办法》上一串串密密麻麻的数据。只见他眉头紧锁，感觉胸前有一块巨大的石头压着，他陷入继续为地方找大矿的深思中。

重晶石作为贵州省的优势矿产之一，但主要以小型矿床居多，大型、超大型矿床较少，目前全省重晶石资源量仅能维持到 2030 年。

深思熟虑后，2022 年 3 月，101 地质队向省科技厅申报了贵州重晶石成矿规律与找矿预测研究项目，为矿产资源勘查圈定靶区，查明贵州省沉积型重晶石资源家底，为在空白区找出大矿提供坚实的地质技术保障依据。

战斗堡垒作用显

五指聚，支部劲。人心齐，泰山移。

近年来，101 地质队项目遍及国内外，点多面广，人员分散，奋战在一线的骨干大多是80后、90后。为凝心聚力，鼓足干劲，大队党委要求，哪里有项目，哪里就有党员，哪里就有党支部。寨脚项目部和临时党支部第一时间同时成立，主动把党建工作延伸到攻坚一线，建成坚强的战斗堡垒。

“我们临时党支部，建在项目上，作用发挥在项目上，现场协调、施工、安全质量管控等关键环节，都要展现出战斗堡垒的作用。”101地质队党委书记何松说。

何松书记介绍，在2019年实施柬埔寨一煤田详查项目中，面对国外人地生疏、水土不服、高温酷暑、时间短任务重的重重考验，以及业主高标准、高质量完成任务的要求，项目现场临时党支部党员带头，发挥党建引领作用，主动克服恶劣工作环境，科学组织，强化质量管控，落实安全措施，通过日日夜夜赶进度，不到一个多月就完成该项目野外煤矿勘查，如期提交高质量报告，向业主提交了一份满意的答卷。同时也为单位进驻“粤港澳大湾区”及实施“走出去战略”开了个好头。

这样的例子还有很多。在贵州省黄平县麦巴和王家寨铝土矿地质环境生态修复工程项目、贵州省凯里市鱼洞河流域生态环境综合治理项目中，项目部全体人员在党支部党员的带动下，劲往一处使，各项任务都提前高质高效完成。

树品牌不易，守品牌更难。临时党支部经常利用工余时间创新“三会一课”形式，组织党员开展政治理论学习、廉洁从业教育、安全生产专题培训，支部书记带头开展党的十九大精神、党史学习教育主题宣讲，同时做好党员参加集中学习和组织生活的各项原始记录，切实将党建工作融入日常、抓在经常，使党建工作在项目实施现场得到真正落实落地。

天柱县寨脚重晶石矿大精查项目开工伊始，临时党支部坚持党建引领，围绕中心开展工作，坚持“高标准施工、高质量运行、高质量达标”建设理念，超前谋划，扎实推进，不断强化组织领导，狠抓项目标准化建设，严格绿色勘查标准，强化安全、质量管理，强化团队建设， 在项目实施过程中刷新了一个又一个纪录，创造了一个又一个奇迹。

同事们开玩笑问：“夏书记，你一直在项目上，等你回家时，你们家的豆豆还认得你吗？”夏书记是一名85后年轻干部，一心扑在工作上，敢啃硬骨头，但凡单位急难险重项目任务，总能看到他那单薄而忙碌的身影。三十出头了，至今都没有时间找到心仪的另一半，不仅单位的领导着急，家里的父母更急。每当父母和单位领导问起他的个人大事，他都是不紧不慢的样子：“不急，现在正是干工作的时候。”其实豆豆是他收养的一条黑色小狗狗，他对它就像对自己的亲人一样，舍不得让它热着冷着饿着。

锦上添花找大矿，辛勤努力结硕果。

三个多月后，野外工作顺利完成。2020年12月，101地质队实施的天柱县寨脚重晶石矿详查项目，顺利通过省大精查办组织的专家野外验收，估算重晶石矿石资源量为1050万吨，达到大型矿床规模，不仅实现了空白区内找矿的重大突破，同时为“中国重晶石之乡”增添了更加厚重亮丽的底色，给地方政府带来直接经济效益上亿元，为助力“工业强省”战略，推动天柱化工业生产基地发展提供了坚实的资源保障。

森林密布的深山，回荡着我们的歌声。郁郁葱葱的群山，飞扬着我们的战旗。

101地质队的找矿队员，又向着新的目标出发了。

潮涌毕节试验区

杨　瑛　田景轩　赵维龙　何毓敏

2021 年春节前夕，风景如画的乌江一级支流六冲河畔。

一辆面包车徐徐驶进毕节黔西市新仁苗族乡化屋村，习近平总书记带着对贵州各族人民的关心关怀和深情厚谊，亲切看望基层干部群众，送来新春佳节的问候祝福，同时对贵州人民提出了在新时代西部大开发上闯新路、在乡村振兴上开新局、在实施数字经济战略上抢新机、在生态文明建设上出新绩的“四新”要求。

黔贵大地干部群众，迅速行动起来，掀起学习贯彻落实习近平总书记“四新”要求的热潮。

地矿工作，作为经济社会发展的先行性、基础性工作，如何落实“四新”要求，助力毕节贯彻新发展理念试验区建设？省地矿局党委领导班子认真研究决定，向省委、省政府呈送建议报告，发挥地质技术优势，全方位、多层面、有重点开展毕节试验区优势矿产资源大普查。

2021 年初，省委、省政府很快批准这个建议。省地矿局党委迅速调集精兵强将，副局长朱春孝领衔挂帅，局首席科学家周琦亲自担任首席专家，114 地质队、117 地质队、113 地质队、地调院、108 地质队等地勘单位尽锐出战，探寻优势矿产资源的热潮，涌动在毕节试验区。

时光如梭，两年飞逝。省地矿局成百上千的地质工作者，奋战在毕节试验区，用火一般的热情，挥洒青春智慧和辛勤汗水，在地热水、饰面石材、稀土等多个勘查项目上捷报频传，取得阶段性重要成果。

潺潺泉水映未来

2021年7月1日，是中国共产党成立100周年的庄严日子，也是114地质队开启毕节试验区优势矿产资源大普查项目之一的矿泉水勘查的日子。

“好，收到，马上行动。”114地质队水文工程院长吉勤克补子，接到局地勘处陈国勇处长电话通知，毕节试验区优势矿产资源大普查矿泉水项目勘查地点已经选定，一个在七星关区王丰，一个在金沙县平庄—五龙。电话激发了水文工程院全体同志的激情，大家摩拳擦掌，表示一定在最短时间内编制完成项目设计并通过评审，实现试验区矿泉水勘查项目“开门红”。

水文工程院是114地质队“三大一浅”产业板块的主力军，是一支团结奋进、人才辈出的队伍，十余人中超过半数拥有高级及以上专业技术职称和各类注册执业资格，多年来先后承担了贵州省地下水资源勘查、水利建设三大会战、贵州省1:5万水文地质编图等重大地下水资源勘查项目，为30余县打井800余口，解决百万余群众饮水安全问题及5000余亩农田灌溉用水问题，可谓战功赫赫。

此时的他们，正承担《贵州省水文地质志》修编、全省首个地下水污染修复类试点项目、地下水环境基础条件调查等重点项目任务十余项，处于“五加二”“白加黑”连轴转的工作状态，接受矿泉水勘查项目意味着更多的工作、压力和责任。

吉勤克补子用坚定的眼神看了看大家，曾参与过贵州省矿泉水调查评价及贵州省理疗温泉调查评价的周亚男、高峰、胡署月、江峰四名同志心领神会，不约而同举起右手，主动请缨，组成项目临时突击队，当即赶赴贵阳，在局地勘处统一安排和指导下，封闭 4 天，编制完成了毕节试验区金沙县平庄—五龙、七星关区王丰矿泉水勘察设计，并顺利通过地矿局组织的初步审查，9 月完成项目入库，11 月勘查项目正式启动。

11 月，山野层林尽染，丰收的喜悦写在乡亲们脸上。114 地质队水文工程院技术人员脸上却笑容很少，有的是严肃和专注。两个月！距离完成 2021 年度提交饮用天然矿泉水资源量 30 万方目标任务的时间不到两个月！

怎么办？项目地质组成员围坐在会议桌前，眼睛齐刷刷注视着已经圈改了多遍的工程布置图。“时间紧、任务重，我们必须抓住重点。”吉勤克补子院长果断提出，试验区建设大胆试，我们的项目也要大胆试，不能按以往先勘查、再详查、最后实施勘探的固定程序开展工作，要首先确定勘探靶区，抓住勘查工作重点，集中力量优先完成勘探靶区攻坚，以最短时间推进钻机进场施工。

说干就干。地质组成员迅速奔赴金沙投入野外调查工作，仅仅一周时间，将勘探靶区锁定在小里社区。为更及时准确掌握地下构造及富水情况，物探工程院院长汤金柜亲自带队进场勘测，白天采集数据，晚上解译成果，仅 3 天时间完成布孔靶区的全部物探工作并提交成果报告。

在地质调查和物探解译的基础上，首井井位布设在哪里，能否成功成井，无疑是此次勘查任务至关重要的一步。关键时刻，局地勘处高度关注支持，局退休专家王明章亲临现场指导，在越野车引擎盖上铺开的图纸上画了 4 个圈，最终确定此次矿泉水勘查的 4 个孔位，为推动项目成功完成目标任务，迈出了最坚实的一步。

布孔完成后，勘查工作进入最关键的阶段——探采结合孔施工。分管安全、钻探施工的 114 地质队党委委员、副队长邵颂友亲自部署钻探组进场施工工作，由钻探工程院院长陈浩组织精兵强将成立施工组，安排最新型 SL-600 履带式钻机进场施工，并在施工现场组织地质技术组、安全管理部门、施工组进行安全培训和技术交底。邵颂友强调，毕节试验区是贯彻新发展理念试验区，绿色勘查是最基本的要求，此次钻探任务从技术要求、工作流程到施工现场管理，都必须严格执行标准化要求，坚持文明施工、绿色施工，施工班组要统一思想，积极配合技术组做好各个环节的施工及现场试验，在确保安全的前提下，高标准推进任务全面完成。

场地严格按照标准化要求，布设“五图一牌”；施工场地内部铺设了土工布，进行了明确的功能区划分，所有管材设备定点有序摆放；场地周边设置铁栅栏和彩旗，形成封闭管理区域；为防止钻探过程中的泥浆水涌入农田，现场钻探工作人员用双手一把一把地捧起黏土，筑起挡水围堰；步道上架设了网格，既能透水，又能防滑。

施工完成后，施工组人员严格采取后期恢复措施，移除布设的土工布和围栏等设施，对场地内进行耕植土覆土恢复，最大限度还原场地原貌。机台离场后，散学回家的孩子、路过的村民，仍都会习惯性地驻足，看一眼火热的钻机曾夜以继日奋斗过，如今已绿色盎然的空地，回想着曾经那橘黄色的钻机、红褐色的黏土、橘红色的身影、碧绿色的庄稼、青翠色的山林、蔚蓝色的天空、迎风飘扬的彩旗和喷涌而出的白色水花，这是114地质队书写在毕节试验区的一幅绚丽的绿色勘查画卷。

11月25日，在技术交底完成后，钻探施工正式开始。俗话说好事多磨，施工组刚开工，水还没见到，就先收到了当地供电局发来的整改通知书。由于钻机距离高压电线直线距离不足8米，既危及施工安全，又危及供电安全，要求立即整改。

整改通知书虽然像烫手的山芋，但必须接，必须及时整改。怎么整改？邵颂友副队长立刻召集地质组、钻探工程院、安全科等负责人研究，钻孔孔位位于河沟边，位置窄，往周边移孔不能根本上解决距离高压电线过近的问题；如果要重新选择靶区布孔，就意味着推翻前期的工作，重新开展，从技术上和工期上都不允许，唯一的办法是继续原地施工，但要确保施工安全，必须承担很大的风险，怎么管控？谁来管控？

“我来。只要钻机在动，工作在开展，我就守在现场，坚决不让事故发生。”陈松是施工组现场负责人，这句承诺，让机台上有了两个安全员，他作为全天候兼职安全员，成为机台上工作时间最长的人。这句承诺，让施工顺利推进，最终成功成井。这句承诺，让钻探施工整个过程中没有出现任何工人受伤的情况，哪怕常见的小擦伤和小磕碰都没有发生。

从他担下这份责任起，起钻、下杆、下泵……机台工人们的每一个动作，都时时牵动着陈松的神经。

钻进至 55 米时，钻孔揭露断裂构造，地下水喷涌而出，初测日涌水量超过 5000 立方米，现场一片欢呼雀跃，但是，成功的喜悦又带来了新的问题。

施工机台上，陈松趁着取水进行检测的间隙，徘徊在机台边，水能导电，要想办法阻止喷涌的地下水接触电线。他找来篷布，围住补芯，几经尝试，通过减小地下水向上的冲力，终于防止了空压机将水吹向高压电线。

在办公室，周亚男看到微信群里施工人员分享的 WLCK1 号井出水照片后，心中也产生了担心。在碎屑岩区，第一次遇到这么大水量的钻孔，水量能否持续保障，水质会否受到影响，导致无法达标？同时由于出水量大，犹如脱缰之马涌出的水，是否会让空压机施工中背压太大，影响继续施工等，一个个问题迫在眉睫。

地质组与施工组迅速碰头，多次讨论分析，最终决定采用下管的方式，临时封隔上部地下水，继续开展钻探施工。同步按照设计要求，分段开展水质检测工作，检测结果一出来，大家兴奋不已，水样中锶含量每升 0.4~0.5 毫克，超过每升 0.4 毫克的国家标准限值。

钻探工作持续推进至 120 米左右时，涌水量再次增加，钻探已揭露到第二层地下水富水层。从第二层地下水的一份水质报告中，周亚男惊喜地发现，稀有元素硒达到了每升 0.01 毫克的国家标准，属首次在省内发现的硒达标矿泉水，这一成果大大超出了大家的预期。地质组成员难掩激动的心情，为谨慎起见，在征求分管领导和局地勘处领导的意见后，决定再次取样，进一步确认硒元素的含量。

再次前往钻探施工现场，周亚男作为地质组负责人亲自取样，在旁边看着的其他同志，在这一刻，感觉到空气仿佛都被他的认真和专注凝固，他教科书式的操作，确保每一步都按照规范进行。取样后，他又马不停蹄地将水样带上车，以最快速度分送至省内外 4 家检测机构进行平行检测。

经过检测分析，最终检测结果与第一次检测的结果保持一致，同时锶含量还略高于第一次中的指标值。

大家再次欢呼雀跃，为首次在省内发现硒达标矿泉水感到激动和兴奋。但同时，又面临一次抉择。如果确保锶、硒两种元素同时达到天然矿泉水标准，就必须放弃第一层每年 180 万立方米的资源量。如果确保资源量突破，最终矿泉水中的硒元素含量就无法达到天然矿泉水标准。

鱼和熊掌，怎么抉择？

经过反复讨论分析，并请示有关专家领导，项目组决定，采取第一套方案，对上部 0~120.1 米孔段，下入直径 219 毫米不锈钢实管进行隔水处理，确保水质达到硒锶矿泉水标准。

直径 219 毫米不锈钢实管，对地热、石油钻井而言，不是什么问题，然而对于目前施工现场用的工程钻机，却存在较大的吊装风险，按 3 米长度标准规格计算，单根重量超过 250 斤。

大队钻探技术副总工程师赵华宣思索着："单靠传统夹板肯定夹不住，我建议同时使用石油钻安全卡瓦，这样就有了双保险。"参与讨论的陈松和两个班长纷纷赞同，说干就干，大家严格按照规范操作，通过 60 余次安全吊装，完成直径 219 毫米不锈钢实管下管 121 米，下管总重超过 5 吨。

经过有效隔水，矿泉水中硒含量稳定在每升 0.012~0.017 毫克之间（国家标准为每升 0.01~0.05 毫克），锶含量稳定在每升 0.42~0.50 毫克之间（国家标准为 > 每升 0.4 毫克），pH 值在 7.40~8.80 之间，属弱碱性水，总硬度在每升 28.20~79.35 毫克之间，属地矿化度的软水，水质经评价满足饮用天然矿泉水国家标准的要求，可以命名为硒锶矿泉水。

WLCK1 号钻探施工接近尾声，即将开始抽水试验，面对即将检验成井成果，大家都抑制不住内心的激动，然而班组内却有一人心不在焉。吴洪高是班长，是班里的主心骨，他一反常态，时不时走神开小差，休息的时候也是看着手机发呆。

一向细心的钻探工程院院长陈浩发现了，主动找吴洪高谈心，问他是不是有什么困难，有什么心事。50出头的吴洪高，沉默了许久，哽咽着说，老母亲生病入院，即将动手术，但工作任务重，走不开。作为家里的独儿，他平时没能照顾母亲，在这么关键的时候也不能守在病榻前，他感觉自己亏欠母亲和家人太多太多。同时，他更担心高龄的母亲下不来手术台……

“你目前最大的任务就是把母亲照顾好，快回去吧。相信医生，老人家一定不会有事的。”陈浩同志一边安抚吴洪高，一边催促他抓紧时间启程，“这里有我们，你安心回去吧。”不善言语的吴班长，从椅子上站起来，紧紧握着陈浩的手：“谢谢领导，谢谢组织……”

吴洪高离开后，班上个别外聘工人不理解，私下悄悄发牢骚，“这节骨眼上，班长都走了，抽水试验怎么整？”“原来打井十天半个月就完一口，这个矿泉水勘查干几天就停下做检测，一直干不完。”“班长走了，人少了一个，我们是不是该多得点”……

陈松作为现场施工组技术负责人，也是组里唯一的党员，这一切他看在眼里，也听进了心里。趁着晚上休息的间隙，他找来班上几名工人一起聊天。“吴班长的情况，你们都知道了，他之前不说就是怕影响到工作，处了这么长的时间，我们早就是一家人，这种情况我们必须为兄弟撑起。”“吴班长走了，还有我在，还有组织在。我当过班长，明天我来代替吴班长，机台抽水工作必须整起走。”“这是毕节试验区第一口矿泉水勘查井，我们在这里，不仅是代表我们自己，还代表114地质队，代表省地矿局，甚至还代表了省厅。”“村民在看着我们，那么多专家领导在关心支持我们，地质技术组的兄弟们也在等着我们的试验数据加班做分析，关键时刻我们绝对不能掉链子，不能临阵退缩。”

第二天，完成静止水位观测后，开始抽水试验。昨天发牢骚的几个人，冲在了最前面，班组人员各司其职，干劲十足，历时6天，持续118个小时，顺利完成三次降深试验。经最终计算，WLCK1 号井可开采硒锶型饮用天然矿泉水资源量每天 850 立方米左右。

时间过得飞快，项目捷报频传。2021 年 9 月至 2022 年 6 月间，114 地质队共投入包括水文地质、物探、钻探、测试分析等相关专业技术人员 40 余人参与项目，圆满完成了金沙县平庄、五龙街道两个片区的饮用天然矿泉水勘查工作，共实施水文地质钻探 1000 米，完成探采结合孔施工 4 个，成井 2 口，水文测井 974.85 米，物探测试 2400 点，开展水质取样测试分析 60 余件，岩矿测试分析 110 件，水文地质环境地质调查 252 平方公里，地下水动态观测 7 处。

一组组数据、一项项成果背后，浇筑着 114 地质队项目全体成员的辛勤汗水。邵颂友副队长常挂在嘴边的一句话："时间紧，任务重，说白了，就是坚定信心，摸着石头过河。"这句话是矿泉水勘查项目推进过程的最真实写照。

是什么支撑着这群人奋战一线，攻坚克难？

没有条件，创造条件也要上。WLCK2 号孔场地有限，塔桥不能入场，履带式钻机开不进去，怎么办？用吊车吊。大吊车开不进小路，怎么办？用两台小吊车对着吊。

坚持、坚守，没有什么能阻止 114 地质人的脚步。两个孔需要同时进行抽水试验，没有多余设备怎么办？用吊葫芦人工下泵抽水。钻探工程院副总工程师陈涛在现场粗略估算，一根 3 米的钻杆，平均下杆、起杆需要 600 多手，一次抽水试验，需要完成 3 次降深，下杆、起杆约 50 根，就需要 30000 多手。

再艰苦的条件，都甘之如饴。初冬的毕节已凝出了霜冻，机台边空地上，大家围在铁炉子周围，或站着，或席地而坐，吃着锅里的"一锅烩"，聊着天。这一刻，火红的柴火、火红的辣椒，映红了他们的笑脸，仿佛让他们隔绝了野外的严寒。这是家的味道，是家的温暖，是一线地质人的乡愁。

党组织始终与基层一线职工心连心，在 2022 年新春到来之际，局党委派出慰问组，深入机台开展春节慰问，带去局党委对一线职工的关心关怀。在第三口探采结合孔即将完成施工的时候，114 地质队党委书记、队长李应涛带队前往现场和工人们亲切交流，关心了解他们在一线的生活和工作情况，激励大家“坚定信心，绷紧安全这根弦，成功一定属于我们”。项目一线的同志们备受鼓舞，倍感自豪，春节前全面完成分井段试抽水及水样采集送检工作。

一年，短短一年时间，毕节试验区金沙县饮用天然矿泉水勘查工作，取得找矿“三项”突破。

团结一心，艰苦奉献，守正创新，勇毅前行。114 地质队人就像钻孔中潺潺涌出的泉水，滋润灌溉着毕节试验区这方土地。透过哗哗涌动的泉水，我们仿佛看到了毕节试验区开发矿泉水辉煌灿烂的未来，看到了地矿人在毕节矿泉水产业发展和毕节地方经济社会发展之路上留下的浓墨重彩的一笔。

精美石头绽光华

贵州，是山的王国。

毕节，是优质饰面石材富集区。勘查优质饰面石材的重任，落在 117 地质队肩上，108 地质队配合完成。

项目部经过先期踏勘选区，一个多月后，编制的《毕节试验区威宁、金沙地区优质饰面石材资源普查设计书》通过专家审查，计划用两年时间，提交优质饰面石材 10 亿立方米。

正当大家雄心勃勃准备大干一场时，遗憾地发现，选定的两个重要靶区之一的威宁县勘查区，大部分与天然林、风能发电、光伏电站等建设项目及乌江源保护区重叠，不宜开展勘查开发工作。

项目部立即调整设计，工作目标全部转移到金沙地区。因为这一调整，近两个月的黄金时间转眼飞逝。

时间不变，任务不减，队员们顿时感到“压力山大”。

项目负责人罗建均立刻开会安排，分成5个小组，分别在金沙县桂花、平坝、绿竹、大田、长坝5个普查区开展工作。117地质队金齐钊、敖金鹏、钱招军、赵明峰、陈学治、108地质队何文炳先后担任组长。

两个地勘单位党委高度重视，书记、队长多次深入项目勘查区为大家加油鼓劲，鼓励大家克服时间紧任务重的困难，加强统筹安排，强化分工协作。两个单位技术人员混编成组，相互学习，共同提高。严格项目管理，加强安全工作，对检查发现的隐患，要求机台立即整改，做好冬季施工、消防、行车安全及人员的防寒保暖……

金齐钊和敖金鹏编在一个组。他们天刚放亮就向长坝地区出发，随身带上两个干面包、一瓶矿泉水。不到中午，矿泉水就喝完了，到下午两三点钟再吃上两口干面包，觉得喉咙火辣辣的。好不容易遇到一处山泉水，蹲下身捧上水就先灌上两口再说，喘上几口气，又继续下一步工作。他们心中就一个念头：“战天斗地，甩开膀子加油干，克服万难往前行。”

雨雾和低温，同时考验着地质队员的意志。年轻队员陈学治和何佐祥，穿着长筒雨鞋行走在金沙平坝地区泥泞的山路上，一路上趔趔趄趄，随时都有可能摔倒。参加工作不到一年的年轻研究生何佐祥开玩笑说：“陈工，我们大半个月来都穿雨鞋上山，这个冬天太省鞋了……”陈学治听懂了他的意思，相互鼓励道：“工作是困难了点……但管不了这么多，完成任务才是硬道理！”

在普通人脑海中，贵州省是喀斯特地貌发育地区，石头比比皆是，随手可及。但是，饰面用灰岩矿全都“长在深闺人未识”——不穿越高山峻岭、荆棘丛林，无法揭开它们神秘的面纱。

一天，项目技术负责、高级工程师钱招军带着108地质队小伙子刘航，穿行在绿竹地区的茅草丛中，茅草丛又深又密，填图的图纸都展不开。刘航感叹：“要是在这山中打游击，往这草丛中一钻，谁也不会发现我们……”钱招军说：“年轻人就要吃点苦，磨炼一下意志。”

工作持续有序开展。

117 地质队副队长刘文，是这个项目总指挥。他的身影随时出现在普查区工作现场。不仅到项目部宣讲党的十九届六中全会精神，用伟大建党精神鼓励大家克服困难、勇创佳绩，同时十分关心大家的工作生活。他关切地说："大家要切实加强冬季野外作业安全，对钻探施工要把'安全第一'放在首位，克服缺水、气温低等困难，切实做好孔浅、搬迁频繁的安全措施，严格遵守林区用火规定，做到安全施工……"

领导的关心和鼓励像这个寒冷冬天里的一把火，让大家心里暖融融的。

2022 年 1 月 10 日，春节来临之际，117 地质队队长曾昭光、108 地质队队长王旭东，来到金沙优质饰面石材普查项目部，开展春节慰问，把组织的温暖送达每一位野外一线地质队员们心中，叮嘱大家注意安全生产和疫情防控工作，同时召开工作推进会，分析困难问题、梳理难点重点、提出攻坚措施，要求大家力争在 3 月底前完成该项目野外工作。

领导们的一席话再次燃起大家的热情，虽然外面还飘着冻雨，但大家胸中却仿佛燃烧着一团火，誓与恶劣天气争时间、抢效益。

春节过后，一场大雪不期而至。但大雪天气阻止不了队员们上山的脚步。2 月 19 日，金齐钊、陈学治、刘浩、敖金鹏等队员们，冒雪进入长坝、平坝、桂花等普查区开展勘查线剖面测量、地质填图、样品采样等工作，他们的目标，就是要找到晶墨玉、地中海灰、晶墨玉之斑点及芝麻黑等优质饰面石材。

回到驻地，一向沉默少言的金齐钊忽然诗兴大发，感叹地写下一段文字：

与冰雪相伴，与石材共生。
寒冷惧怕地质男儿热血，
高山难挡资源普查雄心，

奔忙在山水之际，
谱写着发展新篇！

他还把这段热情澎湃的小诗，命名为《在那宁静的深山，有一群可爱的人》。

他们的确就是一群可爱的人。当大多数人还沉浸在春节浓浓的节日氛围中时，他们已经离开温暖的家，奔走在深山荒野的雪地里。他们要揭开“长在深闺人未识”的饰面石材的神秘面纱，让纯天然无毒害的优质饰面石材绽放光华，提高人们的生活品质。同时服务毕节试验区经济社会发展，为巩固脱贫攻坚成果、助力乡村振兴贡献地质人的力量。

功夫不负有心人，辛苦努力终有获。

项目负责人罗建均在他4月月报上写下这样的汇报：截至2022年3月25日，设计1:25000地质填图、1:10000地质填图、1:10000水工环地质填图均完成总量的100%；设计钻探进尺2850米，累计完成2928.81米（30孔），完成总量的103%；基本样采集834件，光泽度样116件，体积密度样53件、吸水率样52件、标准样32件，初步提交优质饰面石材超5亿立方米，完成了总目标的50%。

他起身推开窗户，深深地吸了一口新鲜的空气。

窗外已是一地春天的绿茵。

2022年5月中旬，省自然资源厅组织专家对毕节试验区威宁、金沙优质饰面石材资源普查项目第一阶段工作进行野外验收，综合评定为优秀等级。

辛苦了半年多的队员们，脸上终于露出了可爱的笑容。

7月上旬，毕节试验区优质饰面石材资源普查项目部在赫章挂牌，标志着第二阶段任务正式启动。

117地质队党委书记尹森林率党办、工会前往项目部开展“送安全、送清凉、送健康”慰问活动，将党组织的关怀送到野外一线，详细询问项目进展情况及遇到的困难，叮嘱大家注意安全、合理安排高温天气作息时间，强化质量意识，确保项目安全有序开展。

8 月 14 日，毕节试验区优质饰面石材资源普查项目赫章县财神营竹普查区，第一个钻孔顺利开孔。

一个个新的消息不断传来，预示着毕节试验区优质饰面石材勘查成果喜人，优质饰面石材的神秘面纱，正在逐步揭开……

我们有理由期待，10 亿立方米的精美石头，即将在毕节试验区绽放绚烂光华。

解剖“蚂蚱”

大普查，既要放眼全局，也要解剖“蚂蚱”。

解剖“蚂蚱”的任务，由长期奋战乌蒙大地的 113 地质队承担，工作地点就叫麻乍。

“麻乍”系彝语地名，意杜鹃花冲子，一个美丽而神秘的地方。这里群山起伏，层峦叠嶂，植被苍翠，地形切割大。

2022 年春末，一个春花烂漫的日子。几个身着冲锋衣的地质人，爬过几道山梁子，穿行在山间小路上。他们当中有一个戴眼镜的小伙子，队友们喊他“眼镜”，他身上背了 8 个样品，每个样品足有五六斤重，他就是麻乍项目负责人黄庆。

黄庆是一个 80 后，在长期地质工作磨砺中，他刻苦努力，勤勉探索，成为 113 地质队业务骨干。2021 年 9 月项目启动，党委书记邓家学、队长冯发炎和班子成员商量，大家一拍即合，把项目负责人的担子交给了他。

“三稀”矿产对他来说还比较陌生。从前期掌握矿区情况看，找矿难度极大。90 年代老一辈地质工作者在工作区开展过资源调查评价工作，发现了这种矿产线索，后期零星开展过少量工作，但整个工作区勘查程度低，资源潜力认识不够，均未能取得好的找矿效果。

时间不等人，没有好的办法和成熟的工作手段，找矿工作如何展开，在哪里选靶区，工作任务如何完成……一系列问题摆在面前。有压力才有动力，他一连多日奔波在工作区，对野外地质现象进行细致踏勘调查，在群山之间，一处矿化点的神秘发现，给了他莫大的勇气，结合不断深入的工作，他坚信，麻乍这个地方有干头。他下定决心，要像解剖“蚂蚱”一样找矿，把这个地方的矿找出来。

心中有目标，脚下有力量。他带领项目组人员攻克技术难题，突破传统找矿思维，在钻孔布设、剖面测制、找矿思路等方面深入分析，研究改进找矿手段和方法，优化工作思路，不到两个月时间，他们的足迹踏遍了麻乍山山水水，也逐步揭开了大山深处矿藏神秘的面纱。为了提高施工精度和效果，白天在山上察看地质露头，采集地质数据，晚上对野外采集的地质资料进行反复研究，精心作图论证，研究矿化点特征和分布规律，探索三维建模找矿方法，进行靶区圈定。遇到问题，虚心向局和大队老同志、地质专家请教，大量的实践和丰富的地质资料，为后续工作奠定了基础。

第一阶段工作接近尾声，也是项目启动以来最为繁忙的时刻。为高质量提交阶段性工作成果，时间紧，任务重，工作量大，黄庆紧盯项目工期图，给自己加油鼓劲，节假日全身心投身工作岗位，连续两个多月未曾回家和亲人团聚。他对收集的地质资料和现有采集的资料进行综合研究，精心制作每一幅地质图件，细致研究每个样品化验结果，认真编写项目报告。忙碌的工作，压力和劳累已让他的身体有点吃不消，提交报告刚过两天，他因颈椎劳损压迫神经，出现眩晕的症状，无法继续工作，不得不在医院治疗，几天后又回到工作岗位上。2022 年 5 月 23 日，他编制的《稀土一般工业指标论证专项报告》，顺利通过贵州省自然资源厅最终评审，第二阶段工作由此展开。

在项目推进中，王彪作为项目技术负责人，工作责任自然不少。为了解决找矿难题，他查阅大量书籍，对取回的样品反复对比，分析测试结果，研究该区域成矿地质背景，摸索野外识别标志，在找矿理论和方法上取得新的认识，形成了矿区找矿的一些好方法、好经验。在矿床特征、矿石特征，矿石加工选冶性能等方面发挥了重要作用，解决了矿体研究不清等问题。他在矿区地层、岩性、矿体等认识和研究方面，总结了很是管用的方法和经验，成为大家眼中的找矿能手。

功夫不负有心人，随着“蚂蚱”被一点点解剖，项目取得阶段性成果：重点工作区地层层序及构造展布特征，矿体的规模、形态、产状、物质组分及变化规律，工作区水文地质、环境地质、工程地质条件，矿石加工选冶技术性能，普查阶段的一般工业指标等初步确定，实现了由矿产线索到矿化点，再到资源量的转变，阶段性工作达到了设计目标及研究程度。

金秋十月，丹桂飘香，这是收获的季节，也是思想伟力凝聚的时刻。党的二十大胜利召开，为能源资源保障和新一轮找矿突破战略行动规划了蓝图，指明了方向，践行新发展理念、奋进新时代新征程的时代号角已经吹响。

放眼群山如黛，乌蒙逶迤磅礴。

省地矿局成百上千地质队员，跋山涉水，顶风冒雪，正夜以继日奋战在毕节试验区两万多平方公里的广袤大地，探寻优势矿产资源的热潮，正在这片热土上激情涌动……

春风化雨润黔北

——务正道铝土矿勘查获突破纪实

邹　素　田景轩

务正道地区地处云贵高原东北部向四川盆地过渡的斜坡地带，素以山高林密峰险而著称。

务川县作为务正道地区组合之一，在2017年11月迎来了改变命运的关键时刻，一个即将推进务川县工业化进程的产业基地——务川氧化铝厂开工仪式正在这里举行。

出了务川县一路往北，约莫二十分钟的车程，就到了规划的务川县镇南镇务正道煤电铝循环经济工业园区。这里群山环抱，树木葱茏。这天的天空蔚蓝如洗，零星地点缀着几朵白云。

“我们今天开始正式开工建厂，一期项目设计产能100万吨，预计年总产值30亿元左右，税收2亿元左右，可提供2000多个就业岗位，预计2020年建成投产。”国家电投集团贵州遵义产业发展有限公司有关负责人介绍，“你们106地质队与务川县渊源颇深，不仅诞生在这里，还几十年扎实战斗在这片土地，寻出了无数地下宝藏。正是有你们几十年找矿勘查取得的成果积淀，才促成了今天我们能在这里开工建厂，造福一方。”

说到渊源，时间回到20世纪90年代的一个夏天，一辆军绿色的吉普车在务川县濯水镇蜿蜒盘亘的乡村公路上缓缓前行，车上坐着的106地质队地质工程师汪生杰正欣赏着车窗外的自然美景，突然两块灰白色石头进入了他的视线。他欣喜异常，觉得这应该是两处铝土矿露头，赶紧停车捡块取样，带回队部化验，结果显示果然是矿石品位相当高的铝土矿。

正是这个偶然的发现，拉开了省地矿局106地质队对务川、正安、道真地区开展铝土矿远景调查的序幕。

郝江文和李沛刚赶到务川，通过对大竹园、大尖山区域踏勘，认为矿石质量厚度、连续性均好，确定由李沛刚带一个人在那里开展工作。郝江文则根据矿脉走向继续追索，通过地表、槽探揭露证实，栗园—鹿池向斜两翼铝土矿均连续、稳定、矿石质量优异，有较好的找矿前景，有望提交多个大型铝土矿矿床。

根据这一发现，省地矿局指示106地质队对务川、正安、道真地区开展进一步铝土矿远景调查。之后，地矿部确定包括务川县大竹园、大尖山和道真县桶坪三个矿产地在内的大竹园地区铝土矿，作为全国20个重点普查项目之一，要求继续深入开展地质工作。

当时正是地勘单位经费紧张举步维艰的困难时期，计划经济体制下可怜的工作经费简直就是杯水车薪，106地质队用广大职工牙缝里挤出来的钱先后开展务川大竹园、道真新民、正安凤王槽等地铝土矿带钻普查，为的是等待时机，厚积而薄发。

一

亦余心之所善兮，虽九死其犹未悔。这是屈原对理想的坚持。

黔山秀水多奇迹，不见大矿终不还。这是106地质人在务正道地区找矿的执着。

这样的执着烙印在每一代106地质人的心里，指引着一个又一个找矿捷报传来。

2014年春节刚过，106地质队收到了一份别样的新春贺礼，该队负责编制的务正道地区铝土矿整装勘查报告通过贵州省矿权储备交易局组织的专家评审，标志着务正道地区铝土矿整装勘查完美收官。

务正道铝土矿整装勘查项目划分为栗园—鹿池向斜、新模向斜等 8 个向斜勘查区，总面积近 2000 平方公里，预计工作时间 3 年。通过整装勘查，将提交 5 个大型矿床、4 个中型矿床，新增铝土矿资源量 1.5 亿吨，其潜在经济价值达千亿元。在省地矿局承担的 4 个整装勘查区块中，106 地质队就承担了栗园—鹿池向斜、新模向斜、张家院向斜 3 个区块，117 地质队承担了大塘向斜 1 个区块。

根据对该整装勘查区域地质情况熟悉程度和资料掌握情况，省国土资源厅要求 106 地质队协助完成该整装勘查项目的施工方案编制工作，这副重担自然落到了铝土矿项目部第二任经理雷志远肩上。雷志远从成都理工大学毕业到 106 地质队参加工作时，地质队日子举步维艰，颠沛流离的经历锤炼了他坚韧不拔，沉着稳重的性格。2003 年成立铝土矿项目部时，雷志远担任副经理，是廖友常的助手。

在廖友常的带领下，雷志远进步很快。2010 年廖友常作为大队副总不再兼任项目部经理后，雷志远便接过了经理的担子。不当家不知当家的苦，全项目部的工作、生活、学习等样样都要考虑，更加没有时间照顾家庭。作为长子长孙，爷爷在思南老家病逝前，看到他终于从遵义赶到了床前，才闭上眼睛离开尘寰。他十分懊悔，本来答应接爷爷到遵义看看他的新家，看看遵义会址，却终未成行，让爷爷留下了永久的遗憾。爷爷去世后，雷志远把年迈的父母从思南接到遵义定居，虽然住在一起，但他仍然常年跑野外，照顾父母的重担就落在了妻子身上。但作为人事科长的妻子忙起来的时候，也没时间照顾父母，就变成了双方父母的相互照顾。

106 地质队从来没承担过这么大的项目，这对雷志远来说是“天降大任于斯人”。他发挥团队力量边干边学，边学边干。在收集资料，编制施工方案那段时间，雷志远去贵阳就像去遵义丁字口一样频繁。最终在省国土资源厅领导、专家的指导下，项目部人员加班加点，完成了项目施工初步方案。

2010 年 6 月 25 日上午的务川县泥高乡栗园村，阳光格外灿烂，高原草场青幽吐翠，大红的气球高飘接天，悦耳的唢呐响彻原野，务正道地区铝土矿整装勘查启动仪式在这里举行。

穿着地质工作服的时任 106 地质队队长朱春孝向专程赶赴栗园的副省长辛维光介绍，从 20 世纪 60 年代起，106 地质队就开始了在黔北各地进行铝土矿踏勘、普查、调查评价等相关工作，发现铝土矿大型矿床 2 处、中型矿床 5 处。

时任地矿局总工程师的周琦指着展板上的一张勘查区块分布图说："整个务正道地区的铝土矿是一个整体，就如同人的手、胳膊、腿脚一样，成矿区可以分割成八块，需要我们整体设计、整体勘查、整体开发。"朱春孝补充道："该项目的实施为下一步开发利用提供科学依据，为缓解国家战略性矿产资源瓶颈压力提供资源保障，对尽快形成一定宏观影响力的战略资源基地具有十分重要的意义。"

时任副省长辛维光听到这里，对大家说："上天是公平的，在这么偏僻贫穷的山区，给了我们一个大大的聚宝盆，但这个聚宝盆又是深埋于地下的，不那么轻易找到，这却是我们致富的希望所在，还得靠你们用辛勤劳动和智慧找出来。"

朱春孝将两位老地质工作者介绍给辛维光副省长，他们都是务正道铝土矿勘查的先行者。一个是曾接受过第一代领导人刘少奇的接见、与温家宝总理师出同门、发表有关铝土矿的研究论文就有十几篇的刘平，另一个是老地质专家郝江文。辛维光副省长听到后，握着刘平的手说："感谢你们为贵州经济社会发展做出了重要贡献，将青春献给了地质，找到了宝藏，我代表省政府和务正道地区的父老乡亲感谢你们呀，你们给老百姓带来了脱贫致富的宝呀！"

"北部攻坚，务川先行。"随着辛维光副省长宣布贵州省务正道铝土矿整装勘查正式启动，顿时，八架金铜色的鸣天炮，喷出漫天五彩缤纷的礼花，会场化为了欢腾的海洋。

热闹过后，是艰巨的任务、繁重的工作。作为106地质队“当家人”、东北汉子朱春孝，信任和压力落在他的双肩。表面上看他似乎大大咧咧十分粗犷，其实十分精细，善于运作。他的就矿找矿，就项目找项目这一套经营技巧在市场中运用得游刃有余。如今106地质队遇到如此大的项目，不出创新成果，他岂肯罢休？“向整装勘查要整装效益。通过整装勘查不仅要出找矿成果，还要出人才培养成果，出管理成果，出科研成果，出经济效益成果……”他思虑得很远。

朱春孝与他的找矿团队谋划着，立即组建了务正道铝土矿整装勘查项目指挥部，他亲任指挥长，总工程师李沛刚为副指挥长。他提出向整装勘查要整装效益，确保实现找矿成果突破，通过项目培养人才的总目标。一批年轻有为、具有发展潜力的技术骨干接过了项目组长的重担。大队先后调集组织了300多名专业技术精兵强将，将50多台钻机，奔赴勘查区开展大会战。

务正道勘查区素有“黔北极地”之称，在这里施工困难重重，尤其是春节前后4个多月天寒地冻、多雨、雾大的气候条件，但项目部职工发扬“三光荣”和“四特别”精神，战胜了一个又一个困难。

正是他们辛勤的劳作和坚守，106地质队地质找矿实现了重大突破，受到了国土资源部的高度关注和褒奖。在2012年3月31日的全国探矿者年会上，队长朱春孝作为全国地质找矿表现突出的10个地质队队长之一，代表全国探矿者向共和国庄严宣誓。同年10月，106地质队获国土资源部授予的“全国模范地勘单位”称号。

由117地质队实施勘查工作的大塘向斜整装勘查区北段，勘查面积218平方公里，由大塘勘查区和洛龙勘查区组成。该队接到勘查任务后，几经思虑，决定由有30年野外一线工作经验的老地质工程师王星明担任项目总负责。

王星明深知这次勘查工作范围广、程度深、要求高，作为项目总负责任务更是艰巨，面临的所有工作都是千头万绪，为了不负重托，他以项目部为家，大小事务亲力亲为。在他的带领下，项目各项工作有序展开。

勘查区地形山高坡陡，切割强烈，给地质工作增添了不少难度。王星明带领他的队伍翻高山、开新路，一步一个脚印地开展填图、采样、布孔等工作。

时任 117 地质队队长石平在该队首批见矿的机台检查时指出，要打出 117 队的品牌和形象，认真总结岩溶地层钻探成功经验，办法总比困难多。他鼓励大家要有信心，攻坚克难，为实现找矿突破做出贡献。

钻机的轰鸣声震醒了沉睡千年的古老地层，也给当地经济发展带来希望。为实现遵义市工业强市战略、建立黔北铝工业基地，当地政府倾力支持整装勘查工作，创造了助力地质勘查的“道真模式”。

大手笔才会有大突破，大气魄才会有大作为。2013 年 6 月，106 地质队铝土矿项目部承担的务正道地区铝土矿整装勘查栗园—鹿池、新模、张家院 3 个向斜勘查区和 117 地质队承担的大塘向斜勘查区野外工作全面结束。经专家组验收，106 地质队承担的 3 个向斜勘查区野外工作全部获得优秀。2013 年 11 月，4 个勘查成果报告通过专家评审，其中获得 2 个优秀。整装勘查累计完成钻孔 436 个，总工作量 17 万多米，求获铝土矿总资源量 5.6 亿多吨，新增资源量逾 3 亿吨，提交两个超大型铝土矿矿床，8 个大型铝土矿矿床，成为我国新的大型铝土矿资源基地。

随着被列为省重点工程建设项目的贵州务正道煤电铝一体化基地奠基，务川、正安、道真三县将资源优势转化为经济优势翻开了新的篇章。

二

2013 年，宋卫华从朱春孝手上接过 106 地质队的担子担任队长，时值务正道铝土矿整装勘查全面完成，有着丰富基层工作经验的宋卫华说道：“务正道铝土矿勘查获突破是 106 地质队于变局中开新局的实践成果，但我们不能躺在已有的功劳簿上沾沾自喜，面对新荣誉、新常态，更要练好内功，用超常态应对新常态。”

宋卫华带领106地质队适时调整找矿战略和产业队伍结构，使全队在做大做强地勘主业的同时，拓宽了服务领域，提高了经济运行质量，始终保持快速强劲的发展势头。

陈强2014年担任铝土矿项目部第四任经理，从前几任经理身上吸收了丰富的营养，善于管理，勇于开拓，他用自己的双脚带领团队跑出了新的精彩。他带领着项目部人员，先后从事务川大竹园南段、岩风阡、正安旦坪铝土矿和晴隆联合铁（煤）矿等勘探、详查、普查工作，以及黔西南金矿科研、遵义南片区铝土矿找矿战略选区等局重点找矿项目。

在规定的时间内完成既定工作任务，同时实现了找矿重大突破。特别是遵义南片区铝土矿找矿战略选区项目中，以科研成果作指导，采用先进的技术手段，为遵义南片区铝土矿优选了找矿靶区。其中用钻探验证的一个钻孔探寻到100米厚的优质铝土矿层，并预测靶区内铝土矿资源量达到大型铝土矿床，得到了省国土资源厅及专家组的高度评价，为地方铝厂优选了铝土矿资源储备基地。

“我们站在前辈的肩膀上看远方，所以更得心应手。做好我们这代人该做的事，就能成为后辈所站的肩膀，让他们走得更远。”在说到找矿成果时，这位从2003年刚参加工作便投身到务川大竹园开展铝土矿找矿勘查，见证了项目部从小到大，从弱到强的发展轨迹，如今已成长为106地质队党委委员、大队技术负责、正高级工程师、贵州省先进工作者的陈强依然保持着一贯的谦逊。

回忆起在大竹园矿区的日子，他仍记忆犹新。

终年云雾缭绕的大竹园矿区山高谷深，自然环境条件恶劣，交通不便，通信不畅，山里的年轻人一旦走出去，就再也不想回来了。陈强在这里一干就是8年，没有周末节假日，为了采集翔实的原始地质资料，无论刮风下雨，冰天雪地，始终坚守在野外施工第一线，饿了摘几个野果，渴了掬一捧山泉，困了把岩芯箱当床。地质填图时每天要在崇山峻岭间穿行几十公里，长年在悬崖峭壁上摸爬滚打，矿区的点滴信息深深印在他的脑海，绘制的一张张精准原始图件，为实现找矿重大突破，提交优质报告打下了坚实基础。

陈强总这样说，106 地质队今天的成绩离不开务正道铝土矿，更离不开那些献身于地质事业数十年如一日的地质工作者。

在采访如今已是 106 地质队首席专家的翁申富时，他说：“把工作当成自己的孩子去关心，一切的偶然就成了必然。”他身体力行，也是这样去教导年轻后生的。

翁申富从西安地质学院地质勘查专业毕业后即到 106 地质队参加工作。先后从事过金矿、煤矿、铝土矿勘查工作，从技术员到地质组长、项目技术负责、总工程师、首席专家，一路走来，他一直保持着肯学习、善研究的工作风，每年大部分时间都是在野外度过，熟知矿区的一草一木。

对新来的年轻人，他总是手把手、不厌其烦地指导他们掌握技术，促使他们尽快成才。

紧张忙碌的工作，使地质队员无法“常回家看看”，如胶似漆的小两口吻别后，也不知下一个吻要等待多久，即使妻子怀孕即将临产也无法给予照顾；一些年轻人当了爹，也无法在妻儿身边及时分享做父亲的欢乐。

在务川县大竹园铝土矿详查初期，是野外工作最忙的时候。年轻的地质队员程孝华在妻子临近预产期的一天晚上，向翁申富请假，急切地想回家看看。翁申富不是不懂得小伙子的心情，但工作实在是落不下，不得已之时，便与程孝华约定：如果明天不下雨，就上山继续工作；若是下雨，你就回遵义看老婆。可能是苍天太理解一个准爸爸的牵挂，第二天一早竟下起了小雨。翁申富说“你快回去吧，好好看看老婆。”得到“恩准”，程孝华顾不上收拾东西便疾奔遵义。儿子也似乎急于想见到爸爸，程孝华到家的当天，便呱呱坠地，实现了父子俩在这个世界上的第一次见面。

翁申富和他的团队，就这样扎根在大竹园，实现铝土矿勘探备案铝土矿资源量达 6335 万吨，比详查阶段提交的资源量增加了 2770 多万吨，相当于新增加一个大型铝土矿床，同时求获稀散金属镓金属量 5448 吨，稀有金属锂资源量 62337 吨。大竹园矿区也成为务正道地区第一个达到勘探程度，黔北地区最大，贵州省第二的大型铝土矿矿床。

三

微风拂面，裹挟着沁人心脾的泥土芬芳，土地里正孕育着老百姓一年的希望。在岩风阡铝土矿区的山间小道上，几个身着橘红色工作服、背着墨绿色双肩包、手握地质锤的年轻人走走停停，时而敲敲这儿，时而指指那儿，逐渐湮没在密林深处。

这是杨时强和他的队伍上山填图的一幕。

如果心情有颜色，那么对杨时强来说，2022 年的 8 月就是灰色的，因为这个世上再也没有一声“妈妈”可喊了。当他急匆匆从务川岩丰阡铝土矿勘探项目部赶回思南县老家时，母亲已是弥留之际。一声“妈妈”，仿佛用尽了他所有的力气。看到在病床上的母亲听到喊声艰难地睁大双眼，他刚伸出手，就被妈妈紧紧地拽上，好像想对他说点什么，但几经努力最终还是没有发出声音来。凝视他一阵子后，安详地闭上眼睛，撒手人寰。

母亲病情加重的那段时间，作为子女，他却不能时刻守护身旁，对没能尽心尽孝感到愧疚。而作为岩风阡铝土矿勘探项目负责人，项目到了出成果的紧要关头，一些关键性技术需要他在现场把关。一头担着责任，一头牵着孝道，杨时强就时常在 200 多公里的山路上往返。

大队领导得知情况后，立即给杨时强打电话说：“你家里情况我们知道了，准备到家里去探望，也准备给项目上增派人手，免得你来回跑，太累了。”

然而两项动议被杨时强婉言谢绝。他表示，大家都忙，队上人手又紧，家庭和项目上的困难都可以克服，请领导放心，绝对不会影响工作。

父亲说："你妈妈回光返照的时候，清醒地给我说，你工作干得好，孝心尽得足，她很满意你了。"

《警世通言》中有言：自古忠孝不能两全。杨时强却用他瘦弱的肩膀，撑起了一片忠孝蓝天。

料理完母亲的后事，他即返回项目部，继续向最后的胜利冲刺。

对岩风阡来说，如今正在进行的已是第 7 轮勘探工作了。最早的勘查能追溯到 1990 年 5 月，106 地质队矿产普查分队郝江文、李沛刚等前去踏勘和开展远景调查。1991 年，廖友常、黄成恒等在该区开展地质初查，主要施工地表山地工程。1993 年，杜芳应、朱华等继续加密山地工程和开展 1 ∶ 10000 地质测量。1995 年 11 月，由李沛刚、罗中孝等提交了包括大尖山、大竹园和桶坪在内的务川县大竹园地区铝土矿普查地质报告。大尖山矿床，也就是今天的岩风阡和瓦厂坪矿区范围，求获铝土矿矿石量 2207 万吨，具大型矿床规模。雷志远、翁申富等 2006 年 12 月开始在岩风阡开展详查工作，求获资源量 2895 万吨。2010 年李沛刚、雷志远等开始在这里开展整装勘查工作。随着 2011 年岩风阡等四宗铝土矿探矿权转让和合作开发，106 地质队在全局率先迈入对外创收亿元地质队行列。

2020 年，由矿权所有人国家电投集团遵义产业发展有限公司出资，委托 106 地质队作为设计和勘查单位，杨时强作为项目负责，具体开展工作。

勘查区的海拔有 1600 多米，地理位置正好处于冷暖气流的交汇带上，雾罩严重，寒暑异常。即便金秋时节也冷得人直跺脚，要是到了冬天，更是连取样都要扒开 10 厘米厚的积雪才能完成。杨时强和他的战友们，在这样的环境里十年如一日地坚守，只为找出富矿大矿，为国家和地方发展提供能源资源保障。

2022 年 8 月的岩风阡，气温居高不下，省地矿局副书记陈代军为岩风阡项目部送去清凉，指出新能源材料找矿项目是贯彻落实国发〔2022〕2 号文件和新一轮战略行动的重要举措，责任重大，使命光荣，要求一线技术人员继续发扬"三光荣"精神，为国家和贵州经济社会发展多找矿、找大矿。

岩风阡勘探野外工作部分已于2022年12月底全面完成，求获矿产储量2700多万吨，矿层平均厚度2米多。

四

贵州正安旦坪铝土矿大精查勘探项目成果报告，2021年12月通过省土地矿产资源储备局组织的专家评审，两年的努力与付出终于在那一刻定格成为成绩，项目技术负责李信念如释重负，来不及庆祝，便以饱满的热情投入下一个务正道的项目。

“我与务正道铝土矿的缘分应该是上天注定的。”说起务正道地区，李信念有一本自己的“传家宝”。

他的老家在遵义新舟镇，关于地质队员这个名词的启蒙，来源于外公的故事。

外公年轻时候的梦想就是成为一名地质队员，只是出于种种原因始终未能如愿。后来因为工作原因，外公经常与地质队员打交道，更加对地质这个行业充满向往，直到退休也依然保存着这份执念。

后来，也许是冥冥中注定李信念该与务正道铝土矿结缘，大学毕业工作的第一站，就到了正安县旦坪铝土矿，那里也是外公年轻时候留下过足迹的地方。

李信念是在城里长大的孩子，面对现实他曾一度想要逃离。每天都有走不完的山路，基本的生活用水得从山脚运上来。盛夏时节更是蚊蝇肆虐，经常一巴掌下去能拍死好几只。跟着前辈一起上山填图、取样，手臂上时常挂满了伤口……

第一次在野外待了一个多月，才趁着回队送样的时间回了次家。母亲打开家门，看着他的样子竟忘了让他进去，眼眶禁不住红了。

那一天的晚餐格外丰盛，父亲拿出了珍藏多年的老酒。祖孙三代人一边喝酒一边聊到很晚。

第二天一早李信念就要回项目部了，临出发前父亲跟他说：“这是你自己选择的路，也是两代人的梦想，我只希望你如你的名字般坚定自己的信念。”

也许就是这样的信念，支撑了李信念在后续的工作中越加出色、成绩斐然。

2020 年，省委、省政府批示组织开展全省优势矿种矿产资源大精查，贵州省正安县旦坪铝土矿勘探为全省首批实施的 7 个大精查项目之一。106 地质队委任李信念为该项目技术负责，他深感责任重大，自己第一次单独负责这么大的项目，怕经验不足把事情搞砸，但更不能辜负组织的信任，唯一的选择摆在面前，就是竭尽全力把工作做好，让外公与自己的梦想升华，飞到更远的地方。

项目启动在即，他摒弃杂念，多方搜集资料，多次现场踏勘，做好充足准备。后由于新冠疫情原因，他怕回家了出不来，一个人在办公室待了一个多月，编写出《贵州省正安县旦坪铝土矿勘探项目设计书》。

旦坪大精查项目实施期间，时任省地矿局党委书记、局长的付贵林多次到现场进行指导，强调要坚持问题导向，通过大精查实现为经济社会发展提供地质矿产资源保障、培养技术人才、更新装备和技术三个目的，更好地适应新时代地质工作要求。

知难而进不言难，迎难而上不畏难。在实施勘查过程中，以习近平生态文明思想为指导，践行绿色发展理念，通过运用先进的勘查手段、方法、设备、工艺和科学有效的管理，最大限度地减少了对当地生态环境的负面影响，成功将勘查全过程对环境的影响控制在最小化，实现了找矿和环保的双赢，树立了良好的勘查理念。

同步推进数字勘查，实现了勘查图件计算机自动或交互编绘，提高了制图精度和准确度。在成图方面做到了数据统一管理和数据关联。为今后开展地质时空大数据的融合、同化以及广度聚联、深度挖掘奠定坚实基础。

“贵州是大数据中心，根据国家和自然资源部的大数据战略和省地矿局有关安排，我们集天时、地利、人和于一身，通过产学研结合在旦坪铝土矿大精查项目中实施‘数字勘查’，对我们来说也算正式搭上了数字时代的快车，党的二十大对地质工作提出了新要求，以后我们数字勘查工作会逐步规范化，用处也会越来越大。”106 地质队技术负责陈强对数字勘查前景信心满满。

两年的辛苦付出，在正安县旦坪矿区四十多平方公里的矿区范围内，求获铝土矿资源储量 4000 多万吨，圆满完成大精查任务。

“我看过青山梁子的日出，赏过大尖山的晚霞，摸过大竹园的露水，数过瓦厂坪的星星，如果问还有什么没干的？那就是我还想在务正道地区探寻更多的宝藏。”如今，李信念对于饱含了他十多年工作经历的务正道铝土矿满怀情感，也有新的希望。“目前我正在实施贵州务正道地区含铝岩系中锂资源成矿规律与预测研究课题，我想我能做的还有很多。”

五

如今再到务川县氧化铝厂，看到的是园区大道纵横交织，高低厂房错落有致，运输车辆来来往往。在现代化生产线上，机器昼夜不停运转，一粒粒原矿石迫不及待地涌向生产线，历经千锤百炼，锻造成洁白胜雪的铝粉，如插上翅膀般源源不断飞向全国各地，目之所及皆是一片繁忙有序的景象。

“我们以务正道地区丰富的铝土矿资源为依托，以实现资源最大化转化成经济效益为目标，目前已正式投产，带动了运输、陶瓷、餐饮和旅游业等相关产业融合发展，为助力乡村振兴贡献了力量。”国家电投集团贵州遵义产业发展有限公司分管生产的副总经理胡占明介绍道。

都说一方水土养一方人。“小时候村里的老人总说靠山吃山靠水吃水，我一直在想我们这地方的山上啥都没有，难道吃树吗？直到氧化铝厂建成，山脚瓦厂坪采掘场投产后，我才相信了这话。”家住濯水镇离瓦厂坪采掘场不远的岩风阡村民陈明桃怎么也没想到，六十多岁了还真过上了靠山吃山的日子，“现在我儿子就在山下的瓦厂坪采掘场务工，再也不用去遥远的广东和深圳挣钱了，每天下班了还能回家。我们在家就实现了脱贫。”

务正道铝土矿项目部一度成为106地质队培养人才的摇篮。通过项目锻炼，岗位练兵，培养出了一大批年轻的管理、技术人才。党的十八大以来，培养了副厅级干部1名、正处级干部5名、博士生两名，正高职称10余名，副高职称30余名。

同时还是创先争优的典范，分工会2018年9月获“全国模范职工小家”；2014年12月荣获“贵州省先进职工小家”；党支部连续五年获得局先进基层党支部和五好基层党组织；第一任经理廖友常获得全国先进工作者荣誉称号，翁申富获得贵州好人荣誉称号，陈强获得贵州省先进工作者荣誉称号，李信念获得“贵州省最美劳动者”称号。共有10余个项目成果或成果报告获得国土资源部、省国土资源厅、省地矿局表彰。

形成了黔北大竹园地区铝土矿成矿地质环境和成矿地质作用研究、务正道地区铝土矿伴生锂的赋存状态和富集机制研究报告等多项科研成果，对贵州省铝土矿找矿起到了一定的指导作用。106地质队也被国土资源部授予“全国模范地勘单位”、被贵州省委、省政府授予“全省文明单位”称号。

“成绩属于过去，梦想浇灌未来。我们作为地质人，必将会以贯彻落实党的二十大精神和习近平总书记给山东省地矿局第六地质队全体工作者的回信精神及国发〔2022〕2号文件为契机，继续弘扬爱国奉献、开拓创新、艰苦奋斗的优良传统，积极践行绿色发展理念，聚焦主责主业，力争在新一轮找矿突破战略行动中发挥更大作用，展现地质工作者的使命担当。”106地质队党委书记、队长梁浩波的话掷地有声，自信坚定。

这份坚定，源于106地质人务正道铝土矿找矿的峥嵘岁月，源于历经几十年铸就的热爱、忠孝、责任、担当。新一代地质人，以专业特长为笔，以使命担当为墨，正在续写如春风化雨般润泽黔北大地的崭新篇章。

再造一个开磷

周丽娜　王泽鹏

地处黔中腹地的开阳，是国内外著名的大型富磷产区，开阳磷矿从1954年发现以来，以其优质富磷矿成为“三阳开泰”之首，累计查明富磷矿资源量4.28亿吨。经过多年开采，截至2006年，磷矿已消耗约2亿吨。

然而，作为具有找磷光辉历史和辉煌成就的省地矿局105地质队，却未能参与全国重点矿产潜力评价项目——贵州磷矿潜力评价项目工作，着实让人难以释怀，怎么办，只有主动作为，再立新功。105地质队年轻的省管专家刘建中悄悄地将磷矿纳入自己的研究内容。

机会来了，国家开启整装勘查步伐，省实施省级整装勘查项目，105地质队及时部署，由刘建中牵头组织团队成员，抢抓机遇，协调各方，于2012年成功立项贵州省开阳地区磷矿整装勘查，开启了该队新时代磷矿整装勘查的新征程。

历经两年的艰辛努力，105地质队取得中国富磷矿找矿重大突破——新发现两个大型磷矿床和1个中型磷矿床，新增磷矿资源量近5.5亿吨，资源接续基地已初见雏形，为支撑打造中国“富磷矿工业基地”，缓解富磷矿这一战略紧缺资源，为保障国家能源资源安全做出了新的贡献，实现了再造一个开磷的目标。

理论创新，突破传统认识

时光回溯到 2009 年。105 地质队承接的商业性勘查项目——开阳热水地区磷矿普查，探索并发现了埋深达 800 米的磷块岩，提交磷资源量近 800 万吨。在对热水地区等早期商业性项目成果仔细分析研究的过程中，刘建中发现，早期的磷矿成矿模式和成矿环境有问题，他的脑中产生了一个大胆的想法——磷矿成矿背景和环境或许并非传统定义的那样。本着尊重科学的理念，刘建中跳出传统思维定式，通过现场考察，调查研究，发现区内古海岸为平缓型，显示区内沉积相环境的渐变特征，之后其提出初步构想：黔中古陆边缘无障壁海岸的滩相成矿。正是这个初步的大胆的构想，揭示了开阳地区扩大找矿空间，并掀开了开阳地区富磷矿省级整装勘查和国家级整装勘查的序幕。

说干就干，是地质人最朴实的工作方式，没有冗长的会议研究，没有过多的请示批复，地质工作就是实打实地向地球进军，向山川土地求证。

105 地质队在前期地质工作中同步开展研究，发现区内古海岸为平缓型，显示区内沉积相环境的渐变特征，刘建中那个初步的构想逐步明朗，以他为首的团队提出：经过黔中古陆历经长期夷平作用，古陆周缘形成缓坡而非传统陡峭地形；南沱组沉积期受新元古代晚期全球性冰期影响，黔中古陆周缘均有南沱期冰碛砾岩沉积；随着冰期消失，震旦纪黔中古陆周缘变为滨岸海滩环境（缓坡浅滩），而非传统认识的潮坪潟湖环境，滨岸海滩是磷矿形成的区域古地理条件，控制了开阳地区磷矿床的分布，海平面的周期性变化拓展了临滨的空间范围和成矿空间。

这个新的认识，突破了传统，重新厘定了磷矿成矿背景和环境，找矿空间得到拓展，也为申报开阳地区磷矿整装勘查项目提供了依据，同时为 105 地质队后续找矿实践起到了指导性作用。

实践探索，奠定找矿基础

任何成功都不会一蹴而就。在磷矿整装勘查立项工作中就体现了这一点。刘建中等人在经过认真研究的基础上大胆创新，突破了传统，认为开阳地区仍然具有新的找矿潜力，据此提出了贵州省开阳地区磷矿整装勘查立项申请。然而，立项工作遇到了诸多困难，许多专家质疑刘建中提出的“黔中古陆边缘无障壁海岸的滩相成矿”新构想，甚至有个别专家一再强调“要尊重并继承传统认识和定义，开阳地区磷矿成矿背景和环境就是潮坪潟湖环境”。不管前期的理论创新争议有多大，在付诸实践的过程中，都将被一一证实。

实事求是讲，刘建中作为全省屈指可数的地质类省管专家，其讲话的分量还是不容小觑的，经与专家组反复沟通、解释，刘建中这一构想终于得到了大部分专家的认可，同意立项探索。

2012—2015年，105地质队磷矿整装勘查团队圈定永温、冯三、白泥坝、新寨、瓮昭等5个找矿靶区，预测磷矿资源量73500万吨。

旗帜立起来了，还要有具体工作的团队。贵州省开阳地区磷矿整装勘查区面积1120平方千米，前期基础工作量非常大。经过该队班子研究，由队属勘查九部、勘查四部受命承担该项目的具体地质勘查工作，他们在新的成矿理论指导下，开展了区内磷矿找矿预测，并通过钻探证实了刘建中提出的新认识，在原认为无矿的区域发现了隐伏磷矿体。

当时，付芝康带领的勘查九部活跃在永温勘查区块。王泽鹏、李磊、汪小勇、谭代卫等几个年轻骨干负责其中160平方千米的填图工作。填图时间正好是夏天，几个小伙每天都顶着烈日工作，爬坡过坎几十公里，衣服上满布着白色的汗渍。

“我喜欢打篮球，精力算好的，但是在冯三工作区填图时居然丢脸了。有一天，在路边休息时居然睡着了，这个事情还被李磊取笑了很长一段时间，真的是有损形象！”汪小勇笑呵呵地说。

“哎呀，你那个形象好，手里握着半个馒头，挽着裤脚，头上戴个草帽，十足的劳动者光辉形象，只是呼噜声有点吓人。”李磊接过话头引得大家哈哈大笑，之后，大家都陷入了一阵沉默。

万大学带领的勘查四部只有十五六个人，不仅承担开阳整装勘查中的新寨、白泥坝、翁昭区块，同时还负责长冲铝土矿和永温磷矿探矿权两个大项目，人手十分紧张，加班加点那简直是家常便饭。2013 年，初为人父的王大福也一心扑在整装勘查工作中，每天高强度的填图、编录之后，他最享受的是通过电话听听孩子啼哭的声音以解思念之情。电话那头老婆偶尔抱怨：“上下班就像打仗。”王大福只能笑着逗她：“我这边也在打仗，看我们俩谁能打个漂亮仗！”“不过那两年真的是辛苦了我父亲。我母亲走得早，我和爱人上班，我父亲一个人帮我们带孩子……现在想起那段时间的艰辛，心里泛起的全是酸酸的感觉。”王大福说。

就是这样一群年轻、充满朝气的技术员，通过 2 年多坚持不懈的努力，顺利完成整装勘查区相关基础工作，钻孔施工 49 个，完成钻探工作量 5.5 万余米，通过整装勘查工程验证，估算磷矿资源量 5.5 亿吨，尤其新增富磷矿 3.57 亿吨，取得了区内磷矿隐伏矿找矿的重大突破。

一项项工作、一串串数据，都证实了前期新的成矿理论的正确性，也为后期商业跟进，实现找矿突破奠定了坚实的基础。

机制创新，助推找矿突破

在前期勘查的基础上，105 地质队全面落实地质找矿国家“358”找矿战略，积极贯彻“公益先行、商业跟进、基金衔接、整装勘查、快速突破”的地质找矿新机制，并在地质找矿新机制的指导下，通过实践认识和成矿研究，将最初的构想上升到理论，逐步建立了富磷矿“三阶段”动态磷矿成矿模式，阐明了“富”的成矿作用过程，重新圈定了成磷环境，以成矿理论指导找矿，实现磷矿找矿的快速突破。磷矿整装勘查成果也得到及时转化，彼时，省自然资源厅将永温勘查区块内的永温磷矿探矿权投放，贵州路发实业有限公司最终获取该探矿权，随即继续委托105地质队开展勘查工作，投入勘查经费近1亿元，提交永温磷矿勘探报告，探明磷矿资源量1.04亿吨，完美体现了“公益先行，商业跟进，基金衔接，整装勘查，快速突破”地质找矿新机制。

在充分收集黔中地区磷矿基础地质、矿产勘查、科研、矿产资源潜力评价等成果的基础上，105地质队于2013年编制了《贵州开阳以东磷矿整装勘查实施方案》，2014年10月27日，省级整装勘查项目——《贵州省开阳地区磷矿整装勘查报告》通过省国土资源厅专家评审，获得专家好评，新发现两个大型和1个中型矿床，新增磷矿资源量近5.5亿吨，相当于“再造一个开磷”。原被认为无矿区域的冯三和新寨区块，通过勘查，新寨获得磷矿资源量1.8亿吨，冯三获磷矿资源量4600万吨，扩大了找矿范围，拓展了找矿空间，磷矿资源接续基地已初见雏形。

这时，105地质队党委又交给刘建中带领的团队一个艰巨的任务：实现磷矿整装勘查效益更大化。

如何实现？要知道中国虽然拥有全球第二大的磷矿石储量，但“丰而不富”，为世界磷矿石平均品位最低的国家之一，且富磷矿为国家急需战略资源。在认真研判国际国内形势后，刘建中脑中又跳出一个新的想法，以省级整装勘查成果为基础积极向自然资源部申报立项，争取国家级整装勘查。难题是国家级整装勘查目录中没有磷矿。怎么突破？

2010年后，富磷矿被列为国家战略紧缺资源。中国不缺少磷矿，故未列入国家级整装勘查目录，但是，富磷矿可是国家战略紧缺资源，怎么办？打什么牌？打“富”字牌。

所谓无巧不成书！就在刘建中等盘算着如何找到实现磷矿整装勘查效益更大化的突破口时。中国地调局总工室主任薛延喜带队到贵州调研。刘建中精准出击，抓住这个机会，及时向薛延喜等专家汇报。

接连几天，刘建中就耗在专家组周围，不断地向薛延喜等专家阐述成矿理论、预估后期成果……或许是被刘建中诚恳的态度打动了，又或许是被 105 地质队磷矿整装勘查的成果征服了，总之，在一来二去间，薛延喜终于同意将 105 地质队提出的“富磷矿”整装勘查项目上报专家审查，不过同时表示：如能说服专家，则可上报部党组会，由部里决定。刘建中心中大喜，他坚信：只要上报专家审查，凭借 105 地质队在省级整装勘查中取得的巨大成果，一定能说服专家。

产学研结合，促队伍成长

项目推进，科技先行。105 地质队依托国家级整装勘查，联合中国地大成功立项申请“贵州开阳地区富磷矿整装勘查区关键基础地质研究”配套科研项目，并承担项目实施。

但是，刘建中又遇到了一个新问题。2015 年，刘建中已经承担金矿国家级整装勘查配套科研项目负责人，根据相关规定，同一个人不能同时作为两个国家级整装勘查项目的负责人，而当时 105 地质队内部尚无符合条件的成熟的合适人选。经过仔细斟酌，为确保项目顺利推进，经局领导同意，由省地矿局科技处处长陈国勇同志作为项目负责人，到北京答辩，并取得成功。贵州省开阳以东磷矿整装勘查成功立项，成为国家级整装勘查中唯一的磷矿整装勘查区，获批为第三批国家级整装勘查项目。中国地质大学（武汉）杜远生教授、105 地质队王泽鹏、付芝康、万大学、吴文明等参与，其中王泽鹏任副项目负责。

在项目全体人员的共同努力下，该科研项目有序推进。项目以震旦纪陡山沱期沉积型富磷矿为重点，在开阳富磷矿整装勘查区选择永温等重点工作区，主要通过成矿地质体、成矿构造和成矿结构面、成矿作用特征标志等研究，结合必要的大比例尺专项地质填图及物化探工作，构建找矿预测模型，开展找矿预测研究，强化成果应用，及时为勘查工程布置提供合理化建议。动态跟踪开阳富磷矿整装勘查区工作进展，编制工作报告，编制重点工作区大比例尺专题图件，开展选区研究。

通过产学研结合创新，综合分析认为，开阳地区磷矿整装勘查区还有一定找矿潜力，尤其表现在永温勘查区以东的大片区域和新寨勘查区的北东部区域，预测区内可望新增磷资源量 2.8 亿吨以上。

2016—2017 年，依托自然资源部“贵州省开阳以东磷矿”国家级整装勘查平台，105 地质队承担了中国地质调查局“贵州省开阳以东磷矿整装勘查区矿产调查与找矿预测”项目，新发现磷矿点 2 处，圈定磷矿找矿靶区 3 个，预测磷矿资源量 6.07 亿吨。

开阳地区磷矿找矿实现新的重大突破，尤其是富磷矿的重大突破，为贵州脱贫攻坚、老百姓脱贫致富提供了资源保障，为贵州后发赶超、同步小康目标实现提供新的支撑，取得了良好的经济效益和社会效益。2019 年“贵州开阳地区富磷矿成矿理论研究与隐伏矿找矿重大突破”喜获中国地质调查局地质科技奖“一等奖”，成为贵州磷矿研究史上唯一的一个省部级一等奖，彰显了 105 地质队的地质科研能力。

开阳地区整装勘查，不仅取得丰硕的理论研究成果和找矿成果，同时也实现了“快出”人才的目标：先后培养博士研究生 3 人，硕士研究生 5 人，高级工程师 8 人，“金罗盘”奖获得者 1 名，省管专家 1 名，局管专家两名等；建立了贵州磷矿“老—中—青”“产—学—研”协同创新团队，发表论文 19 篇，其中 SCI 2 篇，中文核心 12 篇，会议论文 5 篇。副项目负责人王泽鹏同志已经成长为 105 地质队总工程师，并获 2021 年度贵州省青年科技奖。

金矿勘查进入快车道

周丽娜　王泽鹏

在贵州，只要提到“找金”，大家脑海里立即会闪现出省地矿局 105 地质队。也难怪，有着 60 多年找矿历史的 105 地质队，自 20 世纪 80 年代致力于金矿勘查以来，创造了贵州找金的奇迹，成就了黔西南州“金州”的传奇，开创了贵州找矿史多项第一。目前，黔西南地区已成为贵州省最重要的金矿资源产地，同时也是我国重要的金矿产地之一。

新时代新征程，如何步入金矿勘查快车道，再获金矿勘查新成果，105 地质队从强化人才队伍建设入手——省管专家刘建中领衔的省科技厅卡林型金矿成矿与找矿科技创新人才团队建设，持续推动金矿成矿理论创新，灰家堡金矿田找矿不断取得重大突破，累计查明金资源量 370 余吨，矿田内的水银洞卡林型金矿床在同类金矿中规模上跃居中国第一、世界第十；泥堡金矿探明新增金资源量 48 吨，架底金矿新探获金资源量 50 余吨。

105 地质队集数代之功，用汗水不断维护“国家功勋地质队”“全国文明单位”的荣誉，竭尽全力，使金矿勘查步入了快车道，在贵州探金史上写下了浓墨重彩的一笔。

盲矿找矿有突破，深部找矿成效好

20 世纪 30 年代至 1977 年底，贵州省探获金储量不足 1 吨，被定义为我国金储量最贫乏的省区。

1977 年 10 月，地矿部提出了用新的地质理论去寻找新类型金矿的工作指导方针。105 地质队按贵州地矿局工作部署，开启了找金征程。

1981 年春末夏初的一天，105 地质队三分队众人在兴仁地区香巴河、大坝田发现矿点的基础上，来到了太平洞、紫木凼矿区沿南北向布置地表工程，采集的样品的化验结果令人惊喜，连续 6 件样品见矿，为后来的金矿找矿突破奠定了基础。

其实在 94 年之前，囿于当时认识程度不够和找矿理论的制约，技术人员的目光仅仅停留在地表，金矿勘查一直在寻找断裂控矿上，金资源量并没有大的突破。后来，该队以吴冠群、章麟三、郭振春等为代表的技术人员大胆创新，打破了黔西南金矿仅仅只有断裂控矿模式，在紫木凼金矿勘探中初步建立起“两层楼”产状模式。

正是这一模式，轻轻揭开了水银洞金矿床百吨金山的面纱，为开展灰家堡金矿田的盲矿找寻提供了初步理论基础。以刘远辉、刘建中等为代表的 105 地质队技术人员运用的物化遥综合信息，于 1994 年 10 月完成了《贵州西南部灰家堡—贞丰背斜金（铊）成矿预测报告》。同期，根据紫木凼矿区“两层楼”模式并结合区域地、物、化、遥资料开展的大比例尺成矿预测，确定了现在的水银洞为找金 A 级靶区，预测金资源量 50 吨。

上天对辛勤劳作的地质人是公平的，1995 年该队实施的 5 个钻孔，孔孔见矿，从此迈出了水银洞金矿勘查决定意义的第一步。2001 年 12 月—2004 年 5 月，受贵州紫金矿业股份有限公司委托，105 地质队开展了水银洞金矿区中矿段的勘探，并提交了中国第一个Ⅰ类型卡林型金矿勘探报告《贵州省贞丰县水银洞金矿区中矿段勘探地质报告》，获得平均品位 10.95 克 / 吨、均厚 1.97 米、金资源量 54.62 吨、潜在经济价值达 55.91

亿元的好成绩，水银洞金矿中矿段成为我国第一个Ⅰ勘探类型的特大型卡林型金矿床，成功实现盲矿勘探零的突破。该报告通过了自然资源部评审，给出了“该报告总结的成矿规律，将对我国卡林型金矿找矿具有重大的借鉴意义”的罕见评语。据此成果，2005 年，刘建中同志荣膺中国能源化学工会国土资源系统“功勋个人”称号，2006 年获国土资源科学技术“二等奖”，2007 年，四十出头的刘建中获贵州省第四批“省管专家”，成为全省屈指可数的地质类省管专家，站上了贵州地质界相当的高位。

2006 年 6 月，根据水银洞金矿中矿段勘查建立的区域成矿模式，105 地质队在中矿段以东（东矿段 + 雄黄岩矿段 + 簸箕田 + 纳秧矿段）长 8000 米范围进行了“大尺度、大面积、大深度”隐伏矿体探索，8 月底完成了 ZK23501 钻孔的施工，深度达 1411.08 米，为当时贵州最深的固体矿产探矿钻孔，在地表 1300 米以下发现盲金矿体，发现了埋深 300~800 米以下的金矿体，区内钻孔见矿率达 95% 以上，二度空间找矿进入常态化，从而翻开了探寻灰家堡背斜深部隐伏矿找矿的新篇章。

1978—2010 年，105 地质队经过 30 余年的地质勘查，实现了玄武岩地区原生金矿找矿突破，贵州金矿资源量达到 336 吨，平均每年获得金资源量 10 吨，其中黔西南地区的卡林型金矿资源量 317 吨，占贵州金矿资源量的 94.35%，使贵州从一个不产黄金的省份，一跃成为中国西南地区的“金三角”。

找金进入快车道，整装勘查结硕果

时间来到 2011 年，105 地质队申请获批黔西南金矿（第一批）省级整装勘查项目。乘势而为，“贵州贞丰—普安”2013 年申请获批第二批国家级整装勘查平台。刘建中领衔推进省级整装勘查和国家级整装勘查，贵州金矿找矿驶入快车道，截至 2013 年底，贵州整装勘查区内 3 年新增黄金资源量 240 吨，平均每年新增黄金资源量 80 吨。

整装勘查的快速突破，除了客观存在的地质体外，人才、团队是关键因素。领衔人确定了，项目成员构造就充分体现了人才实力。灰家堡重点勘查区、泥堡重点勘查区构成国家级整装勘查的核心区块，相应区块的现场工作，需要强大的人才支撑，陈发恩、何彦南、杨成富、李俊海、祁连素、刘艳、陈明、祁杰等等，105 地质队的人才优势再一次凸显。

2012 年，硕士毕业的杨成富，听从单位安排，一头深深扎进了灰家堡重点勘查区系列工作中。依托水银洞金矿（外围）详查、簸箕田 2 金矿详查等项目的历练，经过近十年坚持不懈的努力，杨成富等人成长为该队野外地质勘查的中坚力量。

2015 年 1 月，杨成富作为“贵州省贞丰县簸箕田 1 金矿勘探”和“贵州省贞丰县簸箕田 2 金矿勘探”技术负责，带领项目团队每天到地下 500 多米井巷内开展地质编录和组织坑内钻探的施工。地质编录和采样等工作往往在井巷掘进的最前端，那里通风不畅，空气质量差，闷热，稍微一使劲就满头汗水，夹杂着井巷淋漓的地下水，全身衣裳都湿透了，收工到了井口，寒风裹挟着灰尘扑面而来，此时，只要是下过井的同志都有一个深刻体会——新时代的饥寒交迫。每次下井工作只有安全升井后，卸下肩上的地质样品，呼吸着清新的空气，才能如释重负，一身轻松。

其间，杨成富其实也有过迷茫彷徨，特别是冬天，在井下很热，一使劲衣服全湿透了，出井到地表的时候，寒风吹来，立刻让人痛苦到怀疑人生，当时他心里就在嘀咕：这二十多年求学就是为了走出大山，不承想大学毕业后又回到了大山，还干着这么艰苦的工作，很多时候就在想：这么坚持和坚守到底是为了什么？而且长期驻守水银洞矿山，每天与矿井、断层等打交道，个人问题也成老大难了；好心人介绍了几次相亲，对方知道杨成富的工作情况后，都打了退堂鼓。后来，经一个初中同学介绍，杨成富认识了现在的爱人。这女孩儿当时在郑州，杨成富在贵阳，刚开始只能通过微信联系。当时，大家都以为杨成富整“网恋”，都劝他，久等必有贤妻，不要在网上找，那些不靠谱。杨成富也不解释，就只笑笑。再后来和女方家长见面时，原定于月底开展的野外验收提前了，为了不耽误项目验收，杨成富征得准岳父母的同意，带着女朋友一起开车1600多公里，从河南连夜直奔项目部，接受野外验收。

2017年年中，杨成富留下新婚不到半年的妻子独自在贵阳找工作，自己蹲守在第一线。2018年，当老婆挺着大肚子，舟车劳顿来到项目部陪杨成富过新年时，杨成富是又开心又揪心，当打开门看到老婆挺着大肚子、两只手提得满满当当，一脸风尘仆仆的样子，杨成富的眼眶湿润了。直到老婆临产，杨成富才挤出几天假期赶回去看看孩子老婆。

九年！杨成富努力奋斗的这九年时间，完成了从技术员破格晋升到正高级工程师的跃升，喜获第四届金罗盘奖。这使杨成富不仅感到欣慰，还坚定了当初坚守一线，为能源资源发展做贡献的初心。

说到105地质队金矿勘查的成绩，当然也必须提到另一个矿区——泥堡。泥堡重点勘查区为勘探区新找矿区，勘探的定义为"详细查明地层、构造特征、详细查明矿体的数量质量形态产状空间位置，为矿山开发提供支撑"，难度之大，可想而知。何彦南，放弃了外企每月1万多的高薪而毅然回归105地质队组建项目部开展工作的优秀人才，承担泥堡重点勘查区的任务就落在他肩上。何彦南、李俊海、祁连素组合，开始了泥堡重点勘查区的项目实施。短短两年时间，泥堡金矿新发现断裂型厚大矿体，在勘探成果的基础上，新增金矿资源48吨，累计查明金资源量70吨，实现金矿找矿重大突破，今日之泥堡，已非昔日之泥堡，105地质人竭力科技创新，泥堡一跃成为贵州第四大金矿床。

截至2013年，贵州整装勘查区内3年新增黄金资源量240吨，平均每年新增黄金资源量80吨。至2014年，黔西南州8个市县都发现了金，水银洞金矿已成为我国中西部地区最大的金矿。贵州紫金水银洞金矿、贵州锦丰烂泥沟金矿、贵州金兴紫木凼金矿，三大原生卡林型金矿山年产黄金近10吨，黔西南地区已成为我国重要的黄金生产基地，有力地促进了当地的经济发展。2015年，105地质队编制提交的《贵州省贞丰县水银洞金矿区簸箕田 2 金矿详查报告》通过评审。据悉，这是贵州省提交的首个超大型全隐伏金矿床详查报告。至此，水银洞金矿累计探明资源量达265吨，灰家堡背斜金资源量达 345 吨。

理论创新见成效，金矿成果威名扬

随着地质工作的不断深入，105 地质队对黔西南金矿的认识不断得到提高，创新的理论也被广泛运用到整装勘查中。

2001 年以来，以刘建中同志为首的成矿与找矿科技创新人才团队明确水银洞金矿为碳酸盐岩层控矿床，明确中上二叠纪不整合界面间的构造蚀变体为区域构造热液作用之综合产物，建立以与深部隐伏花岗岩浆有关的成矿模式……

经过十多年的传承和精心打磨，以刘建中为代表的 105 地质人，原创中国南方卡林型金矿多层次构造滑脱成矿系统、构建了构造地球化学弱信息提取技术、建立了“五合一技术应用示范体系”（理论创新）+AMT（控矿构造格架）+ 构造地球化学扫面 / 剖面（提取深部成矿信息）+ 钻探（深部勘查手段）+ 组织（有效的组织管理）的模式，理论创新在老矿区指导金矿找矿取得了系列重大成果：发现了埋深 300 米至 1400 米的隐伏金矿体，整装勘查区累计查明金资源量 367.31 吨，新增 203.32 吨，实现了贵州金矿找矿的历史性突破；水银洞层控卡林型隐伏金矿累计查明金资源量 260.45 吨，新增 177.41 吨，成为中国最大的卡林型金矿床；新发现者相二埋深 900 米至 1400 米的隐伏金矿体，形成新的大型金矿产地。

2017 年，从长江大学毕业的邓亚梅，加入了 105 地质队找金的行列。刚到单位，她便参加了两个局、队重点社会商业性勘查项目。因为在学校期间，邓亚梅研究方向主要是油气方向，而现在主要从事固体矿产方向。她深知自己与别人的差距不是一点半点，就利用空余时间攻读固体矿相关专业的课本，查阅大量相关资料。2018 年年底，也是接近小邓婚期的日子，那会儿，她从事的野外地质工作还没有结束，经过再三斟酌，小邓觉得回家筹备婚礼会延误工作，于是在与家人几番斡旋之后，2018 年的冬天，项目部的同事依然可以在山上看到小邓忙碌的背影。

“你这结婚前一天才从野外赶回家，结完婚才三天，你就回项目部了，你老公没意见？”项目部的张工担忧地问小邓。

“我是与爱人商量了以后，才回来的，我家那个支持我。”

2019 年，邓亚梅调到了矿产部，2020 年，距离小邓新婚已经第二个年头，还没休过假的邓亚梅，恰逢者相二大精查项目启动，面对时间紧、工作任务繁重，她连续三个月放弃休假，全身心投入工作。带着对家人的愧疚，邓亚梅毅然决然地又开始了一年的野外工作，直到 2021 年者相二大精查项目结束。因为表现突出，邓亚梅被评为局级劳模和贵州省“最美劳动者”。

当者相二大精查项目获得双优时，邓亚梅开心地说：“我的第一个五年计划完美收官，这与前辈们提出的南方卡林型金矿多层次构造滑脱成矿系统、构造地球化学弱信息提取技术运用与实践是分不开的，下一步，我将努力学习新的理论知识，将‘五合一技术应用示范体系’落到实处，争取下一个五年计划再获佳绩。”

对邓亚梅来说，这五年是幸运的，她在大项目中历练成长。但是，对赵平、王泽鹏等来说，这五年是艰辛的，但成绩也是可喜的：

2019 年 9 月，泥堡金矿累计投入钻探工作量 15 万米，累计查明金资源量 70 余吨，其中 2010—2019 年间探明新增金资源量 48 余吨；灰家堡金矿田找矿不断取得重大突破，累计查明金资源量 370 余吨，在同类型金矿规模上跃居中国第一、世界第十。

2021 年，者相二大精查项目累计完成钻探近 3 万米，各类采样 8000 余件，投入勘查资金 5000 多万元，查明该区域的金金属资源量及矿石量等，取得了较好的找矿成效。该项目在实施过程中全面推进数字勘查，建立了勘查区矿产资源勘查信息系统，培养锻炼了一批从事数字勘查的人才，建立了可运用、可推广的数字勘查方法体系。另外，该项目首次在全省范围内成功开展小直径定向分支孔施工，采用“一主一支”的钻探施工方案，历时近三个月，定向分支孔顺利中靶，中靶精度较高，为同类绿色勘探、精准勘探技术配套提供了技术支撑。

2021年，在105地质队历代地质人的勠力攻坚下，获得了巨大的成绩，取得金矿找矿的历史性突破。南盘江—右江累计查明金资源量920吨，其中贵州720吨，使贵州成滇黔桂“金三角”最耀眼的明珠。

2016年，系统总结了贵州西南部构造蚀变体分布区金矿成矿规律和控矿因素，建立了金矿找矿模型，开展了区域成矿预测，“贵州贞丰—普安地区系列特大型金矿”荣获十大地质找矿成果，取得贵州金矿找矿历史性突破；2017年，“贵州省灰家堡背斜矿山深部战略性勘查”荣获中国地质调查局地质科技“二等奖”；2019年，“贵州省贞丰县水银洞金矿外围详查”获国土资源科学技术“二等奖”；2020年，“贵州省贞丰县水银洞金矿区深部找矿重大突破”获全国找矿突破战略行动“优秀地质找矿项目”；2021年，“贵州卡林型金矿成矿理论创新与隐伏矿找矿重大突破”列入自然资源部“十三五”重大找矿成果；2021年，以刘建中为领衔人，申请获批贵州省卡林型金矿成矿与找矿科技创新人才团队。

基于理论技术创新成果，该队金矿人才团队预测贵州卡林型金矿资源潜力大于1500吨，还有一多半的黄金等待我们去发现去探寻。

队伍建设出成绩，人才团队落户105队

随着“贵州省卡林型金矿成矿与找矿科技创新人才团队”2021年落户105地质队，该队按下了新时代奋进的快进键。

金矿人才团队落户105地质队后，以黔西南卡林型金矿集中区为研究基地，通过实施国家重点研发计划“深部矿产资源三维找矿预测评价示范”、国家自然科学基金联合基金课题“卡林型金矿成矿作用与预测”、中国地

质调查局“黔西南地区矿集区找矿预测”和“贵州贞丰—普安整装勘查区关键基础地质研究”等科研项目和水银洞、泥堡、架底等勘查项目，提出并定义区域卡林型金矿床预测和找矿的关键标志——构造蚀变体，发现卡林型金矿容矿岩石多样性和赋矿地层的多样性，揭示了卡林型金矿床与背斜紧闭程度、枢纽起伏、穹窿、背斜同生逆断层等构造要素的密切关系，初步创建了隐伏矿找矿地球化学弱信息提取技术方法，初步构建了卡林型金矿多层次构造滑脱成矿系统，建立了区域找矿预测综合模型。理论指导实践，圈定找矿靶区，实施工程验证，新增金资源量 400 吨，取得贵州金矿全面找矿的历史性突破，项目成果为将南盘江右江地区打造为新的千吨级国家黄金资源基地提供了重要支撑。

2022 年，105 地质队贵州省卡林型金矿成矿与找矿创新人才团队核心成员撰写的《碳酸盐岩重 δ26Mg 值指示卡林型金矿床岩浆热液成因》论文刊登在国际顶尖期刊《地球化学与宇宙化学学报》（Geochimicaet Cosmochimica Acta，英文缩写为 GCA）上。

据统计，2022 年以来，贵州省卡林型金矿成矿与找矿科技创新人才团队建设已取得阶段性成果 7 项：实施省部级及以上科技或地质勘查项目（课题）3 项；圈定金矿找矿靶区 1 个；培养博士研究生 2 名，硕士研究生 2 名，省千层次人才 1 人，中国科学院青促会成员 1 人；团队领衔人刘建中入选贵州省第二批产业导师（研究生类），团队成员王泽鹏喜获贵州省青年科技奖等；发表中文核心及以上期刊论文 14 篇，其中 SCI 6 篇，中文核心 5 篇，其他 3 篇；提交申请地方标准 1 项，完成申请发明专利 3 项；支撑自然资源部基岩区矿产资源勘查工程技术创新中心（金铅锌室）的建设；参加相关国际国内学术交流会议 50 人次，开展卡林型金矿成矿与找矿技术培训约 200 人次。

该团队将继续紧紧围绕国家、全省战略需求，认真贯彻落实国发〔2022〕2 号文件精神，继续紧盯“构建产学研用科技创新人才团队建设支撑金矿等战略性矿产实现找矿突破”目标，提升地质理论原始创新能力，认真落实好“将论文写在大地上”的宗旨，系统解决区域金矿成矿系统构建、深部成矿信息提取、深部成矿构造判别等制约找矿的关键理论和技术方法问题，构建区域金矿成矿系统，丰富和完善区域卡林型金矿床成矿理论，促进贵州金矿找矿取得新的更大突破，更好地服务贵州“新四化”建设，为南盘江—右江成矿区成为国家千吨级黄金资源基地提供基础支撑。

奋斗成就梦想，时代点燃激情。105 地质队正奋进在新时代新征程中，勇闯新路，让“国家功勋地质队”的底色更加鲜亮。

寻萤记

林　杰

月朗平桥，六枝特区郎岱八景之一。“月亮河两岸植松数千株，中有平桥九洞，霁月初升，松风绕岸，俯视波光荡漾，觉琉璃世界，恍在目前也。”就在这个富有诗情画意的月朗平桥附近，有一个四面环山的小村落，省地矿局113地质队六枝特区平桥萤石(锂)矿大精查项目部就驻扎在这里。

部　署

为了将矿产资源优势转化为经济优势，服务我省十大千亿级工业产业，推动全省经济高质量发展，2019年12月5日，省发展改革委和省地矿局向省人民政府呈报《关于开展全省重点矿产资源大精查工作的建议》，决定开展锰、铝、金、磷、萤石（锂）、重晶石等6个重点矿种10个项目大精查工作。2019年12月获得省人民政府批准后，一场声势浩大的大精查拉开序幕。

局党委书记、局长付贵林同志出席局大精查工作会指出，开展大精查工作，充分体现了省委、省政府对地质工作的关心和支持，要高度重视此项工作，通过大精查项目的实施，走出一条服务国家能源资源安全，服务我省千亿级工业产业，推动全省经济高质量发展的路子。2020年4月21日，我局完成《贵州省地矿局重点矿产资源大精查项目组织实施方案》编制，建立全局大精查工作专班和大精查专家组，对大精查项目进行安排部署，提出质量、安全和进度保障措施。4月22日，局总工程师、局大精查工作专班负责人周琦主持召开全局大精查项目工作部署会，强调要通过大精查工作出成果、出人才，支持地质勘查可持续发展。4月27日，副局长、大精查工作专班副负责人朱春孝出席全局大精查工作探矿工程部署会，对大精查钻探工程进行总体部署，强调“六个统一”，即统一调度安排、统一技术标准、统一对外协调、统一项目管理、统一绿色勘查和统一工程保障。

六枝特区平桥萤石（锂）矿精查项目，属2020年启动实施的全省6个重点矿产资源大精查项目之一，由省地矿局113地质队负责实施。113地质队党委高度重视，立即召开六枝平桥萤石矿项目部署专题会，选派精兵强将组建项目组，并在项目部成立临时联合党支部，推进党建与业务工作深度融合。项目组坚持以目标为导向，倒排工期，严格按照“六个统一”要求抓落实。

第一次

项目所在地的名字富有诗情画意，工作难度却很大。该项目没有普查和详查基础，勘查区域内地质工作虽历史久远，但以基础地质调查为主，矿产工作多集中在煤、铁等矿种，针对本次开展的萤石矿工作资料较少，地质研究程度不高。这种情况对113地质队来说是历史上少有，也是项目组成员遇到的第一次。

地质工作就是迎着困难上，再难也要干！作为一名年轻业务骨干，也是该项目的技术负责，黄庆从不缺迎难而上的勇气。扛好肩上重任首先要从掌握工作区第一手基础地质资料开始，心中有数才能有工作自信。他带领团队收集勘查区及周边以往工作成果资料，进行资料综合整理及分析研究，对勘查区进行详细踏勘，并采部分样品进行分析研究，确定主攻矿种，编制了《贵州省六枝特区平桥萤石（锂）矿勘探设计书》，通过两次修改，2020年6月19日通过省大精查办终审。

端午节

项目进入实施阶段，工期短，任务重，所有项目人员全身心投入工作中，没有一丝懈怠。他们无暇陪伴家人，鲜少顾及节假日。

端午节，太阳还未冒出头，山间腾涌的雾来不及散去，绿黛在白雾间若隐若现。吃过早饭，老地质人张工带着周丽芳和实习生张珊珊出门了。越野车沿山道盘桓，停在另一个山脚下。下车，他们踩着被雨水浸泡一夜的泥土，踏上通往钻机的田埂，田间地头留下一串串深深的脚印。

张工点燃一根烟，认真观察着四周的地形。过足烟瘾，张工开始点孔了。他拿出手持GPS、工程布置图、三角尺，仔细核对图上工程坐标与GPS上显示的经纬度，再结合周围的地形地势："钻孔就布在这儿。"张工指着一个标志物说道。

说罢，他们三人又沿着通村水泥路向前走，去往另一个机场。两名钻工按取芯顺序将码放整齐的岩芯平铺到地上，张工蹲在岩芯旁，挥动他用了几十年、木柄握得油润光滑的地质锤，熟练地敲打着岩芯。他捡起一块岩芯，瞧着断面，顺势从上衣口袋里掏出一块放大镜，放在右眼下，眯着左眼，移动岩芯聚焦。随后又从口袋里掏出一小瓶稀盐酸，滴了几滴到岩芯上，判断岩性以便分层。

正午时刻，一名钻工给张工递来一根烟，沾满机油的衣服在阳光下格外发亮，钻工问："张工，怎么不回家过节？"张工笑眯眯地说："你们不休息，我们回啥家？"两人会心地笑了。

编录完岩芯，张工一行又调头去往河边另一个钻孔。

眼下正值汛期，平桥河水灰黄，水流湍急汹涌。他们踏过长有青苔的河堤，穿过弯弯曲曲的山路，苞谷地里窜出一条蛇"哧溜"从路面钻进了草丛。眼前的一切，他们习以为常。

跑完三个孔，太阳已经开始落山了。

回项目部的路上，周丽芳电话嘀嘀响起，是老公打来的。老公说："到郎岱了，带两个孩子来看你啦！"周丽芳刚给二宝断奶就一头扎进项目部，已经一个多月没有回家了，4 岁的大宝和 9 个月的二宝每天都对妈妈翘首以盼。马上就要见到两个宝宝，亲自摸摸两张可爱的小脸蛋了，周丽芳心里十分激动，眼泪差点掉下来，她没有想到会在每逢佳节倍思亲的端午节，收到这份意外的惊喜。

变更设计

6 月至 9 月，项目部全体人员加班加点，早出晚归，完成了 1 ∶ 5000 地形航测 $10km^2$，工程点测量 23 点，1 ∶ 5000 地质填图 $7km^2$，1 ∶ 5000 水工环地质填图 $7km^2$，钻探工程施工 6425.51 米 /19 孔，岩芯编录 6425.51m，基本分析样品测试共 805 件，小体重样 24 件，岩矿鉴定样 50 件，岩石力学样 72 件，水质分析样 5 件。根据工程控制情况，发现矿体规模、连续性变化较大，分布范围向南扩大。

一切看似顺利进行。然而，随着项目的不断推进，诸多问题开始显现……

萤石矿体扩展至九层山背斜南翼，资源量扩大，原设计钻探工程对矿体南部的控制不够；在当前条件下，萤石开发经济效益相对较好，锂资源评价依据尚不充分；勘查区强硅化蚀变层内萤石矿化不均匀，与原设计认识出现较大变化，加密钻探工程难以获得探明资源量；已施工完成的水文地质试验孔 ZK0410 代表性不强。项目部成员群策群力，通过对勘查区萤石矿体特征、工程控制程度、开采技术条件及可行性评价等方面的综合分析研究，发现原设计存在不足，不能满足本次工作目标要求。

怎么办？ 12 月就要完成野外工作，现在变更设计还来得及吗？项目组成员围着几张拼凑而成的会议桌，一时间炸开了锅。

为实现本次工作目标，确保项目顺利推进，黄庆和项目顾问金翔霖顶着压力，立刻前往贵阳向大精查专家咨询。接着按专家指导意见，根据阶段性成果认识，确定了调整内容，对原设计的工程布置、工作量、勘查面积等进行优化和调整，变更后的设计书 2020 年 9 月 29 日通过省大精查办终审。

国庆期间，项目部成员顾不上休息，顾不上回家，按照变更后的设计书，扎实推进野外地质工作，队党委领导到现场关心慰问。通过两个多月苦战，2020 年 12 月 14 日，省大精查办组织专家对本项目进行野外验收，专家组通过室内听取汇报、资料检查及野外实地检查，一致认为项目野外验收提供资料较齐全，工作部署和布置合理，选择的勘查手段满足本次工作要求，较好地完成了本次工作任务。经专家组评议，同意通过野外验收，野外验收质量总评为良好级。

六枝特区平桥萤石（锂）矿大精查项目的完成，进一步丰富了区域内萤石找矿勘查的理论和方法，为地方政府招商引资提供了可靠的资源保障，为落实新一轮找矿突破战略行动提供了新的方向。

不忘初心，方得始终。113 地质人以永不懈怠的精神状态和一往无前的奋斗姿态，牢记多找矿、找大矿、找富矿的职责使命，在全省重点矿产资源大精查的战场上，交出了一份满意的答卷。

生态文明建设

长鬃飞扬再奋蹄

十年奔忙只为“水”

重绘大自然美丽画卷

又见青绿落裙坡

守得绿水护青山

在谱写贵州绿色新篇章的日子里

小转身　大作为

绿色发展永远在路上

立足农业农村项目　服务生态文明建设

唤醒沉睡地热

长鬃飞扬再奋蹄

王国甫　张井泉　王　琴

扁舟一叶，荡漾在宽阔的湖面上，氤氲在冬日的阳光里。成千上万只越冬的候鸟比往年更早地到来。船夫挂满淳朴的笑靥：“瞧，这黑颈鹤又回来了。我在这儿生活了50多年，今年这么大规模的黑颈鹤还是头一次见到。”舟随水动，水荡舟摇。伴着一声声鸣叫，游客们手捧相机，追逐着天空高飞的黑颈鹤，让思绪在一个个优美的姿态里定格。

20世纪后期，海拔2000多米的威宁草海发生过两次人为排水造田，草海上建起了村庄，种上了庄稼。

“要草海还是要吃饭？”这样的矛盾在经历了“城进湖退、水体污染”之痛后，草海生态系统得到历史性修复，森林植被覆盖率迅速提升至70%，享有“百鸟之都”的美誉。

贵州的生态是美好的，当然也是脆弱的。

草海的变化印证了贵州生态改善的过程。贵州省是长江、珠江上游重要生态屏障，既面临全国普遍存在的结构性生态环境问题，又面临水土流失和石漠化仍较突出、生态环保基础设施严重滞后等特殊问题。

习近平总书记强调，贵州要守好发展和生态两条底线，正确处理发展和生态环境保护的关系，在生态文明建设体制机制改革方面先行先试，把提出的行动计划扎扎实实落实到行动上，实现发展和生态环境保护协同推进。

2017 年，中共中央办公厅、国务院办公厅印发《关于设立统一规范的国家生态文明试验区的意见》，强调贵州省继续建设国家生态文明试验区，要注意总结借鉴有关经验做法，为完善生态文明制度体系探索路径、积累经验。

时任省地矿局党委书记、局长付贵林话语铿锵："贯彻创新、协调、绿色、开放、共享的新发展理念，以'大生态'创未来，集中优势力量，厚植服务能力，加强战略合作，重整行装再出发，全力服务我省生态文明建设，让贵州的天更蓝水更清山更绿！"

自此，省地矿局闻讯而动，集结待发。

抓住机遇亮名片

飞鸟轻落在柔柔的草尖上，碧水辉映着灰色的高天，水草青黄相接时又深秋。

大同河为赤水河一级支流之一，源于四川省古蔺县杨家沟和九洞岩。长期高强度的人类活动，改变了大同河区域地表景观、生态结构、水文循环等自然过程，造成了水土流失、水体污染、河道岸坡垮塌和白鹭等野生动物栖息地遭受干扰等主要生态环境问题，同时，还存在弃土场土地水土流失，以及土地压占、裸露边坡水土流失及地貌景观破坏等零星生态环境问题。

赤水市大同河生态环境保护修复工程项目属贵州省乌蒙山区山水林田湖草生态保护修复重大工程项目子项目之一。

贵州省乌蒙山区山水林田湖草生态保护修复重大工程项目在 2018 年 10 月通过全国第三批试点工程遴选，获得了中央财政资金支持，有 79 个子项目。这类项目在贵州省是首次试点开展，在全国也没有成熟的模板可以借鉴。在 2019 年开始实施 60 多个项目时，虽然省厅专家多次讨论、多次组织考察，但仍没有形成良好的范本，给贵州省生态修复项目的推进带来了极大的技术障碍。

2019年10月，自然资源部国土空间生态修复司专家一行对贵州省实施的山水林田湖草生态保护修复重大工程试点项目进行中期检查，提出一系列整改要求。针对赤水市大同河生态环境保护修复工程方案设计，地方政府最终找到了省地矿局。

2019年12月下旬，受赤水市自然资源局委托，成立了赤水市大同河流域（白鹭岛至四洞沟段）生态环境保护与修复工程实施方案编制工作组。实施方案编制由省地矿局114地质队具体负责。

省地矿局党委委员、副局长朱春孝来到114地质队现场指导：“贵州是党中央、国务院确定的国家生态文明建设试验区，是探索生态文明建设有效模式的先行示范区。为此，我局紧紧围绕生态文明建设对地质工作的新需求，先后与生态环境厅、自然资源厅、省能源局等厅局达成了合作会议纪要及备忘录，出台了《关于发挥地质工作基础性作用为全省经济社会发展提供地质技术服务的意见》。这个项目来得正是时候，一定要克服困难、迎难而上，打响第一枪，助推向生态修复领域转型。”

114地质队党政班子领导明白，这肩上的担子不轻。

随之，114地质队组建由队副总工程师林德洪担任负责人，8名技术骨干和20余名技术员组成的项目组。

项目组架子是搭起来了，但眼前的工作任务却是一个全新的领域，既没有系统的技术规范指导，也没有成熟的范本可参考。生态修复项目还具有多目标协调难、多学科交叉覆盖等特点，尤其是生物多样性、水利工程、水土流失、国土空间规划等专业更是114地质队没有的。

怎么办？114地质队没有退却。不会，马上学！队总工程师田维强立即组织项目组成员对山水林田湖草相关的政策文件进行集中学习，并为项目组成员开展了工作思路及方法的培训。

野外调查工作也紧锣密鼓地进行。尽管正值除夕，项目组成员仍坚守岗位，直至2020年1月22日（除夕前两天）才带着诸多问题返回单位。

2020年是一个特殊的年份，《赤水市大同河流域（白鹭岛至四洞沟段）

生态环境保护与修复工程实施方案》工作开展在1—4月，也是这个特殊年份中最为艰难的时期。

这一期间，外业工作受春节假期、新冠疫情、天气等影响，危险源多、安全风险大。项目组成员焦急万分，但都深知“安全是生产的基础”，在疫情管控期间，为响应国家“不出门、不聚集”的号召，项目组成员为按时提交成果，在电话碰头会分配任务，在家中不分昼夜整理收集资料。

当疫情得到有效控制，复工复产时，项目组立即赶赴工作区开展野外调查工作。项目组争分夺秒，进行了大量的野外调查、无人机航测、专项测绘、地质钻探、水土岩取样测试等技术工作。

技术障碍怎么解决？以前没做过生态环境问题调查，项目组就从各种规范、小论文、博士论文、专著中去学习，在具体工作中先收集好资料，做好室内分析，再到现场核实。生物多样性相关工作不会做，就与高校合作，同贵州师范大学的教授学者分工协作，努力实现多学科交叉融合。

2020年3月，省地矿局组织由赵国宣带队的专家组来到项目地查看现场，对水土流失、河道岸坡垮塌、裸露边坡、土地侵占、白鹭岛人为干扰等生态环境问题提出了11条调查指导意见、28条治理指导意见。

紧接着，田维强也带领李强、何旭东两位副总工程师来到项目上，结合局专家组指导意见，对项目调查及方案编制提出了31条具体意见。并特别强调，方案编制必须把当地人民群众的生产、生活愿望摆在首位。

项目组完成野外调查转入室内是2020年3月20日。岂料，新冠疫情再次暴发，报告编制正值紧要关头，项目组成员既不能按时回到单位，也不能及时开展野外工作，导致项目进度滞后。这样，项目时间就更紧、任务显得更重。

为了将因疫情影响的时间赶回来，项目组成员每天加班到深夜，连续一周住在办公室。功夫不负有心人，经过50多天日夜奋战，提交了设计方案。

通过项目的创新开展实施，培养了10余名专业技术骨干、2名省厅生态修复方面专家。以《赤水市大同河流域（白鹭岛至四洞沟段）生态环境保护与修复工程实施方案》为基础撰写的3篇论文在省级期刊上发表，也建立了一支不怕苦、不怕累，专业技术过硬的生态修复团队。

2020年4月2日，在由省自然资源厅组织的评审会上，项目组向专家们详细汇报了赤水市大同河生态环境保护修复工作的思路、方法、原则以及具体方案，大胆提出了以水土流失综合治理为主、结合生物多样性保护、提升流域生态服务功能的工程实施方案，获得在场专家及业主单位、主管部门的一致好评。

专家组评价："这是截至目前贵州省山水林田湖草生态修复项目实施以来，编制质量最好、最契合山水林田湖草生态修复理念的方案成果！"

至此，省地矿局除了顺利完成项目外还完成了另一项重要任务，亮出了贵州生态修复的名片，也为之后承接"纳雍县鬃岭煤矿矿区矿山地质环境恢复治理工程实施方案"项目获得了品牌效应。

长鬃飞扬再奋蹄

乌蒙山脉腹地云雾缭绕处，青黛般的群山似一匹气势伟岸，四蹄翻腾，长鬃飞扬的骏马，风吹雾动，马身被遮盖，仅可见马头高昂，马颈长而粗壮，鬃毛厚如挂毯，神形俱似，此山得名"马鬃岭大山"，镇政府所在地处马鬃岭大山脚下，得名"鬃岭镇"。

马鬃岭大山是贵州省毕节市纳雍县鬃岭镇最高的大山，海拔2332米。大山深处煤炭资源丰富，人类活动强烈，尤为煤炭资源、地表砂石开采。该地曾有29家煤矿和4家砂石厂，加上历史上乡办村办老煤矿和私挖滥采小煤窑叠加，这些人类工程活动已经到了自然环境所能承载的负重极限，地质环境被打破的病灶表征日益突显。

省地矿局114地质队、111地质队、测绘院、环境院实地调查发现，该区域属鬃岭、阳长、新房、勺窝4个乡镇煤矿塌陷连片崩塌区，区内共有地面塌陷、地裂缝、崩塌、滑坡及滑塌等地质灾害54处，随时威胁山下4村上万人口生命安全，以及镇政府、学校、医院等办公安全和土地林木、G246国道、乡道交通和16家煤矿开采、5.2亿元公私财产安全，被评估为特大级地质灾害险情程度、特大级危害程度、一级灾害危害对象。

随之，项目组编制提交《纳雍县鬃岭煤矿矿区矿山地质环境恢复治理工程设计方案》。2019年4月，纳雍县向贵州省申报纳雍县鬃岭煤矿矿区矿山地质环境恢复治理工程项目，引起贵州省、毕节市、纳雍县各级党委、政府高度重视。纳雍县鬃岭煤矿矿山地质环境恢复治理项目纳入乌蒙山区山水林田湖草沙一体化生态修复子项目，提上政府工作日程，获批11亿中央生态环境修复保护专项资金专项治理。

2020年4月下旬，纳雍县鬃岭煤矿矿区矿山地质环境恢复治理工程在攻关过程中也遇到了技术瓶颈，省地矿局再次受命进行方案设计。5月，专家赵国宣到现场检查，对项目工期、项目区、比选方案等提出13条指导意见。

随后，朱春孝专程到项目部检查指导，提出要结合省内外生态治理成功案例，把鬃岭项目打造成贵州地矿的一张名片，培养出一批生态修复方面领军人物的要求。6月下旬，项目评审由毕节市自然资源局组织，省自然资源厅安排7位省级专家参与，成果获得专家组及业主单位、主管部门一致好评。专家组这样评价："报告的资料丰富翔实，对治理区的生态功能分区及定位总体符合国家、省的要求，修改完善后可为今后类似项目提供范本。"

久违的太阳露出了笑脸，虽然仲春乍暖还寒，依然挡不住参加纳雍县鬃岭煤矿矿山地质环境恢复治理工程开工仪式上人们的激情。2021年3月3日，随着朱春孝一声"开工"令下，礼花漫天，机器轰鸣，当地人民群众期盼已久的治理工程正式启动。

治理内容涉及土地复垦、河道及水环境综合治理、地质灾害综合防治工程和生态环境影响综合监测4类工程。从项目设计、施工到监理均由省地矿局局属单位承担。114地质队、111地质队、测绘院共同完成项目设计方案编制，环境院提供技术指导，贵州地矿集团基础工程公司承担项目监理，106 地质队负责项目施工，纳雍县政府平台公司雍泰集团协助施工。

开工仪式结束后，朱春孝在现场主持召开“抓落实，提高执行力”座谈会，听取各参建单位承担工作任务、施工组织准备等情况汇报后，朱春孝和省地矿局地质环境与工程处处长张林对下步工作进行了指导。

朱春孝代表局党委强调：“该项目是我局‘十四五’开局之年实施的第一个重点大项目，对毕节、六盘水等地历史遗留矿山地质条件复杂、生态环境脆弱、施工难度大的矿山地质环境恢复治理有借鉴意义。要在局党委统一调度下，以局专家团队为技术支撑，各参建单位抽调骨干力量组织实施好该生态保护修复重大工程项目。”

会上，全体参建单位表示：将深入贯彻落实习近平总书记视察贵州的重要讲话精神，坚持新发展理念，牢固树立“山水林田湖草是一个生命共同体”的思想，精心组织、精细管理，科学施工，决不辜负省、市、县各级党委、政府和局党委的重托，不辜负市、县自然资源局和贵州纳雍雍泰集团的信任，以保障人居安全、改善人居环境，实现治理区人与自然和谐共生，绿色发展的工作目标，保质保量完成施工任务，向党和人民交上一份满意的答卷，以优异的工作业绩向建党 100 周年献礼。

医治“病马”项目启动后，根据实际情况，2021 年 6 月因方案优化调整停工，2021 年 8 月 30 日变更设计方案获得批复，恢复施工。后又因征地、施工用水、疫情防控等原因再次停工，直到 2022 年 3 月 5 日再次恢复施工，约定工期 180 天。

难忘的那些人和事

专业支撑两次“忤逆”

“轰隆”一声巨响，一块巨大的石头被炸开，铺天盖地的碎石砸向四周的田土、房屋……省地矿局 106 地质队施工监理工程部经理张华松在梦中被惊出一身冷汗，瞬间坐了起来。

脑海中还在回放着刚才的梦境。这不行。按照设计要对一块最大的11000 立方米危岩体进行定向爆破处理，可如果像梦境中的爆破情况，石块飞落，必将破坏土地土壤，威胁周边人民群众生命财产安全，这与生态环境修复保护的初衷相悖呀。

但是，上次已经违背了省纪委监委的督查意见，这次如果再提出与施工设计不同的意见，业主单位、设计单位会咋想？如果不提出来，又违背专业队伍的专业精神，他纠结着，久久无法入睡。

前不久的 4 月 14 日，省纪委监委督查组到纳雍县开展该项目督查，对施工进度不甚满意，提出督查意见。该项目是中央基金项目，是自然资源部、生态环境部、应急部一直高度关注的项目，按照中央部委意见，要求 6 月初完成施工，对项目进行验收。

纳雍县工作专班立即组织相关人员对工期安排重新调整。106 地质队该项目经理王得原被抽到工作专班，通宵在县局协助倒排工期。

拦石墙、落石槽、挂网、土地复垦、河道治理两个月内完成都没有问题，唯独抗滑桩施工，无论怎么倒排都无法完成。

整个项目设计抗滑桩 82 根，全是人工挖孔桩，最大的 2.5 米 ×3 米桩径，最深的 31 米。按原来的施工设计隔 2 挖 1，顶多改变为隔 1 挖 1。

挖孔桩原本就破坏了地应力，如果再增加人工，一根一根连着开挖，地应力更将受到严重破坏，如一旦不能承受，必将造成山体滑坡，会导致极高的施工风险，作业人员安全无法保障。

科学的分析，专业意见的陈述，督查组修改了督查意见，改为 8 月底前完工。

东方的天空渐渐泛起鱼肚白，熹微的晨光照进工棚，新的一天又开始了。

张华松叫上几个专业技术人员，再次到危岩体现场实地踏勘。经过对地质地貌、岩石结构的观察分析认为，如无大的地质运动，危岩体相对稳固，最多会有小石块滚落，只需搬迁危岩体下仅有的一户村民，修拦石墙、落石槽、挂网防御即可。

这个方法虽然省时省力省钱，切实可行，但业主单位、设计单位是否同意修改设计，张华松心里没底。只能立即向单位党委书记、队长梁浩波汇报并提出借助外脑的建议。

梁浩波陪同朱春孝和省地灾防治老专家赵国宣来了。朱春孝、赵国宣实地考察后，肯定了张华松的意见，建议业主单位、设计单位调整施工设计。

最终，施工设计得以修改，维持原貌，不再实施危岩体爆破，确保了土地安全和人民群众生命财产安全。

两次“忤逆”的成功，虽然一开始都是忐忑不安，但他们更相信科学技术的力量。

“张氏吊篮施工法”

挖孔桩、拦石墙、落石槽、挂网、土地复垦、河道治理全面铺开，施工现场最多时，上百个工种、四五百人、四五十台挖掘机、十多台铲车、四五辆吊车、四五台混凝土浇灌车一起开工。机器轰鸣，人欢马叫，热火朝天。

施工现场管理，各工种协调，统筹兼顾、文明施工、安全施工是篇大文章。好在张华松、王得原及现场负责田健力等管理人员、技术人员都是久经沙场、身经百战的年轻老手，工地管理得井然有序，游刃有余。

刚开始，设计与施工是有分歧的。编制设计时测量不够精准，设计比较粗放；施工时放样下来有些误差，且设计后的时间推移，现场又新增了坟墓、房屋等地面附着物，难以按照设计方案一一对应施工，反映、协商，达成一致意见，据实边施工边优化设计。

施工须挂长达 7000 米、面积 30000 多平方米的柔性防护网。山体上下高差 400 多米，打锚桩如果搭脚手架作业，既费钱、费时，还有一定的安全风险。

那时，中央电视台黄金时段正在热播反映时代楷模黄大发事迹的电视剧《高山清渠》，看到黄大发在绝壁上开凿大发渠的情景，善动脑的张华松深受启发，将传统的搭脚手架作业改为在山顶确定固定点，用钢绳加滑轮挂吊篮载人，悬空作业。

作业面一展开，远远望去，如同天兵神将脚踏祥云，翱翔天空，奋力作战。

这一场景，受到前来检查指导工作的纳雍县领导高度赞誉："你们看电视剧《高山清渠》，学习时代楷模，真是活学活用，这比写得再好的心得体会都管用。吊篮施工是你们张经理提出来的，就叫'张氏吊篮施工法'吧。"

骏马奋蹄再飞扬

2022 年 8 月 20 日，比省纪委监委督查组规定的时间提前 10 天，全面完成纳雍县鬃岭煤矿矿山地质环境恢复治理工程所有工作任务。

169 天的日夜奋战，先后实施地质灾害综合治理 52 处、抗滑桩 82 根、危岩清除 7000 立方米、拦石墙与落石槽 1816 米、防护网 31674 平方米、排水沟与挡土墙 650 米、栽种水杉生态防护林 2800 株、建自动化监测点 27 处。

在绵延 7000 多米的山体下，抗滑桩、拦石墙、落石槽、防护网、防护林依次摆开，错落有致，如同建起了一道生态环境保护的钢铁长城。

分布在治理区土地复垦后的大小地块上，栽种了水杉、柳杉生态防护林；结合乡村振兴产业规划，种植了皂角树、布朗李、高山云雾有机茶；种植玉米的村民已获得一季收成。阳光下，老百姓安居乐业，田间地头又响起了村民们的欢歌笑语声。

河道、水渠如一条条玉带，缠绕在山间、林下、大地上，清清的河水伴着山笑、林笑、人笑，欢快地流淌。

一度让驾驶员谈路色变、噤若寒蝉的 G246 国道，又恢复了往昔的车水马龙，拉着黔货出山，载着希望远行。

治理后的鬃岭煤矿矿区矿山地质环境恢复治理区域，重现绿水青山、蓝天净土，生机无限。

因煤而生，因煤而治。纳雍县鬃岭镇矿山生态修复治理区被省自然资源厅、省生态环境厅确定为贵州省矿山生态修复示范区，为地质条件复杂、生态环境脆弱、施工难度大的历史遗留矿山地质环境恢复治理提供经验借鉴。

鬃岭镇马鬃岭大山这匹骏马重获新生，气势伟岸，四蹄翻腾，长鬃飞扬，壮美得宛若历尽艰辛穿洋过海的信鸽，宛如狂风暴雨中勃然奋飞的海燕，奔腾在一望无际的原野上，显示出一股巨大的力量，那强劲的铁蹄，踩得大地“咔嗒咔嗒”声声作响，仰天长啸，动人肺腑的马嘶响彻天空。

绿水青山看贵州

绿水青山就是金山银山。近年来，在习近平生态文明思想和习近平总书记视察贵州重要讲话精神的指引下，贵州以促进生态系统良性循环和永续利用为目标，统筹推进山水林田湖草沙一体化保护和修复。

省地矿局也用鲜活的实践告诉人们，地质先行是使命所在，服务民生是职责所系，从传统的地质找矿向民生地质、生态地质、绿色地质转变，不仅拓展了发展空间，更在服务中更好地发展。

2011 年至 2020 年的十年间，省地矿局牢牢守好发展和生态两条底线，积极服务生态文明建设，为贵州赶超跨越提供了坚实的技术支撑。先行探索推进山水林田湖草生态保护修复，出台了《省地矿局关于推进山水林田湖草生态保护修复工作的实施意见》及《工作指南》；协助省自然资源厅开展贵州省乌蒙山区山水林田湖草生态保护修复和武陵山区山水林田湖草沙一体化保护和修复等重大工程立项，并获财政部、自然资源部、生态环境部批复实施，成功争取中央资金 40 亿元；完成纳雍县鬃岭煤矿区、乌江源（钟山区）三岔河流域等百余项山水林田湖草生态保护修复调查评价和矿山地质环境恢复治理；完成贵州省农用地及贵阳、遵义等 8 个市（州）

重点行业企业土壤污染状况详查；完成盘州、兴义等市（县）土壤环境质量类别划分与受污染耕地安全利用调查；积极开展磷矿区地下水污染防治、煤矿酸水治理等生态修复关键技术研究；实施了开阳磷矿交椅山、川恒化工磷石膏堆场防渗治理勘察等一批水土污染防治项目，地质技术支撑国土空间生态修复能力显著提升；全面建成国家地下水监测工程（贵州国土部分）并投入监测；完成贵州省矿泉水调查评价、铜仁市优质水资源普查，提交 1 ∶ 5 万水文地质编图 122 幅。

山地和丘陵占全省面积 92.5% 的贵州，境内有荔波喀斯特、赤水丹霞、施秉云台山、铜仁梵净山 4 处世界自然遗产地，有梵净山、茂兰 2 个联合国人与生物圈保护区网络成员，有黄果树大瀑布、草海湿地、加榜梯田、百里杜鹃、野生韭菜坪、乌蒙大草原等美不胜收的自然景观，优良生态环境是贵州最大的发展优势和竞争优势。

2021 年，习近平总书记到贵州考察时，指示贵州要“在生态文明建设上出新绩”。国发〔2022〕2 号文件也赋予贵州“生态文明建设先行区”的重大战略定位。

党的二十大报告指出“要像保护眼睛一样保护自然和生态环境”，“坚持绿水青山就是金山银山的理念”。

在前行的道路上，省地矿局党委班子成员一致表示：“我们正努力让全社会了解贵州地矿能做什么、会干什么、在服务贵州生态文明建设中起到什么样的作用。”

不忘初心、砥砺前行，贵州地质工作的先行者、主力军正以崭新的姿态和日新月异的风貌踏向新的征程，让贵州山更青、水更绿、天更蓝，让绿水青山成为老百姓为之骄傲的“幸福不动产”，用之不竭的“绿色提款机”！

十年奔忙只为“水”

——省地矿局科学找水、服务民生纪实

田景轩　李继生　王　琴

许多年后，宝台村的乡亲们还记得地质队员面对他们大声说出的那番话。

湄潭县黄家坝镇宝台村，贵州数千个缺水村中的一个。那一年连续数月天空无雨，宝台村所在的黄家坝镇三分之二人畜只能靠镇里应急送水度日。宝台村的人们着了急，他们凑钱雇来挖掘机，在村边掘地找水。挖掘机刨出的大坑，深达十余米，仍未见水。

面对还在挖掘的深坑，匆匆赶来的省地矿局的地质队员们大声对村民们说：“大家不要再挖了！你们这里水的问题，交给我们来解决。”

仅用四天，地下 150.63 米处清泉冲天而出。地质队员结束了这个村祖祖辈辈饱受干渴之苦的历史。

这只是省地矿局抗旱救灾应急找水工作中的一个场景。十余年过去了，村民们谈起时仍是热泪盈眶。

大旱面前的地矿人

贵州地处长江、珠江两大流域的上游分水岭地区，17.6 万平方公里土地上，岩溶山区占全省面积的 72%，尽管每年降水量达 1000 毫米以上，

但由于喀斯特生态系统脆弱，地表严重干旱缺水，1300 万人曾因一个沉甸甸的“水”字，世代饱受煎熬。“滴水贵如油”是缺水地区的真实写照。他们挖掘水窖，把如油的雪水、雨水积攒贮存起来；他们期盼甘霖的降临，企盼养育他们的地方清水奔流、禾苗青绿。

水是生命之源，也是发展之源。解决岩溶缺水地区人畜饮水和土地灌溉问题，是地质工作服务社会的重要职责。

2010 年的春旱是贵州有气象资料记录以来，最严重的旱灾！省地矿局主动请缨承担省内旱区的地下水勘查和打井工作，展开了一场与旱魃特殊的较量。

两个月时间内，63 台钻机在贵州高原的各个干旱地区昼夜施工，地下水打井捷报频传，共施工地下水井 275 口，总出水量 7.2 万余立方米 / 天，解决灾区 86 万人口、18 万头大牲畜饮用水及部分农田灌溉供水问题，全面圆满完成了省、部级安排的打井抗旱任务。

2011 年春，华北大旱，黄淮告急。根据省政府命令，省地矿局千里赴豫，以最好的队伍、最精良的设备、最快的速度、最优的方案组建突击队。仅用两个月时间，在河南登封、新密等 5 县市，完成钻探工作量 11000 多米，成井 48 口，解决干旱区约 12 万人、8 万头大牲畜的饮水及部分农田灌溉问题，为河南抗旱保民生、保春耕做出积极贡献，受到国土资源部表彰奖励。

2012 年，省委、省政府明确 50 项重点工程，启动贵州省迄今为止规模最大的打井工程项目，共安排 800 口打井任务。省地矿局把对人民的幸福承诺落到实处，作为找水打井主力军的队伍，全省 9 个地州市的 23 个县市，处处可见地质队员忙碌的身影和只争朝夕、争分夺秒的干劲，全面完成打井任务。

2013 年，贵州省委、省政府提出“大力实施水源性工程、提灌工程和地下水利用开发的水利建设‘三大会战’”，并于当年 10 月 28 日启动。“三大会战”于 2013 年至 2020 年间总投资 1431 亿元，兴建水利工程项目 10696 个，使贵州水利工程总供水能力达到 169.8 亿立方米，人均保障供水能力达到全国平均水平，农村饮水安全问题得到全部解决，基本满足工业及城镇化发展的用水需求。省地矿局再次承担600口机井任务。

2014年,省地矿局主动承担由省水利厅牵头组织实施的省级地下水(机井)工程1000口找水打井任务。2015年，再次承担全省1000口井的找水打井任务。两年2000口井，有效解决了当地农村饮用水安全问题，同时为“四在农家、美丽乡村”基础设施建设提供水源支撑，受到当地政府和群众广泛好评。

2016年，省地矿局找水打井的战旗继续飘扬在贵州大地上，自此成为常态化工作……

十年间，一项项工程的实施以至建成，广大群众得偿所愿，喜悦之情可想而知。在大方县黄泥乡朝门满族村村头，有这样一副对联：“党恩浩荡排忧解难引甘泉创亿人千秋福，政绩宏深饮水思源得民意成百姓万代传。”

抗旱救灾从主动请缨开始

2010年春，贵州出现了有气象资料记录以来最为严重的干旱灾害，33个特旱、重旱县，农作物绝收面积达60%至90%，人畜饮水非常困难，瓮安、龙里、习水、湄潭、思南、兴义、余庆等县（市、区）城镇和人口密集乡镇饮用水源告急……

贵州省的特大旱情，引起全国关注，举世瞩目，更使省地矿局领导心急如焚。3月1日，元宵节后上班的第一天，局党委书记、局长李在文匆匆走进办公室，第一件事就是叫来分管地下水勘察工作的副局长杨在锋及局地下水勘察办公室的同志。李在文书记神色凝重地说：“今天我省启动了二级干旱预警，大旱面前，百姓缺水，生存面临危机，林树森省长要求动员一切可以动员的力量，采取一切可以采取的措施，千方百计解决人畜饮水和生产用水，绝不让一名群众没水喝、没饭吃。我们该怎么办？”杨在锋对视了一下李在文的眼神，立即明了其意：“打井抗旱保民生，为政府解忧，为百姓解难，地矿局应当有所作为！”

贵州省干旱情况分布图随即展开，李在文分析说：“我正在考虑，我们局应当向省政府呈送一份专题报告，建议省政府尽快利用近三年来地下水勘察成果，其次建议以超常规的方式立即启动2010年地下水勘察钻探打井工作。”李局长用期待的目光看着大家：“现在的关键问题是，这么大规模的应急打井在全省历史上是首次。报告送上去后，这么急迫的任务，这么重的责任，我们能不能、敢不敢主动去挑这个担子、打这个硬仗？”

杨在锋副局长毫不迟疑地说：“我们有过去三年在全省实施地下水勘察的成功经验，有丰富全面的水文地质基础资料，有一支全省技术实力最强、规模最大的专业打井找水队伍，有地下水勘察施工优势，在省内地下水勘察方面，我们是名副其实的主力军，我们肯定能打！”

局探矿工程处处长、地下水勘探办公室主任余立新接着说：“这几年我们局在装备水平上也有了极大提高，新设备和新工艺已经得到广泛使用，效率成倍增长，过去平均两个月成一口井，现在设备更新后，三五天就能成井，特别适合应急施工。”

李局长微微点头。

当日上午11时，《关于立即启动2010年地下水勘察工作满足抗旱需要的请示》紧急呈送贵州省政府，立即引起省委、省政府的高度重视。当天下午，省国土资源厅和省地矿局联合召开紧急办公会议，紧急部署地下水勘察打井应急救灾。决定联合组成3个抗旱工作组，急赴全省各地、州、市，协助地方政府尽快利用已有地下水勘察成果投入抗旱。

3月2日，省地矿局党委书记、局长李在文主持召开全局地下水勘察打井抗旱紧急动员会，紧急动员，紧急部署！会议室座无虚席。从遵义、安顺、铜仁、都匀、凯里等地应召火速赶赴贵阳的111地质队、114地质队、112地质队、101地质队、103地质队、104地质队等十家具备地下水打井施工能力的地质队的队长和总工程师们，齐齐落座，庄严领命即将开展的地下水勘察抗旱救灾工作。

没有开场白，没有客套话，也没有讨论会。简单动员后，李在文对紧急开展地下水勘察抗旱救灾工作，提出三点具体要求。一要高度重视，紧急投入抗旱救灾工作。二要精心组织，抓紧时间开展地下水勘察，根据抗旱的需要和水利部门规划，紧急启动2010年地下水勘察工作。三要突出“保快”，在地下水成果、技术力量、施工设备等方面为抗旱救灾提供保障，做到“制订技术方案快、组织施工力量快、打井出水成果快”，切实应急解决当前旱情严重地区老百姓饮水问题。

快！按照李在文的说法，就是举全局之力，快进场！快开钻！快出水！

贵州历史上一场规模空前、声势浩大的应急打井找水抗旱特殊战斗，也从那一年吹响了号角。

脱贫战线找水忙

2012 年 12 月 23 日，是入冬以来贵州高原最寒冷的一天。一早，省地矿局党委书记、局长李在文就颠簸行进在织金到茶店乡海马村的泥泞道路上。海马村是李在文局长的挂帮联系点，这是他一年内第五次到村里来。

海马村是典型的喀斯特岩溶地区，缺水成了第一难题，盼水成了第一奢望。从2011年9月挂帮织金开始，李在文局长就深入织金县调研，与县委、县政府达成共识，到海马村与村民同吃同住同工作七天，制订帮扶方案，明确帮扶思路，其中一项是“发挥找水打井优势，全力解决农村饮用水安全问题，扎实推进特色农业致富”。

之后，省地矿局落实五百多万元资金，汇集精兵强将，在织金 6 个乡镇打井 21 口，直接惠及四万多群众。

在海马村村委会的山脚下，有了第一口地下水井。此井一级提灌，可到达附近高石、中寨、包包和云脚四个村民组，直接解决 180 户约 800 人的饮用水问题。但当李在文局长到此检查时，海马村的村主任郭志勇对李局长说，村民们最苦最难的莫过于饮用水，乡亲们盼着水井的水能早日流到家里呢。

李在文局长在心中默默算了一笔账，这口井由于未进入水利厅的饮水安全计划，修建水塔及入户水管等需20多万元的费用，只有地矿局援助才能解决。他掷地有声地表态：“打井为民，地矿宗旨……让自来水早日进农家！就这样干吧！”他吩咐乡政府在一周内做好预算方案，省地矿局全力筹资解决。得到省地矿局的坚定支持，郭志勇紧锁的眉头舒展起来，开心写在了脸上……

这是省地矿局多年来通过找水打井助力贵州省贫困村民脱贫致富的场景之一。

哪里有贫困，哪里就有省地矿局找水打井助脱贫的身影。他们像一面面彩旗，飘扬在贵州广袤的大地上，给人以希望和温暖。

晴隆县位于黔西南州东北面，处于黔中高原向广西丘陵过渡的斜坡带，地理环境恶劣，最大相对高差达1482米，为国家级贫困县。其中三宝乡更是贵州20个极贫乡之一。为了早日实现脱贫致富，地方政府制订了三宝乡扶贫搬迁方案，并在晴隆县城北边的小箐一带建成了安置区，规划入住15000人。然而，由于晴隆县城处于北盘江右岸，受北部西泌河与南侧大桥河切割形成典型的河间地块影响，县城供水水源与县城所在地高差达900米，供水需要通过6级泵站的提水才能到达县城，用水成本达10元/吨，成本之高为贵州之最。用水难题成为扶贫搬迁顺利实施的制约性因素，解决安置区15000人用水问题成为实现易地扶贫搬迁的关键所在。

为了攻克扶贫搬迁遇到的用水难题，提高扶贫惠民工作成效，114地质队受省国土资源厅委托，于2016年12月初立马着手开展贵州省晴隆县城镇水文地质与地热详细调查工作。该队水文地质专家吉勤克补子率领该队精兵强将，通过反复的调查与综合研究，提出了“在开放型系统中寻找局部封闭条件”的工作思路，最终成功地在三宝乡扶贫搬迁安置区打出一口优质井，日出水量达600余吨，可有效满足6000群众生活用水需求，直接节约用水成本达 175.2 万元 / 年，给当地村民奔小康带来了希望，被大家称之为“小康井”。该井为顺利推进三宝乡扶贫搬迁提供了水源保障。

织金县白泥乡三合村，辖 6 个村民小组，437 户农户，1554 人，全村耕地面积 3901 亩。当地长期严重缺水，老百姓平时的生活用水都是平时积攒的雨水。为实现当地政府“村村有产业扶持、户户有产业覆盖、人人有增收的路子”的目标，白泥镇政府与当地村民共同成立了三合村经济合作社，将当地土地进行流转，发展乡村振兴战略，种植 2000 亩玫瑰、1000 亩花椒、1000 亩皂角。但缺水制约了产业可持续发展。为了解决这个实际问题，2019 年 4 月初，三合村经济合作社委托 117 地质队施工 3 口机井。承担该项任务的 117 地质队地勘院院长冯运富非常重视这项民生工程，立即着手进场踏勘，组织施工队伍。当他了解到当地的干旱状况后，深感责任重大，肩上的担子沉甸甸的。他吃住在施工现场，紧盯施工中协调、定孔、开钻、编录、测水位等各环节工作，仔细分析和预测出井位置等。2019 年 4 月底，在近一个月时间内，117 地质队在当地接连打出三口水井，出水量均在 200 吨 / 日以上，基本能满足当地人畜饮水及农作物灌溉需要。“在我们这个严重缺水地区竟能打出水，不可思议！”消息传出，村民们奔走相告，感叹祖祖辈辈吃不上水的日子终于结束。

2019 年 7 月 29 日，101 地质队承担的凯里市下司镇铜鼓村机井项目成功出水，日涌量约为 600 吨，满足该贫困村 500 余户、2000 余人的日常用水及 150 亩耕地的灌溉，被当地人称之“幸福井”。

……

一口口扶贫井，像一座座丰碑，记录着贵州地矿人服务地方、助力脱贫的历程。

打井抗旱处处是英雄

施工单位马不停蹄，迅速有序奔赴各旱情重灾区，感人事迹层出不穷。

“省下一顿饭再跑一个点”的杜建新：相邻两公里的临村支书紧紧握着杜总的手，希望杜总也能到他们村看看情况，他二话不说立即就和支书去村里做水文地质情况查看，转了两圈后，根据多年的水文地质经验，定下了一个相对条件最好的点。村支书高兴得要请杜总吃完中饭再走，他笑笑：“不吃了，吃顿饭的时间已经可以再跑一个点了，中饭在车上啃两个馒头，省事。”杜建新，年近花甲，111 地质队高级工程师、水文地质专家。问到同行的年轻人苦吗？他们总是笑笑说：“杜总那么大年纪了，都从来没喊过累，我们年轻小伙能累吗？杜总奔波劳累一天后，回到驻地还要对一天的工作情况进行记录和分析总结。跟着杜总跑地质，真是累，但苦得值！”短短 25 天，111 地质队完成地质布孔 50 余个，成井 12 口，总出水量每天 5725 立方米。

主动请缨的老机长：114 地质队的李文伦是一名年过半百的老机长，由于长年在外，落下一身伤病，大队为了照顾他，把他调到设备科负责库管工作。抗旱工作铺开后，作为抗旱主力的 114 地质队计划再上一台钻机，却苦于没有机长。得知消息后，李文伦主动请缨，要求重回机台担任机长。8 月 20 日，他带领新机台进入瓮安桐木村干旱区，仅用 2 天就正式开钻，十余天就钻进 100 多米。

拔掉针头又开钻：申有国是 103 地质队年近 50 岁的老机长，他不顾骨质增生带来的疼痛，顶着 40 度的高温，天天坚持战斗在机台。在石阡县聚凤乡葛旧村新寨，仅用 10 天时间就打出铜仁地区第一口抗旱井，日涌水量达 600 多吨，解决了当地三个村民组 800 多人的饮水和 500 亩稻田灌溉问题。终孔后，又迅速搬迁钻机到王家寨施工第二口井。他加班加点安装打钻，因劳累过度病倒，加上喝了不卫生的水拉肚子，被送到医院输液治疗，两天后，他拔掉针头回到工地开动了钻机。

常过家门而不入：从黔东到黔西，从黔南到黔北，全局 40 台钻机的 400 多名抗旱打井队员，奋战在全省 20 多个县市打井，一个县打井任务刚终孔，另一个县也在焦急等待，他们要立即搬迁。在搬迁途中，很多队员会经过自己的家，可大伙如大禹治水一般，过家门不入。他们坦言，很希望回家看看老母妻儿，但为了尽早赶到灾区为百姓打井找水，他们顾不上，硬是一刻也没停留，连夜赶往干旱灾区。不仅多次过家门不入，在机台上也从没休息过。从开钻施工那时起，大家一直坚守在机台，从未离开过机台半步，常常是吃饭也在机台边吃。由于天气炎热，大伙几乎吃不下饭菜，大家喝点水接着又干。

……

这样的事迹还有很多很多。大家只有一个念头：打钻，打钻，赶快出水抗旱救灾！

常态找水写华章

找水打井已成为省地矿局干部职工的常态化工作，在推进贵州省经济发展的征途中从未缺席，成为推动贵州发展的基础性力量。

2012 年 7 月 24 日上午，长顺县交麻乡一处打井施工现场在举行喜庆的出水仪式。省地矿局、省直属机关工委相关领导及当地政府和群众出席仪式。111 地质队、112 地质队于 7 月 21 日在当地成功打出一口日出水量在 600 吨左右的机井，解决了交麻乡长期缺水的难题。打井工程出水典礼上，长顺县委书记张惠明发表热情洋溢的致辞，他代表 26 万长顺县各族群众，感谢省地矿局和省直工委对长顺县的大力支持和帮助，表示要管理和用好这来之不易的“生命之水”。省委副秘书长、省直机关工委书记申振东紧紧地握着钻探队员们的手，感动地说：“从前来交麻乡，大家递过来的矿泉水都舍不得喝，因为这里太缺水，如今打出这样一口生命之泉，26 万长顺人民将加速实现脱贫摘帽，走上后发赶超之路……”

这样的找水打井场景，经常出现在省地矿局干部职工们的工作履历上。

2013 年 3 月 15 日，面对春旱袭来，省地矿局从省政府那里牵头承担新增机井 600 口的重任，并紧急组织 20 多台钻机，100 多名地质和钻探施工人员，分别在毕节、安顺、黔南、黔西南、遵义等市州开始找水打井工作。

为了决胜春旱，省地矿局的找水打井队伍又出征了！

7月25日，旱情在全省不同地方先后出现。局党委再次紧急部署抗旱打井工作。局长何刚要求大家，坚定不移抓紧实施全年600口机井任务，紧密配合全省抗旱救灾。全局8个单位约300人、50台钻机日夜奋战在9个市州38个县的打井抗旱一线。

8月13日上午，何刚局长主持召开局党委会。会上，他着重传达了省委8月12日下午召开的水利工作座谈会精神。他说：“省委、省政府专题研究地下水勘查工作，让我们很受鼓舞。省委书记赵克志指出水是生活之源、生产之要、生态之基，没有水，‘四化’无从谈起，‘小康’实现不了。我们一定要提高认识，统一思想，从战略的高度、从政治的角度去重视找水打井工作……一双双渴盼的眼睛等待着我们，百姓的希望在我们肩上。在深入开展党的群众路线教育实践活动当中，我们必须心里装着群众，继续推进百姓最关心最关注最迫切解决的饮水难题，科学找水打井、全力抗旱救灾，不辜负省委省政府的期望，不辜负百姓的渴盼。”

此后，捷报频传：

8月13日，全局完成机井190口，日涌水量41000多吨，直接解决15万多人的饮用水安全问题。

8月20日，114地质队在干旱重灾区桐梓县官仓镇红旗村，打出日产1000吨以上的地下水；111地质队在织金县桂果镇打出日产2000吨以上的地下水，一举解决当地村民饮用水问题。

10月14日，9个地州市59个县市完成500口找水打井钻孔。

……

翻过2014年日历，进入2015年。

从9月21日开始，106地质队在凤冈县绥阳镇石门村连续奋战3天，钻井150多米，打出日出水量500多吨的优质机井，有效解决了当地

5000 多名群众饮水和 4000 多亩田土的灌溉问题。9 月 28 日，当地干部、群众赠送“抗旱钻探，服务为民”的锦旗，表达敬意和感激之情。

到了 2016 年，省地矿局找水打井的战旗继续飘扬在贵州大地上。

7 月，117 地质队先后承接了普安县盘水街道办事处、新店乡、青山镇、罗汉镇等 4 个乡镇 6 口井，惠水县民政局下辖的养老院 2 口井的找水打井任务。10 月 20 日，全部完成该地区 6 口井的找水打井任务，日涌水总量 700 余吨，能解决当地 7000 多人的饮水问题。

9 月 17 日，在普安县盘水街道办事处平桥村窝寨组打井成功出水后，施工现场出现感人一幕。70 岁的老组长姜大爷紧紧握住钻探机长的手：“总算不用跑大老远担水了！几辈人了啊！现在在家门口就能有水喝了。感谢政府！感谢地质队！”

在找水打井现场，这样的感人场景还有很多。

2017 年 3 月 29 日，109 地质队在开阳县冯安镇安坪村十字路组成功打出一口日涌水量 200 吨的抗旱井。庆祝仪式上，一位老人现场感言：“我在这生活了 80 多年，因严重缺乏生活用水，种植、养殖等方面的问题长期无法解决，没水的日子真是太苦了，现在，你们地质队为我们打出井水，我们的好日子马上就要到来了。”

2017 年 7 月 22 日，113 地质队完成威宁 10 口应急抗旱备用井任务，日涌水总量 1200 吨，解决了当地 6000 余人饮水问题。该项目自 2016 年 11 月启动，开展了水文分析、踏勘、选址、钻探等大量工作，跨越 5 个乡镇，钻探工作量 1500 余米。

……

2022 年 8 月 22 日，省地矿局党委下发《切实做好当前防汛抗旱工作的紧急提示》，要求全局干部职工扛牢防汛抗旱重大政治责任，切实加强监测预报预警，切实做好山洪地灾防御与防暑抗旱等工作。要求各单位要牢记使命和职责，确保防汛抗旱工作有序开展。

各单位迅速行动。

2022年7月以来，习水县出现长时间、大范围的晴热少雨天气，全县境内出现不同程度干旱，给农业生产和居民饮水带来不利影响。受习水县水务局委托，106地质队于9月底启动该县抗旱应急凿井工程。国庆期间，找水打井队伍深入该县良村镇、桃林镇、寨坝镇等6个乡镇开展第一批10口机井的专项水文地质调查及设计工作，并及时组织施工。10月16日，良村镇吼滩村柏果坪组机井钻进至129米时，伴随着“哗啦”声，地下水喷涌而出，实现首孔出水。

……

水是生命之源、生产之要、生态之基。多年前，贵州省委、省政府发出“找水打井，全力破解吃水难题，助力决胜脱贫攻坚，让1300万百姓喝上安全水”的战略号召，省地矿局坚决响应，积极行动，发挥“召之即来，来之能战，战之必胜”的优良作风，用优异成绩交出满意答卷，受到当地政府、群众和上级组织的充分肯定。作为全省找水打井主力军，省地矿局广大干部职工必将在党的二十大精神指引下，不忘初心、牢记使命，发挥主责主业作用，围绕“四新”、主攻“四化”，在助力乡村振兴、推进贵州经济发展、奋力建设社会主义现代化国家新征程中，再立新功，再创辉煌。

重绘大自然美丽画卷

——武陵山区山水林田湖草沙生态保护修复足迹

曹　伟

巍峨青峰刺破天，云飞叠嶂玉龙缠。在祖国的大西南腹地，武陵山脉自东北向西南延伸，如一条长龙在大地上蜿蜒盘踞。

武陵山区面积辽阔，虽有“奇峰林立、层峦叠嶂”的雄伟风光，但喀斯特岩溶地貌发育，地形复杂，经济社会发展较为落后，是全国典型的连片贫困地区。

特别是经过长期野蛮无序的矿产开采、大规模工程建设以及自然灾害破坏、生产生活污染，原本秀美的自然生态环境遭到破坏，亟须寻找“治病良方”。

探索修复大地的“伤疤”

高低起伏的群山，在秋阳的照映下，披上了金黄色的外衣，显得格外美丽。

沿着银百高速从遵义一路而行，同行的道真县自然资源局生态修复中心主任陈德芳主任介绍：“道真县洛龙煤矿开采十多年了，从矿洞里流出来的煤矸水导致矿洞口周围寸草不生，坡下十多亩地也基本颗粒无收，逐渐荒芜。”

在陈德芳主任的手机上，我们看到了无人机航拍的图片。只见几条运输煤矿的土路弯弯曲曲，突兀地直插密林深处。矿洞口草木枯萎，连常年葱绿的马尾松也已泛黄，地上杂草稀疏，随处可见掉落的一堆堆黑色煤渣。一条褐红色的水流穿过矿洞口的荒地向坡下流去。

靠山吃山，靠水吃水。在相当长一段时间里，包括洛龙煤矿在内的数个小型煤矿的开采，不仅推动着地方经济发展，还解决了地方群众日常生活需求。但粗放式的开采，给大地留下了许许多多“伤疤”。

随着煤矿资源整合，洛龙煤矿在2016年完成关闭。但矿山对周边土壤、林地、植被和农作物造成的污染问题久而未决。2020年，洛龙煤矿环境问题列入中央环保督察反馈清单，省地矿局106地质队受托负责实施治理。

“施工时，先砌筑挡水墙封堵隔断水流，再依次充填块石、黏土、石灰和秸秆，对可能渗出的水流进行过滤沉淀后，再砌筑封闭墙。此外，由于前期矿山闭坑恢复时缺乏相应的技术规范，复垦的土壤薄，栽种的草木基本没有成活。施工时重新对矿山场地进行平整和复绿，并在坡下复垦了5亩土地。”随行的洛龙煤矿修复项目负责人陈忠发介绍着。

陈忠发是106地质队生态修复中心技术负责人，曾在道真县驻县开展技术保障2年多，对县域内的地质灾害点和废弃露天矿山等情况了如指掌。

陈忠发瘦高个儿，看起来有些弱不禁风，但体内却蕴含着巨大的能量，不仅在篮球场上充满活力，在工作中更是敢挑重担、韧劲十足。对此，陈德芳主任记忆犹新。

在道真县申报生态修复项目入库的那会儿，由于时间紧迫，为方便工作开展，陈忠发直接驻扎在县自然资源局办公。当时已是凌晨两点，由于项目申报数据第二天大早就要入库登记，各乡镇自然资源所所长连夜排着队来确认项目入库。陈忠发坐在电脑前盯着数据表仔细核对，剩下最后一位自然资源所所长站在旁边焦急地盯着电脑屏幕。陈忠发小心翼翼逐一核对，生怕漏掉一个，一直坚持到凌晨三点多，才确认核对完毕。

陈德芳主任转过头对我说：“当时已经连续熬了几天夜，陈忠发这小伙眼皮都有些撑不起了，但他还是坚持把最后一个乡镇入库数据仔细核对完，随即直接倒在办公室的沙发上睡着了。”

陈忠发挠挠头说：“你老哥还不是一样！我记得当时几个小年轻都扛不住了。你还对大伙说，只要项目顺利入库，通过后续的施工治理，系统修复被破坏的河道和耕地，可以逐步改善县里的生态环境，还可以增加不少耕地，将极大助力乡村振兴。熬几天夜不算啥……”

在愉快的聊天中，不知不觉已到达洛龙煤矿，斜阳刚落山头。矿山的几条土路都已复垦完成，栽上了马尾松幼苗。褐红色的污水消失不见，取而代之的是长满绿草的平地。坡下的土地开垦成一行行地垄，种上了玉米和烤烟，听说今年还有不错的收成。矿山周围逐步恢复生机，慢慢与周围的环境融合。

洛龙煤矿生态修复治理项目如期完成，并顺利通过了贵州省自然资源厅复核验收。

“106 地质队帮助我们解决了棘手的问题，你们在矿山生态修复领域的发展也是走在前面的。”

此情此景，让我不禁回想起单位转型发展的探索历程。

党的十九大以来，面对新时代地质工作新要求，省地矿局主动担当作为，并在 2020 年 6 月出台了《关于发挥地质工作基础性公益性作用为全省经济社会发展提供地质技术服务的意见》，在能源资源保障、生态文明建设和防灾减灾等领域为地方各级政府和职能部门提供 46 项无偿技术服务，体现了地矿人的责任和担当。

106 地质队顺势而动，应势而为，主动向生态修复保护领域进军。在谋划组建一个探索生态保护修复的新部门时，这个艰巨的重任落在了赵爽肩上，大队党委决定让他牵头组建生态修复中心。

赵爽原本是 106 地质队经济发展部主任，学资源勘查专业出身的他不仅技术好，且对外协调能力和市场开拓意识强。面对技术和经验的空白，赵爽带领部门人员从最基本的生态修复知识开始了解，再到工作手册、工作规范和示范案例的深入学习。在无偿协助地方政府开展生态保护修复工作同时，不断地积累经验。

2020 年 12 月，106 地质队与中国地质大学（武汉）联袂共建的生态修复中心和产学研基地，进一步加快了在生态修复领域探索的脚步。在树立生态修复领域新品牌的同时，也助推了单位的转型发展。

万丈高楼平地起。自 2020 以来，106 地质队先后完成正安、道真、余庆、沿河等县 100 余个矿山复绿、历史遗留矿山生态修复等方案编制项目，并积极开展矿山恢复治理施工和国土空间生态修复规划。经过前期不断探索，生态修复中心这棵新栽种的“小树”开始挂果。

“玉带”上的露天矿山系统治理

乌江是长江南岸最大的支流，全长 1050 公里，是贵州的母亲河。乌江流域承载着贵州省一半以上的人口和经济总量，是贵州经济社会发展最快、规模和影响最大的流域地区。

构皮滩水电站位于余庆县境内，是乌江流域梯级滚动开发的第五级。在水电站建设期间，施工单位就近露天开采砂石，节省不少建设费用，但也留下满目疮痍。紧邻乌江的露天采石场和堆场就有十多个足球场那么大，光秃秃的采掘面边坡和废弃堆场与周围的绿水青山格格不入。一到雨季，浑浊的水流裹着泥沙直接排入乌江，清澈的江水顿如黄河般怒吼。

2019 年，为全面贯彻落实习近平总书记在深入推动长江经济带发展座谈会上的重要讲话精神，根据自然资源部提出的“共抓大保护、不搞大开发”的部署要求，省自然资源厅制订了长江经济带（贵州）露天矿山生态修复工作方案，利用中央专项资金系统开展长江主要支流赤水河、乌江两岸 10 公里内废弃矿山生态修复工作。

2020 年 3 月至 2021 年 7 月，省地矿局 106 地质队受托先后分两批实施余庆长江经济带露天矿山生态修复治理。而长期驻扎在余庆县开展地质灾害防治技术保障工作的冯地宽，担起了实施项目的重任。

冯地宽是106地质队原生态环境工程部技术组长，后来被调入新组建的生态修复中心，全程参与了整个项目的实施。

第一批项目刚开始实施时，因为时间紧，加上需要治理的废弃矿山点多面广，且每个矿山针对性的修复治理方案都不一样，工作压力比较大。后来通过学习成功工程案例和逐步摸索，项目的实施才逐步走上正轨。

在项目施工时，按照“尊重自然、顺应自然、保护自然”的原则，以及“因地制宜，宜耕则耕、宜林则林、宜草则草、宜景则景，多措并举”的工作思路，冯地宽和项目组成员在充分考虑修复区域特点和生态条件后因矿施策，采取符合自然规律的工作措施进行修复，避免产生新的生态环境问题。在修复施工过程中，通过场地整治、覆土平整、开挖排水沟、绿化施工以及坡面清理、挂网施工等，消除了边坡地质灾害隐患，拆除了废旧工矿厂房，恢复了植被和土地资源，有效恢复废弃矿山原有生态系统，改善了人居生活环境。

当来到修复后的构皮滩电站露天采石场，眼前的景象让人耳目一新。原来的采掘坡面爬满了藤蔓植物，梯级平台栽种的树木郁郁葱葱，坡底下平整的场地绿草丛生，与四周茂密的树林、碧绿的江水浑然一体。不远处的水电站家属区旁，原来的砂石堆土场变成了纵横交错的农家菜园，碧绿的菜叶子在微风中摇摆。阳光透过云层洒下，构成一幅写意的山水画卷。

“第一批项目虽然顺利完成，但还是有一些技术措施还需要改善。”在2021年9月下旬再来到项目部采访时，冯地宽对我说道。

原来有部分废弃矿山复垦的土地由于土壤肥力不好，加上没有专人管理维护，局部出现树苗干枯和土地荒废的现象。

在第二期项目实施时，项目组采取了新的工作手段——“绿肥配肥法”来增加土壤肥力。在复垦施工时就近选取客土铺垫一层，再对平整后的地面铺设土壤细、厚度大的黏土或腐殖土。在春秋时节播撒箭筈豌豆种子，待豌豆初花绽放时翻耕压青，再次平整后的土地就可以栽种树苗或移交当地村民种植农作物了。

“通过绿肥配肥，土壤的肥力大大增加，村民利用废弃矿山复垦后的土地种植农作物的积极性也增强了。”

随后，冯地宽还带我们参观了大乌江镇凉风村的斑溪坳组施工现场。

在白墙青瓦的农家小院前，几亩平整的旱地里种植了花椒树、核桃树等经济果木，梯级田坎上草木葱郁，山坡陡崖上悬挂了防护网，现场早已看不出原来矿山的点点痕迹。刚进小院，映入眼帘的是一大片绿油油的蔬菜，院坝里还晾晒着刚收获的花生。

村民昌光群听说我们就是负责治理这个废弃矿山的施工单位，连忙抬了几条板凳招呼我们坐下，倒了几杯热水后，还拉起了家常。

“原来我们这片树林都长得好，林子里斑鸠比较多，所以这里也被叫作斑溪坳。后来，有个外地老板在旁边修建了石灰厂，就地开挖山石烧制石灰，粉尘很大，气味刺鼻，天空常都是灰蒙蒙的。周围树林、种的苞谷苗上也全是白扑扑一片，附近的草长不高，连自家菜地里种的菜都不敢吃，好多邻居都搬走了。”昌光群回忆起以往的景象，接连叹气。

“不过现在治理好了，不仅拆除了厂房，还平整复垦了好几亩土地给我们种。空气好了，抬头看得见蓝天白云，斑鸠也飞回来了，地里种的蔬菜瓜果也可以放心吃了。”说着，昌光群还捧了一把刚从地里收获的花生，让我们好好尝一尝。

在两年的时间里，106 地质队共完成余庆县废弃露天矿山生态修复 22 个，投入资金 1200 余万元，修复废弃矿山面积 1078 亩，新增耕地 71 亩、林地和草地 600 余亩、坡面复绿 192 亩。

现如今，乌江两岸的生态景观地貌逐步恢复，与周围的青山绿水逐渐和谐，再现了一江春水向东流的宜人景色。

描绘一体化保护修复蓝图

2021年春节前夕，习近平总书记亲临贵州视察，再次强调要牢固树立生态优先、绿色发展的导向，统筹山水林田湖草系统治理，不断做好绿水青山就是金山银山的这篇大文章。

2021年5月，贵州省武陵山区山水林田湖草沙一体化保护和修复工程项目获批成为国家第一批山水林田湖草沙一体化保护和修复工程，项目总投资53.82亿元，其中获中央财政奖补20亿元。项目将利用3年时间在贵州省武陵山区17个县（区）开展山水林田湖草沙一体化保护和修复，实行整体保护、系统修复、综合治理，筑牢长江上游重要生态屏障。

随即，贵州省自然资源厅组织遵义市、铜仁市分别开展武陵山项目前期修复单元规划设计和子项目勘察设计招标工作。省地矿局114、106地质队分别中标遵义市武陵山项目修复单元规划设计和子项目勘察设计的一标段和二、三标段。

其中，106地质队具体承担了芙蓉江流域水土保持修复单元规划设计和乌江干流水土保持及石漠化治理单元部分子项目勘察设计工作，共涉及绥阳、正安、道真、湄潭、凤冈、余庆6个县。项目工作内容主要包括对区域内实施河道水环境综合整治、矿山生态环境修复、林业生态功能提升、农田生态功能提升等工程施工编制规划设计和施工图。

省地矿局党委对该项目提出要加强统筹谋划，理清工作思路，找准工作路线，保质保量实施好项目，并以此为契机提升专业技术水平和服务生态文明建设的能力。

面对如此重大的项目，106地质队党委统筹安排，迅速抽调精兵强将40余人，并根据工作内容成立4个专业组分工实施。

刚30出头的梁龙才接替赵爽成为大队生态修复中心主任不久，就迎来如此重大的机遇和挑战。但得益于他曾在遵义市自然资源局生态修复科挂职锻炼，使他能迅速理清头绪并调度推进项目有序实施。

辛丑年的冬天格外湿冷，天空下着绵绵细雨，烟雾笼罩着窗外的树林。在湄潭县田家寨一处民居的堂屋，106 地质队武陵山勘察设计项目调度会正在进行。

由于武陵山项目涉及的专业学科多、行业领域广、项目规模大，无论是工程技术规范、工作手段以及工程技术案例上，目前国内都没有一个成功、成熟的可供借鉴参考范例，工作推进过程中还是遇到不少难题。项目实施一段时间后，梁龙将各工作组成员召集在一起，大家会聚一堂共同探讨对策。

在十多张长条桌并排组成的临时会议室，参会人员抬着塑料凳围成一大圈，依次交流着前期工作成果和遇到的难题。

“我们林业组已经收集了许多资料，但如何与林业部门协调具体功能提升的指标？”“矿山组已基本完成卫星图斑和矿山现场核实，但数量较大，大队测绘工程部单独完成不了……”

随着汇报 PPT 不停切换和各项目组抛出的新问题，项目部成员一会儿若有所思竖耳聆听，一会儿低下头迅速记录。在场的专家也结合自身工作经验，轮流答疑解惑。

通过面对面的工作交流和现场学习培训，大大开阔了工作思路，各项目组也抓住了接下来的工作重点。

在项目实施过程中，芙蓉江流域水土保持修复单元总体规划是一个纲领性的规划设计，它指导着芙蓉江流域水土保持、宽阔水生物多样性保护等 6 个项目的施工图设计编制。如此重担，落在 1994 年出生的龚芯磊肩上。

龚芯磊硕士毕业于长安大学，这个来自湖南的年轻小伙肤色白净，戴着细框眼镜，看起来文质彬彬，可干起工作来却雷厉风行。在前期较好完成了一些地质灾害治理、矿山恢复治理相关项目后，领导决定给他压担子。

其实，龚芯磊在之前工作中也曾差点被“三棒子”打倒。

2021 年，龚芯磊负责紫云县地质灾害详查项目时，是他第一次担任大型项目的负责人。“第一棒子”是在项目设计书评审时未能一次通过评审，“第二棒子”是中期检查时由于总体进度不足被全局通报，“第三棒子”是项目野外工作验收仅仅得到合格。

接二连三的打击，压得龚芯磊有些喘不过气，甚至怀疑起自己的工作能力。但当龚芯磊冷静下来回想起项目部各位同事加班奋战的身影，回想起领导交付任务时的信任，回想起自己在项目实施过程中付出的汗水，骨子里不服输的劲头让他迅速清醒。在总结前面惨痛教训后，龚芯磊向大队专家请教，学习优秀的工作报告范本，重新理顺工作思路，逐项修改完善报告内容。功夫不负有心人，最后的项目成果验收为优秀，得到了专家组的一致认可。

在经历这次挫折后，龚芯磊越发成熟。正是因为在日常工作中不断积累工作经验，在实施此次项目时，他带领团队在短短一个月之内就提交了芙蓉江流域水土保持修复单元总体规划设计，还获得评审专家赞扬。

由于项目工期紧，在后期室内资料整理和报告编制时，加班加点已成家常便饭。龚芯磊多次推迟拍摄婚纱照，和同在单位的未婚妻约定等到项目结束再择期举行婚礼。项目部的冯地宽、陈鸿申等 6 位男同志舍家顾业，为了按时提交成果，都没来得及好好照看虚弱的妻子和刚出生的孩子，在请陪护假的第二天就赶回项目部。

在项目实施期间，局资深顾问赵国宣与地质环境与工程处相关专家经常来到项目一线，指导解决技术难题。市县自然资源局和地方政府也特别关心项目的实施，帮助协调处理许多困难。在各方关心支持和全体项目部成员的共同努力下，大队如期提交工作成果，并全部一次性通过评审，获得专家组一致好评。

三百多份报告和一万余幅图件资料堆积如小山，蕴含的是项目组全体人员一百多天的汗水和智慧。大队承担的两个标段项目预计下一步修复治理施工将涉及中央资金、省级和社会资金近 10 亿元，实现矿山生态修复 206.53 公顷，综合治理河道 44.7 公里、垒砌河道生态岸坡 91.06 公里，实现林业与生物多样性修复 10466.7 公顷，实现农田生态功能提升 3825 公顷，新增耕地 369.5 公顷，新增水田 763 公顷。此次勘察设计工作的顺利开展，为下一步武陵山区生态保护修复治理提供对症治病的“良药”。

秋风拂田野，遍地稻花香。在波光粼粼的白鹭湖畔，龚芯磊如愿为未婚妻披上洁白的婚纱，记录着幸福的时刻，共同筹备举行浪漫的婚礼。

实施山水林田湖草沙系统治理

秋风习习，高低起伏的山岭一片青黛，金黄色的桂花散发出阵阵幽香。伴随着阵阵机器轰鸣声，数台大型机械穿梭在凤冈县花坪镇废弃的露天采石场生态修复工地上。

几十名头戴黄色安全帽、身穿橙色工作服的技术工人正忙碌着，工作服背后蓝色的“贵州地矿”四个字格外醒目。工人们有的在矿山采掘面的坡顶小心翼翼地悬挂主动防护网，有的在坡脚抡圆了锄头开挖截排水沟，有的在矿山边缘用块石砂浆砌筑挡土墙。几辆卡车加大了油门一路颠簸驶到场地中央，伴随着车厢慢慢升起，“轰隆”一声数吨黄土倾泻而下，堆成一座小山包，随即被挖掘机用铲斗慢慢蹚平，不一会儿数百平方米的废弃工厂就被覆盖上厚厚的土。播撒草籽、种植藤蔓、栽种树苗，来年几场春雨滋润后，这片废弃的场地又将绿意盎然、生机勃勃。

在学习宣传贯彻党的二十大精神的热烈氛围中，贵州省武陵山区山水林田湖草沙一体化保护和修复工程项目进入施工治理阶段。此次治理施工项目由武陵山区各县根据实际分标段陆续进行公开招投标，省地矿局多家地勘单位均获取并参与了相关区域的项目施工。

106 地质队参与实施道真县武陵山施工项目三标段及凤冈县武陵山施工项目七标段。项目施工内容包括凤冈县花坪镇、新建镇、绥阳镇、永安镇等洪渡河流域 26 个历史遗留废弃矿山修复治理，以及道真县三桥镇到阳溪镇 15 公里公路沿线的边坡清危和裸露地修复。

施工监理工程部的年轻工程师田健力，担任了道真武陵山项目七标段的现场负责。踏实工作、默默奉献的田健力，在 2021 年就被评为贵州省最美劳动者。虽然刚30出头，但长期在野外一线风吹日晒，黝黑发亮的皮肤显得他成熟稳重。

道真标段项目需要清理坡面26万平方米，平整场地17万平方米，种植乔木、灌木、藤蔓等30余万株，播撒草籽78万平方米。由于施工战线长、点多面广，田健力来到每个施工点，都会仔细地向施工人员进行技术交底，生怕漏掉任何一个细节。

提升尊重自然、顺应自然、保护自然意识，真正实现绿色高质量发展，让绿水青山就是金山银山的理念更加深入人心，这才是解决生态环境问题的关键。

洛龙镇旁的新民河原本水草丰茂、鱼虾成群，经常有白鹭等野生鸟类在河边的树木上筑巢。但是为了修建水电站，河流被截断后通过管道引入下游的水电站。被截流后的河床几近干涸，水草枯死、鱼虾灭迹，加上生活垃圾和废水的污染，原本清澈见底的河流变成了大家深恶痛绝的臭水沟。一到夏季，刺鼻的臭味呛得人喘不过气来。

后来，村民们多次到市里、省里反映环境污染问题，才关闭了水电站，疏通了河道。但是曾经良好的生态环境早已被破坏，村民们都期待着通过此次山水林田湖草沙系统修复治理，早日恢复新民河当初的模样。

初冬的寒风已至，天空中布满厚厚的云层，不时有几缕阳光透过云层倾洒而下。在青山绿水间，机器轰鸣声此起彼伏，忙碌的身影不停地穿梭在工地上。

随着武陵山区各区县的山水林田湖草沙一体化保护修复治理施工项目陆续开工，天蓝、地绿、水净、空气清新的自然美景将重新映入人们眼帘。

深秋的夜晚，蒙蒙细雨在路灯下尽情飞舞，晶莹的水珠从叶尖缓缓滴落而下，悄悄地荡涤尘埃。漆黑的夜空十分安静，而省地矿局106地质队的办公室里灯火通明，激情澎湃。106队生态修复专家团队再次摊开的一张张山水林田湖草沙生态修复保护规划图，展望着一幅幅祖国大山河川的大自然美丽画卷。

又见青绿落裙坡

——101地质队矿山生态修复实例

杨惠麟

再次走进黄平落裙坡矿区，已是2022年的金秋。一袭携着暖阳的微风拂来，花儿、草儿尽情地随风舞动、沙沙作响，我尽情地呼吸着夹杂青草味和花香的清新空气，享受着这样的绿意盎然、天山共色。

勇当绿色矿山建设者

党的十八大以来，以习近平同志为核心的党中央从新的历史起点出发，提出了"大力推进生态文明建设"的战略决策。地勘单位顺应时代发展潮流，纷纷投入这场关乎人类命运、社会发展的伟大征程中。

作为亲历者，黄平县1000多米海拔的落裙坡带给我更深切的感受。

落裙坡位于黄平县重安镇与野洞河镇的交会处，得益于黄平县得天独厚的自然地理条件，那里铝土矿资源丰富，林木茂密，树木高大挺拔，山上就是树的海洋，滋养着山上、山下的苗族村村寨寨民。

20世纪90年代，落裙坡为黄平县乡镇企业铝土矿山产出地。至21世纪初，矿山生产规模逐年加大，采矿点多达30余个，采矿作业遍地开花，山体严重破坏，生态环境严重失衡，大量废石废渣随意堆存或填埋，部分淋溶水直接渗入地下或汇入山塘，严重污染周边环境，整个矿区生态破坏异常严重，4.3453 平方千米的土地满目疮痍，原本郁郁葱葱的山林变成了千疮百孔的问题矿山，这样的场景让人触目惊心。

2022 年 1 月 9 日，中央生态环境保护督察组在生态环境部官网公布了“中央生态环境保护督察集中通报典型案例（十四）”，明确指出黄平县麦巴铝土矿、王家寨铝土矿违法违规开采问题突出、生态破坏严重、生态修复滞后等环境问题。

黄平县麦巴铝土矿、王家寨铝土矿地质环境生态修复工程（勘查、施工图设计、施工）项目按下问题整改快进键。

矿山生态环境治理地质先行。

2022 年新年伊始，省地矿局 101 地质队受托前往黄平县麦巴铝土矿、王家寨铝土矿开展现场踏勘。

深知任务紧急，罗康生队长随即带领大队相关领域专家、技术人员赶往项目现场，踏勘了解矿区地质环境问题类型、分布、形态及其影响程度、施工条件等，当面向黔东南州、黄平县政府领导做了详细报告。

“这是中央环保督察项目，矿山生态环境破坏十分严重，工程任务重、急、难、要求高，需要勘查、设计、施工‘三同时’实施的重大项目，需要多工种作战，这类项目是 101 地质队之前从未承担过的大型重点项目，是一项巨大的挑战，如果开展这项工作，我们是否能完成好？作为服务生态文明建设的地勘单位和黄平县地质灾害防治技术保障单位，我们必须担负起地质技术服务职责。”经过这次现场踏勘，罗康生队长了解到矿山生态环境修复难度之大、任务之重，面临两难选择，陷入沉思。

在苦思冥想之际，“如何还它一份绿水青山”在心中回响，他决定担起绿色矿山建设者这个重任，随即将想法告诉队领导班子，获得班子一致支持。随后组建谈判小组，带队参加黔东南州人民政府组织的黄平县麦巴、王家寨铝土矿地质环境生态修复工程项目竞争性谈判。最终 101 地质队凭借技术优势、团队优势、资质优势以 8 比 3 的选票脱颖而出，获得项目实施权，由队属贵州省乌蒙地质工程有限公司具体实施项目。

之后积极研究治理方案。几经斟酌，在2022年1月13日黄平县麦巴、王家寨铝土矿地质环境生态修复工程项目现场，矿山生态环境恢复治理初步方案获得李睿副省长的高度认可。

李睿副省长的认可犹如一颗定心丸，让101地质队全队上下信心满满。黄平县委、县政府坚决治理，黄平县人民群众日思夜想盼望治理，但其中难度何其巨大——设计方案怎么达到最优？怎么能按时高质量完成工作任务？压力随之而来。

凝心聚力抓项目建设

实施好项目需要组织力。

项目承接了，哪些人实施？面对黄平县麦巴、王家寨铝土矿生态修复工程项目工期紧、任务重、要求高等挑战，101地质队立即召开会议研究项目组建事宜，及时成立指挥部，由副队长何善立担任指挥长，局管专家王康年、队级专家肖罗青担任副指挥长；同时抽调精兵强将组建项目队伍，成立“青年突击队”服务该项目建设。

2022年1月19日，落裙坡上寒风袭袭，但让人热血沸腾。随着开工令下、机器轰鸣，落裙坡矿山生态环境治理工程正式拉开大幕，一场关乎黄平人民福祉的工作开启新征程。

实施好项目需要凝聚力。

项目开工仪式当天，省地矿局党委委员、副局长朱春孝带队深入项目现场进行指导，他强调，要提高政治站位，自觉践行习近平生态文明思想，把该项目作为2022年局服务生态文明建设的重大项目来抓，全面考量项目综合性问题，做好项目施工安全、质量、意识形态、疫情防控、廉洁自律等工作。要以铁一般的作风推进项目，用绣花功夫把项目做成样板工程，打造出主题突出、特色鲜明的行业技术服务名片。

这是省地矿局党委的政治要求，也是殷切嘱托。

为按期保质保量完成矿山修复任务，项目部人员全部下沉到施工现场，现场办公。

受地形和环境影响，项目部驻扎在矿区一台地中央、山坡坡顶，由于其独特的地层岩性和地形地貌，导致矿区地下水十分贫乏，除雨季能满足日常洗衣、洗漱用水外，旱季几乎无水可用，加之铝土矿无序、违规开采，导致矿区部分生活用泉点受到污染，项目部饮水困难，项目人员有时两三天都喝不上水。项目部居住条件简陋，部分房间年久失修，窗户仅用纸壳进行遮挡，冬天凛冽而刺骨的寒风灌满了房间的每个角落，且因房屋顶及墙壁开裂，房间墙壁可见雨水浸入后的痕迹和生长的青苔，下雨时还漏雨，项目人员只能尽可能将床铺在远离漏雨的位置。显然这是一场硬仗。

项目所在地环境恶劣、条件艰苦，工作任务重，罗康生队长心系项目建设，他成了项目组的“常客”，指导技术难题、督导项目进度，为项目实施出谋划策，还勉励项目组人员：“承受压力的重荷，喷水池才喷射出银花朵朵。我们是一支特别能战斗的队伍，要把困难当成磨砺，把压力化为动力，齐心协力、全力以赴高质量完成项目各项任务，一定能把这项工程打造成 101 队服务生态文明建设的靓丽名片。”罗康生队长的话语犹如一颗动力丸，给项目组人员注入了强劲力量。

在局党委的引领下，大队领导班子强化组织领导，多次召开会议动员、部署，对勘查、设计、施工组织、材料供应、人员调配等各个环节周密安排，不断提高施工安全、质量控制和工作效率。按照州委、州政府“边勘查、边设计、边施工”的要求，全面组织开展矿区无人机航空摄影测量、地质环境条件调查、生态环境问题专项调查与测量、生物多样性调查、资料综合整理与综合研究、勘查报告及施工图设计编制、林草地试验点施工等工作，要求项目组每天向黔东南州人民政府成立的项目督查专班汇报工作进度。队领导班子轮番坐镇指导项目开展，以强有力的组织保障推进项目高效实施。

以奋斗为笔绘制绿水青山

开弓没有回头箭，为了人民群众的美好生活与建设生态宜居的美丽中国，101 队地质青年选择负重前行，用担当扛起修复地球家园的使命，以奋斗为笔描绘绿水青山的美丽图景。一个个坚毅的信念、一份份执着的坚持、一滴滴辛勤的汗水、一个个有力的行动汇聚成实现目标的能量。

勘查、设计工作是矿山生态修复工程中比较重要的环节，为项目施工提供最直接也是最重要的依据，对能否科学施工和恢复矿山环境起到决定作用，这是一项时间紧、工作量大的工作，这项工作由 101 地质队乌蒙公司 2019 年成立的生态修复技术部负责，专业技术人员均为 90 后。知晓项目任务后，2017 年进入单位的杨飞没有畏惧，主动应战，接下了项目负责的重担，主要承担项目生态修复工程施工图设计报告编写、图件绘制以及对外沟通工作。同样，作为一名 90 后，2018 年进入单位工作、2019 年开始参与专业技术工作的舒程辉积极应战，接下了项目技术负责的重担，承担项目勘查、报告编写及图件绘制工作。

项目组成员王远江打趣地说："虽然我们的工作任务比较繁重，但却是一个和谐友爱的团队，因为有一个风趣幽默的项目负责和一个认真负责的技术负责。"在高强度的工作节奏下，杨飞总是以幽默的口吻和爽朗的笑声化解压力，他说："作为一名黄平人，能为家乡的建设出点力，再苦再累都值得。"就这样，他用乐观积极的精神状态感染着大家，和项目技术负责一起团结带领项目组人员埋头苦干，有序推进和开展各项工作。他不仅幽默，而且十分敬业，为了让矿山恢复青山、流出清水，他参阅大量文献资料，积极与专家和项目组人员探讨治理思路，将矿山地质环境生态修复治理与绿色可持续发展理念相融合，不断优化施工图设计，同时全程跟踪项目施工各项工作，及时解决施工过程中存在的设计问题。记得有一次在野外调查，他接到家里电话得知儿子生病后仍然坚持开展工作，他说："设计任务紧急，作为项目负责，在这个节骨眼上我不能拖后腿。"

在王远江的记忆里：技术负责舒程辉特别努力和勤奋，他总是任劳任怨，认真组织和团结项目人员开展地面调查、样品采测、报告编写等工作。同时自我加压，主动钻研技术难题。为了更快、更好地完成各项工作，他还主动帮助其他同事修改和完善资料，以精益求精的工作态度绘制图件、编写报告勘查部分内容。记得有一次，大家结束调查工作返回项目部了，他仍然冒雨在寒风中继续调查。驻扎在项目现场期间，他经常睡在办公室，办公室的沙发就是他的床。经常性的通宵达旦，高强度的工作，让他的眼袋肿大、黑眼圈严重，大家总是调侃他说，他变丑了，媳妇会不会嫌弃他哦。但他丝毫不在乎，只是淡淡地说道："这项工作意义重大，坚决完成任务才是最主要的，如果我有三头六臂就好了。"

"大年初三年味正浓，本应是阖家团圆的时候，接到报告初审汇报工作任务后，项目指导专家、副指挥长王康年立即马不停蹄赶往单位，完善勘查报告与施工图设计初稿，通宵达旦编制定于初四举行的评审会所需的汇报材料。他总是率先垂范，与项目人员吃在项目、加班到深夜，更是常常利用周末时间指导项目组开展野外调查工作。为了更快、更好完成勘查、设计工作任务，他团结带领项目组人员艰苦奋斗，与项目组人员风雨无阻穿梭于坑洼不平的矿区，悉心指导项目组开展野外调查和资料整理工作，即使白天再累，晚上也要指导项目组人员完成当天的工作，耐心指导项目人员，积极解决技术难题，以高度的政治责任感督导各项工作开展。王康年副指挥长带领项目组人员不顾艰难险阻，用脚步丈量、探索这片苗岭大地，用心保质、保量完成项目任务。我从他的身上看到了一名专家的担当，我将以他为榜样。"项目组人员王远江动情地说。

据王远江回忆：一天夜里，他被蜘蛛叮咬，因工作太累，呼呼大睡，竟毫不知情，第二天醒来才感觉伤口辣痛难耐，仔细查看才发现伤口处鼓起红色大包，在坚持完成手头工作后，伤口已严重感染，在同事们劝说下才下山到县医院处理。简单处理伤口后，又急匆匆赶回了项目部。

这群地质青年怀揣着修复地球家园的赤子之心，用坚毅的信念、坚定的脚步、顽强奋斗的姿态践行修复矿山的诺言，在困难和挑战面前不退缩，从不向组织诉苦，而是希望自己有超能力尽快完成工作任务、设计出一幅生机盎然的图画，这样纯粹的梦想、朴素的话语、有力的行动令人动容。

矿山生态修复需要科学制订保护策略。为了让落裙坡的每一寸土地都焕发异彩，让每一棵树、每一根草、每一朵花都成为守护矿山的屏障和美丽装扮者，在局专家张林、朱要强，指导专家陆治斌以及罗康生队长等专家指导下，经过不断研究论证，最终明确了项目“分区布局，分期实施”“因地制宜、就地取材”“宜耕则耕，宜林则林”的治理原则，通过工程措施与生物措施相结合对矿区进行治理，栽植适生的植被，进而提高土地利用率和生产力，增加环境容量，改善土壤和环境质量，最终建成水源涵养型国家重点生态功能区，为地方带来经济和社会效益。

在局的坚强带领、101 地质队全队上下的共同努力和项目组人员的团结作战和艰苦奋斗下，项目组仅用 19 天时间就完成了无人机航空摄影测量、矿区地质环境条件调查、矿区生态环境问题专项调查与测量、矿区生物多样性调查、实测剖面、水样土样采取等野外工作和成果报告初稿编写工作。报告经初审及多次意见修改后，于 3 月 30 日提交业主方，圆满完成勘查、设计任务。这份报告凝聚了省地矿局治理矿山的心血和汗水，承载的，是省地矿局用心用情守护绿水青山的职责使命，是 101 地质人用奋斗之笔绘制的绿色发展图景，同时也是一座城市对美丽的向往。

攻坚克难治理矿山

增绿于山，还绿于民，刻不容缓。

为了迎接中央环保督导组巡察“回头看”，时间紧急，黄平县指挥部提出了“不计一切成本，克服一切困难，保质保量完成施工任务”的工作要求，制定了 30 天采坑回填攻坚战任务。这一军令犹如一块巨石，让本就繁重的施工任务雪上加霜，矿山治理任务异常艰巨，施工组人员顿感压力山大、心情十分低落。

羊群要想跑得快，全靠头羊带。为了鼓舞士气，副队长、项目指挥长何善立积极与项目组人员沟通、交心谈心，他对项目人员说：“这是一项政治任务，关系到黄平人民的生存和发展，现在要以大局为重，要摆正我们的工作态度，攻坚克难推进项目进度，坚决按时完成项目任务，向人民交上一份满意的答卷。”面对天气不利因素、矿石运输缓慢耽误施工进度、资金等硬件不到位等困难，为了不让项目按下暂停键，他积极与各方协调，及时牵头解决施工中遇到的问题及难题，多次召开现场办公会强化项目督导。为了加快工作进度，他及时协调调整工作量、增加机械设备施工等工作。

在何善立副队长的组织和协调下，施工组明确了工作思路和措施、统一了思想，施工人员干劲十足，扎根项目现场，开启了“加速度”工作模式。

据施工现场负责人田景华回忆，F12 区是 101 地质队承担工程任务中治理难度最大的一个区块，为了尽快完成攻坚战任务，他决定与时间赛跑，先是从制度入手，制定了 24 小时三班倒制度，挂图作战，有了制度，才有抓手推进项目。从 3 月 11 日开始他就驻守在项目施工现场，风雨无阻持续组织开展采坑回填、土地整平等工作。之后的日子里，他和施工组的兄弟们白天黑夜连轴转，足足奋斗了二十多个日夜。有一天早晨只觉得一阵眩晕、双脚发软，幸好有兄弟们扶着才缓过来，回过神来才想到自己已经两天两夜一刻都没休息过。当时顾不了那么多了，一心只想着尽快完成施工任务，只有尽快把地推平整、土治好，才能种植林木和植被，让矿山变成青山。

功夫不负有心人，集中发力见成效。经过施工组人员孜孜不倦的奋战，项目组于 4 月底前全部完成采坑回填及场地整平工作任务。

用心播种换新颜

根据“边平整、边复绿”的设计要求，在土地平整工作热火朝天开展时，复绿工程也在紧锣密鼓地进行着。

春天，是一个播种美丽希望的季节，是一个孕育丰硕果实的季节。

落裙坡热闹非凡，浩浩荡荡的绿化施工队伍埋头耕耘，他们将充满爱的种子均匀地撒开，随风飘落，根植泥土；他们将一株株充满希望的树枝栽种，为矿区竖起绿色生态屏障。

在撒播种子期间，副指挥长肖罗青提议，用不同花种播撒出公司图标的形状，他解释说："图标中包含'M'，是贵州省乌蒙地质工程有限公司中'蒙'的第一个拼音字母；图标中包含'W'，是贵州省乌蒙地质工程有限公司中'乌'的第一个拼音字母。这两个字母都代表了乌蒙公司。'M'起源于希腊，闪族人起初用它来表示山，一座山守护另一座山，我们就是这座山的守护者！现在播下梦想的种子，用心浇灌，终会开花结果，将来我们会守护更多的山。"

人不负青山，青山定不负人。经受阳光的沐浴，雨露的洗礼，汗水的浇灌，草籽、花籽、树枝在这片土地生根、发芽、茁壮生长。

如今，斑驳破损的落裙坡已破茧成蝶，矿区面貌发生了翻天覆地的变化，焕发生机，绿意扑眼而来。

盛夏，一幅秀美如画的生态文明建设美好图景呈现在人们的眼前，草色青青，繁花似锦，网红纷纷前来打卡，俊男靓女成群结伴置身于绿浪滚滚的草地中载歌载舞，美妙悦耳的苗岭飞歌响彻且兰大地。矿山生态修复和治理，获得人民群众一片好评。

"我终于找到旅游的好去处了，特殊时期不能出远门，现在在自己的家乡就能游玩，偶尔带着家人到这里共度闲暇时光，真的挺幸福的，矿区治理项目真是一项惠民工程。"一名游客兴奋地说道。

"这里曾是大风一刮就沙子乱飞的地方，环境破坏和污染严重，我们的生产和生活都受到了严重的影响。看着这眼前的一片青山，才真正体会到合理开发、保护环境的重要性，才真正有尊重自然、敬畏自然的态度。这项工程帮我们解决了困扰多年的问题，能够治理这些环境问题的人太了不起了。”一名落裙村村民语重心长地说。

经过综合治理，遍布于山体上的河道、水渠在青山的晕染和滋养下，涌出清澈的河水，涓涓流淌。

落裙坡山上和山脚下的老百姓安居乐业，恢复往日的生产和生活，日出而作，日落而息，欢笑声和蝉鸣鸟叫声此起彼伏，田园牧歌在山林中飘荡。

缠绕在山间的蜿蜒公路逐渐变得热闹起来，车辆往来行驶，怀揣希望出发，载着硕果而归。

据项目副指挥长肖罗青同志介绍，101 地质队承担的 FQ11、FQ12、FQ13 共 3 个地质环境生态修复工程点位，实施采坑回填 24.4 万立方米，平整 18.8 万平方米，覆土 5.6 万立方米，场平清理石块撒播草种 217300 平方米，撒播花种 23000 平方米，边坡治理 7500 平方米，种植油麻藤 2500 株，种植树枝 1.8 万平方米。这一组组数据，正是 101 队践行“绿水青山就是金山银山”的生动写照。

101 地质队以积极进取、艰苦奋斗、踔厉奋发的姿态彰显了新时代地勘单位的责任与担当，以伟大梦想引领矿山生态环境保护事业，以实际行动为绿色矿山建设贡献地勘力量，在苗岭大地书写了不朽的诗篇。

守得绿水护青山

——114 地质队水污染防治纪实

王　瑞

“生态兴则文明兴。”党的十八大以来，在习近平生态文明思想指引下，“生态文明建设”纳入“五位一体”总体布局，“人与自然和谐共生”纳入新时代坚持和发展中国特色社会主义基本方略，“绿色”纳入新发展理念，“污染防治”纳入三大攻坚战，我国生态环境保护已全面加强。

2021 年春节前夕，习近平总书记视察贵州时指示，贵州要在生态文明建设上出新绩，努力开创百姓富、生态美的多彩贵州新未来。省地矿局 114 地质队深入贯彻落实习近平总书记视察贵州重要讲话精神及国发〔2022〕2 号文件精神，围绕省“四新”“四化”战略部署，充分发挥地质技术优势，积极探索创新进军地下水污染防治领域，在贵州苗岭大地描绘出一幅幅地下水污染调查治理的生动画面。

问诊坪桥河

绿水青山中的黔北大地上，潺潺流淌的湘江河犹如一抹绸带镶嵌其中。湘江河虽不像长江那样波澜壮阔，不像黄河那样汹涌澎湃，却是长江支流乌江左岸的一级支流，历史名城遵义的母亲河。

2004 年以来，湘江河水体出现了锰、硫酸盐及氨氮超标情况，根据溯源情况分析“初步诊断”这“病根所在”正是坪桥河。通过调查发现，坪桥河流域内的地下水受到污染并汇入坪桥河，致使湘江河水质退化恶化，严重影响区域内居民生产生活。

2017 年，中央环保督察组交办遵义市的 31 个整改问题中，湘江河水质退化问题就在其中。为守护遵义名城的绿水青山，改善区内地下水环境，确保区域内居民有安全健康卫生的生产生活用水，114 地质队承担了省内首个地下水污染修复类试点项目——长江经济带西南裸露型岩溶山区遵义市坪桥地下河系统污染防治试点（一期工程）项目，作为首个国家级地下水污染防治的试点项目，其在技术难度、工期要求、组织管理等方面都有更高更严的要求。远比这些，最难的还是毫无经验可循。

省地矿局领导高度重视项目推进情况，曾多次带队到坪桥工业园区视察工作并现场对寻找污染源途径等进行指导，同时要求 114 地质队要充分依托产学研平台，注重同中国地质科学院岩溶地质研究所合作，加大研究力度，着力解决地下水污染防治工作中的一些关键技术难题，注重试点经验总结，形成可复制、可推广且符合贵州实际的地下水污染防治模式和技术。

项目下来后，遵义市生态环境局红花岗分局明确了长江经济带西南裸露型岩溶山区遵义市坪桥地下河系统污染防治试点（一期工程）实施方案，要求项目按六个阶段实施。

水文地质详细调查工作就是第一阶段，要求围绕水文地质详查成果确定的污染途径开展物探、钻探、压水、抽水试验等工作，进一步查明地下水线，获取注浆参数，为地下水帷幕工程施工提供依据。同时为后续五个阶段各项工作的推进提供重要基础数据和技术支撑。

工作区域位于遵义市坪桥工业园一带，园区污染源种类多、分布广泛且复杂，部分历史遗留企业生产产生的渣体乱堆乱放，部分工业废渣或尾矿库渗漏，可谓是“污染受体在水里，污染病根在岸上，污染路径在岩溶”。

前期工作刚步入正轨，就遇到了难题，地下水系统边界划分不清，工作区域内污染物情况极其复杂，加之贵州岩溶山区独特的地形地貌，如何快速查明病征，开出处方，成了最棘手的问题。

易世友作为“主治医生”，他及时调整工作思路和方法，带着“医务组”成员翻阅大量资料，了解渣场历史，以及曾经进行污染处理的方式，同时也进一步了解区域地质构造、地层岩性基本特征、变化规律，以及岩溶水文地质条件、岩溶发育规律等信息，为下一步工作的开展积累了翔实的基础。

在“诊疗”过程中，还发现大量洞穴。为快速查明病征，他们采用了洞穴调查的“治疗手段”。具有丰富地质经验的陈刚知道，要想尽快查明地下水走向和污染物传输方向，洞穴调查是必不可少的。想到这里，陈刚决定去找当地老乡了解一下洞内情况，为开展洞穴调查寻找一些捷径。

听说陈刚要开展洞穴调查，被他询问的老乡直摇头。当地老乡告诉他，他们这片洞穴比较多，小型的有八米多深，大型的洞穴深度有三十多米，洞穴狭窄且结构复杂，下洞取样相当危险。有的洞他们这几十年都没敢下去，对洞内情况更是一无所知。听到这里，站在一旁的涂明江不禁打了个冷战。就在询问情况的同时，当地其他老乡也好奇地围上来看热闹。

陈刚知道，如果能取得洞内水样数据，将对岩溶发育方向、地下水走向判断提供很大的帮助。他打定主意，还是要下洞一探究竟。就这样，在几位老乡的陪同下，陈刚和涂明江准备好安全帽、绳索、防护面罩等安全措施以及检测仪器等，开展洞穴调查。

站在洞口，打开手电筒往洞内一照，灯光能见度不超过十米，光线随着深度慢慢减弱，依然看不清洞下情况。陈刚对涂明江说：“你就在洞外等我，我下去看看。”涂明江推迟半天无果，无奈只能服从安排在洞外等候。

陈刚戴着有探明灯的安全帽准备下洞，一开始还比较轻松，洞内边缘还有些钢筋焊的梯子，他就顺着梯子小心翼翼往下爬，垂直下行十米处，梯子消失了，竟然还出现了转角。陈刚心里犯起嘀咕，“这洞到底是什么情况，上面又有天窗遮盖，里面还有转角”，不管三七二十一，他决定继续下洞。

陈刚回忆刚才下洞的路线，迅速分析出洞穴应该是一个L形的，快到洞底，意外发现下面竟有个水泵房。刚才听到老百姓说的那些令人生畏的事情一下就被打消了，就这样，陈刚成功取到了水样，返回了地面。为取到水样，结合下洞经验，陈刚和涂明江两人轮流着，在短时间内把区域范围内的洞穴都爬了个遍。

为了摸清坪桥河症结所在，同时还进行了“取血样”化验、无人机航测、氮同位素分析、XRF重金属分析、RTK、Iso Source模型定量来分析它的病症所在。

经过近一年努力，114地质人行走在坪桥工业园区各个角落，他们下过洞、蹚过河，最终凭借努力，通过对地下分水岭、地质构造、示踪试验等数据判断，成功将试点区划分为坪桥地下河系统和黑洞地下河系统；通过对污染源排查、氮氧同位素溯源、钻探及水质分析等数据判断，明确了坪桥地下河出口污染源位置；通过水文地质钻探及示踪试验等数据判断，证实了污染物迁移通道，主要工作量均达到甚至是超过了设计要求。

经过前期水文地质的详细调查，查清了区域内地下水污染通道，为下一步“手术方案”帷幕灌浆提供了坚实依据，也有效做好了污水的回收利用。同时，坪桥地下河系统污染防治试点项目的开展也成为114地质队打造污染防治名片的开山之作，更是“十四五”开局以来首个具有重要社会影响力和关键技术探索价值的地下水污染防治项目。

盘州捞“油水”

2022年2月16日，凌晨2时，114地质队党委书记李应涛的电话在床头柜上“滋滋”作响，手机发出一道道刺眼的光让原本漆黑的房间变得明亮起来。被急促的振动声惊醒的他，抓起手机，立即按下了接听键，伴随着电话的接通，听筒里已传来急切而严肃的声音：“应涛，盘州市发生了含油废水溢流事件，请你立即组织队伍赶赴现场，为污染防治提供技术支撑。”接到任务后，大队一小时内组织完成了 30 余人的专业队伍，凌晨 3 时，赶赴盘州。

盘州位于滇黔桂三省接合部，是贵州省的西大门，位于六盘水市西南部。被含油废水污染的区域位于盘州市大山镇高山村普安寨一带，地势北高南低，途经多个乡镇，流域面积甚广。

废水溢流事件发生后，省领导明确提出要求，“要千方百计搞清厂区渗漏点及地下水基本情况，摸清厂区地质结构，溶洞的通道及断层情况，消除安全隐患，确保当地老百姓生命健康安全，尽快恢复厂区内正常生产秩序”。

省地矿局闻讯而动，立即响应省委、省政府部署，2 月 16 日就已连夜赶到盘州的地矿局副局长朱春孝同志，立即派出地矿局下属四个地质队配合 114 地质队开展此次技术工作。

那天正是 2022 年的元宵节，当所有人都沉浸在与家人团聚的欢乐中时，114 地质队地质人早已全心投入在应急抢险的工作状态中。第一阶段的工作要求在 4 月初就要完成。当即，由 114 地质队副队长邵颂友坐镇指挥，成立了地质调查、物探、钻探等 6 个专家组进行技术攻关并形成日报告制度，水文院院长吉勤克补子作为技术总负责做好相关技术及现场协调工作。

场地污染勘查项目对 114 地质队来说还是第一次尝试。吉勤克补子立即根据现场情况进行安排部署，明确了物探、钻探的布置，并当即开展了取样测试分析及示踪实验。经调查结果显示，宏盛煤焦化厂含油废水溢流已造成了下游小黄泥河及北岸边出露的仙人洞 S001 号泉点石油类严重超标，对进入云南与广西的地表水造成了环境污染。

贵州的二月大部分地区还被严寒笼罩着，而盘州大地阳光普照。记得刚到盘州那天，大家刚脱下羽绒服，换上短袖，短短两天时间又突降大雪，无奈又赶紧换上羽绒服。听厂区工人们说，当地气候就是这样恶劣，冷热急转，阴晴不定，为施工增加了难度。

厂区管道纵横、客观岩溶地质条件又极其复杂，面前种种困难让有着十多年地质经验的吉勤克补子内心十分忐忑，他担心查不清污染物迁移及残留情况而延误了工作进度。他挑灯夜战，研究分析污染物衰减规律、降水量增多或减少对污染物数据的影响。经过几天的摸索前行，他制定了“三边工作法”（边工作、边综合研究分析、边提交应急处置建议），及时为应急指挥部提供了示踪实验工作总结、岩溶勘察钻孔工作小结等，协助指挥部专家组及时了解与掌握地下水、岩溶、污染通道等情况。

另一边，钻探施工队伍带着 2 台空气压缩机、4 台钻机、1 台自卸车、1 台皮卡车及配套的仪器设备，组织了一支有着 11 人施工、5 人负责管理、技术和后勤保障的钻探队伍，仅用了一天时间，便从省内其他项目上抽调管理人员、施工人员及大型施工设备集结出队，奔赴盘州开展应急工作。

而此次钻探组要完成的工作任务是打出 5 个水文勘查孔、7 个地质勘查孔，完成 43 个土样孔的取样工作。领到任务后，钻探院院长陈浩便紧锣密鼓地组织设备人员投入生产工作中。室外大雪飘飘。

“当时接到任务突然且紧急，大致了解了事故情况后，我们便各处收集查询当地的地质结构等情况，提前制订了相应的应急措施，可到了现场后才意识到，现场事故情况和地层复杂结构远比我们想象中的困难得多。但是，在盘州工作的那段时间，是我瞌睡最好睡的时候，基本是头一挨着枕头马上就能睡着。”事情过去快一年了，钻探工程院院长陈浩深有感触，仿佛施工场景就在昨天。

他们遇到的第一个困难是取土样孔的施工。如何高效快速查明污染物泄漏后对土壤污染的情况，陈浩同项目负责贾玉川讨论后的结果就是要在施工工艺上进行创新，且必须采用静压方式采集未受到扰动的原状土。讨论出结果后，贾玉川立即多方打听，了解到 113 队在水城的发耳工地上就有这种工艺的取土钻具。为赶工期，陈浩顾不上严寒天气、凝冻路面，边电话联系兄弟单位，边驱车赶往一百多公里外的发耳工地。

那天的路特别遥远而漫长。似乎所经历的一切都为项目正常施工增加了巨大难度。三百米开外就是高速路口，可因为道路凝冻，一条直路走出了井字形，三百米距离硬是绕出近十公里路才成功上到高速，短短一百多公里车程硬是跑了四五个小时。拿到设备后立马前往兴义进行加工，带着加工好的钻具设备，又赶回盘州工地进行现场实验。但由于未开展过相关工作，设备能不能满足静压取土要求，一切都还是未知。

天还未亮就出了门，一直到天都漆黑了才回到工地，路上往返花了整整一天时间。功夫不负有心人，加工的钻具非常顺利地取到了未受扰动的原状土，短时间内成功完成了 43 个孔的取样工作。

当时 CK2 号孔位于厂区上游段的马路边上，施工地点离厂区直线距离仅五百米左右，但却给他们的施工工作带来了巨大难度。照常规操作，空气潜孔锤钻进须用施工用水来解决钻进过程中的除尘问题，五百米的距离只能靠接水管来实现，但由于两地高差原因，水压过大，无数次引发水管爆裂，解决水压问题成了当时最大的困难。

正常情况下，零下 2~3 摄氏度的气温在室外作业就令人哆嗦，更何况是无数次被冷水浸湿衣服，但施工一线人员没有一人退缩放弃。项目负责让他们赶紧先换下衣服，但现场没有一人因换衣离开过，反而是催着赶紧继续下一次的尝试。就这样一次次的不断努力，终于成功接通了水管。

CK3 号井也是当时最重要的一孔。钻孔的位置位于整个区域的中间，收集的数据至关重要。打 CK3 号井的时候，副队长邵颂友亲自坐镇指挥，就连其他项目组的负责人也一同在现场守着。当时为防止上游地表水浸入井中，影响污染物浓度的准确性，做好地表管的固结止水质量至关重要。就在此时，大队副总工程师赵华宣二话没说，撸起衣袖，拿着搅拌棒亲自搅拌起水泥来。直到下午六点左右，CK3 号井终于打出了水。施工现场的所有人都激动不已，本以为还可以收个早班休息了，陈浩又接到上级新的指令，要求他们连夜下泵，抽取水样进行检测，要让指挥部及时了解到水质污染真实的情况，便于后续工作的研判开展。

机长安兴勇正值四十，身体看着相当壮实，他话不多，但是在钻探业务工作上特别肯钻研，别人不敢上的项目他都主动请缨，机台上的工作人员们都特别服他。当听到陈浩传达的指令时，他一脸倦容地说道："陈总，确实干不动了。"短短 8 个字，让陈浩内心激起一阵酸楚。陈浩心里清楚，连安兴勇都能说出这样的话，想必确实是干不动了。每天面对这样的工作强度，就算是个铁人，也该没力气了。

当时钻探施工的强度可以说是每天高达十四个小时无休。一个机台四个人，为不延误工期，午饭都是守在钻机前，现场轮换着吃盒饭。传达指令时陈浩内心也犹豫过，他真想对大伙儿说今天就回去休息吧，明天再接着干，但想起电话里领导急切地下达指令的语气，他明白，今天的休息代表着什么。

犹豫片刻，他决定还是要把领导的想法、部署传达给大伙儿，当他将为什么要干给大伙儿说清楚后，大伙儿二话没说，强打起精神，又继续工作。那个夜晚特别冷，但是现场施工的热情却特别高。直到凌晨 1 时才把泵下好开始抽水，邵颂友、吉勤克补子以及钻探组的所有人员都在现场守着，直至凌晨三点多才取了水样，回去休息。

第一阶段水文地质应急勘察工作取得阶段性胜利后的一个周日，水文组、钻探组接到了李应涛书记的通知，要求大家立刻赶回单位召开紧急会议。会上，应涛书记传达了上级要求，要在宏盛煤焦化厂下游一带地下水污染通道上开展"近污截排工程"截流井施工工作，通过抽排方式拦截受污染的地下水，以达到减少出露点污染物含量的目的。会后，水文、钻探工作组便立刻行动起来，连夜紧急组织了二十余人、三台（套）钻机及相关设备再次赶往盘州。

在二进盘州时，大家都清楚，施工的难度是一次比一次大， 特别是 CK4–1 号井的施工。其实，在一进盘州时，他们打的 CK4 号井在孔深 184 米处就发生了埋钻事故，而二进盘州的任务是要求他们在 CK4 号井旁边打 CK4–1 号井。鉴于 CK4 号井施工的经验，他们已经提前制订了各项预防卡、埋钻措施，并对可能发生的情况进行了全面的预判，并派出经验最丰富、技术最好的机长陈松亲自操作钻机。当打到地下 170 米处，井口就已经不返风、不返沙了。

不过这一切都在他们的预判范围之内，按照预判时制订的应急措施，立即通过两根钻杆每打六米就起大钻进行通孔，不断换径的方式继续往下打，然后不断更换小口径锤头，又继续打，几种方式更换，也才勉勉强强地往下打了几十米，结果仍然是不返风、不返沙，也不见出水。此时，大伙儿心里都犯起了嘀咕，感觉越往下打心里越没底了。看到这种情况，项目负责贾玉川立即向邵队长汇报说："现在孔里的情况非常复杂，如果继续往下打的话，埋钻的风险太高了。"

当大伙都在犹豫时，邵队长果断下令："没有别的选择，继续往下打，直至打到设计孔深见到污水，如果发生卡钻那就处理事故。"最终打到了设计孔深也打出了污水，但也如预判一样，终孔起钻时还是出现了卡钻。陈浩只能立即打电话联系，从遵义拉反丝钻杆、套铣钻具过去，一根根地将被卡钻杆返出，然后又用 140 的加长筒状钻具进行套铣，掏松周边埋沙，再用反丝钻杆返出来。就这样，用了近五天时间才把所有钻具取出。这时，就连平时最为严肃的班长孙付友脸上也露出了欣慰的笑容。

经过前后五个月的时间，终于明确了此次地下水污染的方式，完成了污染范围的圈定，判断出了后续可能会造成地下水持续污染的污染源，追踪出了污染物迁移的主要通道，为后期污染治理工作的开展提供了有效支撑。

不让一滴污水流入赤水河

承接到贵州茅台酒股份有限公司的入河排污口监测及溯源工作项目，物探工程院总工程师黄世超就提出"不让一滴污水流入赤水河，不让一滴干净水排到污水处理厂"的排查要求。

黄世超是 114 地质队物探工程院总工程师，三十多岁的年龄，性格开朗健谈，脸上戴着的黑边眼镜显得文质彬彬。记得去项目采访他时，他介绍项目情况时滔滔不绝的样子，特别是聊到项目中发生的有趣故事时，还会激动得脸上微微泛出红光，手臂不停地比画着。

八月的赤水河畔，两岸青翠，峡谷纵横。当年中国工农红军四渡赤水时，滚滚硝烟，鲜血染红赤水河畔，曾有“横断山，路难行。敌重兵，压黔境。战士双脚走天下，四渡赤水出奇兵”的诗句流传至今。

而今的赤水河，一路穿山越岭，奔流不息，流经滇、黔、川三省十三个县（市），523 公里的河岸风光千岩竞秀，斑斓多姿。作为长江唯一没有修建干流大坝，并保持自然流态的一级支流，赤水河流域是重要的生态屏障，也是我国生物多样性的重要保护区，其生态完整性、生态价值弥足珍贵。同时，生态环境良好的赤水河更是盛产美酒佳酿，贵州茅台、习酒等都产自这里。因而，赤水河不光有“美酒河”的称呼，它更像是一条周边企业的“母亲河”。

由于受到城镇生活污水和工农业污染影响，一些地区基础设施不完善，管网配套与污水处理能力不平衡、不协调，实际运行负荷不足 50%，而有的又超负荷运行，造成大量污水溢流。2021 年 5 月，生态环境部在赤水河开展调研时，抽测了五条河沟的水质，其中四条属于劣 V 类水质，个别河段 COD、氨氮、总磷超 V 类标准。一系列的污染问题，造成了赤水河特有鱼类基本绝迹，一些污染严重的溪沟下游和上游相比，底栖动物种类迅速减少。

习近平总书记曾专门做出重要批示，要求要加强赤水河流域生态环境保护。2021 年 8 月再次对长江沿岸污水溢流直排入江问题做出重要批示，要求做好入河排污口整治和截污治污工作，这里面也包括了赤水河。省生态环境厅立即要求开展赤水河流域茅台镇入河排污口排查整治及溯源等相关工作。

114 地质队积极响应号召，立即组织召开了专题会，对工作任务进行了安排部署，最终确定了由队物探工程院牵头，水文、实验测试配合，开展本次溯源工作。

物探工程院接到任务后，紧锣密鼓地启动了前期准备工作，对现场进行踏勘，夜以继日编制工作方案，经过连续 4 天鏖战，终于制订出了针对贵州茅台酒股份有限公司的入河排污口监测及溯源工作方案。同时，为后期工作开展，提高技术人员业务能力，有针对性地组织专业技术人员开展环境类专业知识和工作方案的交流学习，还在全国范围内进行调研，及时增配相关先进仪器设备，明确了详细的溯源工作流程。

经过前期精心、细致的筹备，该队在省内外众多参与竞标的单位中脱颖而出，更是以较强的业务能力，过硬的专业素养，承揽了“茅台酒厂 38 个排污口及河堤大沟溯源排查项目”，一支由 32 人组成的“排污侦察兵”从此便开始游走在茅台酒厂的各个排污口处。

此项工作涉及物探、水文、实验测试等诸多工种交叉作业，两个半月的工期硬生生地压缩在一个月内完成。工作才开始就遇到了第一个难题，那就是对项目流程不够熟悉。遇到这样大型且复杂、多学科、多领域交叉作业的溯源排查项目，对 114 地质队来说还是第一次。

汤金柜是物探工程院院长，也是经营部党支部书记，他时常把“一名党员就是一面旗帜”的话语挂在嘴边，立志要把支部建设成一支“召之即来，来之能战，战之必胜”的党员突击队，日常工作中他更是以身作则发挥好党员先锋模范作用。面对困难，他勇挑重任，常驻现场，为项目部工作人员做好现场协调、技术指导及后勤保障工作。就在一切刚步入正轨之时，突如其来的新冠疫情再次打乱了正常的工作部署，项目部再一次迎来了工作难题——人手不足。

参与示踪实验、水质检测、水文溯源、图文信息编辑导入工作的 26 人因返回遵义开展溯源相关室内工作，无法返回茅台集团开展现场工作了，现场仅余管道溯源调查组、管道测量组 6 人。眼看要求完工的日期日益逼近，物探工程院院长汤金柜通过视频连线召开线上专题会，远程对现场工作人员重新进行任务分配和技术指导，原本 32 人配合完成的工作现由 6 人继续完成。

新分工的 6 人项目组成员们两人为一组，每两小时轮换一次进入排污口查探，每天早出晚归，穿着密不透风的防护服，戴着防毒面具，背着氧气袋，打上手电筒，带着蛙人设备、声呐仪器，进入臭气熏天、暗黑肮脏的排污通道，仔细查探地下管线分布及走向。遇到淤泥较深路段，便采用先进的机器人设备代为探路，现场技术员陈杨更是熟练地操作手中的仪器，指挥着机器人来回走动，并将地下管网情况及时传回接收器屏幕中。

“在管道中遇到蟑螂、老鼠那都是家常便饭的事，不开玩笑地说，那茅台集团管网下的蟑螂和老鼠都要比别的地方的‘肥’一些，蟑螂的颜色更是金黄透亮的，我感觉就连藏在茅台集团管道里的蛇都被我们全部遇到了”，汤金柜经常打趣地给大家说。

这个项目的开展，无疑给了物探工程院做好团队建设、人才培养的机会。遵义受到新冠疫情影响，当时项目部为了赶工期，中秋、国庆节都没休假，原本打算轮着给大家放放假，让他们回家看看，结果突如其来的疫情打乱了轮休计划。就在那时，倪明升接到家里打来的电话，说家里大宝生病了。他家是两个小孩，大宝五岁了，二宝才刚会走路，平时家里也主要是他爱人在操持，还带着两个孩子，挺不容易的。特别是他家大宝，生下来身子就比较弱，这五年来，长期往返在医院看病的路上，平时他在家时，都是他俩带着孩子去住院，每次都是他大包小包背着孩子的住院用品，他媳妇抱着娃，在医院大厅排队挂号、缴费，穿梭在其他各个科室做着检查。但这次，他却帮不上忙。家里多次打来电话说大宝高烧不退，全脸全身都冒出了很多小红疹，好几个部门的医生都多次会诊，甚至都怀疑是川崎病，再加上小孩一生病就没精神，赖着不走路非要人抱，他媳妇那小小的个子，一人抱着娃在医院穿梭的身影，想着都让人心疼。

中央环保厅对这个项目进行督查时，正好赶上了黄世超爱人生小孩。黄世超作为物探院总工程师，白天要去项目上作技术指导，晚上回来又要准备督查资料，再加上当时院里又是第一次承揽这种项目，都是边摸索边开展，方方面面都怕有欠缺的地方。

为不影响工作进度，黄世超恨不得一个人分身几个人用，完全顾不上家里。恰好遇到他爱人预产期提前，又是凌晨发作，正值第二天就是迎检时间，完全没办法赶回去。迎检前两天晚上，他们就曾在夜间收到了某排污口水质超标的在线监测数据，所有工作人员都是在十分钟内赶到现场，立即开展排查工作，一个小时内，锁定了相关污染源，经过与施工人员一整夜的配合，完成了整治工作，保障了排污口的水质达标排放。当他们顺利通过中央环保督察时，整个项目组如释重负。但是黄世超内心却永远对家人有了亏欠。

114 地质队物探人在重要关头经受住一次次考验，克服困难，勇毅前行，凭着认真负责的工作态度，在茅台酒厂 38 个排污口及河堤大沟溯源排查项目的表现得到茅台集团以及上级领导的一致好评，为后期顺利拿下茅台集团管网排查项目奠定了坚实的基础。

茅台镇的夏天，用蒸桑拿来形容一点都不为过，上午十一点时，室外温度就高达四十多度，为了不影响工作进度，工作组成员们及时对作业时间进行调整，由以前室内工作的朝九晚五调整为了早六点到中午十二点，下午五点到深夜十一点，每天最短工作时长都达到了十二小时左右，遇到地下管网分布复杂的情况，很难分出走向时，工时延长到凌晨一两点也是常有的事。

经过近十个月的辛勤排查，圆满完成茅台酒厂内老区十九个制酒、六个制曲、勾贮、包装车间以及中华新区五个制酒车间等管网排查工作，切实为茅台集团摸清自身排水管网底数，清楚了解集团在排水管网存在的问题、缺陷，为下一步系统性开展排水管网改造提供了坚实的依据。

赤水河畔绿意浓，湘江河上白鹭飞。贵州地矿人用保护生态、防灾治污的实际行动践行习近平生态文明思想，用智慧和汗水守住绿水护着青山，正如那神秘的赤水河，从古流到今，停不下的脚步，追着日月前行。

在谱写贵州绿色新篇章的日子里

——贵州山水林田湖草生态保护修复纪实

杨荣康

秋日的省地质科技园如往常一般平静。而2018年9月30日，国庆长假前的这一天，对省地矿局环境监测院的人来说，无疑是充满期待的，可以借国庆长假好好放松放松。

工作繁忙，大家都已经好久没陪过家人了。

进入汛期以来，全院处于高度戒备状态，做好汛期地质灾害应急值守，为确保全省地质环境安全履职尽责。各项目工作也须有序推进，每一天，都是新的考验。

地质科技园里的夜晚，环境院所在的6号楼时常灯火通明，时而安静得只能听见敲击键盘的“嗒嗒……”声，时而沸腾得像热锅里的开水，各抒己见，为一个技术突破问题，争得面红耳赤。

环境院2017年接到工作任务。在开展调研和踏勘的基础上，编制贵州省乌蒙山区山水林田湖草生态保护修复重大工程实施方案，向国家三部委申报试点工程项目。

《生态文明体制改革总体方案》中提出，开展山水林田湖草生态保护修复是生态文明建设的重要内容，是贯彻绿色发展理念的有力举措，是破解生态环境难题的必然要求。

加快山水林田湖草生态保护修复，实施格局优化，系统稳定，功能提升，关系生态文明建设和美丽中国建设进程，关系国家生态安全和中华民族永续发展。

近年来，贵州贯彻落实党中央、国务院关于开展山水林田湖草生态保护修复的部署要求，坚持尊重自然、顺应自然、保护自然，以“山水林田湖草是一个生态共同体”的重要理念，积极推进山水林田湖草生态保护修复试点工程。

这项重要的任务落到了环境院头上后，当即就组织技术骨干 20 余名，在省政府 5 号楼的 14 层办公室通宵达旦奋斗近两个月。其间，省国土资源厅副厅长肖才忠、地勘处处长高玉平等全程参与。省地矿局老专家赵国宣亲临把关，带领大家收集资料、研究政策，在开展调研考察的基础上，编制提交了贵州省第一份山区山水林田湖草生态保护修复重大工程实施方案，通过省政府向国家三部委提交。

清楚地记得当时除我之外，环境院参加编制方案的有罗维、邹银先、邹凤钗、赵宾、李龙波、黎勇、张楠等等。遗憾的是，由于诸多原因，2017 年该项目并没有得到国家批复实施，参与编制方案的同志们曾一度灰心丧气。

就在当天，院里再次接到省厅通知，院党委书记、院长吕刚安排，由刚从国土资源部挂职回来任院副总工程师朱要强负责统筹，继续在 2017 年原有方案的基础上，重新调整思路，寻找突破，再次为贵州争取试点工程。由于时间紧，任务重，他分别通知了几个相关部门继续组建工作组，优化编制项目实施方案。

山水林田湖草生态保护修复试点工程是一项涉及部门多、专业广，工程类型复杂的综合性、系统性工程，对全省各相关研究领域单位的科技支撑团队和支撑水平都是一项极大的挑战和考验，尤其是在全国上下均还未建立完善的技术标准体系和相关制度机制，没有指导性的技术参考，全靠摸着石头过河，方案的编制可谓是困难重重。

“唉，领导，看来我们的假期又要泡汤了。”我有点无奈笑着说。

“没办法，你家的情况我也清楚，特殊任务，大家都克服一下，做好家属工作，我也一样。另外，你通知张磊他们，下午 2 点带上电脑到六楼会议室集中，先商定一下接下来的工作分工，记得把去年编制方案时的资料全部带上。”罗维说道。

“好的，我马上联系张磊。”

“好，你先去吧，我交代一下科室其他工作，我们下午见。”罗维道。

总工办邹银先那边，不出意外，也接到了院领导安排同样的工作任务，也安排好了总工办的人员。我在楼道里和邹银先碰个正着，他好像正在和他媳妇通电话。

下午 2 时，副总工程师朱要强早已安排好六楼会议室，罗维、邹银先、杨荣康、张磊、张大权、杨兰兰、黄海韵等近 20 人的队伍已集结完毕。

朱要强刚从北京挂职回来，对国家政策、生态保护修复宏观方向的把控也颇有见地，思路清晰，站位较高。不愧是北京挂职回来的，院领导相信他能统筹好本次工作，但也能看出来，本次任务非同小可，压力之大，也写在了他那张略显老成的脸上。除了我、罗维、邹银先、张大权等参与过 2017 年的方案编制外，其他新来的同志，对手上即将要干的工作还显得一头雾水。

“大家都到齐了。下面我先介绍一下本次工作重点和任务，然后再初步分个工……”朱要强把整个方案编制的要求、内容和时间节点等给大家做了详细的交代。

“天，8 号就要交，咋可能？”“我去，朱总这是疯了吧？”“这可怎么整？”参会人员交头接耳，窃窃私语。

只有罗维、邹银先等人相视而笑，显然已是干这块工作的老手了，可谓是心如止水，一副兵来将挡、水来土掩的坦然。

“大家安静，罗维、荣康，你们还是和去年一样，负责‘水’相关的工程部署及监测这部分内容，请罗维牵头，地下水相关业务是监测科的强项，保护修复单元划分的工作也交由你们全权负责。去年你们也参与了，比较熟悉，其他板块你们也要协助一下，大家同心协力，务必高质量完成这次任务。”朱要强转身道。

“这块问题不大，资料还是比较丰富，以往的研究成果也多。近年来，乌蒙山相关监测也做了不少工作，包括我们院以往的很多基础资料也很丰富，对于监测及矿山环境这块也问题不大，目前难的是涉及水务、生态环境、林业等相关行业的部分，我们收集的资料有限，加之专业上还是有所欠缺，对以往的一些工作了解不多，这块可能要花点精力，再补充收集资料，加强综合分析研究。”罗维补充道。

“我也讲一下一些具体看法，”我插言道，“乌蒙山的功能定位在各级层面是什么样的，我们的方案中要突显贵州岩溶山区的特色，问题是什么？修复的主体目标，修复什么？保护什么？这些工作在上一年度的编制过程中，诊断还不是很清晰，我认为是有所欠缺的地方，也是本次我们优化的重点，我有一个初步的想法，我形成初步文字后可以先和大家交流下。”

邹银先接着道：“去年我也参与了相关工作，也算是比较了解，我认为主要还是专业限制，涉及其他行业的也是我们的弱项和短板，怎么把山水林田湖草工程布置好，找准其中的问题关联关系，在逻辑上理顺，同时突显我们专业强项，把生态与地质结合起来，找准突破口……”

一时间，围绕着怎么去编制好本次的申报实施方案，讨论激烈，不知不觉三个小时过去了，会议还在继续进行。大家深深知道，只有统一意见，明确目标任务、重点难点、工作方法后，才能按各自负责的内容具体实质性地开展工作，不然像无头苍蝇一般，没有方向，最终都是竹篮子打水，一场空。这个节骨眼，时间就是金钱，一分钟也耽误不起。

天色渐晚，眼见大家虽讨论激烈，但还是没有形成一个较为说服自己的工作方案。暂时告一个段落，准备稍作休息，吃完晚饭继续讨论。

是的，一下午沉重而激烈的会，大家都有些疲惫，此时，快餐送到了。餐毕，经过几小时系列紧张讨论，夜已深，好在是工作思路最终敲定，说干就干，大家分好了工，各负责一块，一切有条不紊开展。

整理数据的整理数据，GIS 软件作图的作图，制订第二天的外业踏勘计划的开始规划起了踏勘路线，就这样慢慢进入了状态。也许，大家还是有点低估了这次方案编制的难度，艰难考验，还在等着我们。

地质科技园的凌晨，窗外依稀可见的霓虹已渐渐熄灭，偶尔听见来往在石林东路的过往车辆发动机轰鸣的声音，每一脚油门都像在为这个团队加油呐喊。环境院楼的房间的灯光，像闪烁的星光，留在这里的将是环境院这群年轻技术人员不平凡的 7 天，为看似不可能完成的任务挑灯夜战着，也将是贵州省乌蒙山试点工程重要和不平凡的一页，也是迈出贵州省生态保护修复探索之路的重要一步。

2018 年 10 月 2 日凌晨，我和邹银先刚完成了申报方案中的水环境部分的资料整理和数据统计，两人都略显疲惫，正准备着手文字部分的编写，汇总今天踏勘收集的资料数据。

不知不觉，时间已接近凌晨 2 时，我和罗维在对接完工作后，制订了第二天的工作计划，那就是要将目前梳理的数据与毕节市、遵义市、六盘水市的相关县区再对接，确保数据一致性和准确性。

“这些数据资料都是通过收集后整理的，甚至不同部门之间的数据都存在较大的差异，因此，数据上一定要形成一个统一的意见，一定要再次让各地核实。”罗维说道。

“这个肯定的，明天早上我就办这个事，不然后期的一些分析评价工作没办法开展。”我回答道。

“好在肖副厅长有先见之明，事前已通知各地假期无论如何也要安排专人对接资料数据等事项，要不这个事还真是个棘手的问题。”罗维道。

“是啊，姜还是老的辣。按目前的情况，数据这块明天一敲定，接着分析评价、问题诊断以及相应的工程布局、工作量、投资概算，这些就顺理成章了。不过还是任重道远啊。”我感慨地说。

“嗯，也不早了，早些休息吧，养好精神明天才有精力战斗。”罗维说着，收走带过来的资料，起身离开。

道别罗维后，我深深松了一口气。这几天来，工作方向虽然是比较明确的，但因为数据错综复杂，一直心里还是没底，这下终于好了，总算基本理顺了。

环境院这群年轻人，都是以超出常人的意志，牺牲了对家人的陪伴和照顾，坚守岗位。只为按时完成贵州省生态保护修复试点工程的申报实施方案的编制，让贵州能成功争取到中央资金的支持，为贵州岩溶山区生态保护修复探索一条可行的路径。直到 2018 年 10 月 7 日下午，经过整整七个昼夜的坚守和奋战，收集分析大量基础资料，内业加班，外业踏勘同步进行，环境院的这群年轻技术人员，不负众望，如期拿出了乌蒙山试点工程征求专家意见的稿子，像以往一样，完成了起初看似不可能完成的工作任务。

“完成征求意见稿，只是万里长征的第一步，后面还有一系列的工作等着大家呢。大家要做好准备，生态修复是一个全新的行业，大家一起努力，争取在这行干出我们的成绩，为贵州试点工程实施贡献我们的力量，这段时间大家都辛苦了，下午放个假，大家回家休息一下，等下一步通知。”朱要强再给大家加油打气。

虽经过这段时间的突击，也在去年工作基础上，进行了很多细化的工作，但是，说实话，对于本次的方案是否能够得到批准，能否成功申报试点项目，大家心里都没有底，毕竟，这是一项全新的探索工作，没有成功的经验可以借鉴。全靠集中大家的才智和专业所学，去探索。

“我们这次编制的方案，较去年有了不少思路上的创新和突破，也比较结合贵州乌蒙山的实际，总体我感觉还是很有希望，大家要有信心。”罗维见状，也给大家鼓励地说。

“是啊，大家已都尽力了，如期完成方案的编制已经是完成了看似不可能完成的任务，尽人事，听天命嘛！”我有意缓解一下大家沉闷的气氛。

接下来的专家论证会上，专家们对这份方案给出肯定的意见，同时也提出修改意见。编制组按工作程序，先按专家意见进行了完善，形成征求意见稿，在广泛征求各厅局、市州的意见后，进一步进行了完善。在省厅统一协调下，方案如期按计划呈送省政府后，报送到了国家三部委。

方案报送后，省厅主要负责领导带队赴京，进行项目申报汇报，经自然资源部专家组实地考察调研，2018 年 12 月，北京传来了好消息，财政部下达 2018 年重点生态保护修复治理专项资金预算的通知，《贵州省乌蒙山区山水林田湖草生态保护修复重大工程实施方案》通过了公开竞争性遴选，顺利入围全国第三批山水林田湖草生态保护修复工程。

这是贵州首次成功申报全国山水林田湖草生态保护试点工程，打开了新时代贵州生态保护修复的全新局面，全省生态文明建设将更上一个新的台阶，对包括环境院在内省地质矿产勘查开发局及下属各单位来说，也开启了生态保护修复的新征程。

对环境院编制组的成员来说，是多么鼓舞人心啊，这个好消息，让大家热泪盈眶，一切付出都是值得的。虽然没有多少人知道他们的故事，没有多少人关心这样一份实施方案是在怎样的一种环境下完成的，付出了多大的精力和时间。但这些都不重要了，重要的是大家心里都明白有这样一支支队伍，在厅、局党委的坚强领导下，以责任担当，以技术立院为本，敢于大胆探索，牺牲自我、勇于挑战，担起了全省山水林田湖草生态保护修复的技术重任。靠着摸着石头过河的精神，艰难探索实践，全力支撑全省山水林田湖草生态保护修复工作。

如朱要强所说，申报项目，只是万里长征的第一步，项目申报下来后如何实施，怎么实施，技术上怎么支撑？这又将是面临考验的时候了，省厅机构改革已全面完成，省自然资源厅已挂牌成立，成立了国土空间生态修复处，专门统筹试点工程实施相关工作，环境院作为技术支撑单位，必将在国土空间生态修复技术支撑体系建设方面担起大任。

朱要强将此事的重要性和紧迫性向省地质矿产勘查开发局分管水工环工作的朱春孝副局长详细做了汇报，并与省自然资源厅相关领导做了对接。

当务之急，全省乃至全国，都还没有一份山水林田湖草生态保护修复工作如何开展的技术指南，各地对该项工作如何开展，各部门间如何协调，这项工作参照的技术标准有哪些，更是找不到北。一个大胆的想法出现了，那就是要在乌蒙山选取示范区，要重点开展示范调查工作，进一步为全省编制工作指南，为各地顺利实施项目奠定基础。

我从项目工作地赶到了地质科技园 6 号楼会议室，会议由院长吕刚主持，就开展示范调查这一项重要的工作，展开了讨论和安排。

“根据省厅安排，我们也和朱春孝副局长做了详细汇报，他非常重视和关心这项调查工作，决定由局统筹各家地勘单位组成联合示范调查工作组，开展纳雍鬃岭矿山集中区和乌江源自然资源生态环境综合示范调查工作。现目前，这两个示范调查区，由我们院牵头统筹该项任务，今天这个临时的会，我们要确定具体负责科室和两个示范调查区项目负责人，统筹推进工作……”吕刚道。

“吕院，我接着补充一下我的意见，就目前对我们院这块工作的了解情况，我和总工办邹银先及监测科罗维也讨论过，我们认为，该项目工作涉及内容多，任务也重，时间紧迫。监测科在这块前期承担了比较多的工作，也有全省相关的调查经验，我建议由监测科来具体承担这项工作，监测科罗维、杨荣康技术上比较突出，两位科室负责人带队，统筹各家参与单位，开展示范调查。”朱要强道。

会上，其他参会人员也相继发表了意见。

“好，大家想法比较一致，我也非常认同，让罗维和荣康分别带队，这项工作意义重大，容不得半点闪失，所以，两位负责人人选非常之重要，责任也相当重，我们不能掉以轻心，辜负厅和局对我们院的信任，一定要好好组织好这项示范调查工作。”吕刚表了态。

会后，一项项紧张而有序的示范调查工作紧锣密鼓开展了起来，由省地质矿产勘查开发局下属单位环境院牵头，111 队、114 队、测绘院、115 队、102 队等单位抽调精干力量组建的 60 余人的示范调查队火速成立。

环境院罗维、我，111 队罗林、杨鹏程，114 队吉勤克补子、林德洪，测绘院张磊，115 队杨茂书，102 队陈登、邹启松等技术骨干，以及 50 余名专业技术人员，驻点纳雍县鬃岭镇、六盘水市钟山区大湾镇，开展了近 3 个月的示范调查……

两个示范区项目组在当地村里租用临时办公和住宿场所，设立了项目部。这次任务，相比环境院编制组的国庆七天，人员规模之大，时间之长，条件之艰苦，路途之遥远都是不可比的。在厅、局领导高度重视及院领导们关心支持下，在省地矿局王砚耕、王明章、张林、赵国宣等专家悉心指导下，罗维和我的两个示范调查负责人带领的项目组成员上下一体，齐心协力、克服重重困难、历经艰险、挑灯夜战，舍小家、顾大局。调查组不负众望，拿出了优秀的调查成果，得到了业内一致认可。

2019 年 12 月，基于两个示范调查成果，贵州率先出台全国第一份省级山水林田湖草生态保护修复工程工作指南，为试点工程的实施奠定了较好的基础。参加方案编制、示范调查的各单位专业技术人员，后来都成了省内该行业的技术骨干、专家，为全省生态修复提供技术支撑和服务，谱写了一个又一个生态保护修复的典型案例，留下了献身贵州绿色发展的感人故事。

我深深地感受到，正是这些地矿儿女，发扬“三光荣”的精神，牺牲了对家庭的守护和陪伴，用双脚丈量大地，用行动守护绿水青山，为谱写贵州绿色新篇章奉献着自己的力量。

小转身　大作为

——由金山银山的勘探者到绿水青山的修复者

杨蕴文

2022年10月8日，国庆长假后第一天，退休后的我第一次再回办公楼。

“中了，中了，”下午3时左右，副队长闵弟杉十分兴奋地急匆匆跑进宋继伟办公室，“刚接到韩家家打来的电话，我们在遵义投标的项目中标啦！”

据闵弟杉介绍，该项目是112地质队近年来首次承接的千万级别生态领域修复施工项目，项目的主要目标是治理历史遗留矿山过度开采所造成的生态环境问题，排除洪渡河流域上游和湄江流域蒲水河分区六标段区域的地质灾害隐患、修复其生态功能，通过对开采区的边坡、陡崖进行复绿，对开采坑底、平台、堆渣区复耕，对矿山矿渣及建筑物等进行清理，重造地貌、重构土壤、重建植被、再造景观，改善该区域的生态环境状况，恢复生态效用，美化生态环境。项目实施后，将对占压损毁的土地进行复耕，还地于民。

闵弟杉走进来时，我正和队长宋继伟聊着天。闵弟杉话音刚落，宋继伟猛地一下从座位上站起来，连说“好好好”，并用手掌“啪”一下拍在办公桌上，随后长长舒了口气。

我知道，宋队这狠狠的一掌不单是因为获取这千万级别项目，将悬挂心中多日的石头放下的释怀，更多的是对近年来他和全队上下在推进相关工作得到回报后的一种真情流露。

抉 择

说起 112 地质队，社会上很多人都知道。

“找矿的”“打钻的”“打水井的”“这个单位很厉害”“这个单位很不错，职工收入很高”“他们是全国文明单位呢”……

黄金十年，中央、地方、企业、个人对地质找矿的热情空前高涨，地质投入屡创新高，矿业市场欣欣向荣，岩心钻探行业生机盎然。这一时期，112 地质队年均完成岩心钻探工作量 10 万余米，112 地质队钻探施工的技术和力量在全省领先并抢占到制高点。

2019 年 9 月，宋继伟担任 112 地质队队长。112 地质队何去何从，这一关乎 112 地质队生存发展的抉择便交到他和新组建的领导班子手中。

事实上，自 2019 年起，112 地质队的发展就遇到了瓶颈。随着大多数钻探专业技术和技能人员“到点”陆续办理退休，特别是经过 2020 年贵州省优势矿产资源大精查会战，112 地质队钻探施工的比较优势就大打折扣。

作为在大学时学钻探，参加工作后一直从事钻探工作的宋继伟，他何尝不清楚，传统的钻探施工手段在激烈的市场竞争中已不具备优势，112 地质队钻探优势已成为过去。若要继续在钻探施工领域占据优势，必须在“专”“精”“特”“深”上进行提升。

我带着一些疑惑问他：“那我们就应该提升钻探核心竞争力，继续在贵州钻探施工领域占据制高点？”

“要提升，谈何容易？人在哪里，设备在哪里，说提升就能提升啊？”宋继伟将头埋下，沉默不语。

我感觉到这话题有些沉重。我同时也知道此时 112 地质队的队伍和人员结构已发生重大变化，有技术和技能的人员没剩几个，新进人员一时半会儿又接替不上，钻探施工技术和装备已经很落后。

还未退休前，和领导交流思想时，我总避讳一些敏感话题。退休后，和他们交流时感觉轻松许多，彼此间也没那么多遮遮掩掩。沉默一会儿后，他好像若有所思，慢慢将头抬起并说道：“记得我刚任队长时，有人曾对我说，‘你这会儿当上队长可真不是时候，要人没人，又没有一个新的撑得起的产业，难啊’。可我当时并没有把这话当回事，但在接下来的日子里，我慢慢发现，还真是这么回事。没有项目时我们愁项目，有了项目又愁没人去做。”

听到遵义投标的项目已中标这样的好消息，当天，宋队的心情一直很愉悦，我们在一起谈了很长时间。侃侃而谈中，一次次把我的思绪带回到过去几年各种会议场景中，领导成员们在决策相关事项时的各种争执、担忧、纠结……历历在目。

他很严肃地说道：“2016 年起地勘单位施行‘收支两条线’，职工的工资改由财政发放。当时个别干部职工在认识上有了一些问题，认为我们工资是财政发放，反正干多干少无所谓，思想和行动便开始出现懈怠。财政发工资，我们是有了保障，这一点也不假，但我认为‘食其禄，就要尽其事，还要分其忧’。虽说地勘单位是事业单位性质，但一个单位只拿钱不干活是绝不可能的。我们决不能沉浸在事业单位身份的优越感中，坐等矿业市场春天的到来。”经过“黄金十年”的快速发展，各地勘单位间职能大体相近、业务基本雷同，同质化竞争激烈。

“你打钻我也打钻。你800一米，我600一米，甚至400一米，竞相压价。但整个市场钻探工作量是恒定的，活就那么多，大家都在一个锅里抢食。若要继续打钻，我们就得接受低单价现实。若还抱着‘黄金十年’那样的优厚单价的幻想，那就什么活也接不了。”在说出这些话的时候，我明显感觉到他有些激动，他不时边说边站起身在办公室来回走动：“你是知道我的性格的，我这人就是不信邪、爱认死理，我相信再大的困难，只要我们团结一心，一点点地去做，一天进步一小步，一年就会前进一大步，这些问题终归会一个个解决掉。”

的确如此，我真切感受到112地质队一天天的变化。

在此期间，省地矿局局党委书记、局长付贵林，局党委副书记陈代军，副局长周万强、朱春孝十分关心112地质队发展，局领导多次深入112地质队，对产业和人才等工作进行调研指导。仅2021年3月至2022年3月，局党委书记、局长付贵林就亲临112地质队达三次之多。

局领导和相关处室的关心已化作宋继伟和班子成员强大动力。按照局领导指示，在充分结合自身实际情况后，他们仔细思考，认真研究，迅速制订了“一个核心、两个重点、三个转型”的“123”产业转型发展思路以及人才引进和培养计划等方略。

其“三管齐下”的转型发展思路是：立足钻探施工核心能力，以服务新一轮找矿战略为平台，打造地勘服务主业；立足小口径深井钻探技术优势，打造全省领先的钻探施工；立足安顺，面向全省，以全面服务生态文明建设为主线，与安顺市（县、区）的城市建设和社会需求全面对接，创建“大地质”崭新招牌。2020年6月，《省地矿局关于发挥地质工作基础性公益性作用为全省经济社会发展提供地质技术服务的意见》出台，《意见》中提出了九大项46条具体的服务目录与内容，为112地质队服务地方经济社会进一步指明了方向。

融 入

融入地方，为地方政府提供地质技术支撑服务，是国家赋予地勘单位的一项神圣职责，也是地勘单位属地化后一项重要的职责。

从外部条件看，党的十八大以来，以习近平同志为核心的党中央，把生态文明建设纳入中国特色社会主义事业“五位一体”总体布局中。“绿水青山就是金山银山”的理念深入人心。这就要求地勘单位必须由传统的地质勘探服务转向“大地质”的综合服务，并向对生态环境扰动更少、效率更高的智能地质服务转型升级。

从省地矿局内部看，地勘单位属地化后，系统内地勘单位也在悄然发生变化，部分单位已充分融入地方，并成为地方政府坚强有力的技术支撑队伍。

在此期间，112 地质队也在产业和队伍结构上进行了一些改变，先后成立了基础工程施工、岩土工程勘察、地质灾害防治部门，主动融入并服务地方政府及其工作部门。2020 年 3 月 18 日队党委书记魏吉荣、队长宋继伟到安顺市政府向分管生态文明建设、自然资源、人力资源和社会保障、住房和城乡建设、文化旅游的杨平副市长汇报工作。

听完 112 地质队的情况汇报后，杨平副市长欣喜地说道：“没想到你们 112 地质队还能做这么多事。现在政府这边的一些工作我还正发愁呢！这下好了，有了你们做保障，政府的好些工作就容易推动了。”随即，他打电话叫来秘书科的同志，并立马进行了安排：“今后市政府凡涉及生态环境建设、自然资源、城乡建设、旅游规划部门的会议，给 112 地质队留有席位，请 112 地质队前往参加。”给秘书科的同志说完后转身说道：“112 地质队也要主动，要保持与市自然资源局、市生态环境局、市住房城乡建设局和市文化广电旅游局沟通联系，确保相关工作信息对称。”走出杨副市长办公室，宋继伟和魏吉荣两位领导都沉默不语，并都好像若有所思。在回队途中，宋继伟喃喃自语：“这些年，我们 112 地质队与政府接触太少了，我们对自己的宣传也做得很不够！”魏吉荣接着说道：“的确，以往我们除与自然资源局（原国土局）、社保局及辖区办事处这些部门有所接触外，与地方打交道少，地方政府及其工作部门对我们了解少之又少，这一现状需要改变。”

主动汇报，多点出击。回到队上，两位主要领导立即做出安排，重新制作宣传册和对外宣传 PPT，并要求各位领导和部门到地方上洽谈业务、参加会议都要带上，主动展示 112 地质队，让地方政府及其工作部门对

112 地质队有一个全面的了解。

随着“融入地方”转型发展理念的深入推进，112 地质队服务地方生态文明建设“快马加鞭”。

从 3 月 18 日起，112 地质队领导成员分别带队，先后到安顺市、西秀区、普定县、关岭县，主动向地方政府及市（县、区）自然资源局、生态环境局、水务局、农业农村局和应急管理局，就服务安顺生态环境、防灾减灾、国土空间规划等方面工作进行对接交流，并通过多种渠道，主动向社会各界推介，让地方政府和企事业单位了解 112 地质队都能做些什么，并得到大家在工作上的信任、在专业和技术上的依赖，真正体现出地勘单位在服务生态文明建设、服务社会公益、服务民生中的价值和作用。

与此同时，大队还派出精干专业技术人员到安顺市及安顺“两县三区”自然资源局、应急管理局、生态环境局等部门挂职交流和跟班学习，派出地灾防治、生态环境、土地整治、矿山修复等方面的工作队为安顺市、西秀区、开发区、普定县、关岭县、紫云县、黄果树风景名胜区、格凸河风景名胜区提供全方位服务，并逐步辐射到了毕节市、黔西南州、黔东南州、黔南州、遵义市等。

真诚赢得信任，真心获得支持。在与地方政府及其工作部门密切联系和交往中，112 地质队的工作得到认可。通过建立一小时“地质管家”服务机制，全面快速为安顺市（县、区）政府及自然资源、住建、环保、水利、农业农村、应急管理等相关职能部门提供高质量的服务，成为地方政府工作中急需的、名副其实的、不可或缺的地质尖兵。2019 年，安顺市西秀区人民检察院与 112 地质队签订合作协议，聘请 112 地质队为该院公益诉讼案件地质专业技术问题咨询服务单位。

“打破单一产业格局，全方位融入地方，在为地方政府做好服务的同时发展自己”成为 112 地质队干部职工的共识。

紧接着，一场以提升能力并融入地方谋求转型发展的战役在全队打响。

作为以钻探施工为主的 112 地质队，以往在人才储备上都偏向于钻探及地质类的专业人才。转向生态环境服务领域，势必就欠缺农业资源与环境、水文与水资源、土地资源管理、城乡规划、地理信息系统、林业、测绘等方面的专业人才。

“活人总不会被尿憋死吧！没有人我们就引进，不会我们就学。”每每遇到这样棘手的问题，相关领导和部门找到宋继伟时，他会很生气。

没有人就引，不会就学。要真正做起来，总工办、人事科及各生产部门就必须通力合作。2019 年起，112 地质队在有计划地引进人才的同时，总工办买来各种“规范”，利用节假日、周末或晚上时间，组织专业技术人员进行学习，同时从局相关处室及局属 114 队、111 队、113 队请来专家进行专门培训，将从兄弟单位借来的相关项目报告作为范本，组建技术创新人才团队、实行“师带徒”、与高校联合建立产学研基地、组织专业技术人员到兄弟单位观摩学习、组织开展技术练兵和实战比武等，一系列行之有效的举措后，专业人员的业务知识和工作技能逐步提高，对项目的把控能力、所提交成果资料质量都迅速得到提升。

提起部门刚起步从事矿山环境恢复治理和生态修复业务的那段艰难的岁月，生态环境院的高级工程师唐杰梅掩饰不住内心的激动。“刚开始涉足时，我们是边学边干。”她说，“记得 2020 年，我所负责的莆茂煤矿矿山地质环境修复治理，项目的实施方案、施工组织设计及报告编写全由我一个人负责，为完成好这项工作任务，我一直都是在繁忙和紧张中度过的。有时部门项目多的时候，我手中同时有几个项目要做。为完成每个阶段的资料提交，我每天晚上 12 点前根本没睡过觉，有时熬夜到凌晨两三点钟……”

功夫不负有心人。通过短短两年多时间，112 地质队人才队伍建设取得新成效，技术和质量得到不断提升。

安顺市西秀区蔡官镇柏秧林煤矿巷道封堵施工方案及标准，成为安顺矿山生态环境恢复治理的成功典型案例并作为废弃煤矿封堵的参考模板！

普定县猫洞乡莆茂煤矿矿山地质环境修复治理实施方案及标准，作为废弃煤矿矿山地质环境修复治理的参考模板！

一块块土地的复垦、一座座废弃矿山的修复、一处处生态环境的恢复、一个个灾害点的治理，在串联起112地质队与地方政府及其工作部门情缘的同时，也让112地质队在地方政府有了真正的席位。

据不完全统计，2020年，112地质队承接实施安顺市（区、县）及周边市（区、县）的生态环境恢复治理及土地复垦项目40个，实现经营收入916.05万元；2021年，承接实施安顺市（区、县）及周边市（区、县）的生态环境恢复治理及土地复垦项目48个，实现经营收入2064.37万元；2022年以来，已承接实施安顺市（区、县）及周边市（区、县）的生态环境恢复治理及土地复垦项目31个，实现经营收入5735.23万元。

故 事

如果以时间为经，空间为纬，近三年时间里，他们在服务地方生态环境的无限空间里留下了许多光辉的业绩。

为深入了解到一些工作细节，我在采访期间，分别与生态环境院刘刚院长、岩土工程院夏敏院长及国土空间规划院韩家家院长进行了预约。

事实上，我是一个不太喜欢评价别人的人，但对刘刚我印象还是比较深的，他是一个不太守“规矩”的人，但同时也是一个时常会给领导和同志们带来惊喜的人。说他不太守“规矩”，是源于经常开会和在办公室见不到他。

曾记得有一次，我作为队上劳动纪律巡查组成员，到各部门检查上班人员到位情况，检查完毕要立即向主要领导汇报：“这次检查，机关只有财务科一人请假，其余全部在岗上；生产经营部门，生态环境院的刘院长又没在办公室……”主要领导听后，厉声说道：“这不很正常吗？要是我们生产部门的人员每天都在办公室，还是像从前那样坐在电脑前翻着扑克，那才叫个着急啊！生产部门和机关不一样。”说他时常会给大家带来惊喜的是，今天他又获取了某个项目，明天他又获取了某个项目，各部门电脑上出点什么问题找他后都能帮忙解决好，像 Arcgis、Global Mapper 等软件及一些新技术、新方法的应用，大家都会找他指导。

打开普定市场，全面进入该县生态环境修复及废旧矿山恢复治理领域，与刘刚的努力分不开。他经常进出自然资源局、生态环境局、应急管理局这些部门并和这些部门的领导和同志在工作上是合作的好伙伴，在感情上是好朋友。

2022年112地质队上半年经济分析会上，生态环境院院长刘刚介绍说："我们现在正在实施的历史遗留矿山地质环境修复治理项目，是今年我队承担此类项目的'大块头'，该项目为2021年省级、地方财政支持实施的地质环境治理项目，总预算近两千万元，治理总面积九十余公顷，治理矿山数万平方米，目前已完成95%以上的工作量。"这一下就拨亮了大家的眼球，也让我对刘院长有了一个重新的认识。

2020年10月28日，我随支部27名党员到莆华煤矿矿山地质环境恢复治理项目点开展了主题为"贯彻习近平生态文明思想"的主题党日活动。其中一个重要的环节，由生态环境院唐杰梅同志介绍项目情况。

位于普定县化处镇田坝村的莆华煤矿，两面环山，处在一个大山沟壑上部边沿，是一家民营独资企业，2000年11月建矿，2014年11月关停。

2021年8月6日，普定县莆华煤矿矿山地质环境恢复治理项目通过竣工验收，获专家一致好评。"那一天来了好多人，有市县领导、乡镇相关部门和省市有关专家，场面很壮观。"负责该项目的生态环境院高级工程师唐杰梅对一年前的这个场景记忆犹新。她接着说："莆华煤矿矿山地质环境恢复治理项目，我们主要是对场地内废弃建筑物进行拆除、清运遗留固废垃圾和矸石、平整场地并进行修复绿化、对边坡进行治理、修建边坡排水沟、土地复垦、草木绿化等。治理后的莆华煤矿废弃矿山，治理区植被得到有效恢复，并与周边山体融为一体，原来杂乱不堪，锈水横流的煤矿工业场地现如今草木郁郁葱葱，生机盎然，田坝村周围的环境质量明显提高，极大改善了人们的视觉感观。这个项目得到市县领导和专家组的高度认可，由此之后我们又接续在普定县实施了普鑫、普茂等 5 个煤矿矿山地质环境恢复治理工作。”

守护好一座青山、一江碧水、一块耕地是何等重要！

10 月 12 日，我在岩土工程院院长办公室如期见到了夏敏，提起安顺市西秀区蔡官镇柏秧林煤矿巷道封堵施工项目，夏院长心潮起伏，谈话间他始终掩饰不住内心激动并不时流露出当初的那份焦虑：“作为该项目的主要负责人，我知道做好这个项目对我和我们部门意味着什么，当时我还真有着较大压力的，我心里十分忐忑。”

自 2009 年到 112 地质队工作以来，夏敏先后主持并完成过镇宁自治县产业园区一般工业固态渣场等 10 余个大型项目。对实施像柏秧林煤矿巷道封堵施工这样的重大项目，不仅对他是首次，对 112 地质队来说也是首次。

我知道他在担心什么。但他却很认真地告诉我说：“一方面，在西秀区类似亟须治理的废旧煤矿较多，若不成功，今后我们要承接类似项目想都别想了；另一方面，这是区委区政府 2020—2021 年的重点督察督办的项目之一，各级领导都非常重视，若不成功，我怎么向西秀区自然资源局交差啊，人家这么信任我们。”其实还有一个担忧，虽然他没有说，但我知道，当时组织上正在考察他接任岩土工程院院长一职。

他告诉我：“煤矿巷道封堵施工中，大家最担心的是出现爆仓。所以在实施中，我们十分谨慎。我反复思考后，向设计人员提出了‘外堵内引’的设计变更，获得设计方的支持。即对于矿井内的涌水采用两根 DN170 镀锌无缝钢管引至洞外污水处理池（内引），并在引水钢管上安装水压水位计，对封堵后的矿井内水量及水压进行实时监控，矿井外部采用挡墙 + 帷幕注浆封堵矿井水（外堵）。”采用“外堵内引”方法后，柏秧林煤矿封堵工程取得圆满成功并获得了良好的经济与环境效益，获得专家组的一致认可。

我还记得，为预防爆仓引起的矿井废水沿原井口流出对下游居民生命安全和生活用水质量造成威胁，2021 年 4 月，安顺市西秀区应急管理局曾专门制订并下发了《安顺市西秀区柏秧林煤矿巷道封堵爆仓应急预案》。

2021 年 6 月 17 日，安顺市西秀区自然资源局组织监理、设计、审计及省水工环专业专家组联合市环保、财政、水务、林业、工信局及蔡官镇人民政府，对《安顺市西秀区蔡官镇柏秧林煤矿巷道封闭施工》项目进行竣工初步验收。验收组专家一致认为：柏秧林煤矿巷道封堵施工方案及标准可以作为安顺市废弃煤矿封堵的参考模板，还可作为我省矿山生态环境恢复治理的成功典型案例。

有付出就有回报。柏秧林煤矿巷道封闭施工结束后，2021 年下半年，西秀区自然资源局又将柏秧林煤矿环境恢复治理项目交由夏敏和他的团队。

2022 年 3 月 24 日，柏秧林煤矿生态环境修复施工全部完工并通过专家验收。

在验收当日，我随夏院长赶赴现场。走进矿区，区内一片生机勃勃的景象，刚种下的翠绿色的嫩草随风摇曳，并在一棵棵正茁壮生长乔木的掩映下格外优雅静谧……谁承想，几年前这里还是山体裸露，沿原井口流出的矿井废水，沿鸡场大寨村旁的一条小溪汇入北东部小路沟后一直流入平坝乐平境内，对乐平河中下游居民生命安全和生活用水质量造成威胁。如今，乐平河及上游这条蜿蜒的小溪，河水清澈，小鸭在溪水中嬉戏，小溪两旁田地里一派生机盎然。

至今，乐平河上游这条小溪还留存着它的记忆，走近小溪，可看见小溪河床里的许多岩石上还残留着 1 厘米左右厚的铁锈色痕迹。这个痕迹，是历史的记忆，告诫人们要珍惜每一寸绿水青山。

10 月 13 日，应夏院长的安排，我就近对安顺市西秀区马家冲一带砂石厂治理项目回访。

到达马家冲修复点，我们一起走进附近一家住户的小院，小院约 30 平方米，院子有近两米高的院墙与房前的公路隔着，院墙周围摆放着一些花卉和盆景，院中俩小孩嬉戏玩耍，一眼看上去房屋和小院都十分清爽。见我们进入小院，一位老人从屋中走出来与我们招呼，他十分热情，从屋里搬出椅子并为我们泡上茶，听说我们是112地质队的，他连忙竖起大拇指，“你们为我们干了件大好事”。他告诉我们，他姓潘名祖荣，今年已经有70岁了，他有两儿一女，现在都成家了并都买房住在城里。现在他住的这个房子今年重新装修过，才搬进来不久。原来他们作为城郊的菜农，主要靠种蔬菜到城里卖，自这里开办了砂石厂后不多久，他们就不再种菜卖了。潘老伯说：“我们种的那菜上全是厚厚的灰，每天从地里把蔬菜摘来还要挑到山下河沟边去洗干净再挑到街上去卖，要不人家怎么看得上你那灰溜溜的菜啊，这个打砂机白天晚上都在转，这日子一长啊，真的受不了。菜，我们也干脆不种，在娃娃们的劝说下，我们两老把门关上都到城里挨着儿女们住。现在好了，我们又搬回来了。我听娃娃们讲，这里的环境是你们地质队弄好的，你们地质队真是为我们做了件大好事，我们得感谢你们啊。”

生态和环境对百姓生活的影响有多大，以前我还真没有仔细想过，听了潘老伯的一番话，我心里像是打翻了五味瓶。

展望

为完成这篇稿件，2022年11月下旬，我再次走进112地质队，尽管天气已十分寒冷，仍见各部门工作人员始终是处于忙碌状态。

通过查阅了经营科的项目管理台账，我对近三年112地质队服务地方政府工作业绩进行梳理后，可以肯定地做出这样的结论：112地质队生态环境院、岩土工程院、国土空间规划院等部门，坚持以“山水林田湖草是一个生命共同体”理念为指导，按照宜林则林、宜耕则耕、宜建则建的原则，分类施策、系统修复、综合治理，让一块块废地变宝地。

对下一步112地质队在服务地方防灾减灾、生态文明建设、自然资源中心工作等方面还有哪些事要做，我再次走访了队上有关领导、部门负责人和部分专业技术人员。

刘刚：“融入地方、服务政府，转向生态环境，项目不再难找，队伍不再打游击。基本上围绕一座矿山我们就可以服务多年，这是一个恒定的连续的过程。”

韩家家:“2018年之前,我们承担的多数为矿山地质环境报告编制项目，而如今，所承揽的地质环境和生态修复项目，呈现出勘查、设计、施工一体化。”

在谈到队伍精气神怎么会有如此大的转变时，队长宋继伟很自信地说道：“好的干部一定会带出好的队伍，职工的心气慢慢凝聚，正能量在职工中传递，队伍的战斗力与日俱增。”

在服务地方政府生态文明建设工作上，在最开始“一无人才、二无技术”的情况下，实现了从起步、跟跑并一步步实现跨越。党委书记魏吉荣十分自豪地说道：“在打造‘人才小高地’上，我队制订实施了人才引进培养及激励等十余条措施。专业技术人员主动学、自觉学，利用‘每周一学’进行业务知识学习已成为一种常态。让聘用人员与在职在编人员享受同等的待遇，改善引进人员的工作和生活条件，大家干得舒心，才能沉下心来，扎根创业。”

谈及未来几年的发展预期，队长宋继伟语气十分坚定地说道：“国家对生态文明建设发展格局不会改变，那就意味着我们地勘单位为地方政府提供服务的机遇不会减少，生态保护与修复依然是我们现阶段及今后发展主线。国发〔2022〕2号文件对我省‘生态文明建设先行区’的战略定位，安顺作为国家第二批‘双修’城市，在今后的工作中我们将涉及较多生态保护和修复重点工程。为适应安顺市委、市政府提出的1558发展思路，促进地质工作与生态保护深度融合，我队已成立了‘生态修复技术创新中心’，我们将在河流岸线生态修复、城市破损山体综合治理、土地综合整治、石漠化综合治理等方面进行技术攻关，为生态保护与修复提供依据，为地方政府做好技术支撑，为建设‘山水公园城市、康养宜居瀑乡’保驾护航。”

一代人有一代人的使命。一群人、一份职业的改变，折射了这个时代的壮阔变迁。队长宋继伟感叹道："我们112地质队从'勘探者'到'修复者'这个身份转变，也正是我们贵州地矿地勘单位产业结构转变的一个缩影。"

没有等出来的成功，只有干出来的精彩。我坚信，在新的征程上，112地质队高质量发展的路子将越走越宽。

绿色发展永远在路上

——117 地质队推进绿色勘查纪实

田景轩

党的十八大把生态文明建设纳入中国特色社会主义事业“五位一体”总体布局，将“中国共产党领导人民建设社会主义生态文明”写入党章，明确提出大力推进生态文明建设，努力建设美丽中国，实现中华民族永续发展。由此可见，生态文明建设已成为推动中国经济持续发展的基本国策。生态文明建设理念已深入人心，推动绿色勘查、发展绿色经济已是大势所趋。

2016 年 3 月，省地矿局 117 地质队正在实施的西南能矿集团公司的贵州省道真县大塘铝土矿详查项目，被集团公司作为绿色勘查示范项目。这也是该队第一次经历绿色勘查示范建设。

第一次经历绿色勘查示范建设

117 地质队党委高度重视贵州省道真县大塘铝土矿详查项目。时任队党委书记杨爱华亲自主持召开专题会议，队党委班子成员、项目主要负责人出席会议。会场气氛庄重严肃，却也透着兴奋和好奇。对于绿色勘查，他们是既熟悉又陌生。熟悉的是，大会小会都提到过；陌生的是，还没有真切地践行过。

专题会成立了绿色勘查领导小组，杨爱华书记亲自担任组长。项目部设立了绿色勘查示范建设专班，由项目部负责人刘文担任负责人，具体工作由项目部年轻地质工程师陈正山牵头落实。

陈正山是 2011 年 7 月参加工作的年轻人，工作年限不长，但他是一名老练的地质人。近五年的野外工作历练，让他对一山一石、一草一木充满了感情。每当看到一场爆破作业，或一次钻探施工、道路施工，让本来绿色的山野变得满目疮痍，他心里就很痛。习近平总书记提出“绿水青山就是金山银山”的理念，让他打心眼里拥护。他接受项目部这项全新工作安排后，从无到有，重新学习，通过查阅资料、观摩学习，像蚂蚁搬家一样，把绿色勘查知识一点点挪到自己的知识库里。他花了几个昼夜，严格按照国家及行业标准编制出了施工方案，将重点放在机台建设、机场用地恢复、修建道路恢复等环节上。他的思路得到领导小组和专班的肯定。

5 月 17 日通过方案评审，5 月 20 日正式启动绿色勘查。届时，项目部已经完成 47 个钻孔，正在施工 12 个。

陈正山把机长们集中到项目部，现场学习机场用地恢复和修建道路恢复要求。对正着手施工的 12 个钻孔，则主要强调机台建设注意事项。陈正山手把手地引导机长们如何正确、规范恢复机场用地，重点是 5 个占用耕地的钻孔要平土，恢复耕地；33 孔林地，要通过栽种树苗恢复林地；9 孔荒地通过种草恢复绿地。同时要同步完成蓄水池的回填和废渣的清理。所需要的树苗和草籽到项目部统一领取。还有道路恢复……

有的机长嫌陈正山啰唆，要忙于回工地打钻赚进尺，对他的交代有些不耐烦，还唠叨说：“废话太多了，有这个时间，我都起下钻两趟了。”

陈正山义正词严地批评道：“机长们，你们都是老同志了，再年轻的也是老哥子，我很尊重大家。但大家也要注意，现在形势不一样，要求不一样，不能用老脑筋想新问题。在这次绿色勘查示范建设上，我们要做出样板，绝不能马虎。所有的施工都要通过三级验收，在我这里算是第一级……”

唠叨的两个机长马上闭上嘴，心里嘀咕着，“这小子说得也有道理”。

正式施工后，陈正山每天穿梭在各个机台，教授树苗栽种方法、注意事项，尤其是挖坑的深浅、树苗的间距、施肥和浇水等环节工作。正值盛夏，他每天顶着烈日，或踩着泥泞上山监督指导土地恢复，从早出门，天黑才回。一个月时间下来，这个不到三十岁的年轻人，变得又黑又瘦。但很少有人听到他抱怨。他工作起来就忘记了天气的炎热，忘记了道路的泥泞，甚至忘记了饥饿。

草籽撒下了，树苗种下了，他隔三差五进行回访。对损坏的或检查不合格的工程进行修补或返工处理。有时看到土地干裂缺水，他补补水，看到树苗歪了倒了，他帮着扶正。眼见这土块一天天变绿，树苗一天天发青，他心里说不出的高兴。9 月初，先期的 47 个钻孔的复绿工作顺利完成。他指导回填蓄水池 344 立方米，清理废渣 158 立方米；钻探施工新修临时便道恢复治理 14 条，长度 3092 米，面积 9276 平方米；环境恢复治理共种植树苗 4000 株，主要为杉树、茶树及野生灌木等；播撒草种 27 袋，主要为黑麦草……

队党委书记杨爱华多次亲临现场，检查指导工作。看到树苗和草籽长势良好，杨爱华很是高兴，他拍了拍陈正山的肩膀，微笑着说：“工作做得好，做得扎实。好好总结，提炼几条经验出来，以后绿色勘查施工就有模板学习了。”

陈正山不负所望，他加班加点，认真梳理总结。在他的总结报告中，整整齐齐记录着绿色勘查的历程。

2016 年 5 月 6 日，西南能矿集团公司主要负责人率所有绿色勘查示范单位主要负责人、项目负责人到勘查区召开绿色勘查现场交流会，观摩学习绿色勘查示范建设相关要求、做法和经验，让勘查单位开阔了视野，提高了认识。同时，117 地质队领导多次亲临项目组，督促认真贯彻执行绿色勘查示范建设相关要求，强力推进，确保完成。

117 地质队以 QEOHS 管理体系和钻探安全生产标准化建设及职业健

康安全标准化建设为基础，从树立绿色勘查理念入手，加大绿色勘查宣传工作力度，增强绿色意识，形成绿色氛围。重点从强化从业人员的环保安全教育培训入手，结合大队环境管理体系的贯彻执行和持续改进，进一步增强施工人员环保意识，为实施示范项目建设夯实思想基础。

为了确保示范项目顺利推进，大队设置了专职和兼职绿色勘查生产管理人员，结合单位实际情况，建立《绿色勘查野外作业质量管理体系》《绿色勘查钻探施工安全管理办法》《绿色勘查钻探施工现场管理体系》《绿色勘查钻探施工现场营运管理制度》等，实现示范项目绿色勘查的程序化、规范化，提升各级管理者和岗位职工的规范执行能力，从制度上为绿色勘查提供保障。

2017 年 1 月 23 日，西南能矿集团召开“三型能矿”建设推进暨表彰会。117 地质队受邀参加，并作经验交流，接受表彰。2016 年底，刚从 103 地质队队长岗位调到 117 地质队任队长的尹森林同志，代表大队上台做经验交流发言。当他介绍完 117 地质队总结出来的六条绿色勘查经验后，赢得台下一片掌声。

当尹森林队长手捧“2016 年‘三型能矿’建设‘先进集体’”奖牌时，不禁心潮起伏，激动不已。虽然刚来 117 地质队不久，但他已深知这是一支与时俱进、敢于拼搏、善于创新的队伍。他相信，117 地质队必将以这次绿色勘查示范建设为契机，铸牢绿色勘查理念，做实绿色勘查项目，推进绿色经济大踏步向前发展。

实现矿山绿色增效

贵州省安龙县位于贵州省西南部、珠江上游南盘江北岸，处于云贵高原向广西丘陵过渡地段，矿产资源丰富，主要分布有金矿、煤矿、铁矿、锰矿、钾矿等 11 种矿种。矿业开发成为当地政府的支柱产业。

豹子洞金矿坐落在安龙县戈塘镇，曾是 117 地质队队属自有矿山，矿区面积6.5平方千米。该矿山曾是大队的支柱产业，为推动大队经济发展，解决职工就业，维护单位稳定做出过重大贡献。2019年，为适应市场发展需要，大队通过市场化运作成功转让该矿矿业权，为该队矿业开展画上圆满的句号。在豹子洞金矿矿山建设和生产过程中，绿色矿山曾像一张闪光的名片，备受当地政府青睐。

豹子洞金矿实现绿色矿山之前，也曾饱受诟病。环境破坏尤其是生态破坏造成水土流失、石漠化加重，引起当地政府高度重视，2008年被勒令停产整顿。2010年，117地质队启动矿山的复产办证工作。经过两年多的努力，在2013年豹子洞金矿获得开展安全生产标准化、环保标准化建设、开展生产试运行资格，直至2017年初正式投产运行。

复产后的豹子洞金矿，开始重新认识绿色矿山建设，深化绿色矿山理念，坚持生态矿山建设目标，统筹开展环境恢复治理，还矿山以青山绿水，并取得良好效果，成功实现了既要“金山”也要“青山”的目标。

孙程荣是117地质队一位年近50岁的老职工。参加工作后，他曾在普查组和化探组从事过地质技工工作。他下过岗，打过工，跑过市场。2013年，他通过竞聘方式来到豹子洞金矿工作。经过社会和市场的淘洗，使他分外珍惜这份来之不易的上岗机会，工作非常积极主动。他虽没有矿山工作经历，对矿山工作可算“两眼一抹黑”。但这难不倒他，遇事不懂就问，边干边学，很快掌握了车间生产的各环节要点，熟练掌握堆场布管喷淋、石灰比例调碱、装炭吸附、氰化钠配比加药喷淋等生产工艺。由于工作卖力，成效明显，孙程荣一年后就担任车间主任，并带领车间取得了良好的经济效益。正在他干得热火朝天的时候，2015年因矿山环保设施和环保手续未完善，4月底，该矿山停业整顿，这一停就是8个月，他也留守矿山8个月。

2016年初，矿山在整改中逐渐恢复试生产。当年9月，矿山开展环保标准化堆场建设施工，由他担任施工总指挥。为确保在省政府规定的时间内完成环保标准化堆场建设、验收并投入运行使用，他带领技术组、安全组、现场机械施工组、设备设施架接施工组、场地清理组、后勤生活保障组等六个小组，日夜奋战在施工现场。在矿山人的记忆中，那一阵，在堆场现场，见到次数最多的人就是他，每天来得最早，走得最晚。为了抢时间抓进度，不论天晴下雨，他吃住都在堆场。常常夜已深沉，还看到他亮着手电在堆场巡查。

10 月 17 日上午，豹子洞金矿气氛显得有些紧张。那天省、州、县环保部门将组织现场验收。孙程荣早早就来到现场等待上级部门的验收，他已做好了充分的思想准备。全过程规范施工，每一个环节、每一道工序都经过自己亲自过目。如果说还有什么瑕疵的话，就当是重新学习一把吧。他对自己说。

验收组来了。专家们查资料、看现场、核记录，每一个人的脸上都写满了欣慰的表情。一位专家拉着矿长岑安元的手说："我会强烈建议把你们的堆场建设，作为黔西南地区露天矿山第一个绿色环保标准化堆场进行示范推广。"岑安元矿长激动得满脸通红，谦虚地说："还做得不够，请专家们多多指教，争取做得更好、更扎实。"

晚上矿部庆贺验收成功，食堂为大家加餐，还打来当地产的苞谷酒，让大伙儿甩开膀子畅饮。但细心的岑安元矿长发现，在大家的热闹喧哗中，唯独少了一个关键人物——孙程荣。带人找了一圈，发现他已到寝室呼呼大睡。岑安元阻止了旁人喊醒他，轻轻退出寝室，说："让他多睡会儿吧，这 44 天可把他累坏了。"

11 月，豹子洞金矿生产的堆场被作为贵州省环保标准化堆场，矿山得到批准正式投入生产试运行。

2017 年，豹子洞金矿以此为契机，持续开展绿色矿山建设，重点开展矿山环境治理恢复工作。孙程荣一天的主要工作就是带领不同的民工队伍上山植树。豹子洞金矿按照"边开采，边治理修复"的工作方针，对历史遗留和现存的生态环境破坏问题进行全面的客土回填复垦复绿。

他主要采取生物工程和机械工程措施，进行全方位环境治理。采用施工挡土墙、排水沟，客土对废弃场地和采空区回填复垦复绿。他一天可忙碌了。除了采购树种、草籽，清点、运输，组织施工队伍，还得进行栽种培训。指导翻土、碎土、平整、挖台阶等，然后按照撒草籽、栽芦苇、柏枝、三叶草等的顺序进行套种。尤其是在边坡上，得先铺遮阳网，兜住草籽，再栽芦苇和柏枝等。一个从没栽过树种过草的人，竟一时间成了技术员。民工们见了他都亲切地叫他“孙师”。

“孙师，请问一下，是这样栽的哈？把柏枝下的营养袋覆盖就行了哈？”

“孙师，这坡上铺这一层黑黢黢的网干哪样用的？”

……

他都耐心地一一回答他们。

栽下的树苗撒下的草种，不出一月，都显绿了，本来一片焦黄的土坡，一时间变得绿茵茵的。看着这一地绿茵，笑容浮上了他的脸庞，多日的辛苦顿时烟消云散，换之以轻松、愉悦。一缕清风拂过，仿佛捎来句句轻歌，似在讴歌，似在慰问。

他在给矿部的 1 月至 8 月汇报材料中，对复绿工作进行了总结：播撒草种 3500 斤，栽种柏树 19000 株，银杏树 10000 株，大面积地移栽芦苇，套种三叶草 500 斤。共投入环境恢复治理资金 435509 元，组织实施完成治理区面积 150476 平方米，环境治理取得显著成效……话音刚落，本来静悄悄的会场一时间掌声雷动，小小的矿部会议室顿时充满了浓浓的暖意。看那窗外的阳光，越发显得明亮而炽热；树林中鸟儿们啁啾声声，仿佛正在欢庆它们又将迎来新的一片绿荫。

豹子洞金矿在推行精细化管理过程中，通过环保标准化堆场生产运行，取得较好的生产效果：同比节约生产用水 250%，节约石灰 300%，节约氰化钠 433%，产品综合回收率提高 10%以上。到当年 8 月底，实现产值 1225 万，节约与收益达 500 万。成功实现绿色增效目标。

117 地质队参加了 2017 年由贵州省总工会、贵州省生态文明建设领导小组办公室联合举办的“绿色增效” 竞赛活动，因为成绩优异，于2018 年 7 月荣获贵州省“五一劳动奖状”。孙程荣因为在豹子洞金矿绿色矿山建设中表现突出，被授予贵州省“五一劳动奖章”。

孙程荣手捧沉甸甸的奖章，心潮澎湃，他感觉就像捧着豹子洞金矿那片火热的土地一样。那是一片绿色的土地，厚重而温暖的土地，写满希望的土地。

持续推进绿色发展

现今的豹子洞金矿，再也看不到山体因开挖而裸露出来的残岩断壁，换之以满山满坡浓绿的柏树、茂密的芦苇、翠绿的草皮……绿植把矿山装点得春意盎然。如果不了解这里是一座正在生产的矿山，大家还会以为走进的是一片自然的山林，从未被破坏过的山林。

2017 年初，117 地质队党委专门成立了由队党委书记、队长任组长，其他班子成员任副组长，各科室部门负责人为小组成员的生态文明建设领导小组，程序化、规范化全面推进绿色勘查落实落地。同时结合单位实际，制定了《绿色勘查野外作业质量管理体系》《绿色勘查钻探施工安全管理办法》《绿色勘查钻探施工现场管理体系》《绿色勘查钻探施工现场营运管理制度》等，实现绿色勘查制度化运行。

尹森林同志是 117 地质队党委书记，曾担任过该队三年队长。他力行绿色勘查工作，除了主持会议学习相关法律法规知识和要求外，还亲临施工现场督促指导。

2018 年 4 月，117 地质队获得贵州省盘州市土城、盘关金佳两个煤层气勘查项目。他在项目投标、合同签订、施工管理、项目推进等各环节都十分关心绿色勘查问题，指导落实相关要求。他到钻探施工现场，都要认真查看施工场地钢网铺设、防渗膜使用、材料堆放、废料管理等情况，反复强调施工结束后的复垦复绿要求。他常对施工管理人员讲，绿色勘查不但事关单位的形象，更关乎单位的能力水平、责任担当。他多次叮嘱项目负责人冯运富，要重视绿色勘查，适应形势需要，形成自觉，不出问题。该项目从 2018 年 4 月进场施工到 2021 年 3 月施工结束，绿色勘查贯穿始终，得到业主充分肯定。

2019 年，117 地质队获得贞丰烂泥沟金矿钻探工程项目；2020 年开展“大精查”勘探项目等，始终践行绿色勘查行为规范。绿色勘查与安全生产同时推进，确保施工既安全又环保。自从开展绿色勘查以来，钻探施工产生的油污染、泥浆污染、渗漏污染等等，基本得以消除。环保理念、绿色发展深入人心。

习近平总书记在党的二十大报告中说道：“十年来……我们坚持绿水青山就是金山银山的理念，……生态环境保护发生历史性、转折性、全局性变化，我们的祖国天更蓝、山更绿、水更清。”提出了“中国式现代化是人与自然和谐共生的现代化”；提出了到二〇三五年，我国发展的总体目标是：“……广泛形成绿色生产生活方式，碳排放达峰后稳中有降，生态环境根本好转，美丽中国目标基本实现。”

绿色发展已经形成常态化、制度化，开始深刻影响每一个中国人的生活方式和行为方式。绿色勘查永远在路上。相信 117 地质队在未来发展过程中，一定会秉持绿色发展理念，坚持绿色勘查，推进绿色发展，做到人与自然和谐共生，实现生态文明建设与地矿经济“双促进、两不误”。

立足农业农村项目　服务生态文明建设

王　莹　胡传顺　陈丽荣

地里的“金娃娃”

天外飞寒雨，鬓上染银霜。2017年的初冬，威宁在微风细雨中越发清冷。被五六个五大三粗的老乡团团围住的黄建国却急得满头大汗，来回踱步。

乍一看，黄建国邋遢的头发，满是土的衣服，还有胡子拉碴的脸，远看像个要饭的，就和老乡口中偷挖地里“金娃娃”的“贼”有几分相像。关键是他已经连续一段时间带着工具在乡里这儿挖挖、那儿撬撬的，形迹确实可疑。

“都给你们说了，我们是地质队的，到你们这儿是开展耕地质量调查的……”可无论怎么解释，老乡们依然直跺脚：“你们这些人就是在偷咱地下‘金娃娃’！”

没办法，黄建国急得找乡政府找村支书出面解释才得以脱身。直到离开时，他还耐心地解释道：“耕地质量调查就是查明土地质量情况，以便你们根据土地特征优化农村种植结构、提升农产品品质、发展特色农业，助推脱贫攻坚和乡村振兴战略。”老乡们似懂非懂地望向他。“哎！我珍贵的两小时。”黄建国之所以感到心痛，是因为他正和同事们争分夺秒开展“耕地质量地球化学调查”野外采样工作。

2017 年，在贵州省“十三五”规划“大扶贫、大数据、大生态”三大战略的背景下，贵州省人民政府启动“贵州省耕地质量地球化学调查评价”项目，项目由省国土资源厅牵头实施，省地矿局、煤田局、有色地勘局承担了全省 88 个县（市）的调查任务，其中地调院、109 地质队、局中心实验室承担了威宁彝族回族苗族自治县、纳雍县、大方县、织金县、盘州市、凤冈县等地耕地质量地球化学调查评价工作，其中威宁、纳雍为第一批，其他县为第二批。省地矿局 109 地质队以及其他局属地勘单位承担了盘州市、凤冈县等地的耕地调查任务，而省地矿局中心实验室则承担了绝大多数样品的检测工作。

威宁彝族回族苗族自治县地处贵州省西北部，乌蒙山脉贯穿县境，其间屹立着四座 2800 米以上的高峰，平均海拔 2200 米，是贵州省面积最大、海拔最高的县。县境峰壑交错，江河奔流，这样的地理条件自然也为采样工作增加了不少难度。为高质量完成耕调任务，省地调院将威宁作为试点，并称之为“大会战”。为避免野外采样施工对农作物造成影响，导致农户损失，黄建国和同事们须在秋收结束后、春耕开始前完成数万件样品的采样工作，时间紧、任务重、要求高，再加上白天要与大山、土地打交道，随时一身泥，晚上还要抓紧整理资料，哪有精力修整边幅，难怪老乡看他们有几分“不顺眼”。

从满目苍翠到秋菊漫山，从秋风萧瑟、层林尽染到风雪淋漓、银装乍现，历时四个月，黄建国他们总算完成了野外采样工作，采样总数近 25740 件，及时送达实验室。

最终提交的威宁彝族回族苗族自治县耕地质量地球化学调查报告顺利通过专家评审，且评定为优秀，那一刻，项目微信工作群中“滴”声音不断，就像过年，一派喜气洋洋，全体同志都忘记了耕调那段岁月的风餐露宿、经常熬夜的苦楚、长时间不能陪伴家人的辛酸。他们捧着沉甸甸的报告，看到报告中在威宁彝族回族苗族自治县新发现富硒耕地 261 万亩，占全县耕地总面积的69%，富锗耕地312万亩，占全县耕地总面积的83%，发现富硒马铃薯、萝卜、苹果等内容，他们的微笑从骨子里不断溢到脸上，所有人都感受到了他们的幸福。

是啊，优质的耕地资源对助推脱贫攻坚和乡村振兴战略的实施具有重大而深远的意义，能为老百姓、为地方优化种植结构，提升农产品品质，帮助他们真正找到地里的“金娃娃”！

王永鑫和他的同事们

艳丽的金色阳光静静洒在贵州地矿实验室白色崭新的测试大楼墙面上，宽敞的送样室窗户前，来来往往停放着从各个地州市农业局和地勘单位赶来送样的车辆。碎样间里，装满着土壤和农产品样品的白色小布袋一摞一摞堆得像小山一样，用秋收的喜悦填满了向来空旷的碎样库房。样品涉及贞丰县、丹寨县、平塘县等39个县市55个农业项目样品检测任务，占2021年全省项目检测任务总量的70%左右。

该批农业项目，正是中央、省委科学实施受污染耕地安全利用集中推进区建设，推进区县生态文明建设，保障农产品质量安全，改善土壤环境质量，全面推动经济社会绿色健康发展和乡村振兴的重要举措。同时，也是实验室继全省耕地质量调查和全国土壤污染详查项目之后，在发挥公益职能，拓展服务领域，推进高质量转型发展的又一见证。

为更好地完成任务，测试中心负责人王永鑫及时召开项目部署会，细化工作安排，包括农业项目实施步骤、实施人员、完成时限，对样品接收与联络、分析检测技术、数据上报和工作任务划分等，明确由自己牵头、有机技术负责邓云江负责，检测人员龙胜基、陈健、张安丰等重要骨干成立的农业项目攻关小组，负责推进农业项目的实施。

由于测试中心检测的主要内容从传统的矿产检测拓宽到农业投入品、农药等领域，这类样品中重金属检测无现成的方法标准可供参考，王永鑫及时召集生产人员，组织专家研究方法，通过无数次的实验，终于攻克该类样品的检测难题，为检测的后续推进打下坚实基础。除了方法的确认，实施项目的各个环节同样需要他调度谋划。他冲锋在前，鲜少休息，每日上班前细致梳理项目生产的所有环节，及时解决突发问题，保障项目正常实施。有机技术负责邓云江认真核对检测样品编号、对检测不同元素的样品进行分类，明确相应的检测方法，为项目组实施做好技术保障。项目组成员龙胜基、陈健、张安丰等成员商定，每日上班时间提前一小时，为前处理留出充裕的时间。为了顺利完成任务，他们在检测台一站就是十余个小时，称样、加药、消解、冷却、检测、记录等程序有条不紊。测试中心诸多职工，略显枯燥繁复的职业生涯中却有着刻骨铭心的记忆。

“小邓、小唐，明天我们碰个头，召集测试中心职工开个专题会，研究下近期农业项目检测工作。”有一天，连续出差几天的王永鑫刚下车就撞上了农业项目骨干张安丰。“王主任，今天我发现农产品重金属含量数据异常，检测程序、仪器都没问题，也不知道是什么原因，请您过去看一看。”张安丰焦急地说道。王永鑫立即带着测试中心相关人员奔到仪器室，对出现状况的原因进行分析，对样品加工、前处理、检测等每个环节进行认真核实，确定样品有污染的现象。“污染环节到底在哪里？”王永鑫百思不得其解。

时间在指缝中慢慢流逝，万家灯火缓缓升起，夜幕如瀑布般包裹住测试大楼，坐在办公桌前的王永鑫毫无心思吃晚餐，沉浸在静静的思索中。他再次到现场，细致查看检测的每一个环节。对着检测台上清亮透明的浅绿色溶液，王永鑫若有所思：“检测环节没有问题，检测数据异常可能是因为通风系统回风造成了污染！”找到了问题的症结，一切迎刃而解，待通风系统修缮完毕，检测回归正常，已是夜深人静的凌晨两点。为保证项目的正常进度，王永鑫顾不了回家，桌子上趴一会儿继续第二日的工作。

2021 年以来，农业项目组全体成员担当作为，勇挑重担，以“白加黑”“5+2”的战斗热情完成检测农业项目矿石类样品 16008 件，土壤样品 15534 件，农产品样品 28436 件，水质样品 5759 件，有机样品 326 件，煤质样品 385 件，各类样品检测参数近 50 万项的检测任务如期完成，为各地勘单位顺利提交成果报告提供了充分的依据。

只见孩子，不见婚礼

“在医院折磨她老妈 40 个小时终于降临了，母女平安，一枚可爱的小天使！感恩。”一条普通得不能再普通的朋友圈瞬间收获了几十个点赞，被祝福的同时，也引来了一大波疑问：“你结婚了？”

“啥时候结婚的，也不请我们喝喜酒！”

“你的孩子？天啊！”

卢家龙思索片刻，又看了看产床上刚刚睡着的妻子，她面色苍白，嘴唇上看不到一丝血色，额头上也还挂着豆大的汗珠。他不知道该如何跟大家解释为什么欠了一个“刚从鬼门关走一遭”的女人一场期盼已久的婚礼，只好放下手机，选择沉默。

卢家龙的思绪回到了 2019 年。

当时 109 地质队正全力围绕服务生态文明建设，全面开展耕地调查评价任务，卢家龙作为项目技术负责正带领队伍稳步推进盘州市、凤冈县等地的耕调项目。

耕调项目的顺利开展也给恰逢转型发展关键时期的 109 地质队带来了转型发展的新思路，决定继续发挥专业技术优势，重塑新时期地球化学品牌，将地球化学类项目向农业农村领域延伸，遂由大队分管领导带领卢家龙、侯林洋、刘勇等业务骨干，坚持习近平生态文明思想引领，以“绿色转型高质量，攻坚克难上台阶”为工作主基调，以大力推进贵州省生态文明建设和经济社会绿色健康发展、切实保护和改善贵州土壤环境质量、保障农产品质量和人居环境安全为契机，积极对接贵阳市、安顺市、黔西南州、六盘水市、黔南州、黔东南州及铜仁市等七个地州市级农业农村和生态环境业务主管部门，积极拓展项目市场。

2020 年，可以说是新中国历史上极不平凡的一年，也是极具挑战的一年。109 地质队努力克服新冠疫情影响和冲击，1 月，中标“兴义市农用地土壤环境质量类别划分项目”，取得了开门红。随后，陆续在农业农村领域成功承接并完成了黔西南州级、六盘水市级以及兴义市、安龙县、册亨县、贞丰县、普安县、晴隆县、义龙新区等九个区域的耕地土壤环境质量类别划分、农产品调查、受污染耕地安全利用率核算等工作；在生态环境领域成功承接并完成了铜仁市和安顺市重点企业用地污染调查项目，另外还承接了多个地块建设场地污染现状调查项目。从农业农村领域承接的九个项目，约占全省本年度该类项目市场总额的 10%。109 地质队在服务生态文明和守护新民生方面取得了新突破。

随着该类项目的不断拓展，“盘州市耕地质量地球化学调查评价”“凤冈县耕地质量地球化学调查评价”等任务也已顺利完成，其中“盘州市耕地质量地球化学调查评价”获得野外及室内成果双优秀的好成绩，项目成果全省总排名第四。为确保新承接项目的推进，技术负责的重任再次落在了卢家龙身上。

听到此消息，卢家龙家里炸开了锅。“不会又像耕调项目那样一搞又是一两年吧？你都三十岁的人了！这婚还结不结了？”“真后悔让你从事地质工作，你爹手术住院都没见你这么上心！”眼看长辈们急得像热锅上的蚂蚁，卢家龙只好立马答应：“当然结。”于是随便找了个日子同爱人领了结婚证便溜之大吉，这一“躲”就是一年。

为了不辜负组织的信任，卢家龙坚持自学《土壤污染防治法》等国家法律法规及行业技术规范规程、技术标准及项目指南，不断向行业专家请教项目实施过程中遇到的技术难题，充分利用机会参加培训开阔视野、提升专业技术技能，带领团队早出晚归、加班加点开展工作，全身心投入项目上。为了准确掌握主管部门的工作要求，摸索可靠的技术路线，积极开展“兴义市受污染耕地安全利用集中推进示范项目”，认真总结示范经验，他带领项目组做了进一步的探索性研究工作，并总结技术路线方法报省总站，获得了主管部门及专家组高度认可。

在时间紧、任务重、工作面广的条件下，克服困难，全年实施并提交了《受污染耕地安全利用实施方案》《耕地土壤环境质量类别划分成果》《农产品监测布点方案》《受污染耕地安全利用率核算自评估成果》等40余套成果，完成了耕地地块调查21024个，建立受污染耕地安全利用台账7套，农产品采样3000余件。在质量上、数量上均满足了省农业农村厅相关要求。109地质队率先完成年度任务，实施的黔西南州整体台账合格率超过90%，为全省合格率最高市州。

2021年，109地质队开展的“耕地生产障碍修复利用全程质量控制、市州级技术指导与培训”等项目，协助六盘水市、黔西南州农业农村局管理指导辖区内工作，对县级项目主管人员及第三方技术单位按月开展技术培训，组织专家组开展项目全程质量控制检查，最终汇总县级成果，形成提交市州级耕地生产障碍修复利用项目成果。而卢家龙、侯林洋、刘勇等80后、90后也成为黔西南州农业农村领域专家，并荣获首届“贵州省最美劳动者”称号。大家都夸赞卢家龙是新时代“三牛”精神（甘为孺子牛——奉献自我、甘做拓荒牛——成就单位、甘当老黄牛——铸就品格），继承和发扬了老一辈地矿人吃苦耐劳、敬业奉献的优良品质。

病床上的妻子握住了卢家龙的手，打断了他的思绪。他望着虚弱却微笑的妻子，感到愧疚。身为家中独子，父亲心脏不好，手术治疗期间，他未能陪伴床前；身为丈夫，直到孩子呱呱坠地，也未能举办他们的婚礼，更别说陪同妻子产检了，那更是“奢侈品”，整个孕期，他不是在野外、就是在不分白天黑夜整理集成项目成果；不是在学习，就是在汇报工作，直到预产期前几天，还在通宵达旦准备5个耕地障碍修复项目的成果验收汇报PPT；身为父亲，陪伴孩子的日子更是屈指可数。妻子问他，值得吗？他却说，“这对我们来说可能只是一个项目，是短暂的辛苦与分离，但对面朝黄土背朝天的老百姓来说，却是他们的命根子和一辈子，你不知道大队领导和项目负责人为了拿下这些项目有多不容易，那段时间他们天天守在黔西南州农业农村局，不知道的人还以为他们在那上班呢”；有人问他后悔吗，他却表示，“我只是在做每一个普通地质队员都在做的事。”

围绕农村土地做文章

天蒙蒙亮，侯林洋带着那本满是标注的《土壤污染防治法》再次敲响黔西南州农业农村局能源站办公室大门。“又来上班了？”工作人员调侃道。“没有没有，技术交流。”侯林洋无奈地打趣道。说实话，他早已数不清这将会是第几次吃闭门羹了，但为成功拿下受污染耕地安全利用项目，他仍厚着脸皮前来毛遂自荐。功夫不负有心人，他终于承接到黔西南州受污染耕地安全利用率核算项目，可谓是成功打开了新领域的第一扇大门。

当时，该类型项目在全国尚处于起步阶段，涉及多专业交叉学科，109 地质队为确保项目顺利开展，地球化学勘探技术科专门引进了地理信息、农业资源环境等专业人才，打造了一支人员强、业务精、设备全的高素质团队，专业覆盖范围涉及“地球化学 + 农艺 + 地质 + 地理信息 + 环境地质”，技术骨干多数为 80 后、90 后，具有很强的干事创业积极性及创新活力。由项目负责人侯林洋带领团队长期驻扎在州农业农村局办公室，耗时半年摸排黔西南州受污染耕地地块，同时根据省级工作任务，为农业农村局构建具体工作思路。

2019 年底，《黔西南州受污染耕地安全利用总体实施方案》及《黔西南州受污染耕地安全利用率自评估报告》项目通过了农业农村部相关专家评审，获得了一致好评。专家认为，该报告在计算方法、数据来源、综合分析等方面具有很强的科学性和可操作性，为全省乃至全国受污染耕地安全利用工作起到了一定的示范作用，充分展示了地质队的专业性，得到了州农业农村部门的充分肯定，为 109 地质队积极拓展全省受污染耕地安全利用相关项目市场奠定了基础。

党的十八大以来，贵州省为大力推进生态文明建设和经济社会绿色健康发展，认真落实“五位一体”总体布局和“四个全面”战略布局，自觉践行创新、协调、绿色、开放、共享的新发展理念，牢牢守住发展和生态两条底线，以改善土壤环境质量为核心，以防控土壤环境风险为目标，以保障农产品质量和人居安全为出发点，形成了政府主导、企业担责、公众参与、社会监督的土壤污染防治体系。

省地矿局身先士卒，树立“大地质”“大服务”理念，进一步改变传统发展模式，从传统的地质找矿向民生地质、生态地质、绿色地质转变，局属各单位围绕服务山水林田湖草沙，结合自身专业特长主动出击，把地质工作服务生态文明建设落在行动上、工作中。

以地调院、109 地质队、实验室等单位为代表的专业技术队伍，围绕农村土地做文章，立足农业农村项目，开展了农村土壤污染详查、耕地质量地球化学调查评价、耕地生产障碍修复利用，服务农业种植结构优化、提升农产品品质，助推脱贫攻坚和乡村振兴，服务生态文明建设成效显著。

例如耕地质量地球化学调查项目的开展，摸清了耕地质量现状，运用科学合理的评价方法，系统完成全省耕地质量评价，达到科学量化耕地质量的目的，为耕地资源管护、耕地质量动态监测、耕地污染防治、现代山地特色高效农业发展提供了基础成果支撑。

地质先行是使命所在，服务民生是职责所系。省地矿局紧紧围绕贵州大扶贫、大数据、大生态的“三大战略”，带领局属各单位各显神通，拓展地质服务领域，用实际行动做生态文明建设的实践者、推进者，让多彩贵州山更青、天更蓝、水更清、地更洁。

唤醒沉睡地热

王　琴　彭彩莹

凛凛寒风，沐浴在氤氲的天然温泉中，浓浓的暖意席卷而来。这也是十年来王明章第一次在鸟语虫鸣的夜晚独自享受静逸……研究了几十年的水，他常常自嘲这辈子都跟水杠上了。如今从省地矿局退休后，冬日休闲他也赶着潮流来到这温泉之乡石阡“打卡”。

作为中国最古老的温泉之一，也是全国唯一、世界少有的既可洗浴也能直接饮用的天然矿泉温泉，石阡温泉延续至今已有400多年历史。然而每天不足500吨的出水量完全满足不了五湖四海慕名而来的游客。为了解决这个问题，石阡县人民政府找到省地矿局，希望能通过发挥地质单位的专业能力，进一步开发地热资源，打造温泉旅游品牌，助推地方经济发展。

所以提起石阡，王明章再熟悉不过。

2020年9月，他在石阡参加了贵州岩溶地区地热勘查与开发学术沙龙，做了《地热前沿》及《黔东北地区地热资源及开发利用》报告，和其他来自广东省江门市文化广电旅游体育局、贵州大学等单位的专家探讨了地热资源可持续发展的勘查开发、综合研究及技术管理等方面的问题，会后与参会代表们考察了省地矿局114地质队近年来在石阡成功勘查、开发的三口地热井。

想到这，他感慨万千。2011年省地矿局提出，要认清局在地热勘查开发中的优势，科学地规划和解决地热勘查开发中的问题，充分发挥地热勘查开发主力军作用，按照“在保护中开发，在开发中保护”的方针，合理开发利用地热资源，配合省旅游产业发展需要，打造大型温泉旅游度假产品，建设温泉大省，提升贵州地热品牌，推动全省旅游业跃上新的台阶。

这些年来，他作为水文、地热地质专家，参与了许多地热项目的立项、组织、实施、验收等工作，提出了大量指导意见。当看到冒着热气的水源源不断涌出，也是他最开心的时候。那涌动泉眼犹如大地初醒的灵眸，是留给后人丰沛的资源保障，是助力脱贫的坚实的物质基础，更是生态文明建设和高质量发展的有力支撑。

想到这些，王明章欣慰地笑了。

灵眸初启

“地下是一个大热库，是人类开辟自然能源的一个新来源，就像人类发现煤炭、石油可以燃烧一样，要将地下的热取出来。”当读到地质学家李四光先生这句话时，陈刚也带着疑问开始摸索。

地热资源一般蕴藏于地下 2000~3000 米处，含有硫、锌、氡等 10 余种微量元素，可广泛应用于地热发电、温泉洗浴、医疗保健、旅游休闲、种植养殖、供热采暖、矿泉饮料等领域。

2000年以来，陈刚所在的省地矿局就主动参与全省商业性地热水勘查开发，先后为息烽温泉、剑河温泉、石阡温泉、黄果树温泉等提供调查评价、开发可行性论证、矿业权延续、技术咨询服务260余项，成功打出保利温泉、贵御温泉、黄果树温泉、百里杜鹃温泉、思南英武溪温泉等地热井。同时还较为系统地对贵州省地热水资源热储构造、资源禀赋等进行了勘查研究，提交了地热水资源可开采资源1.25亿吨/年。初步认定，在全省9个市州及贵安新区范围内，90%以上的县（市、区）具有一定的地热水成井条件，通过加强深部地质研究，绝大多数县（市、区）均可开采地热水。这为全省破题山水旅游提供了强有力的科学依据。

2011 年，省地矿局 114 地质队成立地热调查室，30 岁的陈刚受命担任负责人。

2012 年，《国务院关于进一步促进贵州经济社会又好又快发展的若干意见》（国发〔2012〕2 号）明确要求贵州省积极开发风能、太阳能、生物质能、地热、浅层地温能等新能源。由此，贵州省中深层地热能勘查开发才真正“热”起来。

也是在2012年，省国土资源厅利用省级地质勘查基金（周转金）启动了贵州省第一批地热资源整装勘查项目，项目周期为2012年至2013年。其中，省地矿局111地质队承担贵阳市地热水资源整装勘查，范围涉及贵阳市及三县一市，勘查区面积1785平方千米；省地矿局114地质队承担遵义市中部地热水资源整装勘查，范围涉及遵义市绥阳县、桐梓县、遵义县、红花岗区、汇川区、新蒲新区全部及部分辖区，勘查区面积4115平方千米。

2012 年，地热调查室承担了遵义市中部地热水资源整装勘查，这是全国第一个地热整装勘查项目。陈刚不免心里打起了鼓：“这个项目时间紧、任务重，技术要求高、探索性又强，最主要还没有任何经验可循，能完成吗？可是我必须完成！组织信任我，把项目交给我，这是打响单位品牌，发展地热产业的机会，必须把握住，再难也要干下来。”

以后的日子里，陈刚带领的这支年轻团队开始奋战在一线。从剖面测量、地质填图、岩心编录、资料综合整理到地质报告编写，一丝不苟。

他们常常一大早来到调查区域，走进山里边走边看，翻遍沟沟壑壑。中午司机带着盒饭在山的另一头约定地点等他们，山中没有信号，有时找到车时已饿得前胸贴后背，饭也冷了。可他们顾不上这些，常在车的引擎盖上铺开资料，端着盒饭边吃边讨论，吃完喝上两口水又接着调查。

后来，冷盒饭也成了奢望的幸福，地调区域大，山多路远，只能随便吃点干粮。下午走出调查区时，个个都眼冒金星，加上陌生的领域和繁重的任务，年轻的小伙们不免打起退堂鼓。每天这时，陈刚总是带他们去吃点好的，鼓励他们："万事开头难，你们没干过，我也没干过，地热整装勘查全国都没人干过，可正是因为没有人干过，我们才更要给地方和群众摸清家底。"陈刚还把最好的菜往他们碗里夹："吃得多的一会儿多干活。"他笑道。就这样，他们带着团结和默契，历时两年圆满完成预定的各项项目工作任务，取得了丰硕的成果，创造了多个"首次"。

首次总结了区内地热水富集规律；

首次在没有地热异常显示的区域实现了地热勘查突破；

首次以构造单元划分不同的地热系统作为研究对象，运用多种手段，系统地分析了整装勘查区的地热地质条件……

2013 年，省国土资源厅启动第二批地热资源整装勘查项目，项目周期 2013—2014 年，省地矿局 111 地质队承担了贵州省铜仁市西部地区地热水资源整装勘查和贵定—昌明地热水资源整装勘查两个项目，范围涉及沿河县、思南县、印江县及石阡县等勘查区 229 平方公里，以及贵定县勘查区 259 平方公里。

2014 年，省国土资源厅启动第三批地热资源整装勘查项目，项目周期 2014—2015 年，省地矿局 114 地质队承担了毕节市中东部地热水资源整装勘查和贵安新区地热水资源整装勘查两个项目，涉及毕节市七星关区、双山新区、百里杜鹃风景名胜区、大方县、金沙县、黔西县、纳雍县、织金县的全部及部分辖区 11530 平方公里，以及贵安新区规划区 1560 平方公里。

宝剑锋从磨砺出，梅花香自苦寒来。好的东西总是得来不易。深部地热储层一般在碳酸盐岩地区，溶洞、溶隙、裂隙发育，部分地层含有泥质。为保证地层有充分的地下水补给通道，地热钻井一般选在构造断裂带，地层多碎裂，稳定性差。复杂的地质条件下，钻井难度可想而知。其间，114 地质队另购置了 TSJ-2000 钻机 1 台，分别在石阡县城、忠庄基地 2 号、遵义市马登、凯里市大中实施了 4 眼地热井，其中只有 2 眼水温、水量满足要求。

地热勘查风险大、施工工艺落后、人才缺乏、经营管理模式粗放，毕节整装勘查项目的实施似乎没有想象中那么顺利。一次施工中，项目设计按照地热找矿思路将钻孔布置在拱断裂北西盘，将其作为勘探目标。然而在原设计钻孔区域完成地质和物探工作后，通过综合研究发现区内断裂构造发育深度不大，地热成矿条件十分不好，这无疑影响了项目的进度，如何尽快调整方案，选择另外的孔位刻不容缓、至关重要。

那一刻，无形的压力使项目组成员个个辗转反侧，难以入眠，他们反复讨论研究调查成果和已有的地质资料，决定对区内的构造特征进行深入分析，特别是对平寨穹窿这一构造区域进行重点研究。

最终功夫不负有心人，他们发现，窿构构造内部虽断裂构造不发育，但封闭条件好，大型构造发育，物探解译异常明显，具有一定的找矿潜力，于是提出了将孔位从启华田背斜南东翼、在拱断裂北西盘调整至该穹窿高点两岔河的建议，当即报储备局进行专家论证。

专家一致同意孔位的调整方案。后来的勘探结果证实，钻孔在降深不到 40 米的条件下井口水温 48℃、涌水量每日达 600 立方米，地热找矿成效显著，大家悬着的心才放下。

小小的插曲并没有阻碍前进的步伐，反而使士气高涨。

一次次盲区找矿突破，增添一份份信心与底气。

2015 年，由省地矿局 111 地质队牵头，114、112 地质队参与，成功申报了省科技厅社会发展攻关类科研项目——贵州复杂地层深井钻探工艺应用研究，2016 年底项目结题。

这一次科技攻关，加大了新设备的投入和引进力度。2015 年，省地矿局从德国进口宝峨 RB –T100 多功能液压钻机 1 台（套），这台全液压多功能车载大口径深井钻机，也是当时世界领先、全球第一台同机型钻井设备。2015 年 10 月，宝峨 RB –T100 多功能液压钻机运抵安龙县木咱地热施工现场，在德国专家 Pater 指导下，以 111 队为实、装备中心为虚开展了设备的安装调试和试车。

局里还投入1000余万元完善111、114地质队原有3000型、2600型钻机配套设备。同时拥有其他地热深井钻机机型多达6种，为西南地区首家。

年度施工完成遵义三合、沿河洪渡、贵安高峰、平坝大寨、七星关鸭池、都匀龙井等地热井8眼，钻探进尺17016米，成井8眼，总涌水量5211立方米/天，水温35~53摄氏度。

同年受省国土资源厅委托，省地矿局114地质队编制完成了《贵州省地热能勘查开发规划》（2016—2020年）。后来他们又实施了贵安新区地热水资源整装勘查项目，为贵安新区打造“国际休闲度假旅游区”和“生态文明建设引领区”奠定了基础。

那几年，若干的“首次”和“突破”，是贵州地质队担当作为、敢为人先的最好体现。至此，省地矿局也在地勘服务领域得到了进一步拓展，积累了宝贵的经验，让地热勘查成为服务地方经济社会发展，缓解发展与环境之间矛盾的有力支撑。

流动的太阳

“纳雍兮，人稠地广，史远源长。纳雍兮，有雄奇之山水，有秀丽之风光。”纳雍县董地乡是一个典型的山区农业乡，也是全省20个极贫乡镇之一。

为早日实现脱贫致富、全面小康，贵州省委、省政府成立了董地乡脱贫攻坚指挥部。通过长期的扶贫工作，指挥部提出以勘查开发董地乡地热水资源、地下水资源为切入点，充分利用董地乡依山傍水的独特地理优势和民族文化特点，高标准打造集文化、旅游、休闲、养生、观光于一体的民族特色旅游小镇的发展思路，为此特委托省地矿局在董地乡周边一带开展地热水资源勘查工作。

2016年的寒冬，114地质队李强劳模创新工作室团队、协同物探工程部、钻探工程部等各部门技术骨干奔赴纳雍县董地乡，助力脱贫攻坚行动。

此时的董地乡，枯黄而萧瑟。寒风呼呼地刮着，而李强的耳边却回响着局党委书记、局长付贵林的一席话，“走新路，走出一条依托于地质优势，又不局限于地质的适合贵州地矿发展的新路。进一步加大地热资源勘查开发力度，全年实现施工 20 眼地热井的目标”。

回顾这一年的工作，李强顿感热浪袭来。

3 月 8 日，为贯彻落实省领导在全省旅游业井喷式发展动员部署大会上的讲话精神，局邀请了有关专家、单位召开了全局地热、优质矿泉水与地质遗迹地质工作座谈会。6 月 8 日，秦如培常务副省长在全省旅游资源大普查启动会提出希望“县县都能打出地热井”。8 月 5 日，局里向省政府呈报《贵州省关于大力推进全省地热资源开发工作的报告》，获得了省政府关于对地热资源勘查开发利用予以关注、支持的批示。8 月 16 日，局在凯里市三棵树挂丁村组织召开了全局范围内第一次地热资源勘查开发现场推进会，掀起了地热资源勘查开发、助力旅游业井喷式发展的新热潮。

那一次，李强也在，看着那台大块头（宝峨 RB –T100）仅用 18 分钟钻进 9.5 米深，李强心里那个兴奋劲，要知道，如果是用传统工艺，一个台班（8 小时）也难达这个程度。

“为了这片贫瘠的土地，我把激情流入期待换貌的地热里……”刚到董地乡，站在这高处思考的几分钟，没想到自己还写下了这首诗，李强笑了笑。

接下来的日子里，项目组马不停蹄地开始前期系统的地面勘查、分析、筛选，在收集分析普查区以往地质资料的基础上，结合地热地质调查、综合地球物理勘探成果进行综合研究，最终将第一口勘探和开发性质的地热井勘探孔（DR1 号）位置确定在董地乡北侧杨家寨，设计孔深 2700 米。

2017 年 2 月 28 日上午 11：08 分，省地矿局副局长韩平一声令下，董地乡地热勘查开钻。钻机声、鞭炮声、群众的欢呼声在董地乡杨家寨齐鸣。纳雍县第一眼勘探和开发性质的地热井——董地地热水勘查 DR1 号地热勘探井正式顺利开钻。

由于纳雍董地乡的地质条件较差，钻井技术难度大、钻井周期短、任务重，钻探工作无疑是巨大的挑战。那时候钻探部的同志们通过加强组织领导、技术指导、后勤保障和转换施工工艺，形成了 DR1 号井钻探施工进度安排，分四个阶段安排施工工期，强化日调度、日报告机制，并按时间倒排工期，确保项目于预定时间内完成。

时光匆匆如洪流般不断向前。为了在 6 月 30 日前保质保量打出地热水，钻探部的同志们恨不得一天有 25 小时。赵华宣作为钻探部门技术负责人，经常和钻工们一起不分昼夜观测数据分析报表。有次夜里整理完资料，倚靠着地热钻探设备塔基坐下休息，竟不自觉睡着了。他说当时做了个梦，梦见自己走在峰峦重叠、沟壑纵横的大山里，初春的寒风迎面而来，吹得寒毛立起，前方出现几点光亮，像太阳般温暖耀眼却又如泉水般水波流转，走近捧起一汪碧泉，拍在脸上有了几分暖意……恍惚间，他看到碧泉化为一个个温泉池，脚下的泥土地变成了街区，幢幢民宿拔地而起，乡亲们载歌载舞，游客们欢声笑语……清晨的阳光洒在脸上，他回想起梦中那个流动的太阳，不就是一直寻找的温泉吗？他洗了把脸，将疲惫一扫而过，继续投身到新一天的战斗中。

小小的身体，蕴含巨大能量。他带领着钻探工程部技术人员奋战在一线，靠着多年的钻探工作经验，尝试从钻井结构、钻进工艺、钻进措施等方面不断探索与研究，根据地热勘探井钻进地层结构、岩性特征，应用适宜的钻进新技术（空气潜孔锤、螺杆钻进、气举反循环）和洗井新技术（快T+ 盐酸），最终仅仅四个多月，便在董地 DR1 号地热井顺利打出了水，井深 2418.2 米，水量 520 方，水温 30 度，达到了预期勘探目的。此后趁热打铁，又于 2017 年 8 月 13 日开钻，11 月 22 日完钻，历时 102 天完成 DR2 井，钻井施工 2385 米，抽水温度 56℃，水量 411 吨 / 天，圆满地完成了省委、省政府精准扶贫任务。

在董地乡如火如荼打钻时，省地矿局111、101地质队与黔东南州投资有限公司共同出资1000万元组建了黔东南州苗岭聚能地热勘查开发有限公司，积极推进黔东南州的地热、矿泉水资源的勘查开发工作。112地质队投入近2000万元购置大口径深井钻机1台，加入地热井施工行业。

2016年底，全局完成了全省6个片区地热水资源整装勘查工作。成功打出安龙招提、木咱、松桃九龙湖、乌当渔洞峡、沿河淇滩、习水桑木、金沙安底、石阡中坝等地热井11眼，正在施工8眼，完成进尺25818.9米。尤其在金沙县安底镇、安龙县木咱镇分别打出了贵州少有的水温59度、自流量达每日2500立方米和黔西南州最高水温62度、水量每日460立方米的高产地热井，中深层地热资源勘查开发取得新的突破。

当冒着热气的水源源不断涌出时，仿佛帮助老百姓摆脱黑夜般贫困的太阳，汇成暖流流进所有技术人员的心里，能够发挥地质人的特长服务地方、服务民生，没有什么时候比这时候更能让他们感到成就感与满足感了。

宝剑锋从磨砺出

一次次扛起重任的磨炼中，越来越多的地热勘查人才涌现，当初整装勘查中初出茅庐的年轻小伙子们不断积累经验，在实干中出真知，在奋斗中助成长，逐步成长为能独当一面的尖兵。

常年奋战在水文地质、地热地质野外工作一线的 114 地质队李强，把足迹踏遍了严重缺水地区、贫困山区及水文地质地热地质条件复杂的地区，丰富的实战经验使他敢于在被业界视为找水找热禁区的地区运用创新性理论认识指导生产工作，在他的模范带头下，以他的名字命名的“李强劳模创新工作室”成立，一个又一个的找水找热新突破也相继而来。

2017 年 12 月，114 地质队中标贵州地热勘查“探采分离”试点项目——贵州省望谟县平洞镇地热勘查。该项目是贵州省矿产资源“探采分离”改革试点十个地热勘查项目之一，是为全面推进和较好地完成“对我省温泉（地热）资源开展探采分离优化资源配置体制改革试点”的改革任务，由贵州省土地矿产资源储备局组织实施，目的是对尚未有温泉出露也未实施过地热勘探工作的县（市、区）开展温泉（地热）勘查工作，为全面同步实现“县县有温泉”，打造“中国温泉省”和山地旅游目的地，保持旅游业增长井喷势头，切实提供温泉资源保障。

其实，李强在其主持完成的《贵州省温泉（地热）资源勘查专项规划（2017—2020 年）》中便创新性地提出了探索优化资源配置的“探、采”分体运行模式新体制、新方法。这次贵州省望谟县平洞镇“探采分离”试点项目正是验证新体制、新方法的好例证。

在接到这个项目任务时，李强和他的团队都充满信心、跃跃欲试，尽管望谟县在贵州属地热地质条件相对较差的区域，属典型的地热空白区，甚至在 2017 年 8 月的风险评估报告中风险等级定为极高，这些都没有使大家感到胆怯与动摇，反而铆足了劲，打起了十二分精神。

历时五个月，他们完成了1：1万地热地质调查、1：5万水文地质调查（简测）和1：5万区域地质调查（修测）以及地球物理勘探工作等野外地质工作，编制了《望谟县平洞镇地热勘查区块孔位论证报告》、《贵州省望谟县平洞镇地热勘查区块地热勘探钻孔（ZK1号）地质设计》和《贵州省望谟县平洞镇地热勘查区块地热勘探孔（ZK1号）施工组织设计》，并通过了专家评审。

在进行地热井螺杆钻进时，一开孔段终后孔斜偏大，项目组及时进行调整，在二开孔段采用防斜组合钻具和控制钻进参数（钻压），有效将孔斜纠至0.37度，又采用了螺杆钻进，有效提高了钻进效率，缩短了钻井周期，仅仅历时三个月，便完成了地热钻探、地质编录、地球物理测井、水质分析等野外地质工作。2018 年 9 月 25 日，贵州省望谟县平洞镇地热勘查“探采分离”试点项目以“优秀”等次通过野外验收。

望谟县平洞镇地热勘查等 10 个地热勘查“探采分离”试点成功实践了“探矿权转让”向“探矿权申请新立”矿业权制度改革，首次按照“探矿权申请新立—普查—储量评审—备案登记”模式开展工作，大幅提升了资源配置效率，同时，获取的地热资源能产生良好的生态环境效益，为助推贵州“大扶贫、大数据、大生态”三大战略及乡村振兴提供了新动能。

绿色新篇章

一分部署，九分落实。从2017年开始，省地矿局从认识到布局，积极推动体制、机制、科技创新，促进产业转型升级发展，调整优化产业结构。在全新的发展格局面前，局党委提出“十三五”时期“地质先行、服务民生、务实创新、和谐共享”的科学发展目标，以此引领新常态下地矿事业的发展方向；拟定“提供资源保障、创新地质服务、培养新型产业”等九大发展重点目标，制订实施全局地质工作十大计划（2017—2020）、水工环与地质工程发展三年行动计划，以此适应新时代对地质工作的要求，推进地矿事业持续健康加快转型发展。

2018年，在矿业经济持续低迷的情况下，省地矿局提出以服务“大扶贫、大生态、大数据”三大战略为主攻方向，开创性成立由“基础地质、矿产地质、地热能开发利用和实验测试组”等11个专业组构成的专家委员会，合力发挥学科融合优势、合力展开技术难题攻关，初步显现贵州地质队伍由过去的个人、小团队“单兵作战”式工作方式向大团队、多单位、跨学科的“立体作战”的转变，地质专家作用也在贵州地热能资源方面“显山露水”，打通了地质队伍向政府、社会进行推广应用的“最后一公里”。

局党委书记、局长付贵林常说：“长期以来，贵州地矿人之所以能在沉重包袱下取得辉煌的成绩，在于我们始终保持一种不安于现状、积极进取、奋发有为的工作状态，在于‘三光荣、四特别’精神的传承。地质工作唯有紧紧围绕经济社会发展需求，以服务国家和地方经济社会发展为己任，想政府之所想，急百姓之所急，才能在国家经济社会发展中获得应有的地位、做出应有的贡献。”

而在这一时期，全局的地热成井也是遍地开花。

望谟、天柱、黎平等全省多个传统地热空白区实现找地热重大突破。政府部门的一些人连称神奇，“我们这地面没有天然出露温泉，也无地热井分布，这地质人是打哪儿哪儿行”。

是的，那些年，贵州省许多国家贫困县，许多地热地质条件相对较差的区域，许多以往没有开展过地热资源勘查工作的典型空白区……地质队真是！打哪儿哪儿准！

地质专家们也幽默了一把，称自己懂得给地球“望、闻、问、切”，再加上现在“CT”技术把关，才把这历经万年的循环热矿水给唤了出来。

斗转星移，白驹过隙。省地矿局充分发挥专业技术优势，积极开展产学研用协同创新，打造了省内一流的深部地热勘查科研团队，成立了以基础地质、水文地质、物探 、钻探等专业构成的专家团队，全程指导地热勘查工作，逐步形成了贵州地热资源勘查的新格局。

2019 年 11 月，为推进贵州省地热能资源勘查开发利用，制订地热能产业发展规划，提出相应的对策措施，建立健全体制机制，指导全省地热能资源勘查开发利用工作，做大做强地热能产业，贵州省能源局特委托 114 地质队开展《贵州省地热能及干热岩产业发展战略路径研究》课题有关工作。

此课题全面了解了国内外地热能产业发展的现状及技术前沿，分析了贵州地热能产业发展的资源基础及经济技术可行性，在广泛征求了能源、住建、发改、地勘及企业等部门、单位意见的基础上，深刻剖析了贵州地热能产业发展机遇与存在的主要问题并从时间维度和空间维度系统设计了适合贵州实际的地热能产业发展的“三步走”战略路径，分别提出了战略目标、战略路径及具体工作部署，从顶层设计、科技支撑和勘查开发利用等方面提出了推动贵州地热能产业发展的对策措施。

课题完成后，114 地质队深受各级能源主管部门的信任，2020 年再次承担了《贵州省地热能产业发展“十四五”规划》及贵阳市、遵义市及贵安新区 7 个市（州）“十四五”地热能开发利用实施方案的编制任务，历时一年，全面完成各项任务并交付使用。

其间，为做好技术支撑服务，局属各单位还帮着地方政府编制“十四五”地热能开发利用实施方案，为全省探索地热能开发利用市场机制、准入条件、保障措施等系列成果建立试验田，更好地服务贵州地热能产业可持续高质量发展。

114 地质队也牵头起草了《关于加快我省地热能新兴产业发展的报告》《关于加快推进我省地热能产业发展的实施意见》《贵州省地热能供暖（制冷）示范项目奖补资金管理办法（试行）》等初稿上报省能源局主管处室，以及提交了《关于我省地热能发展方面的相关工作建议》《关于我省地热能发展现状及对策建议》《关于我省浅层地热能（地源热泵）中央空调系统补贴的建议》等相关工作建议，部分建议得到了省能源局主管处室的认可和采纳；同时还开展了涵盖 7 个市（州）关于地热能资源能源及地源热泵技术知识的宣传培训，全面提升了全省地热能资源作为能源属性的社会认知度，为地热能这一清洁、低碳、环保、可再生的新能源市场化、规模化、高效化推广应用夯实了坚实的基础。

从无到有，从空白到满载。这十年，省地矿局在一次次探索中进步，在一次次困难中升华，创造了一个个首次，取得了一次次突破。

先后为贵州息烽温泉、剑河温泉、石阡温泉、黄果树温泉等提供调查评价、开发可行性论证等 300 余项服务，成功打出了保利温泉、贵御温泉、黄果树温泉、百里杜鹃温泉、思南英武溪温泉等地热井，实施全省勘采结合地热井近 100 眼。为“100 个旅游景区”探出温泉达 20 处，为建设“中国温泉省”提供资源保障。

金手巧指赛天工，热泉喷涌沐升华。省地矿局在唤醒地热资源的攀登之路，对于贵州省在生态文明建设、循环经济发展、节能减排及降低工程项目成本等方面具有重要作用和意义。这些努力不仅为贵州省破题山水旅游提供了强有力的科学依据，也让省地矿局成为贵州地热资源勘探开发业界的领军系统，发挥了排头兵、主力军的作用。

没有谁比地矿人更了解地球，也没有谁比地矿人更热爱地球。地质工作是一项充满无数挑战和未知风险的攀登之路。一个又一个日夜，一段又一段山路，陪伴贵州地矿人的是罗盘、放大镜、地质锤，是大量收集资料、反复验证分析，是启动 GPS 定位、使用无人机探测，是分析构造、地质填图……

正是这些人，在艰难的作业条件下，研发了适宜贵州复杂地质条件的钻井工艺技术，大幅提高深部钻探的效率。

正是这些人，行穿青山秀水，历尽荒蛮险隘，耐住单调枯燥，与山河为伴、与蚊虫为邻，风餐露宿、日夜兼程，在地图等高线和纵横山水间上下求索……

如今，站在新的发展起点，过去和未来接替承续，机遇与挑战并存同行。面对生态文明建设新的发展形势与任务，地质人必将保持发展定力，增强自身能力，坚持绿色发展，坚定凝心聚力谋发展的决心不动摇，借势发力，砥砺前行，相信一定能在下一个十年继往开来，再谱新篇，再创辉煌！

服务经济社会发展

公益服务　大写担当

助“山地公园省”建“多彩贵州”

保护百姓安宁的利器

填好“这一张图”

测山绘水谱写经纬华章

探明耕地土壤的密码

天眼情　地质魂

青山一道同云雨　明月何曾是两乡

放飞梦想的力量

公益服务　大写担当

詹海燕　石永丽　曾禹人　陈丽荣　田景轩

打开省地矿局网站，单位简介赫然写着：承担全省基础性、公益性、战略性地质矿产勘查任务……如何体现公益性，彰显公益职能？

2020 年 6 月 3 日，省地矿局印发《关于发挥地质工作基础性公益性作用为全省经济社会发展提供地质技术服务的意见》（简称《意见》），明确表态即日起将向全省各级政府及其相关部门提供 9 大类 46 项无偿地质技术服务。

这是省地矿局履行公益职能的郑重承诺，这是敢于担当的掷地誓言。

主动履职　践行初心使命

该《意见》的出台源于 2019 年开展“不忘初心、牢记使命”主题教育。通过开展主题教育，省地矿局党委班子及班子成员总结提炼出“服务国家能源资源安全、服务自然资源管理、服务国家生态文明建设、服务防灾减灾和脱贫攻坚”作为贵州地矿人的初心使命，更加深化了对党的初心使命的认识。

不忘初心方可践行初心，牢记使命才能遂行使命。2020 年初，面对新冠疫情冲击，时任省地矿局党委书记、局长付贵林说：“要充分履行省人民政府赋予我局的职能，持续巩固深化主题教育成果。”

省地矿局及时梳理承担的地质工作任务，主动承诺，列出了无偿地质技术服务目录清单，公开了 9 个方面 46 项为全省经济社会发展提供的地质技术服务项目。这 46 项无偿地质技术服务项目，面向全省各级政府及其发展改革、自然资源、生态环境、应急管理、科学技术、文化和旅游、能源、住房城乡建设、交通运输、水利、农业农村、林业等部门，涵盖能源资源保障、生态文明建设和防灾减灾等领域涉及的基础地质、矿产地质、水文地质、工程地质、环境地质、地灾防治、旅游地质、城市地质、地质大数据及自然资源管理、科技创新与转化应用、国土空间规划与土地综合整治、地下水及土壤污染防治、山水林田湖草生态保护修复、重大工程建设和重大项目规划地质安全评估、实验检验检测等技术业务。如在能源资源保障领域，提出区域地质、矿产地质、地球物理与地球化学等公益性基础地质调查规划建议书，项目前期技术咨询、项目设置建议、立项论证建议等。在生态文明建设领域，提出山水林田湖草生态保护修复方案建议、规划建议书、项目前期技术咨询和项目立项建议等。

这一纸服务清单，明确无误地大写着责任与担当，这是省地矿局党委的庄严宣誓，这是省地矿局向各级政府大写的承诺。

截至 2022 年 9 月 30 日，全局共为各级政府及相关职能部门提供服务项目 2091 个，参与全省各级政府及其部门“十四五”规划编制相关工作 104 项。其中，生态文明建设领域 451 个、能源资源保障领域 186 个、防灾减灾领域 865 个、自然资源管理领域 170 个、乡村振兴领域 37 个、专业技术人才支持领域 338 个、基础设施建设领域 12 个、科技创新与成果转化 27 个、地质资料查询与分析整理领域 5 个。

凝心聚力　保障能源资源服务

能源和矿产资源是经济社会发展的重要物质基础，事关国计民生和国家安全。贵州是全国重要的能源矿产资源大省，作为全省地质矿产勘查与研究的主力军，如何通过公益服务找出更多更好的地下宝藏，是地质队员心中的理想。

省地调院院长、三级研究员张慧，作为地质调查业内的专家，他始终保持对地质技术理论与实践的钻研精神，一直立足传统技术优势致力寻找新的发展机会。

2022年，随着国发〔2022〕2号文件和“全国新一轮找矿突破战略行动”相关政策和文件的出台，贵州地质找矿事业迎来新的发展时期。地调院党委班子因势利导，确立了立足地调院技术和资料优势，瞄准贵州新能源新材料资源勘查开发前景的工作方向。张慧院长与院总工程师蒋开源、总工办同志一道，积极为省自然资源厅在新一轮找矿突破战略行动中对基础矿调的相关部署出谋划策，并率领技术骨干翻山越岭勘查，不放弃任何信息。

放眼全省，新能源新材料资源勘查工作仍处在探索和起步阶段，地调院始终坚信贵州具有较大的潜力和前景。长期以来地调院在这方面的资料和成果积累较弱，想要获得新发现难度很大。2022年春节期间，当人们还沉浸在与家人团聚的喜庆氛围中时，张慧院长已召集大家开了几次碰头会，分析省内找矿前景和找矿方向，研究工作部署。元宵节未过，便组织人员分头赶往不同地区开展野外调查。

面对过去几乎未涉足的新矿种，在探索未知的过程里，大家满怀期待和兴奋，有时在野外一待就是十几天，几个月下来几乎跑遍小半个贵州。其间，会因一个高值检测数据兴奋雀跃，也会因调查效果未达预期而沉心反思。反复推演、筛选、验证的过程虽艰苦磨人，却从未想过放弃。最终功夫不负有心人，经浅表工程揭露和深部工程验证，提交了一处可供勘查找矿新靶区，为继续开展该靶区外围找矿预测工作提供了重要依据，在省新一轮战略找矿突破行动中开了好头。

驻地在安顺的112地质队，他们主动对接驻地政府及部门，积极协助地方政府，在找矿突破方面贡献力量。该队发挥技术优势，对安顺地区优势矿产资源进行了梳理，筛选出 11 个具有潜力的矿产资源，为地方政府在矿产资源勘查项目库建设方面做好准备；主动为地方编制市（县）级“十四五”矿产资源规划，同时协助政府赴黔西南州开展矿业权监管执法交叉暗访指导工作；会同安顺市石材专班赴厦门参加第二十二届厦门石材展考察学习，以实际行动为地方政府做好服务。

103 地质队立足地方，协助开展铜仁市重晶石产业发展情况调研，前往石阡县、思南县、德江县、沿河土家族自治县重晶石矿山和选矿厂开展调研工作，大致摸清各个重晶石矿山实际勘查程度和资源现状。该队无偿编制了《玉屏县硅矿调查实施方案》《贵州省铜仁市碧江—万山钾矿资源调查报告》，为玉铜松快速干道沿线大型砂石矿矿区选址，提供了 20 个拟设大型砂石矿矿权备选区。

生态文明　建设技术服务得到高度肯定

党的十八大以来，贵州沿着习近平总书记指引的方向，攻坚克难，砥砺奋进，努力开创百姓富、生态美的多彩贵州新篇章。在助力生态美的建设中，省地矿局各单位各显其能、亮点纷呈。

“多亏地质队的帮助，我们才能摆脱这条臭水沟。”2021 年秋天，摆脱了臭水沟之痛的安顺市西秀区蔡官镇柏秧林附近的村民齐声感谢。

村民们说的是 2012 年初就关闭的柏秧林煤矿。这个废弃矿井自关闭后常年有废水流出，严重污染附近居民的生产生活用水，一直是安顺市西秀区委、区政府重点督察督办的项目。112 地质队党委想民生所想，急民生所急，驻地政府的难点、居民的痛点，也就是发挥技术服务履行公益职能的焦点。他们主动参与，总工程师吴仕军带队实地调查，无偿编制治理技术方案。该队通过实地调查“病因”、现场施工“治病”、治理后对其“调理”三个步骤，解决了废弃矿井常年有废水流出问题，成功还居民一个良好的生态环境。为政府解决了难题，同时也为安顺市治理废弃矿井废水提供了宝贵的经验，该项目得到了政府部门的高度赞扬。

112 地质队主动践行习近平总书记“绿水青山就是金山银山”的理念，全力推进山水林田湖草生态修复的实践与探索，努力为地方绿色发展贡献专业技术支撑力量。该队成立了“青年志愿服务突击队”，持续发力，稳步推进生态环境修复、矿山恢复治理等服务。

当土壤污染防治攻坚战全面打响，多彩贵州天更蓝地更洁，山更绿水更清，空气更清新、环境更优美，实验室服务领域更宽了。用实验室党委书记、主任郑松研究员的话来说是“大有可为了”。因为该室拥有雄厚的软硬件优势，重点体现在保障土壤、地下水安全，改善和提高农村环境质量等方面。为进一步发挥测试技术优势提供服务，她带着副主任、总工程师及测试中心负责人先后到省农业资环站、黔南州环监站、地调院等系统内外考察，积极加强与生态环境、农业农村、省工信厅等部门的沟通，积极奔赴遵义、铜仁等地，努力拓展服务领域。通过联系交流，找准客户需求点，争取多个农业项目服务。

据了解，该室完成了采集的地下水样品进行水质测试和综合分析，为水文地质调查评价和地下水演化研究提供了可靠的基础数据。参与研制的三种农用地土壤成分分析标准物质和两种农用地土壤重金属可提取态标准物质获得了国家一级标准物质证书，解决了目前国内农用地土壤标准物质在土壤类型、土壤污染源类型、定值成分和含量水平等方面短缺的现状，填补了国内农用地土壤成分和重金属元素可提取态相关标准物质的研制空白，其中土壤重金属元素氯化钙提取态标准物质研制填补了国际空白。

2022 年 6 月 24 日，贵州省自然资源厅第一批自然资源科普教育基地名单出炉，贵州地矿集团省地质科技园榜上有名，成为贵州省第一批获省自然资源厅命名的 19 家科普教育基地之一。省地质科技园根据创建“贵州省科普教育基地”的规范要求，开展保护国土资源、防灾减灾、碳达峰碳中和、地质课堂、节约能源和保护环境等知识宣传，致力于面向广大青少年开展科普教育活动，充分利用科普展览、科普讲座、青少年科普互动活动等形式，力求将科普工作落实到提高全省民众科学素质上。

发挥中坚力量 保障防灾减灾技术服务

贵州地形切割强烈，地质环境脆弱，地质灾害易发多发，是全国地质灾害最为严重的省份之一。服务防灾减灾，是省地矿局公益地质服务的重中之重。

2022 年 5 月 8 日，贵州省织金县金凤街道办白岩村水井、包包、毛榫组发生山体崩塌，3 名村民失踪。111 地质队第一时间集结救援力量奔赴现场投入抢险救援工作，张朝兵副队长带队，抽调精兵强将组成救援队伍，并紧急调集两台无人机等最急需的救援物资支持救援。奔赴救援现场后，严格按照防灾救援指挥部的要求，快速地对白岩村及其周围类似地形的山体开展地质灾害隐患排查工作。最终，在该队专业技术力量支持下，当地村民缓解了恐慌情绪，为抢险救援工作的顺利进行争取了时间，开辟出了一条保障生命安全的绿色通道。

2021年7月，普定县补郎乡光明村突发地灾险情，112地质队技术保障组赶到现场。面对已发生垮塌的山体斜坡，保障组人员冒雨进行调查，发现后方山体存在的隐蔽裂缝，立即将情况报告当地政府，划定危险区，并果断通知村民撤离。次日凌晨，伴着一声巨响，数千方土石裹带树木轰然滑下。所幸危险区内人员已及时转移到安全地带，没有造成人员伤亡。

112 地质队作为安顺市两县三区及两景区的地质灾害技术保障单位，已成为该市防灾减灾不可或缺的中坚力量。该队唐杰梅是生态环境院技术负责人。2020 年，怀有身孕的唐杰梅在各县（区）的地质灾害保障技术工作中，坚持带领专业技术人员攀爬危岩体、进出地灾危险区进行实地勘查。她用实际行动为人民的生命财产安全保驾护航，诠释了什么叫巾帼不让须眉。

114 地质队的王明乔自 2019 年参加工作以来，三年间共计参与排查地质灾害隐患 1500 余次。2022 年 6 月 3 日，他接到荆角乡茶寨村突发泥石流灾情通知，立即赶赴现场开展地灾应急排查工作。通村公路已遭泥石流掩埋，车辆无法通行。王明乔没有犹豫，立即徒步前往受灾区域。他艰难地涉过泥浆裹挟着碎石、树枝如同沼泽般的堆积区，背包、鞋子里灌满泥浆，手机、手表等随身物品全部损坏。经过近 3 小时的现场调查，基本查清了泥石流的形成机理、灾害范围，对泥石流灾害的发展趋势进行了初步预判，及时向荆角乡人民政府领导进行了汇报，提出了应急处置建议。从清晨 6 时 30 分接到通知到完成调查工作已是下午三点，王明乔这才有时间吃上一碗泡面。

2021 年 12 月 29 日，一封感谢信寄到 104 地质队水工环中心。这是三都水族自治县人民政府表达赞扬和诚挚感谢的来信。6 月 4 日凌晨 6 时，三都水族自治县都江镇排洞村羊福水电站发生山洪灾害，造成两名儿童被困。接到险情后，该队相关技术人员赶赴一线，开展现场及周边地质环境调查，为抢险救灾打通生命通道提供技术保障。据统计，该队两年来累计为三都、贵定等开展地质灾害隐患排查 95 处，应急调查 6 次，出动排查人员 190 人次，出动车辆 115 车次，提交应急调查报告 6 份，有力地保障了人民生命财产安全。

2020 年 7 月，遵义市习水县三岔河、永安、隆兴等多个乡镇持续强降雨作用导致发生多起山体滑坡，102 地质队发挥专业优势，成功做出灾害判断，提前预警，保障了数十个突发灾害点数千名人民群众生命安全。2021 年 7 月 1 日，毕节市大方县凤山乡店子村高原组大营山崩塌点多次出现掉块现象，该队提出紧急避险处置建议，成功撤离受威胁区域内 105 户 326 名群众。据统计，该队两年来无偿提供包括地质资料查询与咨询服务、开展专家决策咨询、项目现场指导、开展地灾应急调查和隐患排查、派遣工作人员到地方挂职等地质技术服务 350 项，累计服务 13294 人次，投入资金近 364.12 万元。

2021 年 7 月 15 日，水城区鸡场镇箐头村周家坡组蒋家包包地质灾害隐患点发生加剧现象，113 地质队作为水城区的地质灾害防治技术保障单位，行动迅速、组织严密、注重细节，密切支持配合水城区开展地质灾害应急调查。该队专业技术人员的准确研判，帮助当地居民成功避让该起地质灾害，避免 55 户 211 人的人员伤亡。

作为清镇市地质灾害技术保障单位，115 地质队坚决贯彻落实习近平总书记关于防汛救灾工作重要指示精神，在清镇市地质灾害防治技术保障期间，坚守防灾减灾第一线，为清镇市地质灾害防治出谋划策、建言献行，并提出合理化建议，多次被相关岗位和部门吸收和采纳。

2021年高考前夕，兴义市第一中学学生必经之路发生下陷、裂缝情况。109地质队及时派出专家现场勘察提出处置建议，保障了在该校区参加高考的1000多名学生的安全，学校专程为109地质队送来感谢信。

2022年5月，册亨出现特大暴雨，造成滑坡、崩塌和泥石流等地质灾害，严重威胁人民群众生命财产安全，105地质队作为地质灾害保障技术单位，第一时间组织了20余名专业技术人员赶赴册亨开展地灾抢险及全面排查工作，对册亨县各乡镇开展突发地质灾害及隐患进行巡查排查，并协助地方政府紧急撤离受灾及受地质灾害威胁的上千名群众。

自然资源管理　技术服务成效显著

近年来，省地矿局立足传统优势产业，持续关注自然资源领域的新形势新需求，努力提升自然资源管理技术服务能力，为自然资源管理提供了坚实的保障，赢得了良好口碑。

2020 年 5 月，在“多彩贵州水”授权企业走访评审过程中，实验室党委书记、主任郑松研究员和同事去“多彩贵州饮用水”水源地踏勘检查。细雨蒙蒙地面湿滑，一不小心，一个踉跄摔倒在地，幸亏她及时用左手撑住了身体，幸免滚下山坡。当时左臂隐隐作痛，但她也顾不了那么多，简单包扎后，仍坚持在一线走访企业，为“多彩贵州水”品牌质量把关。

面对劝阻，她只说，一切等项目检查结束。几天后疼痛仍不见缓解，经医生检查，她的左臂重度骨折。

近年来，贵州省着力打造“多彩贵州水”公共品牌。在该品牌培育过程中，实验室水质检验检测中心积极发挥检验检测机构专业优势，从牵头研究制定《多彩贵州饮用水》团体标准，到标准的宣贯实施、品牌授权使用情况、监督检查等全过程参与，积极助推了“多彩贵州水”产业的发展。2020 年“多彩贵州水”直接销售收入接近 10 亿元，成为全国饮用水产业增长最快的省份，2021 年成为全国两会指定用水。

环境院作为省自然资源厅开展地质灾害防治工作技术支撑单位，主要采取平战结合的工作方式，常态化开展地质灾害宣传培训、监测预警。派驻值班负责人、专家、技术人员及驾驶员等每日 5 人全年 365 天实行 24 小时在值班室值守。当发生地灾险情时，该院技术团队将第一时间赶往现场开展相关工作为应急抢险救援提出建议。2020 年以来，在松桃县甘龙镇发生的滑坡、金海湖新区归化街道发生的滑坡、织金县金凤街道发生的崩塌等地质灾害抢险救灾现场都能看见他们的身影。其中，在金海湖新区归化街道抢险救灾中胡才源代表专家组亲自给省长做汇报。

测绘院立足测绘地理信息专业优势，采取派驻专业技术人才、输送专业技术力量、保障普查成果质量等方式，服务贵州省第一次全国自然灾害综合风险普查工作。该院先后派出三名专业技术人员到贵州省第一次全国自然灾害综合风险普查领导小组办公室，其中尹磊同志在省普查办先后担任督导检查组、技术组组长，协助开展全省自然灾害综合风险普查技术统筹、督导检查、宣传报道和综合保障等工作。该院院长周安民同志担任省普查办专家组组长，他拟定的成果报告大纲被国务院普查办采纳借鉴。

2021 年 117 地质队受贵阳市乌当区人民检察院委托，通过 2013—2019 年的卫星图像，无偿完成了贵州省贵阳市乌当区头堡河情人谷河段河道工程建设用地占用范围及面积卫星图像核查工作。

助力乡村振兴　服务基础设施建设

近年来，省地矿局全面落实省委、省政府统一部署，大力发挥地质技术优势，服务基础设施建设，为决战决胜脱贫攻坚有效衔接乡村振兴提供强大地质技术支撑，取得良好成效。

“早就听说双洞村的洞穴特别多，地形复杂，村子气候宜人，环境优美，我们已经在这里住了快三个月了，这里已经成为我们的第二故乡了，明年一定还来。”2021年10月9日，在六盘水市钟山区月照街道双洞村，来自广东的游客李建正和家人悠然自得地在村子里散步。

早在2017年，省地矿局驻村工作队结合钟山区旅游资源大普查成果，发挥地质技术优势，提出了以钟山区月照社区独山村、双洞村的养生谷为基础，创建全国首个“旅游地学文化村”的创意。双洞村只是省地矿局对口帮扶村的一个缩影。2020年，省地矿局对口帮扶的钟山区16个村实现与全国同步小康后，为了帮扶村走出一条高质量发展的乡村振兴道路，协助持续巩固脱贫攻坚成果，稳步推动乡村发展、乡村建设和乡村治理，省地矿局紧密结合当地资源禀赋，明确发展特色产业，推进现有产业提档升级，投入600余万元巩固产业发展。

在双洞村，省地矿局成立项目组开展地热资源勘查开发地质可行性论证工作，无偿编制《贵州省钟山区月照社区双洞村地热资源勘查地质可行性论证报告》。在马落箐村，省地矿局无偿为该村铁房组水源点开展水资源论证，编写论证报告和乡村旅游规划设计。其中，铁房山泉水的论证报告引起钟山区委、区政府重视，并被列为六盘水市2020年重点推进项目，2020年6月水厂破土动工，2021年5月试运行。据估算，铁房山泉水厂年利润达1250万元，马落箐村占股20%，并带动周边村民就近就业。

在铜仁市，103地质队积极利用所长，助力乡村振兴。他们派出技术人员对碧江区路腊村种植食用菌用废弃汞矿矿洞（300号）巷道进行实地勘察，总结分析编制提交地质环境调查报告，为该村种植食用菌项目使用。

2022 年 9 月，该队在松桃县乌罗镇黔龙社区为村民的饮水安全调研献策，解决社区 60 年未见的干旱问题。

2021 年 8 月 20 日以来，受连续降雨影响，中贵天然气管道 K1294+797 发生滑坡变形加剧，存在严重安全隐患。111 地质队作为管道地质灾害技术保障单位，险情就是命令，副队长张朝兵带队，组织四名技术专家骨干第一时间赶赴现场参与应急处置。专家组在对现场进行调查、资料收集及访问等综合分析后，认为滑坡变形加剧主要是水灌入滑坡体造成滑面保水软化，做好地表截排水将有助于减少滑坡变形，现场给抢险组指定截排水沟的布置并实施。根据滑坡体上已有的监测设备，截排水沟实施后滑坡变形减缓并逐渐趋于基本稳定，起到应急效果，有效保障了中贵天然气管道的运营安全及 11 户 62 人的生命财产安全，并为后期的勘查、治理设计提出建议。

做好技术人才支持　提升科技创新与成果转化

近年来，局属各单位发挥地质人才科技优势，助力全省经济发展，一件件业绩喜人，一项项成果丰硕。

2022 年 10 月 10 日，秋风熏然，捎来佳音。一封由红花岗区自然资源局寄出的感谢信寄到省地矿局 106 地质队。“感谢贵单位长期以来对我局工作的大力支持与帮助，感谢刘潇逊同志扎根基层的辛勤付出和无私贡献，给我局干部队伍带来了活力，带来了技术，带来了先进经验和优良作风。”

刘潇逊被派遣到红花岗区自然资源局的 800 多天里，成绩斐然。他负责红花岗区国土空间规划编制和三区三线划定工作时，在收集各个单位、乡镇拟建、在建以及“十四五”规划项目的基础上，整理并制作成项目数据库，为中心城区国土空间总体规划编制、三区三线划定、项目规划选址等提供基础数据。同时，为帮助红花岗区完成全区国土空间规划现状基数转换工作，他以“三调”数据为基础进行规划基数的归并、细化、转换及其举证工作，有序推进了遵义中心城区国土空间总体规划编制工作，对实现“统一底图、统一标准、统一规划、统一平台”起到积极作用。据统计，106 地质队全力做好人才技术支持，自 2020 年 6 月以来外派支持的技术干部多达 22 人。

驻地位于黔东南州凯里市的 101 地质队党委积极为地方经济社会发展提供了人才支持。2020 年以来选派 11 名技术骨干到黔东南州自然资源局及部分县级自然资源部门挂职服务，选派 2 名干部参与脱贫攻坚和乡村振兴工作，54 人参与黔东南州 6 县市地灾技术保障工作。他们与黔东南州天柱县自然资源局签订合作协议，每年安排 3~5 名技术骨干为县自然资源局提供技术保障服务。从 2020 年 6 月以来，该队在土壤与地下水污染、能源资源保障、绿色矿山建设、地灾防治、优势矿产资源找矿靶区圈定等方面累计开展无偿技术服务项目 144 个，投入 522 人次，直接成本 200 余万元，得到地方政府部门的欢迎和高度评价，进一步提升了单位的社会影响力。

117 地质队以科技和人才为支撑，深入学习贯彻落实《国务院关于支持贵州在新时代西部大开发上闯新路的意见》，认真研判新一轮找矿突破战略行动带来的新机遇，组建五个人才团队加强培养建设科研技术攻关能力，在矿产勘查领域加强对新能源领域和黔西南州金矿深入研究，力争在黔西南州新一轮战略找矿行动中有所作为。

108 地质队原本技术力量薄弱，为深入推进新一轮找矿突破战略行动，贯彻落实国发〔2022〕2 号文件精神，院党委高度重视，成立由局管专家带队的找矿突破小组，由 4 名高级工程师、2 名工程师及多名助理工程师组成，团队以该项目为载体，以新一轮找矿突破为契机开展传帮带，加强区调院科研团队建设工作。

如何做好地质工作融合大数据发展，资深公益性地质队伍——省地调院基于积累多年的基础地质成果资料和数据，通过多次向省自然资源厅奔走汇报，与国内一流大数据开发团队沟通交流，学习借鉴国外地质大数据开发的成果范例，倾力谋划了全国首个省域“玻璃国土”建设工程——《贵州省地质三维空间战略调查评价项目》。

该院总工程师蒋开源披挂上阵担当项目负责，集结多个技术部门，与中国地质大学（武汉）及武汉地大坤迪科技有限公司组成百余人的产学研创新联合团队，基于海量地质资料和以往成果数据历时 3 年 2 期（2019—2021）的探索，建成了全国首个省域“玻璃国土”，开发了系列创新建模技术，结合矿政管理需要，完成了全省 4000 个矿业权模型的切制，通过自然资源专网实现 web 调用展示，向自然资源厅提供了地下地质信息查询服务。基于该项目已获批“省域 1 ： 50 万构造—地层格架建模系统”等多项国家专利，正在编制“省域 1 ： 50 万三维地质框架模型技术标准”等 3 项贵州省地方标准。

新的蓝图已经绘就，新征程的号角已经吹响。彰显公益职能，服务能源资源安全，服务生态文明建设，服务防灾减灾，贵州地矿人永远在行动。

助“山地公园省” 建“多彩贵州”

——贵州地矿“旅游资源大普查”纪实

詹海燕　陈明华

时代的坐标，往往会在一个特定历史的节点，成为浓墨重彩的回味，成为催人奋进的回响。2016 年，省地矿局响应了“绿水青山就是金山银山的理念”，建议在全省开展“旅游资源大普查”，由此率先在全国开展省域旅游资源大普查。为贵州“山地公园省，多彩贵州风”提供了坚强的资源后盾，为贵州旅游的发展提供了完备的数据库；助推贵州大生态大扶贫的发展，把乡村振兴落到实处。贵州旅游资源普查的成功，引起全国关注，先后有广西、广东、河南、云南、重庆、四川、甘肃、陕西、新疆、宁夏等省区市的相关部门前来学习与交流经验。

拉开序幕

青山是洗肺的氧吧，绿水是养眼的碧波。

巍巍大山为贵州这个多山的省份贴上了“三无”标志。开门见山，抬眼是山，曾经多少人走出大山远离大山。面对绿水青山，多少人梦想着成为金山银山。

这个梦，贵州人想了很多年。

党的十八大提出生态文明建设伟大战略。省委、省政府确定“十三五”实施“大旅游”战略部署，明确了以山地旅游为基本定位，着力打造“山地公园省、多彩贵州风”，努力将贵州建设成为世界知名山地旅游目的地，推进我省旅游业实现井喷式增长的目标。

2016 年 3 月时任省地矿局总工程师周琦参加省委常委学习归来，心情久久不能平静。他反复思索，怎样贯彻省委把旅游业放在更加突出的位置来抓，坚持以山地旅游为基本定位，着力打造“山地公园省、多彩贵州风”，努力将贵州建设成为世界知名山地旅游目的地，推进贵州旅游业实现井喷式增长的这一目标。周琦深感这一决策恰逢其时，完全符合贵州独特的地质地貌实际与山地资源优势，无疑这也是地矿局和地学界科技工作者的光荣使命，深感作为地矿人的责任重大。

山自豪迈多俊逸，水自灵秀更风流。贵州高原的山与水的默契演绎到极致，千山万水处处诗意传奇，钟灵毓秀无边旖旎。生态文明时代，山地优势尽显，贵州不可复制的生态环境成其以“生态大环境度假生活”为潮流的现代旅游新高地。但是，贵州旅游资源藏在深山人未识，家底如何进一步摸清，这在国内没有先例借鉴。周琦和局党委班子在讨论中逐步形成共识，立足于地勘队伍提供资源保障的大地质观，在时任局党委书记、局长付贵林支持下，3 月 28 日，周琦以贵州省核心专家的名义提笔向省领导建议，以山地旅游资源大普查为重点，摸清贵州旅游资源家底，助力旅游资源保障。

他在信中写道：贵州景色迷人，近十年来旅游业开发得如火如荼，带动了贵州经济的腾飞，旅游开发经济潜力巨大。但总体上来说，贵州旅游资源开发无序，且未得到合理的开发利用与保护，因而，“摸清家底”势在必行。3 月 28 日省领导对此建议做出批示：“此建议甚好！请如培同志带头研究，成立一个领导组，下组建一个专班，制订工作方案，然后在全省动员开展一次旅游资源大普查，力争年底报告成果。”

很快，在省委、省政府部署下，全省旅游资源大普查拉开序幕。2016

年4月19日，全省首次召开旅游资源大普查动员会。省、市（州）、县、乡(镇)及村组十万旅普大军,计划用8个多月时间,查清贵州包括地文景观、水域景观、生物景观、天象与气候景观、遗址遗迹、建筑与设施、旅游商品、人文活动、乡村旅游、康体养生、红色旅游、山地体育等12个主类、52个亚类、230个基本类型的旅游资源，要求到2016年底，完成全部普查工作，建立全省旅游资源普查数据库。

根据省旅游普办安排，由省地调院牵头起草《贵州省旅游资源大普查实施方案》（以下简称《实施方案》）和《贵州省旅游资源大普查技术要求》（以下简称《技术要求》）。全省旅游资源大普查以省地矿局、煤田地质局、有色地勘局为牵头承担单位，以省其他相关事业单位、科研院所和大专院校作为协作单位，以县级行政区划为基本单元，进行资料收集、数据采集、整理、汇总、集成、数据库建设等工作。其中省地矿局负责贵阳市、铜仁市、遵义市、毕节市、黔东南州以及贵安新区等59个县、区、市的旅游资源大普查及州、县级报告编制工作。省级旅游资源大普查报告由贵州省地质调查院编制。

摸清旅游资源家底，贵州地矿人是先行军，他们是高原的拓荒人，更是贵州美景的探索者。

先行先试

省域旅游资源大普查，这是从未做过的壮举。万事开头难，开一个好头更难。

根据《贵州省旅游资源大普查试点工作方案》的安排，按照选择旅游资源丰富、类型较为齐全,特别是自然类旅游资源丰富、普查工作基础较好,1个市（州）选择1个试点县，铜仁市适当增加试点县的原则，对花溪区、凤冈县、钟山区、盘州市、平坝区、赫章县、黔西市、江口县、碧江区、石阡县、思南县、雷山县、瓮安县、荔波县、贞丰县、晴隆县等16个县（市、区）的 17 个乡（镇、社区）进行了普查试点。

省地矿局 114 地质队总工办主任胡丽一开始真有点抓瞎，毕竟是“大姑娘上轿——头一回”。作为 114 地质队旅普试点工作队技术负责和培训负责人，她心怀忐忑。在全省旅游资源大普查试点工作启动会后，该队立即做出部署，组建队伍、组织培训、对接试点。经过与凤冈县反复讨论，确定以凤冈县进化镇为试点乡镇。技术培训时，她用制作精美的演示文稿介绍调查的目的任务、调查范围、调查对象，重点介绍了包括旅游资源概念、旅游资源的评判标准、景点填表描述等内容，特别是问卷调查表应该如何填写的问题。每一个环节每一项流程她都亲自参与，试点工作交流会议上，凤冈县试点工作取得的成绩获得了高度的评价。随后，所有队员挑灯夜战，认真总结，从调查表发放到具体调查、登记，摸索出一套行之有效的项目组织实施经验，总结了关于旅游资源大普查工作在项目组织及实施流程方面的“凤冈经验”，并在全省第三次业务骨干培训会上向全省 38 个县区进行推广，为全省旅游资源大普查工作的顺利开展提供了进一步的保证。

万事开头难。在思南试点时，省地调院陈明华记得他陪同村民组长爬坡上坎走了近两个小时，为了去看一个“洞”。到实地一看，就是一个只能进一个人，深约十来米的小裂隙，钟乳石也没有。一问填表的人，他说：“小时候放牛去过，那时几个伙伴还时常进去玩，现在几十年没去过了，怕洞长大了有好看的。”这只是旅普过程中调查时遇到的一个小插曲。陈明华介绍说如果这样的点多了，就耽误了正常的资源普查进度。

试点从 2016 年 5 月 3 日普查队进入试点单位实地开展工作，至 5 月 25 日普查队集中总结汇报，总计 23 天。此次试点普查共发出旅游资源单体调查问卷 1500 多份，收回有效问卷 585 份。通过对旅游资源的实地普查，共计完成资源单体普查 725 处，其中新发现 341 处，占普查资源总数的 47%。经普查队初步评价，等级以上资源 560 处，其中优良级资源 153 处。

与此同步，省地调院牵头继续完善《实施方案》和《技术要求》等的编制工作，并经省旅普办专家组完成审查工作，于2016年5月底正式发布。这就有了统一的工作规范，有了统一的标准，在大家都不清楚怎么弄的情况下，有了行业的操作手册。

《技术要求》以国标为基础，结合贵州特色，把贵州旅游资源共分成了12个主类、42个亚类、210个基本类型。在国标的基础上结合贵州实际新增了红色旅游、乡村旅游、康体养生、山地旅游等四类独具特色的类别。从标准上就看出，真正体现出了“山地公园省”资源调查的特色与方向。

整装集结

试点结束，随着任务分配，旅游资源大普查紧锣密鼓开展。

省地矿局各单位立即进行组队，组队的原则必须“群专结合、条块结合”混合编队。因此，组队要求普查队长由承担普查的地勘单位委派，普查队副队长由县（市、区、特区）国土资源局、县（市、区、特区）旅游部门各委派1人。队伍结构要求普查队应吸收地学、旅游、环保、建筑园林、历史文化、生物等专业技术人员参与，并熟悉普查区旅游环境、历史文化、建筑园林、森林生态等有关的专业知识；此外成员单位除委派的地勘队伍和国土资源局、旅游部门外，还应包括县文化、林业、水利、发改、文物、气象、党史部门以及所在乡镇基层政府等。

组队容易，可开展工作难。怎么个难法，没经历过的难以想象。对于一群天天与石头、与矿产、与地质灾害、与地下水、与各种地质相关工作打交道的人，唯独对旅游接触甚少。

102地质队需要组建四支旅普工作队，奔赴遵义市汇川区、绥阳县、播州区、习水县。为了圆满完成此项任务，时任队领导班子高度重视，立即组织召开专题研究会，传达学习省政府、局、地方政府关于开展旅游资源大普查的各类文件、通知，并做了详细周密的安排部署。

“此次旅游大普查工作，要调查的资源覆盖面广，种类繁多，四个旅普组的队长必须有丰富的地质知识，以及长期在野外的经验……”“各组组员中还要有从事管理的人员参加，最好有会摄影、会写作的……”

经过专题会的讨论，最终确定了由曾继富、杨旭、魏泽权、向文勤这四位既能说会道，又有丰富地质知识的同志担任组长，而组员则从102地质队的各个部门进行抽调。

105地质队詹海燕回忆：“旅游资源大普查既是新课题，也是省、局党委的信任和考验。选好将派好兵是当务之急，旅游资源涵盖面广，资源种类繁多，用通俗的话说需要上知天文地理，下晓民间传奇；既要客观真实，也需要合理想象。”

根据省旅游资源大普查工作安排，105地质队承担的开阳、息烽两县列入第三批省级培训。听到试点单位的弟兄们都下到一线进行工作了，两位旅普队队长心急如焚。既然是新项目，没有人搞过，也没有现成模板参照，那就笨鸟先飞。在省级培训开展之前，确定了三步措施。一是取经学习：大队旅游普查执行组长詹海燕带着组员到省旅游资源普查试点单位请教，了解调查程序，从何入手，需要配备的设备等等。二是熟悉县情：他们从网上搜集相关内容，并广泛搜集两地的县情、人文地理、风俗习惯，打印发放给队员们学习熟悉。三是摸索自学：组织学习关于旅游资源普查规范相关要求，没有学习资料，就从兄弟单位多方面收集，在参加省级技术培训前先行学习，先找难点，然后带着问题参加省的培训。

关起门来是十万大山，打开门是金山银山。在我们眼里不起眼的绿水青山在游客面前就是漂亮的风景线，就是座座聚宝盆。旅普队员形象的比喻让乡镇村干部们思路陡开。闻听是为家乡找旅游资源，乡镇、村干部热情高涨，没听清楚的纷纷围上前打听什么是旅游资源，怎样填表。大家表示回去动员，尽快把旅游资源信息收集上来。

一场旅游资源大普查动员会暨技术培训调动了乡亲们的热情，一幅幅旅游资源大普查宣传标语，让纯专业的调查更贴实际，全民参与的旅游资源大普查工作轰轰烈烈地开展起来。

争分夺秒

2016 年 6 月 14 日，省领导对旅游资源大普查作重要批示强调，这项工作史无前例，意义重大，一定要做好，做扎实，做出成效。

历史将会证明，这次普查对贵州的发展多么重要。

时间紧，普查工作打破常规，边收集资料边做设计边调查“三同时”，外业组白天分赴野外作业点，晚上搞资料整理。旅游资源大普查工作，从一开始便如一架战车，在与时间争分夺秒，旅普队员都像是上了发条在冲刺。

虽然通过了培训，可实际工作时遇到的困难还真是难以想象。普查队员边干边学，统筹安排质量和进度，工作往前赶，边干边总结。

101 地质队负责的雷山县山高林密，旅游资源丰富，特别是雷公山一带旅游资源可以说是星罗棋布。该队负责旅游资源大普查的杨宗文思索此事，提出开展“雷公山主峰——雷公坪旅游资源专项调查”，得到了雷山县大力支持。历时四天，调查队从雷公山主峰北东进入无人区，其中两天处于“失联”状态。调查队员一边负重前行，一边开展旅游资源调查工作，共完成了地文景观、水域景观、生物景观、遗址与遗迹、天象与气候等 5 大类约 70 个旅游单位调查，其中绝大部分属新发现。许多旅游资源单体具有较高观赏性，如巅峰断层、原始箭竹林、七里冲冰川谷地、张秀眉部防御北门关隘、百亩前人梯田等都有一定规模体量和较高等级。

这从调查队员王康年的《旅普日记》中可见一斑。

103 地质队旅普队员在铜仁市碧江区工作过程中，在坝黄镇木弄村岑来坡组揭开一片优质石林的面纱，获得中国地质大学（武汉）曾克峰教授肯定，对该石林给予高度评价。他认为该石林是一个天然盆景式且极具生命力的自然景观，从面积和单体的数量、组合、均匀性及密集度上讲，已经具备一个独立园区的条件，与周边的温泉、溶洞、古树林等旅游资源形成互补，有非常好的开发前景。

当旅普队员把那层神秘的面纱揭开，当地村民惊呼，天天走上走下，没想到身边的环境就是美景，居然一直没发现。真可谓“不识庐山真面目，只缘身在此山中”。

在榕江仁里乡，104 地质队旅普队员孟庆田等人在向导带领下，走过蜿蜒的山路，蹚过清凉的溪流，踏上简易的独木桥，最终来到了孤零零的“美国山”，来到了毕德森安葬地和美军飞机迫降地。

据年长的侗族老人介绍，1944 年 6 月 16 日，为帮助中国人民抗击日本侵略者，美国一架飞虎队运输飞机运送抗战物资，因机械故障，途中迫降并坠落在榕江县仁里水族乡仁吉村，随机 3 名人员，2 人受伤，1 人遇难，遇难者为美国海军预备役部队战士毕德森。当地侗族乡亲闻声赶来，积极抢救幸存者，并将遇难者进行安葬。为纪念这位美国战士，国民政府还特意从榕江县城运来专门制作的墓碑，立于毕德森的坟前。毕德森下葬数月后，其遗骸被带回美国，立在他坟前的墓碑，却被善良的仁吉村侗族老人吴冬梅珍藏在家中 37 年。通过旅普工作的宣传以及媒体报道，这段不为人知的感人事件才得以重见天日。后来根据当时的故事，拍摄题为《美国山》的纪录片，见证中美友谊。仁里水族乡政府在飞机失事地、毕德森安葬地点设立了纪念碑，让过往群众永远记住这位曾经帮助中国抗战而牺牲的美国士兵。

106 地质队在道真大沙河景区调查时，旅普队员张永松还记得，为了拍摄甑子岩的全貌，需要爬上与之相对的另一座山峰。看起来并不很高的笔架岩，让他们吃了不少苦头。陡峭的石坡、灌木丛中的荆棘，延缓了登山的进度。有的需要爬行或蹲着通过，有的在崖壁边缘，看着就心惊胆战。经过一番努力，手脚并用爬到山顶时才发现身上布满伤痕。虽然没有拍下最好的甑子岩，但偶遇国家一级保护动物小熊猫又一次激起他们探索的激情。

108 地质队旅普调查队是一支年轻的队伍，许多工作不只是摸着石头过河，更是碰壁后的深刻反思，不分白天黑夜地工作、讨论、总结。文科生赵小菁幸运地参与到旅游资源大普查。在一次“跳花坡”的调查中，带路的村支书说只需要半个小时，结果共花了 4 个多小时。土生土长的村支书在领着大家下山时，居然也找不到来时的路。虽然顶着大雨，饥肠辘辘，大家却为发现和调查这个旅游单体而开心。

109 地质队负责纳雍县旅游资源普查工作，县委、县政府对发展旅游产业热情高涨，该队在羊场乡调查发现以金蟾大山、万象谷、幽灵谷、珙桐王为代表的众多优质旅游资源，为发展山地旅游提供资源保障。一石激起千层浪，乡党委、乡政府配合该队对查出的旅游资源通过多种渠道进行对外宣传。县委、县政府对进入拥有优质旅游资源的乡镇的道路、未来景区构建等进行初步设想和规划，地方的生活用水、网络互通、交通运输等基础设施有望改善，旅游资源大普查工作的意义在此得到初步体现。

由于是第一次接触这种类型的工作，111 地质队熊沛文回想起来，从搜集资料、联系各社区、村委会和景区管理人员，从各旅游普查资源点的调查到后期的资料整理，还真是收获颇多，感受颇深。即便是位于贵阳市南明区图云关的森林公园，早就听说过大名，原以为很了解了，走进却有新的发现。他们不仅领略森林公园独特的生态之美，而且还了解调查其中诸多的人文景观。一路走访，被森林公园的美景和深厚的人文历史所吸引，也为能将这样优良的旅游资源呈现给世人而感到由衷自豪。

“世上神仙知不远，桃花只待有缘人。”作为十万旅普大军的一分子，113 地质队的仇世邦有幸参加了金沙县的旅游普查工作，内心充满了按捺不住的激动和新奇。经过 120 天的日夜奋斗，他们共普查旅游资源单体 1017 个，其中新发现单体 524 个，优良级旅游资源单体 37 个，行政村覆盖率 100%，以优秀的成绩通过了省专家组野外验收。

普查工作是一件辛苦的事，同时也是一件愉快的事，发现资源就更加让人激动。115 地质队临近退休的管利明，有幸成为旅普队员。他回忆道，站在清镇与黔西交界的鸭池河边，仰望山峦，如黛色的剪纸一般。那延绵起伏的轮廓和形状独特的山峰，给了他们无尽的遐想。凝视许久，一个诗意般的景象突现脑海：那翘首向上的山峰不恰似“猴子观天”的景致吗？于是一个由普查队员命名的旅游单体就这样诞生了，并被标注在旅游普查的版图中。

村中的一棵古树、路边的一簇野花，树上的一群飞鸟，甚至一块奇异的岩石，都可能成为一个景观、一个不可复制的旅游资源。我们只有亲近与融入大自然，才能使锦绣大地上的山更青、水更绿、景更佳，使我们的生活也变得更加美好。

不负所望

回望旅游资源大普查那一张张表格、一幅幅照片，所有的酷暑烈日下的背影、泥泞湿滑小路上的脚印、洞穴峡谷内的惊险都已成为过往。

时代，总会记下那些闪光的身影。已经过去的2016年，在省地矿局的历史中，一定会留下旅普队员们洒下汗水和辛劳的足迹，留下他们付出心血和智慧的光彩瞬间。

“不行，一定要到现场去。”顶着七月盛夏毒辣的阳光，时任测绘院党委书记、院长罗斐十分执着。他头戴草帽，拄着拐杖，和其他普通的旅普队员一样赶赴调查点。其实，就在2016年上半年他还因腰伤复发住院，这样的身体状况，实在是不适合走太多的路。这一路上翻山越岭，即使他的衣襟湿透，他仍然咬牙坚持。为了高质量完成旅游普查工作，他带头深入各普查景点现场，充分调动一线旅普队员的工作热情，保证了贵阳市乌当区、观山湖区旅游普查工作的顺利开展。

105地质队息烽旅普队的同志入驻晚，他们与县旅普办密切配合，锁定县重点区域重点资源调查，派出三个外业组突击县域北部的乌江峡谷。乌江流急、滩多、谷狭，江水在崇山峻岭间奔腾咆哮，两岸悬崖陡峭，自古被视为天险。他们租了条小机动船，为保证安全，让会水的王文勇和杨锦上船。两人站在小木船上，陡峭的崖壁、奔涌的水流、肆意的漩涡，让人看着都头晕目眩。面对滔滔江水，零距离的接触让他俩心畏。他俩稳定心神，克制着恐惧，把注意力转到采集数据中。当晚全体队员集中整理资料，欣赏他们冒险拍下的绝美画面，情不自禁地叫好。正是在他们普查成果的基础上，息烽县送交的视频《乌江温泉峡》在2016年国际山地旅游大会上滚动播出。

旅游资源大普查是一次全域性、全方位、全要素、全覆盖、拉网式的大普查，其工作量和工作强度可想而知。对112地质队年过半百的张宝明来讲，更是一次挑战。“我在贵州等你”是张宝明在旅普工作中通过微信、QQ等方式对外宣传贵州旅游资源的标签，大家都习惯称他为老张。他身体单薄，略显佝偻，但却十分精神。自开展旅游资源大普查外业工作，他仔细阅读《技术要求》，查阅相关资料，拟出长达5000字的旅游普查《工作指导方案》，并结合多年的工作经验，对参与旅游普查的年轻人进行现场培训。该队与老张同在一组的韩家家回忆，一次他和老张对“兰花岩峡谷”进行补充调查。深秋时节，急剧下降的气温，为野外普查工作增加了难度。两人边记录边拍照，7个小时才来到出口。此时两人的衣裤都已湿透，老张颤颤抖动。按说，此时收队回营地也是情理中的事，可老张坚持要把调查工作做完才肯返回。

老张的一举一动，小韩都看在眼里，深深地体会到这就是老张常对他们说的责任和担当。

在旅游普查队员中，有这样一群人，不能不提到她们，她们除了与男队员性别不同，却承担着同样的任务，同样付出了极大的牺牲，做出了极大的贡献！

105地质队开阳普查队外业二组组长姚玲，个子不高而瘦削，如邻家女子般温婉，却已有了十年的野外工作经历。她是一名旅普队员，也是一位3岁孩子的母亲，她把孩子寄养在同事家里，请同事媳妇帮忙照顾。到开阳实地普查后，很少有机会和孩子家人团聚，每当孩子在电话的那端问起“妈妈，你在哪里？”的时候，她总是热泪盈眶。作为母亲，谁不想陪伴在自己的孩子身边呢？可她还有一份责任，就是要把这次的普查工作做好。

102 地质队汇川区普查队中的女同志多。黄森，个子不高，说话带“公主嗓”，不了解的以为她是典型的“千金小姐”，殊不知，她却有好几年的野外工作经历。当得知要参加旅游大普查时，她二话不说，立马投入工作中。左婕妤是管理岗位上的同志，去野外的时间不多，对专业上的东西不懂。为了能更好地开展工作，她总是“黏糊”着同组的其他专业技术人员，一遍又一遍地请教。

像旅普队员中不让须眉的“女汉子”还有很多。环境院赫章普查队技术负责人李丙霞，她是队伍的支柱，赫章试点工作刚开始，她作为主力，冲在前线，为后面的工作能够顺利开展积累经验，从资料的收集整理，到试点乡镇技术培训和问卷调查，她都亲力亲为，当有人不了解的时候，她一遍又一遍耐心地解释，说完之后，她的嗓子经常沙哑得连话都说不出来。她心思细腻，也是队伍中的知心姐姐，大家都亲切地称呼她丙姐。

117 地质队王学芬不能忘记在天柱普查那段冲刺的日子。天柱面积 2200 多平方公里，涵盖 16 个乡（镇）及街道办事处 326 个行政村。“开始就是冲刺。”全体队员没有周六周日，更没有节假日，大家起早贪黑，夜以继日，即使遇到下雨天出不了门，也是抓紧整理资料。三个多月的普查，完成了 811 个旅游资源单体的普查，其中新发现旅游资源单体 594 个，优良级单体 10 个。

新的时代已经来临，回望那如火如荼的岁月已沉淀为脑海中不可忘记的记忆，成为曾经的过往。贵州省旅游资源大普查必将载入贵州大旅游大生态发展的史册之中。在这一壮举中，省地矿局承担并按时完成全省 59 县（市、区）旅游资源大普查工作，17 个地勘单位千余名地质队员参与，查明各类旅游单体资源 56570 处，其中新发现 34800 多处，新发现旅游资源占总数的 61.5%。依托普查成果，省地矿局协助政府有关部门申报国家级地质公园 1 个、省级地质公园 10 个、建成全国首个旅游地学文化村，助力“山地公园省 · 多彩贵州风”贵州旅游品牌建设。旅游资源大普查成果已成为贵州省“大旅游”发展的重要支撑，成为省委、省政府和地方各级政府做出相关决策的重要参考，为旅游产业井喷式增长提供了资源支撑，为高水平编制旅游开发规划奠定了基础。

保护百姓安宁的利器

——贵州地质灾害自动化监测纪实

欧德琳　陈　瑶　何晓华

2022年6月18日，省、市、区发布地质灾害气象黄色预警，到19日凌晨，预警提升为橙色和红色，安顺市平坝区地灾防治值班室全天候不停调度，异常忙碌。

当日，平坝区收到贵州省地质灾害防治指挥平台的雨量预警信息57条，其中赫然显示五一村半坡龙坑组的预警信息，并随着时间推移，预警等级不断提升，隐患点裂缝仪19日8时43分发生10毫米变化，系统发出蓝色预警；9时15分，裂缝仪发生29毫米变化，系统发出黄色预警；10时43分数据增加到35毫米变化，系统及时发出橙色预警。橙色，十分危险的预警等级。平坝区相关部门根据预警信息，11时果断组织受灾群众迅速撤离，五一村半坡龙坑组52户201人平安避险。

六天后，6月24日12时57分，省地质灾害防治指挥平台对晴隆县安谷乡前进村团坡组大寨地灾隐患点发出橙色预警。黔西南州自然资源局地质灾害应急值班人员第一时间派人赶往现场核实，隐患点已经出现发灾前兆。当地政府迅速启动临灾避险预案，迅速组织受威胁群众紧急避险撤离。

及时预警，迅速撤离，成功避让，这是贵州省地质灾害监测预警系统（自动监测预警平台）屡屡立下的“战功”。这些隐患点安装的雨量计、裂缝仪等设备，成为保护百姓生命安全的利器，实时将监测数据传送到监测预警系统，系统智能分析后发现曲线波动超过正常范围，自动发出地灾预警。凡通过贵州省地质灾害防治指挥平台发出红色预警的，均及时采取避险措施，切实有效保障了人民群众生命财产安全。

贵州位于云贵高原东部西南山区腹地，是全国地质灾害最为严重的省份之一，地质灾害易发、多发、频发。截至目前，全省共查明有变形迹象的地质灾害隐患和圈定具备成灾条件尚未发生形变的风险斜坡 28221 处，潜在受威胁群众 200 余万人。

地质灾害监测预警，堪称世界性技术难题。

科学防灾闯新路。肩负全省防灾减灾重任的贵州省地质环境监测院（贵州省地质灾害应急技术指导中心），认真落实生命至上，人民至上，坚持以防为主、防抗救相结合，坚持常态减灾和非常态救灾相统一，全面提升全社会抵御自然灾害的综合防范能力。按照省人民政府要求，坚持将科技成果转化运用，通过运用高科技手段，提升地质灾害监测预警科技能力，打造“人防 + 技防”专业保障体系，最大限度强化地质灾害防治，化解技术难题。

这一利器的打造，还得从 2017 年说起。当年，纳雍县“8 · 28”特大型地灾发生，造成人民群众重大生命财产灾难后，针对全省地质灾害“技防”能力不足的问题，省政府下达了“提升贵州省地质灾害监测预警科技能力行动专项”任务，成立省地质灾害监测预警科技能力建设工作领导小组，实施全省地质灾害监测预警“1155 工程”，全力提升地质灾害大数据监测预警、应急会商和临灾处置能力。2018 年，全省开展以县为调查单元的专业排查，摸清高位隐蔽性地质灾害隐患发育分布情况。省自然资源厅成立专项工作领导小组，组织省地矿局、省有色和核工业地质局、省煤田地质局所属 28 支专业队伍，对全省 88 个县（市、区、特区）开展高位隐蔽性地质灾害隐患专业排查，并邀约全国 30 余个厂商开展了自动化监测示范点建设，开始大规模自动化监测隐患点建设工作，这项工作列为贵州省

2018 年度“十大民生实事”工作，由环境院具体组织实施。

接到任务后，环境院从 2018 年开始，举全院之力打造贵州省地质灾害防治指挥平台，实施“1155”工程，即“一台多网”“一体五位”“五台融合”“五级管理”，开始全省大规模、大范围地质灾害自动化监测隐患点的建设。最多的时候，野外有近 100 个施工组在同步施工、安装、调试。到 2022 年 11 月底，全省已建成地质灾害隐患自动化监测点 7771 处，安装设备 26421 台（套），安装传感器 39896 个。指挥平台智能监测 24 小时在线，在节省人力、智能识灾的同时，也在全国大数据防灾减灾方面做出了科技和制度结合的全新探索。

为打造这一利器，环境院地质科技和管理人员抓住“建、管、用”三个关键环节，付出了艰苦努力和辛勤汗水。

找准监测点，建好监测点，“建”是至关重要的第一环。为确保地质灾害隐患自动化监测点项目建设施工质量，提高监测数据的稳定性，他们对地质灾害隐患监测点建设设计方案、施工标准、通信标准、数据标准等统一规范和要求，为我省地质灾害大数据的聚、通、用奠定了基础。开展核心设备现场测试，优选设备供应商。确保供应商具备核心设备定制研发能力，采购的设备质量可靠，采集的数据精确。加大对自动化监测施工的质量监管，组织专家组成专项检查组对野外施工现场、设备进行检查，针对设备的安装情况，雨量计、裂缝计的触发等，并提交影像记录，有效保障了自动化监测点的建设质量。与此同时，充分利用信息化管理手段开展施工质量监管，利用我省自主研发的地质灾害监测预警工程项目管理 APP，按照统一标准、统一工具的方式，从现场踏勘技术交底、基础施工浇筑、护栏安装、设备安装调试等，对施工进行全过程记录管控，确保项目施工质量，提高了项目推进速度。

建的目标在于运用，“管”成为关键的第二环。环境院通过“三部曲”持续加强对自动化监测设备的运行维护调度管理，实现运维管理规范化。“第一部曲”加强对运维责任单位管理，落实自动化监测设备运行维护责任，确保设备稳定在线，不断加强对运维责任的落实监管，将运维成效与项目资金的结算挂钩，加强对运维责任单位的督促和考评。“第二部曲”利用地质灾害自动化监测设备运行维护调度管理系统自动发送设备故障调度指令。借鉴目前成熟的自动化派单管理方式，开发了贵州省地质灾害自动化监测设备运行维护调度管理系统，并已全面集成至省地质灾害防治指挥平台，平台上设备显示故障时，系统将自动通过钉钉软件向运维责任单位负责人发送运维调度单，并全程记录整个调度响应涉及的人员、时间、过程、结果，实现了运维过程全程记录，运维结果实时反馈，运维响应可跟踪，响应时间可查、可追溯，运维时效可统计。“第三部曲”加强人工调度，安排专人专职，负责关注监测预警平台，查阅数据异常情况，核查产生预警的数据，并向运维责任单位下达运维调度单，并对系统自动下发和人工下达的运维调度单进行跟踪处置和统计，审核运维责任单位上报的运维结果，确保运维调度流程的准确性和真实性。通过“三部曲”，全省地质灾害自动化监测设备在省地质灾害防治指挥平台上总体在线率达95%以上。

建好了，管到位了，发挥作用是关键中的关键。环境院全力以赴加强三个建设，让利器物尽其用，造福于民。首先加强应急体系建设。建立了省、市、县地质灾害指挥部及指挥部办公室、应急技术指导中心，专职从业人员380余人，基本实现人员、装备、技术“三到位”，基层地质灾害防治力量得到加强，地质灾害应急处置能力得到大幅度提升。其次加强综合防灾能力建设。坚持地质灾害监测预警“技防”与“人防”相结合。全面完成88个县（市、区）地质灾害群测群防高标准“十有县”建设，建成贵州省地质灾害防治大数据平台；按照技术现代化的要求，省地质灾害应急技术指导中心装备了应急指挥车、旋翼航拍系统、三维激光扫描仪等设备；研制了微信报灾、地质灾害防治APP巡查系统，开发了一线监测直报、项目管理等行业应用程序。再次是加强地质灾害防治指挥平台建设。地质灾害防治指挥平台，是“贵州省提升地质灾害监测预警科技能力行动专项”重要组成部分，总投资为4383万元，建设期2年（2020—

2021年）。该平台既是全省统一的信息化应用平台，实现省、市、县三级协同管理，省、市、县、乡、村五级协同响应，跨平台数据交互的信息化应用平台和移动端APP，实现信息化标准统一、数据源统一、业务流程统一、智能化分析辅助决策，随时随地高效为各级地质灾害防治参与人员供技术支撑服务；又是全省统一的标准化数据仓库，对与地灾相关的多源异构数据进行标准化定义，构建一数一源数据管理体系，实现大数据分析与应用，为业务平台数据治理、大数据分析、运行维护提供智能化分析、机器学习、模型训练等服务。指挥平台实现多源信息汇聚分析、业务动态管理、监测预警、指挥调度的信息化、数字化，对空（InSAR监测）、天（LiDAR监测）、地（调查评价、物联网监测数据、群众报灾、网络舆情等）多源异构数据的汇聚分析，辅助决策指挥调度，实现地质灾害防治全业务工作的动态信息化、数字化、智能化管理。指挥平台构建贵州地质灾害多参数监测预警模型，通过大数据分析、机器学习、模型训练等技术探索构建贵州地质灾害多参数监测预警模型，全面提升贵州地质灾害监测预警能力。

省领导高度重视贵州地灾防治工作，2021年6月29日，省委副书记、省长李炳军来到省地质灾害技术指导中心，详细了解全省地质灾害防治指挥平台运行过程，远程查看地质灾害隐患点情况。他表示，大家用辛勤努力日夜守护人民群众生命财产安全，向大家表示慰问和感谢！要求大家继续绷紧安全这根弦，严格值班值守，强化监测预警，有力统筹调度，以干部的辛苦指数换取群众的平安指数、幸福指数。李炳军省长强调，要以对人民群众高度负责的态度，将地质灾害防范工作摆在更加突出位置，压紧压实各方责任，完善和落实行之有效的防治措施，把隐患排查治理各环节工作抓细抓实抓到位，严防各类灾害事故发生。大力推进地质灾害智能化监测预警全覆盖，紧密结合群测群防，发现险情苗头果断实施提前转移避险，确保安全度汛。从根本上解决地质灾害隐患问题，改善群众生活居住和发展条件。省长的关心关怀和具体要求，为全省地灾防治工作正确导航，增添了动力。

厅局领导也十分关心地灾防治及预警预报工作。2022 年 5 月 18 日深夜，省地质灾害防治指挥部副指挥长、省自然资源厅党委书记、厅长周文来到地质灾害防治省级平台值班室，详细了解地质灾害防治指挥平台监测运行情况，查看风险预警分布及应急防范情况，分类调度地质灾害综合防治工作。这时，地质灾害橙色风险预警响起，指挥平台监测发现黔东南州凯里市一处地质灾害隐患点发生位移形变，周文立即督导值班人员与隐患点专职监测员联系，告知风险情况，要求监测员复查核实隐患点风险，如有紧急情况，及时疏散撤离周边群众避险，并将核实情况及时报送省厅和所在地政府及自然资源部门。周文强调，全省自然资源系统要以容不得一丝马虎、容不得片刻松懈的态度，以最高标准、最严要求、最硬措施抓好地质灾害综合防治工作，以实际行动践行“人民至上、生命至上”要求。要严格落实 24 小时值班值守。深入一线排查巡查要实，分析研判要科学全面，切实提升风险预测精准度和准确率。用好技防措施，围绕省地质灾害防治指挥平台功能运用，紧扣“一体五位”群测群防体系完善基本信息，确保人民群众生命财产安全。

2022 年 8 月 30 日，省地矿局党委副书记陈代军到省地质环境监测院调研指导工作时，语重心长地指出，地质灾害防治是环境院的主责主业，要站在人民至上的政治高度，全面加强地灾防治特别是预警预报工作，加强科技创新，扎实认真做好各种风险隐患防范与化解，为人民生命财产安全和贵州高质量发展提供安全保障。

地质灾害防治工作任务光荣而艰巨。“我们在加强人防的同时，着力注重技防。汛期一到，风险研判、临灾预警、应急响应、技术支撑等成为我们的常态工作。贵州地质灾害易发频发，我们随时保持临战状态。”环境院副院长李阳春说。

随着自动化监测预警系统投入使用，GNSS 加速度计、雨量计、裂缝计、深部位移计……这些地质灾害自动化监测预警利器时刻“盯”住地质体的一举一动，并将数据传到监测预警平台。自动化监测预警设备安装过程中，将会根据地质灾害隐患点隐患特征和成因机理，选择安装地表位移、地表裂缝、深部位移、降雨量、土壤含水率、次声等方面的监测仪器。这些仪器采集的数据通过GPRS、北斗系统等将数据实时传输到数据库平台，然后预警模型智能分析判断数据，自动生成预警信息，预警信息会自动发送给相关责任人。

贵州省地质灾害防治指挥平台建成以来，实现了地质灾害自动化监测设备物联网管理，数据汇聚处理，预警分析及预警发布。通过制定《贵州省地质灾害监测预警平台使用暂行规定》《贵州省地质灾害专业监测技术指南》《贵州省地质灾害专业监测数据采集与传输标准》，完善了大数据平台应用管理程序和监测预警响应机制，这是全国第一次从省级层面实现了自动化监测点建设规范性、数据采集与传输协议统一性。贵州开展综合防治体系建设以来的五年，是地质灾害排查调查最深入、监测预警最细化、综合治理最科学、能力建设最全面的时期，五年间，全省共成功避让地质灾害 106 起，在防治工作中有效处置险情 599 起，地灾防治取得令人欣喜的明显成效。

“依靠这一利器，我们提前侦听到地质灾害的信息，及时临灾预警，防患于未然。”地质环境监测人充满了自信和自豪。

五年来，贵州创新性地建成一套拥有自主知识产权的全省地质灾害防治指挥平台，系统提前预测地质灾害发生的时间和地点范围，达到监测预警地质灾害的目的。“实验结果表明，我们的方法有效降低了滑坡，崩塌三级、四级预警空报率，提升了预警精细化程度，为守护青山绿水，保护百姓安宁，助推贵州经济社会高质量发展，做出了应有贡献。”环境院院长吕刚高兴地说。

填好“这一张图”

詹海燕　解先玲

如果你选择了地质事业，那么就无怨无悔地付出。如果你投入大山的怀抱，那么就必须学会坚强！

这写在贵州省地质调查院院史的一段话，道出地调人的心声。省地调院成立以来，承担着基础性、公益性、战略性地质勘查、水工环、物化遥调查等调查及研究工作。2012 年以来，他们跋山涉水，风餐露宿，战荒漠、涉深谷，完成了 1：5 万区域地质调查 18 个片区 88 个图幅，国土面积累计 4 万多平方公里。该院院长、三级研究员张慧表示，地调人对国家和社会经济发展的最大贡献，就体现在“这一张图”。

区域地质调查“这一张图”

众所周知，我们生活的地球经历 45 亿年演变，充满了未知。丛林茂密、溪谷蜿蜒，山峰耸峙，沟壑纵横，大自然的神秘莫测隐藏着自身的规律，地底深处的奥秘吸引了人们探求的目光。

亿万年漫长的历史，假设有这样一个地质钟存在，把地球 46 亿年的历史浓缩为一天，在 24 小时的地球历史中，人类在最后两分钟才站上历史舞台，而最后的一分钟，现代人类出现，对整个地球发展史来说，仅仅只是一瞬间。今天我们所看到的地球在亿万年复杂的演变中早已是沧海变桑田。也许昨天的海底变成今天的高山，昔日陆地却沦为海洋。区域地质调查就是揭开这神奇面纱的基础。

区域地质调查是指在选定的区域范围内，运用现代地质科学理论和技术方法，在充分研究和运用已有资料的基础上，按规定的比例尺进行系统的区域地质调查、找矿和综合研究，阐明区域内的岩石、地层、构造、地貌、水文、工程地质等基本地质特征及其相互关系；研究矿产的形成条件和分布规律，为经济建设、国防建设、科学研究和进一步的地质找矿工作提供基础地质资料。因此，区域地质调查是为国民经济各部门、重要经济建设区、城市发展和国土规划等提供必要的区域地质资料的基础性和公益性工作。

区域地质调查是地质工作的先行步骤，又是地质工作的基础工作。其中1：5万区域地质调查又是最基础的地质工作。1：5万区域地质调查旨在查明岩石、地层、构造等地质体的特征、属性、空间分布与相互关系，研究各类地质作用，揭示成岩环境和构造演化等，阐明自然资源赋存的基础地质背景，解决存在的关键基础地质问题，提高地质认知水平，促进地球系统科学发展，提交的公益性基础地质资料和信息，服务于国家经济社会发展、生态文明建设和自然资源管理。

该院自成立以来，先后赴青藏高原、大漠戈壁开展地质工作，是一支敢打硬仗、敢打大仗的队伍。其以两个“G”一个地质锤和“3S”组成的院徽，辅以蓝色地球为背景，反映了该院基础地质工作特点。其内涵表明在继承发扬光大“三光荣”传统的基础上，运用3S新理论、新技术、新方法，勇于开拓创新，为贵州基础地质研究、资源保障、环境保护提供有力的技术支撑。

据了解，该院成立于1999年，建院初始正值国家实施新一轮国土资源大普查和西部大开发，给该院发展带来了机遇。自2001年该院根据中国地调局成都中心部署，在兄弟单位支持下，完成2个图幅1：5万区域地质调查（不带矿产）。2006年至2010年该院启动并完成了8个图幅1：5万区域地质调查。2012年至2018年，他们以投标方式取得18个片区88个图幅，完成了共计4万余平方公里的基础地质工作。其中通过评比，获得全国区域地质调查优秀图幅展评二等奖2项、三等奖1项，获得西南地区新开区域地质调查项目资料展评第一名1项、第二名1项。

想尽千方百计为了“这一张图”

打开一张张1：5万区域地质矿产图，无数的点构成曲曲折折的线条，述说地球演化的历史。而这些无数的点，都是地调人双脚走天涯用心血和智慧凝结而成的。

2006年初，国务院《关于加强地质工作的决定》下发，正值《国土资源大调查“十一五”规划》开局之年，决定在全国层面并重推进1：25万区调修测与1：5万区域地质调查工作。为加强地调院技术力量，省地矿局党委决定建实地调院。时任院长代传固有着近40年的工作经验，他把做好区域地质调查工作作为带队伍传承区调传统的有力支撑。面对从区调院（108地质队）和物化勘院（109地质队）两个单位抽调人员做实组建不久的地调院，他注重带好一支纯粹的队伍。他相信，一支纯粹的队伍可以让技术更精湛、业务更过硬、作风更扎实。

1981 年参加工作的张慧从基层一线到技术管理，深知技术业务质量对地调院来说，就如士兵手中的枪一样重要。2016 年 12 月接任院长后，他与党委班子一道，高度重视项目的实施与管理，积极调动全院技术和管理力量，通过加强基层人才队伍建设、落实野外一线“师带徒”制度、狠抓项目质量管理等手段，不断提升单位成果技术水平，努力实现“西南一流、全国知名”的愿景，并被评为全国 A 级地勘单位，多次荣获中国地质调查局优秀地调院称号。

这支队伍曾挺进昆仑，走进藏北，在生命禁区穿越，填补青藏高原空白区，经历了各种极端条件下的考验。1999年至2002年，他们就完成了贵州省茂兰、九仟以及宰便、高武等4幅1：5万区域地质调查，其中九仟幅、宰便幅被评审为优秀。这四个图幅为后来完成贵州18个片区88个图幅的1：5万区域地质调查规范化标准化开展和人才培养打下了基础。

2006年该院建实以来，全院的区域地质调查工作以1：5万区域地质调查为主体全面铺开，进入了一个新的调查阶段，开启了该院多片区多图幅联测的1：5万区域地质调查大幕。

2012年实施找矿突破十年战略行动，这一年贵州锦屏、黑树庄、罗悃、绥阳片区20个图幅同时启动，院党委统筹谋划，精心安排人员，班子成员分别带队，做好质量和进度跟踪，以确保高质量按时完成。至2018年在地调项目如火如荼开展的8年中，18个片区的区调工作，大部分项目作业队连轴转，有些甚至是利用项目的时间差，同时承担两个区调项目。

2016年国家地质调查项目由委托转为招投标方式，项目来源方式的转变，对该院同样提出考验。

编制标书，参与竞争，对长年野外工作跋山涉水的地调院同志来讲无疑是一个新课题。标书怎样写，才能体现该院的核心竞争力，对负责投标的同志提出了新要求。

时任总工办主任的蒋开源同志肩负起投标的重任。2004年7月蒋开源大学毕业到地调院工作，先后在贵州、内蒙古、西藏、云南等地从事区域地质、矿产地质等方面调查研究工作。从以往“罗盘、地质锤、放大镜”老三件到“掌上机”再到“GPS+地形图”新三件的运用，他切身感受到地质科技的进步与发展。在近二十年的工作中，他不仅积累了丰富的区域地质调查经验，更锤炼了他扎实的功底和严谨的作风。基于此，院党委将投标的重任交给了他。蒋开源回忆说，接到编制标书的任务，其实心中是忐忑的，那几天都睡不好，非常担心因自己的失误影响单位中标。从未接触市场竞争的他制作标书，毕竟是“大姑娘上轿——头一回”。

记得2016年初编制标书的那段时间正好是春节假期。他在家里摆开了战场，研究技术规范，熟悉标书编制要求。他所说的研究是逐句逐字地

“抠”，不放过每个环节和每个细节。随后他与团队一道，投入了制作标书的战斗中。半个月的连续工作，拿出初稿。他又像老师改作业一样，对标书进行逐字逐句地审核，严控质量关，防止出现不应有的错误。直到在成都地调中心开标，主持人一次次宣布“贵州省地调院中标”，此时他的心才放下来，觉得自己像出征的战士不辱使命。

经历了第一次投标，他从中总结经验，再次对标书的质量和内容进行全面的梳理。2016 年全年中标率达到 70%，第二年，他们再进一步，2017 年投标时，获得了 90% 以上的中标率，这在投标的单位中排名前茅，为单位的持续发展做出了重大贡献。

跋涉千山万水填好“这一张图”

有车不坐要走路，
平路不走走山路，
直路不走走弯路，
大路不走走小路。

这是从事区调工作的真实写照。能走是每一个区调人必需的能力，曾远赴青藏高原的老区调熊兴国对区调工作有着切身体会。1 ∶ 5 万区域地质调查 1 个图幅约 460 平方公里，按规范要求单幅有效观测路线总长度一般在 550 千米以上，路线线距控制在 500 ~ 800 米，平均 500 米需要定一个地质点，每幅图约 1100 个地质点。但由于实际调查区域地形起伏、沟谷纵横，因此真正算下来完成 1 个图幅等于一个人徒步 600 公里以上，相当于绕足球场 1500 圈。工作期间平均每人每次调查步行 20 公里。有时路线上情况复杂，当天不能返回营地就需要准备帐篷被子等“打游击”，夜里常常需要应对温差变化、野生动物出没，这就要求他们有很强的体魄和应变能力。野外定点，还要采集样品，每件样品都在 3 千克以上，到下山时要背负 30 千克以上的样品。

“上山带馒头，下山带石头。”能吃对他们来说也是考验。在临时住宿点，他们常常太阳未出就上了山。六七点吃早餐，那是真正的早，而且还要吃得饱，不然怎能坚持一天呢。老地调人常常这样教新人。因为时间紧，他们一上山就要工作一整天，中餐就是点干粮。能够遇到农户吃上热乎的东西，那无疑是福音。

位于贵州省铜仁市的印江、江口、松桃三县交界的梵净山是国家级自然保护区，也是世界自然遗产地，具有“梵天净土”之美誉。梵净山自然风光旖旎，云瀑、禅雾、幻影、佛光四大天象奇观，为梵净山添上了神秘的色彩。

然而在这里开展区域地质调查工作远不是游山玩水那般轻松。说起开展1：5万梵净山、德旺、江口、凯德四幅区域地质调查，时任项目五队负责谯文浪至今仍记忆犹新。他们在承担1：25万贵阳幅、独山幅区域地质调查项目的同时，承担完成了1：5万梵净山等四幅区域地质矿产调查项目。

四个图幅，这是近 2800 平方公里宽广的国土面积啊！不只是行走，而是要开展地质调查、定点、填图、编写报告等一系列工作，而完成该项艰巨工作的是一群平均年龄只有 26 岁的“小年轻”。在没有现代交通条件支持的情况下，只是靠着塑料薄膜、压缩饼干和沉甸甸的地质背包，数次穿越梵净山的各条沟谷，收集了大量的地质素材，采集到核心区宝贵的地质样品，为揭示梵净山的地质奥秘积累了科学素材，也为梵净山地区地质遗迹的保护和地质旅游资源的开发提供了科学依据。

梵净山在漫长的地质岁月中，经历了多次构造变动，中生代的造山运动，把该地区塑造为鄂川湘黔侏罗山式褶皱带。由于构造控制，尔后一直处于强烈的隆起区，拔地而起成为武陵山之巅。其腹地沟深林密、野兽出没、人迹罕至。当王波回忆在梵净山腹地工作的情景，让这个在四川德阳长大的小伙子真正见识了什么是无人区，什么是原始洪荒。

2008 年 7 月王波从中国地质大学（武汉）毕业。那一年他的家乡经历了 7.8 级的大地震。5・12 汶川大地震的发生，更加坚定了他探索地球奥秘的决心，毕业时他没有犹豫，毅然报考了贵州省地调院，投身到地质基础工作中。

在穿越处于核心保护区外围的梵净山盘溪沟线路时给王波留下深刻印象。项目组分成两个组，分别从东、西两边穿越。穿越无人区不是简单的事。王波介绍，当时每个组配备了四天干粮，携带简易帐篷，请了三个向导，其中必须有熟悉当地情况的采药人。一个采药人在前面探路，留下一人陪同作业组工作。

谯文浪与马义波这组从江口进去。在稠密的原始森林中没有信号，全靠采药人吹口哨联系。在寂静的原始森林里，一声尖厉的口哨，足以让他们激动不已。王波说来毫不夸张。

四天后，按照约定的时间，王波没有接到他们，他心里那个急，这四天会发生什么？他不敢想。天快黑了，当两个背负样品的身影出现在德旺那条小路时，他不管不顾“谯哥、马哥”喊开来。

之所以要背负那么多样品，谯文浪解释：组织穿越原始森林很难，他们就尽可能多取样，以查明更多的基础信息。

另一组的陈武回忆，他们由于预想着回程要带很多样品，为减轻负重，没带帐篷，扛了一卷塑料薄膜就进山了。四天里全是天当被地当床。有一天没有合适的地点，他们只好靠着山崖边，听着溪水淙淙度过一晚。

记得在大转弯为了寻找“石英钠长斑岩”，几个人放慢脚步，细心寻找，几个小时下来，终于找到一块隐隐有些斑状结构的石头。大转弯是老地质图上的重要地标，在它的周边就有石英钠长斑岩，但他们始终没有找到基岩。最后出山那天，要背负样品，他们再次减轻负重，每人只带了一壶水。再次抓紧时间寻找石英钠长斑岩的基岩，四处又搜寻了一个多小时，还是没有收获。眼看时间逝去，遗憾中带队的安哥决定出山。由于耽误了出发时间，能不能按时抵达约定地点，安哥没有底，如果不能到达约定地点，那他们将处于无粮无水的困境。他们身负样品，从早上九点直至下午五点，如急行军一般一路狂奔，终于见到了炊烟，安哥悬着的心才放下来。

这一路，三十里的山路，还有四五十斤的负重，艰辛可想而知。

盘溪沟之行，虽然经历了难以想象的困难，但弄清了路线上的地质情况，采集了大量的岩石标本，还采集到了疑似“石英钠长斑岩”样品，每个队员都高兴满满。2012 年他们完成的 8 个图幅经评审获评优秀。

2014年10月，项目四队陈仁带队从湄潭转战开阳，开展开阳幅1：5万区域地质调查。队员乔卫涛还记得，开阳片区山地陡峻、沟谷深切，最高点南极顶海拔1750米，而最低海拔仅560米，高差近1200米，作业条件差。经过一年多艰苦奋战，完成了设计工作量。他自豪地写下：山高不是问题，一天爬不完咱们两天总是爬得完的。植被茂密、天气也不是问题，咱们办法总比困难多。构造复杂也不是问题，多花时间多跟踪总能找到答案。两地分离也不是问题，因为家人理解我们的工作性质，会理解我们为地调事业奉献的重要意义。

是的，这是一支无私奉献的队伍，他们敢打硬仗、敢啃硬骨头。野外环境艰苦，遇上蛇是家常便饭，甚至与野兽狭路相逢，但他们从未胆怯。常年野外作业，几乎每个地调人都患有胃病，但他们从未有怨言。聚少离多，他们把亲情、爱情、把那一份相思都埋在心里。

该院党办主任解先玲是一名地质队员的妻子。说起丈夫张厚松，她还是有怨言的，张厚松不是出野外就是在加班，指望不上他来管管孩子管管家了。她理解地调工作性质，但她也有自己的工作。党务工作繁重，还要料理家务。她曾经一手抱着孩子，一手在电脑前写工作报告。最后她笑着说:“谁叫我们选择了这一行，那就无怨无悔。”

近年来，根据自然资源部统一部署，该院按照要求在三年时间里全面查明 2020 年 12 月 31 日前全省各类矿产资源数量、质量、结构和空间分布等基础数据，摸清矿产家底。据该院总工办主任曾禹人介绍，目前他们已完成了全省调查矿区及对象梳理、建立了全省非油气类调查成果数据库、进行了各类矿产省级汇总分析以及矿产潜力动态更新评价工作，并同步开展“国情库”与省内重要功能区重叠的分析，为“两库衔接”与矿产资源管理“一张图”等应用服务提供基础数据支撑。

在开展矿产资源调查期间，该院集中了40多人突击，全力以赴开展贵州省矿产资源国情调查项目。大家每天坚持工作到深夜，没有周六周日。攻坚阶段，很多人是吃住在办公室。院党委书记韦波一谈起小伙子们埋头工作，以实际行动践行着“三光荣”精神，总是很感动。他连说我们有最好的职工，有了他们的无私奉献，才能实现用最少的投入办了最多的事。

曾禹人这个在省城贵阳长大的孩子，却选择了最艰苦的地调工作。2010年5月他到地调院实习，就与地调结下不解之缘。西藏7年，从海拔3600米到6000米都留下他的足迹。他曾在日记中写道，没有信念的人生永远都是没有意义的人生，信念如同理想的翅膀，插上翅膀的理想才能飞得更高！

手捧着一张张凝结着地调人智慧与心血结晶的区域地质图，仿佛又看见一个个跋山涉水的身影。张慧无限感慨：“我们千方百计组织实施好‘这一张图’，历经千辛万苦、跋涉千山万水就为了填好‘这一张图’。”

采访中，我听到最多的是出征、是战场、是征服，他们顶烈日、抗高寒，战风沙、攀高山，他们是新时代探索地球奥秘的拓荒人。不论在藏北无人区，还是在大漠边陲，不论是在苗岭山乡，还是在乌蒙大地，都留下他们坚实的足迹，他们为了国家和社会经济发展，用辛勤和汗水、用血汗和智慧谱写一曲新世纪的奉献之歌。

测山绘水谱写经纬华章

——省地矿局“三调”工作纪实

韦汉华　姚远杰　刘永锋　詹海燕

“进一步提高政治站位，从维护党中央权威和完成党中央、国务院交给的政治任务的高度认识‘三调’的重要性，全力以赴做好‘三调’工作。”2022 年 11 月，当省地矿局测绘院测绘四分院分院长何航回想起第三次全国国土调查工作时，依然心潮澎湃。

测山绘水丈量大地

第三次全国国土调查（简称三调）是一项关系我国民生和国家粮食安全的大事，是一项重大的国情国力调查，是全面查实查清国土资源的重要手段。从 1984 年开始，我国已开展了两次土地调查。根据《中华人民共和国土地管理法》《土地调查条例》有关规定，国务院决定自 2017 年起开展第三次全国土地调查。2018 年 8 月 29 日，根据机构设置、人员变动情况和工作需要，国务院决定，第三次全国土地调查调整为第三次全国国土调查。

据测绘院主抓三调工作的院领导周安民介绍，三调工作主要是全面细化土地地类和完善全国土地利用基础数据，掌握全国国土利用现状和自然资源变化情况，进一步完善国土调查、监测和统计制度，实现成果信息化管理与共享，满足生态文明建设、空间规划编制、供给侧结构性改革、宏观调控、自然资源管理体制改革和统一确权登记；进一步加强国土空间用途管制、国土空间生态修复、空间治理能力现代化和国土空间规划体系建设等各项工作的需要。

院领导周安民说：“虽然‘三调’工作是基于‘二调’已有成果的数据基础上，但工作与技术规范要求远远超出‘二调’的技术水平，影像的精度提高了，地类细化了，外业调查的精度要求更高了，内业制图和数据建库工作量变大了，特别是数字化程度和利用高科技手段更为突出，对每一名测绘技术人员来说无一不是严峻的考验。”

为了高质量提交工作成果，省地矿局党委高度重视，成立了领导小组和技术专班。同时，局领导小组和省三调办保持密切的沟通，省三调办多次派专家指导工作，并由测绘院牵头组织对参加三调工作的技术人员进行了培训。从 2018 年 6 月到 9 月，分三期培训所属 16 个单位 1009 人。

国土调查，看起来单一，但调查的内容广，涉及的部门多。仅凭调查地类分类，一级类就有 12 类，二级分类有 55 类。调查的部门涉及自然资源、交通、水利、农业农村等部门，协调难度大。开展外业调查前，做了大量前期准备工作：编制技术方案，人员培训，搜集资料，采购软件设备。国家影像下发后，对国家影像进行校正和坐标转换，影像不清晰或者被云层遮盖的区域，必须组织人员进行航拍。影像整理后，要开展内业进行判图，在影像工作底图上进行地类勾绘，勾绘完毕后，野外逐个图斑核查，修改后数据入库，入库时套用“二调”数据库，逐个图斑检查。国家三调办和省三调办核查组核查后，对影像纹理不清楚的情况，进行外业拍照举证。

一分部署，九分落实。2018 年 6 月，贵州省三调工作正式拉开帷幕。测绘院、102 地质队、104 地质队承担了龙里、息烽、乌当等 23 个区（县）三调项目，总面积 4.8 万平方公里，约占贵州省总面积的 27%。测绘院作为局的牵头单位，一方面要完成自己所负责的 16 个区（县）工作，一方面还得配合局对兄弟单位的技术指导和开展工作经验交流，任务更为艰巨。

贵州独特的喀斯特地貌，抬眼是山低头是山，大多耕地散布在崇山峻岭间，素有“八山一水一分田”之说。参加过“一调”“二调”的时任测绘院院长罗斐有着切身感受，谈到“三调”充满了感慨：虽然开展三调工作时交通得到极大改善，但由于不少村民外出打工，耕地撂荒严重，给外业调查增加了不少难度。为了确认一个图斑，技术员跋山涉水，攀援绕行，费时费力。

有着60余年历史的省地矿局测绘院是省内成建制最早的一支测绘主力军，足迹早已遍布贵州山山水水。该院承担了1984年第一次全国土地调查和2008年的第二次土地调查。这次三调承担了16个区（县）的任务。面对如此艰巨的任务，院党委召开专题会议，成立了领导小组，组建了生产经营组、技术指导组、技术质检组、安全保障组、后勤保障组，从组织上与质量技术管理上保障了三调的开展。同时要求，全院务必高度重视，调动一切可调动的力量，将三调工作做好做实。据统计，自2018年至2020年，该院共投入调查费7000余万元，投入内业编辑及建库人员100余人、外业调查人员1400人次，调查图斑200余万个，举证图斑80余万个，动用车辆2万余台次、无人机50余架。

试点先行推进与探索

2018年5月，龙里县被确定为三调国家级先行县，要求测绘院在不到半年的时间里提交外业举证、数据库、相关报告等阶段性成果。

承担国家级先行示范的技术服务工作，是压力、挑战，更是机会、机遇。测绘院党委认为，做好先行试点工作，就等于锻炼了队伍，积累了经验，熟悉了规程，为全省的三调工作的整体推进探索技术经验，为确保我省高质量完成三调工作打下坚实基础。

为了确保龙里县三调项目顺利实施，测绘院组建龙里三调项目部，在省、局三调领导小组的指导下，编制了《龙里县第三次全国土地调查工作方案》《龙里县第三次全国土地调查技术方案》。

为了确保试点工作的顺利开展，测绘院为此合理配备了不同专业、不同层次的技术骨干，组合成一支敬业、高效、精干的调查队伍。在项目部建立了工作日志管理制度，如实记录每天工作内容和存在的问题及处置情况，并认真开展质量检查，保证数据、图件、实地影像一致性。

2018 年 9 月的一天，早上六点何航与明新山来到了龙里县国土三调项目区，拿上图纸和外业平板电脑，他们对项目区内的所有地表物外业调查核实，边作标记边现场拍照取证。眼前这块荒置的耕地上长满了杂草和灌木，但田埂依然清晰可见。如果按现状调查，应该为林地，可经过清理后应该是可以恢复耕种的，他俩争论了好一阵，最后标注上了“清理后可恢复耕种”的属性。

该院龙里项目负责人明新山详细介绍了龙里县三调工作内容。“我们在龙里开展了摸清农村、城镇土地利用现状调查，将城镇国有建设用地范围外已完成的集体土地所有权确权登记和国有土地使用权登记成果落实在土地调查成果中，对发生变化的开展补充调查。还开展了耕地细化调查、批准未建设的建设用地调查、耕地等级调查评价等。”

“你这个不行。你过来，我告诉你问题出在哪里，你条线没有闭合，必须闭合，不然拓扑时会影响其他地类的数据，给建库的同事带来很大的麻烦！”明新山对试点工作质量绝不含糊。

明新山个子不高，留着精神的寸头，戴着眼镜。作为一名年轻的项目负责人，在工作没正式开始前，他首先把工作方案和技术方案弄懂，不懂的就四处取经，不仅和院相关部门沟通联系，再不明白就与省三调办和国家三调办沟通，必须把问题在自己手里解决。通过龙里项目的开展，他成了专家，也成了高手，甚至有时连省三调办遇到问题，也找他解决。测绘院的名声传了出去。大家都说，有三调的问题就找测绘院啊，他们有一帮年轻人肯吃苦、肯钻研、有头脑、有担当，遇到的困难都能够迎刃而解。

对于保证成果质量，龙里项目技术负责人高波坚决不妥协。同事们虽然经常开玩笑说：“你真是鸡蛋里挑骨头的好手。”但大家却十分认同他对三调工作的高标准、严要求。

最终，由测绘院承担的国家级先行县——贵州龙里县三调工作圆满完成，形成了数据库、表格、举证、图件、报告成果。经省三调办抽查，州、县级检查，工作质量良好，提交成果包含文字成果 8 项，表格成果 22 个，数据库 1 个，阶段成果图件 8 类。通过开展国家级先行县项目，验证了国家的技术调查路线，积累了调查工作经验，保证了数据的真实性、准确性的同时，杜绝了大量返工问题，节约了大量人力物力财力，提高了工作效率，为下一步开展全省调查积累了宝贵的经验。

实事求是确保高质量

查清国土家底，关乎国计民生。和二调相比，三调的技术要求和成果质量要求更高，地类划分更为精细，对正射影像的分辨率由原来的 2 米改变为优于 1 米。如何把二调和三调地类数据结合起来非常困难。

通过开展龙里县三调项目试点，测绘院进一步强化了责任，细化工作流程，提升了业务技能。据该院总工程师邵金强介绍，2018—2021 年间，测绘院统一调配技术人员 400 余名，统筹线上线下技术培训 30 余次，与局内多家地勘单位联系合作，对外不断扩充技术力量，和省内外多家单位开展交流，为顺利完成三调任务打下基础。

“要实事求是，尽最大努力提高调查成果数据质量。”这是三调工作的核心要求，坚持实事求是理念，全面准确查清现状。2018 年 10 月的一个凌晨，万籁俱寂，连续熬了几个通宵的何航拉来两把椅子拼起了一张简易的床，原以为自己会因为疲倦而很快入睡，没想到却辗转难眠。

为了解决好调查成果质量控制这个难题，他失眠了。开展三调工作以来的三个月，他一下子瘦了 18 斤。三调的队伍配齐了，可 16 个地区的三调项目他既要管全面协调，也要管具体业务，时间紧，任务重，如此庞大的工作量，靠什么保证第三次国土调查工作数据的质量？

俗话说“磨刀不误砍柴工”。在进度与质量间，他首先选择了质量。威宁项目部的墙上，红色的横幅赫然写着“宁要数据的真实性，不要虚假的前后一致性”。这是时任中共中央政治局常委、国务院总理韩正对于三调工作的要求，这也是每一个贵州地矿三调人铭刻心间的工作守则。

威宁是少数民族地区，地理环境独特，海拔高且气候也格外寒冷，别处的四月已经春风送暖，这里却是寒风刺骨。走进威宁三调项目部，敲击键盘和鼠标的嗒嗒声此起彼伏，紧张的氛围始终萦绕。2019 年 4 月，测绘院总工程师邵金强为了保证三调工作内业质量，在威宁项目部整整驻守一个月。

除了院领导联系作业点，测绘院还采取三项措施抓好质量控制。一是技术培训提质量。项目开展前，测绘院对参与项目的技术人员进行培训，认真学习三调相关规程。二是及时跟踪解决问题。从开展三调工作以来，测绘院实行每天按计划开展工作，汇报总结，一周一大会，发现问题及时调整。项目部进度上墙，举证图斑数、错误率、技术人员情况、工作出现的问题等数据写满整个进度表。无论多晚，何航每天都要和大伙开集中碰头会，确保问题困难不过夜，保证工作行之有效。三是质量检查全过程全覆盖。测绘院成立了质量检查小组，严格落实三级质量控制制度。先由项目组长开展自检，项目部进行过程检查，测绘院总工办进行最终检查。

贵州的地形和其他省份有很大差别，作为全国唯一没有平原支撑的省，山川沟壑太多，国家下发的高清影像图受地理条件和天气条件的影响，有些地方变形严重，补测和实地核查就变得尤为重要。“我们遇到的困难多种多样，比如这片刚种下茶苗的地，芽都还没长出来，在图上根本显示不出来，就算走到了现场，没有经验，一样无法判别。大家实在到不了的地方，就可以考虑用无人机，或者向当地老百姓打听，不管用什么方法，坚决不能搞错了！”高波对于三调成果质量一直坚持丝毫不让。

“为了保证三调工作质量，我们并不止于常规清晰度的达标要求，而是尽量往无人机能达到的最高分辨率去靠近，尽可能有更多的像控点，最大限度保证图像的清晰和数据的真实完整性，这样对后期工作也有很大帮助，为内业判图工作提供有效依据的同时，也减轻后期外业核查工作量！”对于航测三调高清影像质量的保证，唐少杰和杜正江有自己的一套方法。三调工作开始以来，他们克服天气和地理因素，充分利用自己的专业技术，连续在一线作战超过六个月。

就快退休的徐卫东为了带好年轻人，连续好几个月没回家了。家人朋友对于他这样的付出十分不解，马上就抱孙子的人了，还天天在三调项目来回奔波，到底图个啥？

徐卫东说：“这班岗我必须站好，谁让咱是参加过三次土地调查的老人呢？摸清国家的土地、保护国家的土地不正是我们神圣的职责使命吗？我巴不得还有机会再忙一次，再苦一回！”

全力保障按期完成

2019 年的夏天雨水陡然增多。这一晚大雨滂沱，让时任测绘院副院长的周安民心急如焚。从全国第三次国土调查工作开始后，他最怕遇到这样的天气，更怕在晚上接到项目打来的电话，16 个项目部分布在全省各地，成百上千人的队伍在外奔忙，哪怕出一点差错那都是不能容许的。就在刚刚，威宁项目部打来电话，由于下雨塌方，一辆用于野外举证的工作车辆被大水冲跑。他急切地询问野外作业人员有没有受伤，当听到人员都安全时，他才深深松了一口气，打算天亮就出发去威宁项目部。

外业举证调查考验无处不在。说起三调工作，实习生白浩最难忘的是 2019 年 2 月 26 日，在石阡大顶山，为了去举证一个图斑。他连续爬了两个多小时才到达这座海拔 1500 多米的山顶，风在耳边呼啸着，大雾环绕，周围能见度仅有几米，路上还结着厚厚的冰，本就单薄的他感觉自己随时可能被风吹倒。他好不容易拍了几张影像，从寒风中下到半山，稍微暖和一下手赶紧打开刚刚的影像，却发现由于有雨雾，举证图像模糊，根本达不到要求。他决定再次折返，掏出手机，一滴水落在手机上瞬间成冰，终于他成功拍下了举证的影像。3 月 15 日到 4 月 7 日，二十多天的时间里他一个人共完成了 12 个村的外业核查工作。他最大的心愿就是："希望自己能够多出一份力，一定要用最高质量完成工作任务！"

"有一次冯庆彬在进行三调外业举证的时候，土坎突然垮了，为了保护用于举证的平板电脑，他急中生智把电脑高举头顶，结果自己从两米多高的地方摔下去。"紫云项目部的同事谈到了冯庆彬这个"小插曲"。

还有 7 天就要提交数据了。是的，从国家检查结果出来 7 天内要完成数据汇交工作，花 5 天的时间用于开展实地调查，再用 2 天时间修改入库。吴霞精确地把时间计算到每一刻钟每一分钟。她在项目部主要负责数据库建设工作。整个项目部所有的数据资料都要经她的手进行修改、检查、汇总、提交，她身上的担子比别人要重得多。

作为读者，从"修改、检查、汇总、提交"这 8 个字字面上你不可能理解这位年轻母亲身上的担子究竟有多重。要知道仅仅一个拓扑重建检查出来的逻辑错误有时会达上万个啊，总共 10 多万个图斑，每个图斑 20 余条属性，都要一一对应，根本不容有丝毫的错漏和松懈。图斑精度不够，一直有细小斑，一直有拓扑错误，她就一个个修改。她已经记不清熬了几个通宵，但手上的鼠标却始终没有停下。

几个月的时间里，同事们每一分钟都在和时间赛跑。为此，三调技术员王兵心里急得上火。由于逐个检查图斑工作量巨大，提高工作效率刻不容缓。他耐着性子，从网上买来软件教程苦心钻研，经过努力，终于发明了一个小软件，可以迅速筛选出疑问图斑，工作效率提高了至少 2 倍，原来十天完成的工作量，现在仅需三天就能完成。

解决了图斑修改的问题，人工野外举证工作却陷入了瓶颈。为攻克举证困难这个难题，经测绘院党委研究，利用专业技术改进工作方法势在必行，2019 年初决定购买无人机。没想到第一次无人机野外举证就给大伙一个下马威，飞机被一棵树撞落山林。由于贵州特殊的喀斯特地形，在用无人机开展三调野外举证工作时，不仅无法确定飞行高度，还会因为特殊的地理环境、天气变化使飞行信号时常中断，无人机撞毁、丢失的情况常有发生，这是连无人机厂商都未考虑到的问题。

为解决这个问题，善于琢磨的王兵又开始冥思苦想起来，他潜心研究数字高程模型 DEM 在无人机航线设计中的应用，根据实际情况为无人机设计飞行路线，合理避开飞行中的障碍物，成功克服了交通和拍摄角度的限制，拍摄的实地举证影像具有效率高、质量好的特点，还使无人机飞行更安全。他的这项技术后被全省三调野外举证工作广泛运用。

责任担当磨炼钢铁意志

在十年一次的国土大调查项目中，102 地质队测绘工程部承接了正安等 6 个县（区）的第三次国土调查项目。由于项目工期紧、工作任务重、项目人手不足，刚调任大队副队长的季国松就立即赶赴正安三调项目现场，抓紧了解项目情况，联系县国土资源局，弄清项目工作要求，查阅资料、调配人员，带领技术人员跑线、跑点，每天汇总图斑，梳理存在问题和困难，想办法逐一协调解决。他白天和外业人员一起到现场检查，晚上又和内业人员一起加班整理数据，每天与他们同吃、同住、同工作。有时常常和技术人员们一起通宵加班，实在太累就趴在桌上睡一会儿，常常连周末都没有时间回贵阳与家人团聚。在他的带动下，项目工作人员干劲十足。为了保质保量完成工作任务，项目所有员工基本天天加班，平均每天的睡眠时间不到 6 个小时。对他们而言，熬夜成了他们的日常，实在累了就在办公桌上趴会儿，或者两个凳子一拼，人往上一躺，休息一会儿；饿了，一碗方便面，一瓶矿泉水，将就打发了。功夫不负有心人，经过不懈努力，在兄弟单位的帮助下，该队测绘工程部顺利完成国家、省三调办的各阶段任务目标。

特别是项目部为数不多的几位女同志，巾帼不让须眉，个个骨子里都有男儿般的倔强。余环，便是其中的代表。谁能想到这样一位长相漂亮，看上去温柔文静的女子，早已成长为测绘公司的半边天、顶梁柱。2018 年，项目部初次涉及土地整治类项目，余环毅然勇挑重担，多方搜索查找土地整治项目的相关政策、规范，学习相关的设计规程。从项目现场踏勘、可行性研究到规划设计、设计变更，历时整整 4 个月，几乎没有休息一天，总算完成 6 个项目。由于工作强度大又连续没有好好休息，她曾一个人在办公室崩溃大哭，但哭完了，她擦擦眼泪又继续埋头苦干。

2019 年，工程部新承接了国土空间规划的项目，任务一下就落到了公司的三位女将手里，她们熬过数不清的日夜，修改数不清的成果，重复数不清的步骤，遇到数不清楚的技术难题。三个女同志，在长达一年多的时间里相互抱团，有家难回，孩子难陪。而余环，结婚的事情也一拖再拖……直到经历了 70 余次过程稿、12 次上报成果稿后，才算圆满完成工作任务。

104 地质队负责都匀市三调工作，国土面积 2285 平方公里。外业作业期间恰逢冬季多雨结冰期，2019 年春节前的几天，都匀市气温降到了零度以下，要去毛尖镇等高海拔乡镇开展调查，在都匀市的最高峰螺丝壳顶上，山顶的最低温度已降到零下十摄氏度，冰天雪地、银装素裹，安全问题就是调查员的最大挑战。队领导综合考虑，给调查组配备了单位越野性能最好的丰田霸道和大众途锐越野车，驾驶员选配全队经验丰富的老司机。尽管如此，好几次车辆在爬坡过坎中还是打滑严重。

记得有一次车辆进入泥泞路段，打开四驱挣扎了十几分钟也不能冲出来，推车的人员被轮胎甩出来的泥巴打在身上，一个个像从泥坑里拉出来的一样，最终由于人太少还是不能将车辆推出来。调查员莫璐璐步行了将近十公里的山路请来了当地五六个老乡帮忙才把车辆推了出来。

都匀市三调项目负责人张光华，争做技术一把手，积极参加培训 20

余次，个人自学相关规范规程10余册，高效推进了项目内外业工作。在基础库工作阶段，该同志以身作则带领60余名技术员连续9个月“5+2”“白+黑”边学边做，推动基础库构建，最终都匀三调基础库首批通过省级核查。

为了推动项目，在2019年春节，项目组临时决定春节放假时间由法定7天调整为3天，党员同志自发带头值守，在张光华的带领下，项目组14人春节期间坚守项目一线。大年三十当前，在张光华的组织下，所有值守队员一起在张光华家中欢度春节，其爱人感慨地说：“从来没有一次春节过得这么热闹。”

项目实施的斗篷山村，为调查区的最高点之一，由于山高林密，植被、水系发育，交通条件较差，项目外调人员在该村调查时遇到了重重困难，调查组在村民的多次帮助下，才得以顺利完成调查任务。调查期间，项目部利用三调基础数据，义务为该村做了农田、房屋基本规划，为村民发展产业提供建议和意见，和村民结下了深厚的友谊。项目部获悉该村举行“听党话、感党恩、跟党走、我争先、我幸福暨和谐乡村表彰活动”经费不足时，及时将这一情况向队党委作了汇报，并提出自筹经费一万元帮助该村做好表彰活动，队党委积极支持，并在活动前夕为该村送上了帮助和爱心。正是这种在一方工作，就造福一方的责任担当，使得104地质队的三调工作圆满开展。

收获成功写下圆满

2019年4月24日，石阡县三调县级成果提交了，这标志着前一阶段的工作告一段落，项目负责人高波心中激动不已，他在微信朋友圈发了这样的一段话：“建库人员只有对技术标准和项目区情况充分了解、理解、掌握，才能保证数据库的规范性和完整性！”

测绘院始终遵循实事求是原则，不断建立完善质量控制机制，坚决杜绝弄虚作假的质量事故发生，所有成果通过国家级的多次检查，以及武汉督察局的督查，结果均为良好。据国家核查结果反馈，完成的16个县（区）成果质量优良，差错率低于全省平均水平，所有项目成果均按要求准时上报各级三调办，对全省三调工作起到带头助推作用。这充分说明了调查成果翔实，举证充分，质量可靠，是克服重重困难而获得的好成绩。

测绘院作为省地矿局三调工作牵头单位，无偿协助兄弟单位提交工作成果。最终，省地矿局承担三调工作的102地质队、104地质队以及测绘院按照国家要求，以2019年12月31日为标准时点全面完成所承担的23个县、市、区第三次全国国土调查工作，并在2020年3月31日前全面完成统一时点增量更新数据的国家级核查工作。

2022年7月，从贵州省第三次全国国土调查领导小组办公室传来好消息，104地质队、测绘院获得省第三次全国国土调查工作表现突出集体，周安民等15名同志获得工作表现突出个人荣誉，这是省地矿局第三次承担国家土地调查类项目，又一次获得省级表彰。2022年11月从国务院第三次全国国土调查领导小组办公室获悉，测绘院获得第三次全国国土调查先进集体。

跋山涉水描绘大好河山，谱写经纬华章。三调工作已圆满画下休止符，但省地矿局会将责任和使命扛在肩上，为服务自然资源工作，为科学决策提供最翔实的依据，提供最精准、最专业的服务。

探明耕地土壤的密码

詹海燕　蔡大为　陈丽荣　麻杰磊　袁柳芝

国以民为本，民以食为天。自古以来，粮食就是固国安邦之根本，而土地是人类赖以生存和发展的物质基础，是宝贵的不可再生自然资源。

贵州岩溶发育，成土过程复杂多样，不同背景耕地生态地球化学特色鲜明。2017 年，经省人民政府批准，全省耕地质量地球化学调查评价工作启动。根据任务安排，省地矿局承担了遵义市、毕节市、铜仁市和六盘水市等 4 个市 36 个县（市、区、特区）的耕调任务，局属 15 个单位上千人参与此项工作，为贵州查清耕地土壤质量，探明耕地土壤密码，建立耕地土壤样品库，为进一步助推我省农业现代化做出了积极贡献。

多管齐下完成 4 市 36 县（市、区、特区）耕调任务

2017 年 9 月，省耕地质量地球化学调查评价项目任务书下达，省地矿局承担两批 36 个县（市、区、特区）设计调查面积 4320 万亩，占全省总设计调查面积（7785 万亩）的 55.5%，预计表层土壤采样近 26.6 万件。

工作任务时间明确，能否完成预期任务，按期提交成果，繁重的任务摆在局党委班子的案头。局党委多次召开会议研究，早早做了筹划，就耕调工作进行安排部署。

时间的指针往前拨到8月25日，在局十二楼会议室济济一堂召开耕地质量地球化学调查培训会。局属各有关单位总工程师、总工办主任、耕调项目主要成员、相关处室等130余人参加了培训。省耕调办专家委员会常务副主任、时任局总工程师周琦对《全省耕地质量地球化学调查评价总体设计》进行了系统说明。知名专家陈旭辉、王砚耕分别就“贵州省的土壤类型和田间土壤取样的几个问题”“贵州耕调若干问题的思考”进行了授课。具体参与总体设计编写修改的刘应忠、莫春虎、何绍麟、况云所、任明强、黎勇等专家从采样点布设及特殊地貌示例、野外样品采集与初加工、农业示范园耕地质量地球化学调查评价技术要点、实验室对样品采集与送样要求、耕地质量地球化学调查评价工作质量管理与安全生产、耕地质量地球化学调查项目资金管理等方面进行了专题培训。随后专家在培训现场进行集中答疑，参会人员争先恐后地提出困惑自己的技术问题，各位专家也耐心细致地进行详细地解答，会场气氛十分热烈。

磨刀不误砍柴工。参会人员纷纷对这次培训点赞称好，认为其对下一步各项工作的开展提供了清晰的思路。通过这次培训，大家对高质量完成这个项目更有信心。

时隔一年后，2018年8月25日，由省地质工会主办、105地质队承办的贵阳片区“当好主人翁、建功新时代”绿色增效耕地质量调查与评价劳动技能竞赛拉开帷幕。大赛启动式在乌当区百宜镇场上村举行，来自贵阳片区8支代表队参加了竞赛。大赛围绕省地矿局贯彻实施贵州大生态战略行动，认真总结第一批耕地质量地球化学调查工作经验，进一步提高耕调项目技术能力和管理水平，有效推动第二批耕调项目工作。省总工会、局相关领导亲临赛场，见证了这场实力与技术的比拼。

值得一提的是，《贵州省耕地质量地球化学调查评价总体设计》在编制时，已明确了执行《土地质量地球化学评价规范》（DZ/T 0295–2016）。可随着《土壤环境质量农用地土壤污染风险管控标准（试行）（GB 15618–2018）》的发布执行，原有的耕地质量地球化学评价方法难以跟上要求。面对这个难题，来自省地质环境监测院的任明强研究员担任贵州省耕地质量地球化学调查评价项目专家委员会秘书长，经过 1 个月的资料查询、深入思索、多方论证，于 2018 年 11 月在结合最新国家土壤环境质量评价标准的基础上，创新了耕地质量地球化学评价方法技术，制订了耕地土壤环境质量评价和耕地质量评价的有关技术要求。

至 2020 年初，在全局 14 个基层单位的高度重视和耕调队员的共同努力下，地矿局完成承担的 36 个项目，实际采集各类样品 30 万余件。野外验收优秀 21 个，良好 15 个；成果报告验收优秀 19 个，良好 17 个。最终由省地质环境监测院完成了全省耕地质量地球化学调查总体报告的编制，并于 2021 年 1 月 8 日通过了毛景文院士领衔的专家组的评审，评分 93 分，评定等级优秀。

成果资料显示，贵州分布着大量的富硒、富锗特色耕地和优质耕地，为下一步农业种植结构调整、发展现代山地特色优质农产品、促进合理施肥及土壤污染防治提供了科学依据，为服务贵州“大扶贫、大数据、大生态”三大战略，助推贵州农业现代化提供了基础支撑，提供了智慧方案。

重任在肩敢担当

与以往的野外作业不同，耕地调查采样多数都在冬季，需要在上茬作物收割后，下茬作物播种前完成。贵州海拔在 1000 米以上，如老话所说“贵州下雨像过冬”，冬日绵绵细雨，寒气直往人骨子里钻，队员们面临阴雨寒冻的考验。

经过多层面选择并考察，115 地质队决定把金沙县项目负责的重任交给麻杰磊同志。接过组织的重托时，麻杰磊没有丝毫推脱和胆怯，更多是倍感责任与自豪。

谁料，项目在准备启动阶段，麻杰磊就遇到了难题。那便是在资料收集与成果表达上，对于一个县域的耕地质量调查评价工作，面对全县农业农村工作海量的信息数据，哪些数据与耕地质量有关、哪些工作会影响耕地质量、全县的耕地等级如何、农业产业结构怎样？当所有这些问题一股脑向麻杰磊袭来，着实让他费尽了思量，而这些信息又是调查工作可以顺利推进的前提和基石，走不得捷径，更不能马虎。

麻杰磊拿着介绍信，以走访、资料收集的形式跑遍了金沙县每一个部门。2017 年 9 月，金沙县耕地质量地球化学调查评价项目正式启动。按照项目工作量设计，项目组要面对全县域的耕地、园地、裸地和废弃工矿用地土壤进行采样，调查面积达 131.05 万亩，平均每平方公里要采 9 个样。如此庞大的工作量，麻杰磊不觉倒吸凉气。

开弓没有回头箭。土壤样品采集工作大面积铺开，这项工作满打满算野外工期也就一个冬天，项目部几乎调用了全院人马。最多时同时采样人员 32 人、越野车 12 辆。为保证采样点具有典型性与代表性，每人每天只能采集样品 8~10 件。项目调查员最为害怕的莫过于下雪天，双脚走得热乎，手却冰冻得难以下笔。但是当技术负责人史宝平看到字迹不工整的调查表，却是一通责骂，他说调查表是反映工作情况的第一手资料，是最重要的数据库，可不能马虎。看着队员满是冻疮的手，史宝平扶队员到路边休息，自己拿起一张新表又往回走去。

2019 年 1 月，项目完成了野外采样工作，共采集土壤、农作物、灌溉水、大气干湿沉降等各类样品 8644 件，实际完成调查面积 132.054 万亩。

耕调采样第一人

去过 117 地质队承担的《贵州省毕节市七星关区耕地质量调查评价》项目部的人都说，安泉是耕调部采样最多的人，他个人采样纪录是一天 18 件，成了 117 地质队耕调采样第一人。

2017 年 9 月，该队启动耕地质量调查项目。对安泉来说，这又是一项新的挑战。他积极参加项目组建、设计编制等工作，随项目组到毕节市七星关区朱昌镇开展野外调查。

安泉到耕调部时，脚筋受伤，还在恢复期。开始，同事们照顾他，到了工作区后，让工作车跟他走，他不辜负同事们的关怀。这一天，他采了18件样，让大家惊异不已。因为按正常工作进度，能采上10件就是不错的。过后，工作正常开展，他每天采样记录均在15件上下，成为项目部采样效率最高的一个。面对同事们羡慕的目光，他不忘与大家分享采样经验：一是趁早晨精力旺盛的时候，先跑到高处，呈辐射状向周围延伸，待下午精力不济时，一样也能在山脚采样；二是寻找采样点时，以村寨为中心，多访问当地老乡，多走老路、旧路，避免盲目找点，可以达到事半功倍的效果。大家按他的方法做，果然有效果。

谈到不能照顾家庭，这个高高大大的青年汉子显得很愧疚。他说，有一次打电话回家，得知母女俩都感冒生病，妻子发烧卧床。他用开玩笑的口气问小女儿：“妈妈生病了，你怎么办呢？”小姑娘在电话中像个小大人似的说：“我会照顾妈妈，我会帮妈妈打水，打了热水，还会掺冷水。”听着女儿稚嫩的声音，堂堂七尺男儿难抑内心酸楚，但这并不影响他对工作的热忱。

三个月的时间，项目部完成样品采集2000余件，安泉个人完成采样近400件。问他下一步有什么打算，是不是准备回家一趟？他有些腼腆地笑了，说：“不回家，趁天气好，多采样，早日完成任务，好早日回家。”

在威宁耕调的日子里

2018年阳历新年刚来的那几天，地调院的曾禹人他们还在威宁忙碌着。时值深冬，整个威宁上空仍湛蓝澄澈。阳光普照在收割后的苍黄土地上，小河细碎地流淌，偶尔听到几只小鸟唧喳地鸣叫，更衬托出这片土地的安宁。

曾禹人旁边总跟着一个背脊弯曲、面色黝黑的老乡。两个身影一前一后，有一句没一句地搭着腔，面前呼出长长的白雾，他拿着 GPS 和图纸对了对，又转头向四周看了看，指了指脚下的土地："对了，就这里，我做下记录，你开始挖吧，记得一定要挖到 20 厘米以上，挖好先别取样，等我看看合不合规格。附近比较平坦，子样可以稍微远点挖，最好和我们中间这个样坑间隔 25 米，位置分别在东、南、西、北四个方向。"他数了数老乡背篓里的样品，心里盘算着从清晨出工到晌午饭以来的收成，加上这个点的样品，已经取得 6 件，午后顺利的话预计还能再取 7 件，这一天的工作量已然不错。一番计算下来，心里顿感踏实和满足。

耕地调查工作的主要内容是采样。采样分组进行，一人一组，自己找民工背样，民工有时也兼向导。采样很烦琐，一个点完成下来，最少也得半小时。最困难的，还是寻找坐标点。这些点有的在山顶，有的在沟谷，有的在密林中，有的在悬崖上，无规律的布点，给找点工作带来很多不便，这就全靠平时积累的工作经验和熟练运用 GPS 的帮助了。队员们从早上 6 点起床，吃过早餐，带上干粮，不到 8 点出门。中午饿了，边走边吃点东西、灌几口水填一填肚子，总是脚不沾地奔向另一个点。下午 6 点来钟再下山，回到驻地，早已是天黑人静了。吃过晚饭，还要抓紧整理当天的航迹、航点、表格制作等资料，再安排好明天的行程。这样紧凑的工作节奏，缺觉就成为大家的普遍感受了。

无数个相似的搭配和场景，这就是威宁耕调队伍的日常。黄昏过后能回到驻地吃上一餐热气腾腾的饭菜，对曾禹人他们来说是再幸福不过的事。

2017 年 9 月初，地调院耕调大部队进驻威宁以来，从满目苍翠到秋叶漫山，从秋风萧瑟、层林尽染到风雪淋漓、银装乍现，他们日复一日，月复一月，在山谷沟壑间穿梭，在田间地头奔忙。直至 2018 年 1 月 10 日才完成威宁耕调项目的野外采样工作。总计投入技术员 46 人、23 台车，采样总数近 25740 件。

在这漫长的采样历程中，欢笑、忧愁、疲惫、苦楚各种情绪相互交织，每当夜幕来临，妻儿一通嘘寒问暖的电话，家人一份期盼团圆的心愿，好友一席相互吐露的心声，总让人万般牵绊，心绪难平。但当晨辉再次升起，大家依旧精神百倍、干劲十足，爬坡下坎挥汗如雨，任大山在前、江河在后，也没有一丝退却和畏惧。

寒冬里的冲刺

2018 年 12 月，101 地质队在高质量完成玉屏、印江两县的耕地质量地球化学调查评价工作基础上，又承担了沿河土家族自治县耕地质量地球化学调查评价工作。

沿河土家族自治县耕调项目野外工作期间，101 地质队李永刚的妻子逢生二胎。那天，妻子感觉身体不适，急忙给出差在外的他打电话，每次电话传来的都是那句：“对不起，您所拨打的电话暂时无法接通。”无奈之下，妻子只好自己动身到就近的医院。经检查，孩子胎位不正，顺产可能有危险，医生建议剖宫产。无论顺产还是剖宫产，医院都要求家属签字，可是匆匆从乡下赶来的婆婆却大字不识一个，看着病床上痛得打滚的儿媳，她急得像热锅上的蚂蚁，给儿子打电话，那边还是那句熟悉的话：“对不起，您所拨打的电话暂时无法接通。”妻子再也坚持不下了，只好自己在手术通知书及承诺书上签字。

而那边的他正穿行在深山老林中，认真地开展工作。晚上回到驻地，习惯性地打开手机，看到家里打来的十几个未接来电，得知家里的情况后，他安排好工作，向组织请了两天假回家。当他赶到医院，看到十几个小时前刚刚从鬼门关走一圈回来的妻子疲惫地躺在病床上，心里对妻子、对女儿、对家庭的愧疚无以言语，只能小心翼翼地将躺在床上的妻子紧紧地抱在怀里，热泪盈眶地对妻子说：“老婆，你辛苦了！”

“那年冬天，全国多地迎来强降温降雪天气，大家没有‘坐等靠’，通过各种办法克服困难，抢抓项目进度。”沿河土家族自治县耕调项目组负责人夏瑞回忆起那段时光仍然很激动。

不幸的是，责任工程师杨光忠的妻子检查发现癌症，每个月须到湖南长沙湘雅医院化疗。他每次匆匆赶去陪妻子化疗后，把妻子送回家交给老人，又匆匆赶回项目部。每天一有空闲就抓紧往家里打电话，询问妻子病情，有时打完电话，心情特别沉重，眼睛都湿润了，很明显刚刚哭过。看到又黑又瘦的他，101 地质队党委研究后，批准他回家照顾生病的妻子，可他坚决要把项目完成，才安心回去。

我热爱这片土地

104 地质队袁彬，1989 年出生在思南县一个普通的农村家庭，在自己的努力下，终于走出农村，找到了一份自己热爱的工作。几年的成长，在找矿领域他已然成为专家。2018 年他作为项目负责之一负责思南县耕地质量地球化学调查评价项目。能为家乡服务，为父老乡亲服务，为老百姓“耕地—餐桌”做好技术保障，他感到无比骄傲。

工作开始，他就默默许下诺言，必须通过地质科技改变乡亲靠天吃饭的传统耕种模式。带着工作组，一块田一块田地取样，说着方言和乡亲亲切交谈：“耕调项目，不光为了单位工作，更是为了自己，为了乡亲父老过上更好的日子。”就靠着这股朴素的情怀，袁彬跋山涉水，带头取样亲自部署，2018 年外业开展 200 多天，他出野外 185 天。正是靠着对家乡的爱和对工作的认真负责，思南耕调项目开展野外工作 7 个月，调查面积 775.42 平方公里，共采集土壤、农作物、灌溉水、大气干湿沉降等各类样品 7974 件，完成 1 个省级现代高效农业园区和 21 个 500 亩以上坝区耕地质量地球化学调查评价工作，其成果报告通过了专家组的评审，获优秀等次，摸清了思南全县耕地质量家底，圈选了适合打造绿色水稻产地 20 处，适合打造绿色富硒水稻产地 4 处，绿色精品水果产地 5 处，绿色无公害茶产地 4 处，富硒茶叶产地 1 处，为当地农业结构优化调整，提升农产品品质，打造绿色农产品品牌，因地制宜地发展现代山地特色高效农业提供了靶区。

2022 年他回到家乡，村里已经规划起富硒的大米种植区，合朋溪、张家寨茶叶种植区，看着一片片规划整齐的庄稼地，看着乡亲们日渐鼓胀的钱包，望着这片热土，袁彬流下了激动和满足的泪水。

老地质专家的新贡献

1955 年发现开阳陡山沱组磷矿的老地质专家冯济舟，已是满鬓华发的耄耋老人。这位教授级高级工程师、资深地质专家本可安享晚年，但为了能将贵州省耕地质量地球化学调查评价项目“这把土”取好，他毫不犹豫地接受基层单位的邀请，亲临耕地质量地球化学调查评价项目野外一线。

在印江，他与 101 地质队小伙子们交谈，从样点的布设，主样坑的确定，子样坑的选择，样品的采集，记录卡的填写，资料的整理，样品保管、晾晒及加工等各方面亲自示范并进行详细指导，使青年地质队员得到野外现场学习的机会，提高他们野外工作综合技术能力。冯老说：“采样时应首先选择具有代表性的地段，再根据采样地块的形状确定各个子样的位置，严格按照采样要求进行样品采集。”他顶着寒风，与年轻队员爬山越沟、敲石采样，对可能遇到的问题一一详解，亲自操作示范。

在六枝，105 地质队项目部邀请他到实地，他跟着小伙们上山，到野外实地看他们如何布样、采样。然后他伸开双臂，摆出十字形、X 形亲自示范，来说明中心点样与子样的关系。回到驻地，他与项目人员围坐在一起，摆开图纸，针对坡耕地与平坦地采样的差异，分析采样点位图如何优化。他说采样不准确，将影响整体数据。

冯老用自己丰富的野外经验、博学的专业知识、娴熟的野外技术、扎根于心的地质人精神激励青年地质队员工作热情，激发他们的工作斗志。通过野外工作交流，年轻的地质队员们被冯济舟老师这种扎根于心的地质人精神深深感染，这种精神上的感染力使他们默默为自己加油，在今后的工作中勉励自己一定要更加努力学习，认真负责，保质保量完成耕地质量地球化学调查评价项目任务。

耕地测试的火眼金睛

29个分析项目、近10万件样品，地矿局实验室遇到了前所未有的压力。

实验室党委决定，优化检测资源配置，购进新设备仪器、安装空调确保温度稳定，以保障测试工作顺利进行。分管测试工作的副主任周万峰总是第一个到达单位的人。他多措并举，细化测试工作安排，在耕调项目领导小组的统一协调下，通过召开项目攻坚动员会、改变生产组织模式、每天LED屏幕滚动播出样品分析件（数）、对耕调和土壤污染详查项目测试项目实时监控等有力措施，确保了耕调和土壤污染详查项目有序推进。

李兵是实验室碎样间的一名老职工，从进实验室起，他到碎样间已是第32个年头。赶着六点左右的第一班公交车到达测试大楼，他开始了一天的劳动。岩石样品一般都要经过三至四道工序，粗碎、中碎、细碎、研磨。李兵总是会根据样品的性质选择合适的碎样工序。样品分类，按序排号，对着编样单有条不紊地开展样品加工。待样品以粉末状样品出炉时，就麻利地倒出，堆匀，取样，用小铲子倒入小纸袋，写上编号，将装样的盘子整齐有序地装满排好，送到五楼测试车间。工作程序不复杂，但高强度的站立、轰隆隆的噪声、扬起的细小粉尘是这个岗位的硬伤。“能为单位贡献力量，是我的荣幸，无论如何不能因为我的工作耽误项目进度。”李兵坚定地说。

每日的午饭时间，是许莉莉最匆忙的时刻。一声召唤，许莉莉毫不犹豫地选择放弃假期，回到岗位，投入火热的耕调项目测试任务中。如何兼顾年幼的女儿和繁重的测试工作任务呢？聪明的她甚至想到了一个万全之策，让年迈的婆婆背着孩子走到附近医院，自己则匆匆吃完午饭赶到医院大厅与孩子会合。许莉莉克服了在大庭广众之下给孩子哺乳的羞怯，让孩子吃饱，安然入睡。相聚的时间总是异常短暂，母女间的柔情弥足珍贵。

土壤档案馆的守护者

三年耕调，采集了数十万件土壤样品类型，如何保护利用好这些珍贵的土壤样品成了摆在具体组织者面前的难题。

省地质环境监测院承担了“土壤档案馆”的建设工作。为了保护好这些珍贵的土壤样品，基于“贵州省耕地质量地球化学调查评价工作”相关档案工作和规范要求，该院将信息技术融合，在2018年就投入精干力量启动“土壤档案馆”——副样库建设。该馆共入库47万件土壤样品类型，包括表层土壤样、土壤剖面样、根系土样和成土母岩样等。同时他们坚持“以用为要”的原则，秉持统一化、标准化和信息化的方式进行副样库信息化建设，实现入库副样的便捷查询和快捷查找，让副样库建设同时成为贵州耕调项目的又一成果亮点。

“专业上来说，我们称‘土壤档案馆’为土壤副样库，这些土壤样品以后在农业、地质、环保等方面有很大的用处，所以要把它保存下来，将来需要使用的时候，把它提出来分析就可以了。”副样库项目负责刘庆义介绍。

副样库位于贵州地矿新庄负一楼，光线和通风情况较差，工作环境较艰苦。刘庆义从2018年初就一直坚守在副样库，样品量巨大，工作繁重，有时为了赶工期，刘庆义连续多日吃住在副样库。

每天一早踏入“土壤档案馆”，刘庆义要做的第一件事，就是打开门窗、排气扇、除湿器，对保存的土壤样品进行通风、通光、除湿。然后他要核对样品，摆放副样瓶。由于副样架较高，刘庆义经常整天要站在梯子上摆放副样瓶。上梯下梯，刘庆义也说不清到底上上下下多少趟。专注的他忘记了自己已是年近退休的老人。一天下来，他腰酸背痛，常常要扶着腰休息好一阵。

步入土壤副样库，整齐排列的存放架上，保存着来自贵州88个县（市、区）的47万余件土壤样品，黑色、褐红色、黄色、灰色……一件件样品静静陈列，无言地诉说着动人的故事。

土地是农业发展最重要的生产资料，耕地土壤质量直接影响着食品安全和国计民生，是事关“端牢中国饭碗、确保粮食安全”的重大民生问题。2021 年 2 月，《贵州省耕地质量地球化学调查评价报告》得到中国科学院院士袁道先充分肯定。

他在序言中这样写道：贵州省耕地质量地球化学调查评价工作影响深远，为全国其他省区市开展大面积高精度的土地地球化学调查评价工作树立了典范。

天眼情　地质魂

杜书源　罗太近　杨鹏程

月色做伴，朗星轻抚，吟唱一山寂寥；
晨风为露，朝霞宛笑，陪伴一路崎岖。
使命如炬，唱响“三光荣”的精神战歌，
观天巨目，谱写“四特别”的最美画幅。
大国重器，勇毅担当，
梦圆中国天眼，铸造不朽地质魂！

——题记

FAST，几代中国天文学家心中的梦想，终于在 2016 年 9 月 25 日成了现实。这一天，中国自主建造的 500 米口径球面射电望远镜在贵州平塘落成启用，成为我国重大科学基础设施中的又一“国之重器”，在全球大射电望远镜的建造史上创造了新的纪录。

面向国家重大需求，服务经济社会发展是地质工作者的初心使命，“以献身地质事业为荣、以找矿立功为荣、以艰苦奋斗为荣”的“三光荣”精神早已浸润地质人的灵魂。地质科技助力“中国天眼”，贵州地矿人为 FAST 建设不懈奋战，贡献智慧和力量，吟唱着大国重器与瑰丽之观完美组合的颂歌。

既仰望星空，又脚踏实地

1993 年 3 月，日本东京。

来自国际无线电科学联合（URSI）组织的 10 个国家的天文学家通过会议研讨，形成一个共识，即建造接收面积达一平方公里的大射电望远镜阵，深入研究宇宙起源、微波背景辐射、红移等问题。随后，我国以南仁东等为首的科学家充分酝酿，积极参与国际合作，于 1994 年正式提出建设新一代射电大望远镜中国方案，当时，国内射电望远镜的最大口径仅为 25 米。当听说中国科学院国家天文台开始研究准备建设一个世界最大、新一代的大射电望远镜，贵州喀斯特地区作为重要的台址候选区域，贵州省科技厅主动对接以争取项目落户贵州。作为地质技术单位，省地矿局非常重视，积极与中国科学院国家天文台、贵州省科技厅、贵州大学等单位专家联系沟通，建言献策，从此贵州地矿与 FAST 结缘。

一个由中国科学院国家天文台牵头，融合了中国科学院遥感所、贵州省科技厅、贵州大学、省地矿局等单位的研究团队组建起来，他们无数次跋涉在贵州、云南、广西等岩溶山区，在荒无人烟的崇山峻岭间进行了长期艰苦的喀斯特洼地台址踏勘和地质、电磁环境综合调查。他们以航空照片和地形图为基础，通过近两年的努力，到 1995 年底，近 400 个候选洼地的地形地貌形态基本数据库形成，每个洼地的长轴方位、长短轴比、洼地深度、环绕峰数、直径、地理坐标、峰顶海拔等数据都被一一记录。通过专家研究，提出相应标准，初步筛选出多个适合建造直径 300 米至 500 米大射电望远镜的候选洼地。

喀斯特峰丛洼地是以溶蚀作用为主形成的岩溶地貌，峰脚呈高低不一的塔状、锥状，峰丛间有溶蚀洼地（或溶蚀漏斗）的地貌组合，主要分布在贵州高原边缘的斜坡地带以及红水河、南盘江、北盘江及其一级支流两侧。峰丛洼地里做“天眼”，因其有溶蚀漏斗，雨水很快流掉，而在其他地方挖一个人工坑，费财费力不说，一下暴雨大都变成水的天地。虽然地处亚热带湿润性季风气候的平塘县年降水量1217毫米，雨量充沛，但当地的喀斯特岩溶管道恰恰具备岩石导水性。天然喀斯特地貌有利于排水，减少了巨大的排水工程量。

罗湘赣是省地矿局111地质队的高级工程师。在前期研究选址过程中，他受命与有关单位到野外现场考察，配合选址研究团队做好现场地质技术服务。他们跋涉在初步筛选出的候选台址之间，考察最近居民点规模、周围植被状况、洼地耕地等，还向候选洼地附近村寨的农民打听雨雪、冰雹、雷电、洪涝等气候情况。当初步筛选出候选洼地后，他带队开展地球物理勘探工作，拿出翔实的科学数据为选址研究作为支撑依据。

台址的选择是在考虑自然地理、地貌发育、台址稳定性、洼地形态特征、选区水文地质、工程地质、资源环境及电磁宁静情况等诸多方面后，进行多学科综合评价后决定的。最终，经过论证，贵州省平塘县克度镇大窝凼从众多候选台址脱颖而出，专家们认为，克度大窝凼喀斯特洼地发育较好，电磁环境等影响较小，人类工程活动干扰较弱，有着建设“中国天眼”的良好条件。

FAST选在贵州省平塘县克度镇大窝凼洼地中建设，自然条件起到了决定性因素。项目充分考虑地质环境，利用天然的喀斯特洼地作为台址，节省人力物力，其自然条件必须能久经检验。

罗湘赣说：“服务好FAST项目是我们地质人心中的骄傲！”因为这份自豪，贵州地矿的参与者们苦苦追寻；因为这份自豪，贵州地矿的参与者们充满勇气和担当。

地质科技，托起了“中国天眼”

对于FAST建设，贵州地矿人有太多难舍的情结，从选址到岩土工程初勘、水文地质勘查、岩土工程详勘监理、地灾调查、台址监测，贵州地矿团队历时二十余载，用地质科技精准托起了“中国天眼”建设，用地质科技智慧保障了“中国天眼”安全运行。

贵州地矿的参与者为了“观天举目”苦累都值得，他们为参与FAST建设而自豪，他们留在“天眼”背后的故事，正如当代作家冰心所说：“成功的花，人们只惊羡她现时的明艳，然而当初她的芽儿，浸透了奋斗的泪泉，洒满了牺牲的血雨。”

喀斯特洼坑中建“天眼”，这对省地矿局来说，是一项神圣的使命，对所有的参与者来说，是一场意志的考量！自参与任务开始，局党委就高度重视，多次研究部署，局领导协调，组织资源全力支持开展工作，组织专家把关技术质量。经过共同努力，省地矿局111地质队等单位向国家和省有关部门，提供了一份份翔实的地质技术报告。

当确定平塘大窝凼作为“天眼”的家时，FAST按下施工快进键。作为贵州地矿局安排主要承担技术服务的111地质队FAST项目组，通过高起点启动、高标准要求、高质量推进项目建设，跑出了FAST建设加速度。

由于项目所在地的大窝凼距离通往平塘县城的公路有11千米是没有道路的，无法直接用车辆运送钻探设备、施工管材、抽水设备、水管、实验设备等到施工现场，只能靠项目组的工人将设备拆成零部件，然后人工肩挑背扛各种零部件到施工现场，再重新进行组装。项目组成员要仔细查清场地及周边的断层、地质构造、地下水环境、地质灾害等，要查清场地内每一个地质单元及各种物理和化学指标，岩溶、裂隙、危岩堆积体、崩塌堆积体以及滑坡等不良地质现象，以便为项目设计和建设提供准确的数据、依据及基础资料。

在FAST详细勘察监理项目中，项目监理总监罗湘赣、副总监杨忠多次到达施工现场，和驻场总监代表简德超一起对勘察方的施工现场进行抽检工作。他们对工程质量严格控制，有3个钻探孔因为岩芯采取率过低、深度不够、钻孔质量不合格等原因被要求返工重打；还对6个馈源塔的选址以及场地稳定性方面存在的问题，及时提出了整改意见和建议。项目实施中，项目监理部现场处理了数十次和物探、测量、地质调查、钻探施工等有关的安全隐患。2009 年 9 月 19 日，QL29 发生孔内埋钻事故，由于及时发现并进行处理，避免了人员、财物的损失。

工程师韩玉坤 2011 年 9 月被委派进驻大窝凼，至 2012 年 6 月，他和项目组先后完成了南垭口边坡、WY15 危岩体、WY18 崩塌堆积体、5H 崩塌堆集槽、馈源支撑塔的勘察、施工道路的调查等工作。每项工程对韩玉坤都是全新的挑战，而韩玉坤总是保质保量地完成。而令韩玉坤最头疼的是路况交通：从驻地环绕工地一圈要一个多小时，因为道路不通，全靠步行。行走中还要随时注意头顶上不时滚落下来的石头，尤其是所有的钻机全部要拆成小件，再搬到几十米甚至上百米的山上，这种条件下施工的难度可想而知了。在进行 5H 崩塌堆集槽勘察时，所有的工作基本上都是在乱石堆里进行，而且坡度大，每走一步都要十分小心。而在做 WY15 勘察时，由于全是些大块石，地质条件复杂，有时用肉眼根本无法判定钻探岩芯是原生岩石还是堆积岩石。当时就采用井下电视成像技术，根据成像照片，仔细对照岩壁完整情况，判定是溶洞还是堆积空隙，进而判定岩芯的情况。

承担项目的地质工作者们，他们一年当中大部分时间驻守在项目区，或在野外工作，或忙于整理资料，长期远离亲人，他们无怨无悔地奉献着青春年华。工作中，技术人员越是艰苦越向前冲，从研究分析样品、查看岩芯到查找问题，大家以饱满的工作热情、扎实的工作作风、科学严谨的态度，取得了优异的成绩：顺利开展了 10 余项野外地质工作，先后编写了 20 余个项目的设计方案、成果报告。

“什么是路？就是从没路的地方践踏出来的，从只有荆棘的地方开辟出来的。”这话，正是对这个战斗集体披荆斩棘勇往直前的诠释。

地质人的“天眼”情

项目推进过程中，时任局领导杨在锋等多次到现场检查，亲自带队到北京投标，多次组织王明章等技术专家到现场指导，为高质量推进该项工作打下了坚实的基础。贵州地矿人不间断服务“天眼”建设的情怀从此不断。

2006 年，当听到单位要组建 FAST 初勘项目组，严召进是主动报名参加的。面对常年要奋战在荆棘丛生的野外环境，严召进和工作组成员没有犹豫，更没有退缩，毅然决然地承担起这一艰巨的任务，投入 FAST 项目的测量、勘察、台址地质灾害巡查及治理设计、台址稳定性监测等工作中，而这一干就是十多年。

严召进清楚地记得当时的环境之艰险。大窝凼在平塘县克渡镇，一个偏僻落后而又人烟稀少的地方。面对到处植被茂密、荆棘丛生、重岩叠嶂、悬崖陡壁的环境，为了开辟一条简易的人工运输道路，在山高坡陡、寸步难行的地方，工人们和地质队员用绳子绑住自己的腰，一边披荆斩棘砍掉杂草，一边气喘吁吁地探路前进，度过了一段惊心动魄的探险之旅。

因为工期紧、任务重、质量要求高，严召进和项目组成员每天的工作任务都排得满满的，大家要仔细查清场地及周边的断层、地质构造、地下水环境、地质灾害等，要查清场地内每一个地质单元及各种物理和化学指标，岩溶、裂隙、危岩堆积体、崩塌堆积体以及滑坡等不良地质现象，以便为 FAST 建设及设计提供准确的数据、依据及基础资料。

在这里，因 FAST 监测，通信信号被屏蔽，手机通信功能完全用不上。仅有天文台安装的一台座机，但要保证监测信号不受干扰，平时不能使用，日常工作全靠面对面安排。

在这里，没有水，要从 3 公里以外高差 800 米的地方抽送。虽然有电，但经常停电且电压低，很多电器都无法使用，就连灯泡也像哭红的眼。

在这里，黑黝黝的山林里遇到毒蛇、摔跤是家常便饭，他们身上经常被摔得青一块紫一块，手臂也常常被划破。在这里，他们每天出门只能带上方便面和矿泉水，返回时却要背回几十斤的样品……

严召进和他的战友们一年当中大部分时间驻守在 FAST 项目区。2007 年除夕，天空飘起零星的雪花，远处的鞭炮声此起彼伏。他用颤抖的手指拨通了远在数百公里外妻子的电话：“对不起！今年春节我在工地值班，又不能回家陪爸妈和孩子过年了，请照顾好老人和孩子！”

“没事的，你放心吧，我会照顾好老人和孩子的！我们全家人都支持你工作！你舍小家也是为大家啊！”妻子善解人意的话语，让严召进心里顿时充满浓浓暖意，两行热泪不禁盈眶而出！

对于家庭，严召进深感惭愧。妻子分娩时他不在身边；孩子生病住院，他在野外不能照料；父母生日，他只是通过电话祝福。知子莫如父，深明大义的父亲对严召进说：“自古忠孝不能两全，你对国家的忠，就是对父母最大的孝！”

像严召进一样，111 地质队的队员们一年当中大部分时间驻守在 FAST 项目区的还有很多。

文鹏飞和熊瀚两位工程师同一天来到 FAST 项目区。初来乍到，对一切都感到新鲜和好奇。同事善意地提醒他俩说：“周边的山体、边坡很陡峭，要时刻当心一点！”

两人放眼望去，项目区四面环山，悬崖峭壁，坡度目测在 30 度到 90 度之间，顿时两人有了疑问：“各个边坡的监测点要布设到各个山体上，这陡峭的山体，各种材料怎么运输上去？监测点能够布设在上面吗？”最后，两人商定，唯一的出路就是开山劈道——环绕山体砍树劈枝，开辟一条运输路线，各种材料通过人工肩挑手抬送到每一个监测点指定位置。

办法定下来后，说干就干，他俩立即组织人员开始了FAST台址工程稳定性监测各监测点的布设工作。然而，开山辟道时稍不注意树枝就会伤着人，还得注意脚下安全。尤其是材料运输过程中不仅要负重，还得爬山越岭，一步步穿过曲折小道。最终经过20多天努力，157个监测点、5个基准点的观测基墩全部埋设完成。

正当两人高兴之时，新的问题出现了，发现有部分监测点的棱镜无法读取数据。通过多方面检查，原来是这部分监测点棱镜对准基准点观测基墩方位不对。怎么办呢？两人不得不再次爬山越岭，对无法读取数据的棱镜一个一个地进行调试。经过几番周折，来回调试，最终各山体和边坡的每一个监测点的棱镜都能够准确读取数据。

“经过无数艰辛攀爬布设监测点和调试好每个监测点，所有准备工作都如期完成，我们充满信心地等待 FAST 台址各边坡的第一次监测。”文鹏飞回忆道。

基准点观测基墩旁，每个基准点观测基墩要完成对每一个监测点 6 个测回，有的区域甚至 9 个测回，每个测回测量仪器正、倒镜各读取一次数据，分别在三个不同基准点观测基墩监测一个区域，总共 4 个区域 157 个监测点，须读取 5652 次数据。当第一天测量下来，每个人都感到疲惫不堪、天旋地转、两眼冒金星，睡觉时脑袋里还满满的都是数据。

经过连续几个昼夜的奋战，每个监测点的初始坐标终于得以落成。在出具 4 次修改意见执行情况说明文件后，最终完善了监测报告，FAST 台址工程稳定性监测第一次监测得以圆满完成。

111 地质队工程师田如成是 2014 年初成为 FAST 台址稳定性监测及巡场工程项目部成员的。为了顺利开展工作，他和项目部成员聘请当地村民作为向导，对场地方圆 5 公里范围做了初步踏勘。在踏勘中，有许多地方根本无法穿行，但为了更好地完成场地巡查工作，为今后的台址监测及建设工作提供准确的基础资料及数据依据，田如成冒着危险翻越了一座座悬崖峭壁，最终拿到了准确的第一手基础数据。

罗应盛是 2009 年 7 月就参加 FAST 详细勘察监理项目组的“老人”。项目开工不到一个月就到了开学季，罗应盛的女儿正好要上小学一年级，由于需要接送孩子上学及照顾 70 多岁的父母，罗应盛和妻子商量：“为了这个大家庭，我们自己只能做出一些牺牲。”于是，通情达理的妻子辞去了她心爱的工作，脱下了洁白的护士装，在家照顾老人和孩子。

书写地质工作新篇章

22 年风雨兼程，22 年艰辛探寻，举世瞩目的 FAST 项目成功落户贵州，成为地质人展现风采的一个特殊舞台，在FAST项目这个平台上精彩地书写了地质工作新篇章，也谱写了一曲新时期地质人的“三光荣”精神赞歌。

仰望苍穹，对话太空，谋面万千星斗，FAST让我们站在了世界天文科技的前沿。作为目前世界上最大、最灵敏的单口径射电望远镜，“中国天眼”能够接收到100多亿光年以外的电磁信号，是中国科技创新的又一张代表性名片。2016年9月25日，习近平总书记在致我国500米口径球面射电望远镜落成启用的贺信中指出：“500米口径球面射电望远镜被誉为‘中国天眼’，是具有我国自主知识产权、世界最大单口径、最灵敏的射电望远镜。它的落成启用，对我国在科学前沿实现重大原创突破、加快创新驱动发展具有重要意义。”

中国科学院国家天文台主持建设FAST项目的周期长达22年。自选址研究开始，省地矿局就主动介入，为研究工作提供坚实的地质技术支撑，安排局属水工环实力最强的两支队伍111地质队、114地质队为项目建设提供选址、勘察、监理、监测等全过程的地质科技服务，为项目顺利实施提供了坚实的地质技术保障。2016年9月26日，中国科学院国家天文台为所有在FAST项目建设上做出突出贡献的单位颁发奖项，我局111地质队作为地质科技支撑单位，荣获“FAST工程建设突出贡献单位”奖；2019年，中华全国总工会授予该队FAST项目组“全国工人先锋号”。

荣誉的背后，是贵州地矿参与会战的地质工作者22年来坚持不懈的努力。当接到FAST即将启用的通知时，这些地质人百感交集，思绪万千。22年的风雨兼程，22年的真情付出，助力祖国又一“大国重器”建成，助力科技强国战略更进一步，还有什么能比这更值得地质人自豪和庆幸的呢？截至目前，111地质队仍在为FAST的安全运行保驾护航，继续承担FAST台址三期台址稳定性监测与地灾巡查等相关工作。

省地矿局111地质队在为FAST建设、运行打下了坚实基础的同时，技术水平也得到了不断的提升。与相关单位合作研发一套具备全流程InSAR解算功能的星载SAR差分干涉处理平台，对覆盖FAST台址的长时序星载 SAR 数据处理，成功对 FAST 这一国家重大工程的地质稳定性进行的监测，克服了喀斯特山区高程差别大、植被茂密的困难，为 FAST 台址稳定性评估提供了重要决策支撑。其中多项新技术，成功运用到贵阳市轨道交通建设等重点工程施工监测中，为项目顺利实施提供了地质技术保障。2017 年，该队“FAST 工程建设中的测绘与监测保障系统”荣获国家测绘地理信息协会颁发的测绘科技进步奖……

2020 年 5 月，由贵州射电天文台主持，111 地质队等单位参与的贵州省科技支撑计划项目启动。该项目将在 FAST 保护区（半径 30 公里）范围内，通过卫星遥感监测技术、无线电环境监测技术、岩溶地质与灾害调查等手段，揭示各环境要素对 FAST 运行的影响，并构建和应用数据库系统，为 FAST 穿上“防护服”。2021 年 6 月 29 日，我国第一部 FAST 工程勘察技术深度提炼的技术型专著《FAST 工程勘察技术理论与实践》正式出版，多项勘察技术成果不只为“中国天眼”稳定性运行提供持续保障，还应用到贵州、全国乃至非洲等工程建设、轨道交通、地灾防治领域中。

天眼，你穿透时空，仰望苍穹，素未谋面的万千星斗便是我们的客人。此刻，一轮红日正喷薄而出，映红了天际，映照着天眼与群山，金光万丈，美不胜收！

青山一道同云雨　明月何曾是两乡

——108地质队助推毕节高质量发展纪实

陈　波　周　丹　张　健　敖继斌

在乌蒙大山，有一群普通却不平凡的人。
清晨他们踏碎草上的露珠，
惊醒林中的小鸟。
烈日下他们挥汗如雨，
风雪中他们无阻前行。
乌蒙大山的每－寸上地，
深深地留下了他们辛勤的足迹。

——题记

这一群普通却不平凡的人，他们中的90%不是毕节本地人，但他们把青春和岁月奉献给了这片热土，把智慧和力量贡献给了这一方百姓。他们无怨无悔，辛勤耕耘，守护着绿水青山，守护着百姓家园。他们就是省地矿局区域地质调查院（108地质队）的全体干部职工。

2013年9月22日，按照省地矿局发展战略安排部署，区调院成建制整体迁往毕节，挂牌成立省地矿局108地质队。该队牢牢扛起“地灾防治为民生，生态转型为毕节”的重要责任，践行地质先行、服务民生的发展理念，为毕节市地质灾害防治工作提供了强有力的技术支撑，为打造毕节生态发展试验区贡献智慧和力量。

应急抢险　冲锋在前

这是一支能打硬仗的队伍，召之即来，来之能战。

2017 年 8 月 28 日，纳雍县张家湾镇发生山体崩塌。上午 10 时 20 分，时任副队长陈波接到救援电话，只有一句指令："立即赶往纳雍县张家湾镇。"

当时，正在路途中的陈波并不知道具体发生了什么，但他从电话里凝重的语气中已经感觉到发生了重大灾害。没有一刻犹豫，他立即做出重大灾害抢险救援工作安排，车灯闪烁、争分夺秒赶赴灾害现场。

50 万立方米的崩塌体倾斜而下，将大半个村庄淹埋！等待他们的是一场大战恶战！指挥部领导在等待技术支撑，人民群众的期盼就是地矿人的使命和责任。

作为第一支到达现场的抢险救援技术支撑单位，陈波深感责任重大，压力重重。现场应急调查是重中之重、次生灾害调查是重中之重、后缘变形监测是重中之重，怎么办？兵分三路！技术员张健、张明选两位同志带队上山开展后缘变形监测，陈波带队开展次生灾害调查，国土部门技术员开展现场应急调查。指挥部立即批准，相应工作也立即展开。

山川静默。苍天似乎也为灾难哭泣，泪水伴随着大雨不停地流下。山体后缘变形监测小组一直在风雨中坚持到深夜 11 时才等到一把雨伞避雨和几个洋芋充饥，其间寒风裹挟雨水不停地吹打，长时间雨水浸泡几乎让人无法站立，但张健、张明选两位同志始终蹲守着，视线一刻不敢离开监测桩，因为一旦监测失误就可能给山下近百名抢险救援人员带来生命危险。次生灾害调查组在风雨中穿丛林乱石、过沟坎溪流、爬陡坡险崖，腿划破了撕一块衣襟扎上，肚子饿了啃两个生苞谷，直到天黑工作组才收工下山。

待整理完资料已是深夜，队员们就在车上蜷缩着过夜，天刚放亮又继续一天的工作。

完成应急抢险救援返回单位时，工作组的同志们才发现时光匆匆流逝，日历早已翻过了十页。

2019 年 7 月 20 日 17：14，威宁彝族回族苗族自治县盐仓镇营洞村花鱼洞村民灾情，接报不到 30 分钟，108 地质队技术工作组完成集结赶赴现场，应急调查工作即刻展开。

调查工作过程中，工作组发现坡体变化剧烈，出现临滑状态，立即要求撤离所有受威胁对象。21:20左右，滑坡整体滑动，滑坡总方量约25万立方米，规模等级为中型。滑坡造成约3公里用电线路中断，损毁耕地约40亩，房屋滑塌或被掩埋5栋，损毁通组路约60米，并威胁34户178人生命及财产安全，造成直接经济损失约60万元，潜在经济损失约1500万元。工作组的科学研判、及时预警、迅速撤离，成功保障了34户178人生命安全，成为108地质队地质灾害防治成功避险的第一例。

2022 年 5 月 8 日，毕节市织金县金凤街道白岩社区包包组发生山体崩塌，队长王旭东正在单位值班，接到电话后立即组织专业技术骨干共5 人，带上无人机、GPS 等应急救援装备，赶赴灾害发生现场参与到抢险救援工作中，工作组迅速对山体崩塌现场展开调查研判，第一时间向指挥部反馈调查情况，提出处置建议，全程参与应急监测及排查，完成应急调查报告编制。

抢险救援持续 13 天，工作组连续有 8 个夜晚都没合眼。救援及善后工作结束后，织金县委、县人民政府发来的感谢信中这样写道：“青山一道同云雨，明月何曾是两乡……您们‘与时间赛跑、为生命加速’，诠释了什么是人间大爱。您们在大灾面前的勇毅和担当，既彰显了对人民群众生命安全高度负责的使命感，又体现了‘一方有难八方支援’的革命友谊。”

因连续强降雨影响，2022 年 9 月 15 日赫章县安洛溪乡发生洪涝灾害，导致多处民房受损，交通受阻。凌晨 5 时，24 小时值班的队长王旭东接到报灾电话，立即带队出发赶赴现场。

倾盆大雨下个不停，救灾工作更要争分夺秒。工作组到达现场即刻带着应急救援设备深入灾害现场，按照应急抢险指挥部的安排在暴雨中开展抢险救灾，同时在受灾区域及周边区域开展地质灾害隐患排查工作，共排查乡镇 2 个，排查隐患 14 处，建议临时撤离避让 8 户 31 人。

抢险救灾过程中，工作组遇见一位老乡带着两个孩子蹒跚地走在下山的路上，参与抢险救灾的彭永康和石健祥同志立即冲上去，接过孩子背在背上，扶着老乡撑起雨伞，把他们安全送到临时安置点。

2022 年 10 月 11 日，接金沙县自然资源局通知，金沙县在册隐患点一字岩崩塌发生局部崩落、山体异响等异常情况。大队总工程师杨承富带上驻县保障组技术人员会同地方相关工作人员前往现场核实调查。发现大贤村大水井组一字岩崩塌危岩带变形加剧，危岩带前方还有 3 栋房屋受采空影响已出现开裂变形，房屋内 5 户 12 人的生命财产安全受到严重威胁。根据隐患点监测资料及现场踏勘情况，迅速划定了威胁范围，编制提交《金沙县安洛乡大贤村大水井组一字岩崩塌应急调查报告》，提出管控建议及撤离方案，全程参与现场应急处置工作。

2013 年至 2022 年，该队先后参与了 13 次应急抢险，闻令而动、迅速出击，一路逆行与时间赛跑已然成为地质灾害防治技术保障专业技术人员的常态。他们说："我们付出多一点、灾害造成的损失就少一点、群众就更安心一点；我们调查深入一分、危险就少一分、群众安全就多一分！"他们走过白昼、"晒"过星光，迎着寒风、冒着暴雨，却依然执着坚守着地质人的初心！

公益服务　惠及民生

多年来，该队按照《地质灾害防治管理条例》要求，成立专业地灾防治保障工作组，积极开展常规地质灾害排查和地质灾害防灾避灾知识宣传教育。据不完全统计，近十年来，他们开展市县乡三级防灾避灾知识培训36场次，受训人数5000多人次，发放宣传画册13000多册（幅），组织指导县乡两级应急演练28场次，提升了基层人民群众识灾自救能力。近十年来，他们共排查地灾隐患点8500点/次，发放“两卡”7000余份，编制防灾预案450多个，建立监测点1300多个，为地方政府防灾减灾工作提供了强有力的技术支撑。开展应急调查480多次，编制应急调查报告380多个，最大限度地保障了人民群众的生命财产安全。

2018年按照工作安排，该队承担起了威宁彝族回族苗族自治县、赫章县、金沙县、金海湖新区、百里杜鹃管理区技术保障工作。他们分别在每个县区派出了两名及以上技术人员和车辆长驻县区值班值守，做到了灾情发生时第一时间能出击，抢险救援时第一时间有方案，政府决策时第一时间拿依据。同时还派出4名专业技术人员承担起了市自然资源局地灾调度值班值守工作。负责市局值班值守的技术人员肖腾说：“每一年的值班值守，都是与星月做伴，忍受孤独和寂寞的煎熬，但是为了地质服务民生，我们要发扬地质‘三光荣’精神，为老百姓的生命财产安全做好守护者。”

2018年该队承担了威宁彝族回族苗族自治县高位隐蔽性地质灾害隐患排查工作。威宁彝族回族苗族自治县地处云贵高原中部，是我国三级阶梯的二级向一级过渡地带，区内沟谷纵横，大山交错，地形切割深而烈，“高声说上一句都能听见，见面却要大半天”，形象地勾画出了当地的地形地貌。在这样的环境下要完成6200多平方公里的地面调查任务，其危险和艰难程度是可想而知的。

牛栏江是横穿威宁彝族回族苗族自治县西部的一条大河，两岸山高坡陡、丛林茂密，而高位排查又正是针对这样的地形地貌开展工作。2018年6月的一天清晨，天刚露出鱼肚白，夏景胜带领的工作小组就出发了。他们今天要去完成牛栏江边最远、最险、受威胁人数最多的海拉乡黑多村岔河组崩塌隐患点排查工作。他们起了个大早，希望在晚上10时前能回到驻地。

出发前大家已经规划好了一天的行程。由于山路崎岖难行，下午 1 时才到达图上标注的梁家湾子，年轻的技术员小李高兴地说："终于到达可以找到能吃饭的地方了。"可是大家左看右看都不见村庄不见农舍，不见村民不见田园，怎么回事？是看错图了？让张明选赶紧对对坐标。没错，坐标就是这里。大家你看我，我看你，找不出答案。思维敏锐的蔡丽红告诉大家："今天找不到吃的了。"大家异口同声地问道："为什么？"蔡丽红漫不经心地说："这个村子已经搬迁了。"

原计划的中餐泡汤了，大家只好继续赶路爬山。不经意间，两个小时过去了，大家都已经饥肠辘辘，组长夏景胜提议大家休息一会儿。还是那个小蔡，他说去旁边林子里找点野果充充饥。几分钟后，在不远处传来了小蔡的惊叫声，大家不约而同地向他奔去，只见他双手吊在树枝上，嘴里含着两个野果子，脸上惊恐万分，一条手腕粗的大蛇滑过，原来小蔡是被大蛇吓住了！在他身下就是万丈悬崖。

大家赶到山顶已是下午 5 时，纷纷开展坐标定位、放飞无人机、测量危岩体、追索裂缝走向、圈绘危险区域等等工作。一系列工作结束后，时间已经来到晚上 7 点半。组长夏景胜告诉大家抓紧下山。可山路难行，后半段路程是在饥饿难耐中靠着微弱的手机灯光艰难行进的。到达驻地已是凌晨 1 时了。

宁支祥是队里的老同志，他已经在野外工作了 30 多年，野外工作的各种困难他都经历过，可他说："从来没有哪次工作像这次高位排查工作这样艰辛艰险，这次工作是一辈子都忘不掉的经历。"在一次排查工作中，他领队的点是通公路的。出发前，他还跟其他组的同志开玩笑说："我去的点通公路，肯定比你们轻松。"没承想就是这次经历让他终生难忘。

车行至一处大山脚下，宁支祥习惯性把车叫停，从图上看看到达的位置，在路边识别一下地层情况，了解一下周边构造大致分布。当他了解完准备再上车时，不经意地抬头向山上望去，横亘的大山看不到顶，蜿蜒的山路看不到头，脚下的路高低不平，坑洼纵横，部分碎石散落路面。他的脸色变得凝重起来，老经验告诉他，要过这段路一定不容易。放眼向山下望去，悬崖绝壁，深不见底。车行半山，宁支祥的脸色煞白，双手已经冒出汗珠。就在这时，急弯上爬行的汽车打滑了，倒行了约半米，好在驾驶员技术过硬，及时调整方向，车才回到正路。

正是因为有他们不畏艰险，努力奉献，该项目得以顺利完成，共排查区域面积 6296.3 平方公里，核查原有地质灾害 267 处，排查遥感解译点 1873 处、矿山 77 处、30 人以上斜坡 1730 处，新增地质灾害点 34 处，发放宣传册、宣传海报等 1700 张，为地方各级防灾工作提供了第一手资料。

2019 年，该队承担 4 个县区 2019—2021 年自动化监测建设项目和群测群防设备安装项目。负责该项目的张健和夏景胜两位同志，从一开始对这些先进的监测设备一无所知，到咨询设备厂商，分析设备的详细参数和监测原理，再到后来带领项目团队分门别类将合适的监测设备部署在相应的地质灾害隐患点上。每一个环节的突破，均离不开项目组的勤学苦研。特别在施工环节，有些设备的安装须从山下运到山顶上，有的路段因道路狭窄，只能找当地老乡用马驮上去，到安装位置最后一段距离，甚至马驮也不管用，要靠人挑肩扛设备到点安装。在安装危岩体监测设备时，安装人员更是如“蜘蛛人”吊着安全绳到那悬崖峭壁上进行安装。

就是在这样的条件下，他们共提交了 238 个地质灾害隐患点自动化监测方案设计，成功安装启用裂缝计 193 台，预警喇叭 312 个。最后，所有监测设备安装均通过验收，成功链接贵州省地质灾害防治指挥平台 (1155 平台)，监测预警成效初步显现。

2020—2021 年，该队承担了织金县地质灾害详细调查及风险评价工作。当时负责该详查项目的张健回忆：该项目野外工作启动于冬天，天寒地冻，在寒风刺骨的条件下完成野外作业。

在调查织金县三甲街道箐脚村到钱洞组风险斜坡时，车子只能到达山下公路边。调查小组长杨森带着两名组员开始徒步往山上走，刚走了几步，发现小路上全是凝冻，走路也会打滑，另一名技术人员黄松摔了一跤。两名技术人员均有打道回府改日再来调查的想法。但按照时间节点，必须完成任务，调查小组长杨森毅然决定通过钻刺林子爬上去调查。最终，该风险斜坡新增为崩塌地质灾害隐患，又为当地群众发现了一处地质灾害风险隐患，并纳入管控范围，为保障人民群众的生命安全做出了贡献。

绿水青山　金山银山

“我们过去讲既要绿水青山，又要金山银山，实际上绿水青山就是金山银山。”

近年来，该队立足地方需求，贯彻落实局党委践行习近平生态文明思想的举措，开展旅游资源大普查、耕地质量调查、矿山环境修复等等，充分发挥传统地勘单位技术优势，向生态环境领域转型，服务毕节打造绿色高地。

2016 年，他们组建了旅游资源普查队，开展大方县、七星关区旅游资源大普查工作。经过半年的艰苦外业工作调查面积 6914 平方公里，采集旅游资源单体信息 2073 个，获得优良级旅游资源单体 154 个，普通级资源单体 1363 个。

2017年9月至2019年3月，他们参与了纳雍县、大方县、黔西市1∶5万耕地质量地球化学调查评价项目的野外采样、样品加工、室内资料整理等工作。野外采样工作主要集中在每年的9月至来年的2月，项目负责人任云龙对泠泠冬雨中徒步山路的情景记忆犹新：“由于调查面积大、样点分布零散，有时候为了采集一个样品，来回要徒步走山路四五公里，有时候还得涉水穿过小河，真正一脸的雨、一脚的水、一身的泥啊。”

面对艰苦的野外作业条件，调查组的小伙子们不畏风雨严寒、山高路远，依然高效率、高质量地完成了 9437 件耕地质量调查采样和资料整理工作，为提高农业质量效益和竞争力提供科学依据，为我省山地特色高效农业高质量发展助力。

毕节市能源众多，尤其以煤炭资源为首要，长期以来，过度开发给生态环境造成了极大破坏，矿山环境支离破碎，矿区生态满目疮痍，矿山环境修复成了生态环境工作的重中之重，作为市级技术支撑单位，该队积极投入此项工作，责无旁贷。要修复首先要摸清楚哪里受伤、为什么受伤、伤有多深，再思考如何治好。矿山环境修复项目的专业技术人员们当起了矿山环境修复“医生”，为建设美丽毕节，支持毕节市生态文明建设贡献专业力量。

2019 年他们参与编制了《贵州百里杜鹃采煤沉陷区矿山地质环境治理及绿色产业发展规划》《贵州百里杜鹃管理区山水林田湖草生态环境保护修复工程试点实施方案》，围绕“有效改善百里杜鹃管理区地域范围内的生态环境质量和境内干流支流及沿岸地带的生态环境，维护生态屏障功能，保障国家 5A 级景区的生态安全”的目标，他们在调查区核查地质灾害隐患点，分析成因、评估危险性；他们沿河而下、奔泉而去，测流量、查色度、嗅味道、做分析，监测地表水地下水动态变化；他们细细查看、详细记录地貌景观损毁情况。转入室内后，又根据野外调查的“察言观色”，编制治理实施方案，为恢复治理提出科学客观、行之有效的措施。通过消除百里杜鹃管理区矿山地质灾害隐患、恢复山体原貌、提高水资源保障能力和植被覆盖水平、修复损毁土地、恢复地下水环境平衡、消除土壤污染等方面工作有效改善百里杜鹃管理区地域范围内的生态环境质量和境内干流支流及沿岸地带的生态环境，维护生态屏障功能，保障国家 5A 级景区的生态安全。

除了传统的地质调查方法，他们还给毕节市历史遗留矿山“做 B 超”，为毕节市历史遗留矿山环境恢复治理工作的规划、推进、评估提供了第一手数据。2020 年通过人博会引进的环境工程硕士研究生段策升说：“自 2020 年进入单位，先后得到了机会参加矿山环境修复治理实施方案编制工作，项目组的师兄们带着我野外调查取得原始的数据和图片，让实施方案编制有依据、有数据。而图斑核查就像是‘做 B 超’，不仅可以复核野外调查情况，而且还可以提示我们核查调查是否存在遗漏区域，真正为治理工作摸清底数。”

2021 年该队承担了七星关区、大方县历史遗留矿山图斑核查工作，共计核查了图斑 1224 个，其中大方县 401 个，七星关区（含金海湖新区）823 个。属于历史遗留矿山 92 个，其中大方县 52 个，七星关区（含金海湖新区）40 个。

2022 年他们承接了毕节市历史遗留矿山生态修复实施方案、大方县历史遗留矿山生态修复实施方案，毕节市、七星关区、金沙县、威宁彝族回族苗族自治县三县一市的生态修复规划，为毕节市区的生态修复工作提供专业技术支持。同时根据中央环保督察须整改的金沙县开发煤矿市场化煤矿山生态环境问题，该队派出专业技术骨干对该煤矿山的生态环境问题进行调查，编制其生态修复实施方案，为煤矿完成整改工作提供专业的技术整改方案。

北斗定位 行稳致远

测绘是国民经济和社会发展必不可少的一项前期性、基础性和公益性工作。该队工程测量部组建时间不长，但已在毕节地区开展了大量的测绘工作，为政府、各企业、自然资源等部门提供了大量地理信息基础数据。

毕节市矿产资源丰富，矿山较多。他们积极开展矿山储量动态监测工作，共完成了 100 余个矿山的动态监测工作，促进矿产资源的合理开发和有效保护，规范矿产资源开发秩序，为矿产资源储量登记统计、矿产资源补偿费征收和矿业权评估、矿山投资和扩大再生产提供了可靠依据，对矿山在开采过程中存在的主要问题提出意见和建议，指导矿山企业合理开发利用和节约矿产资源，提高矿山经济效益。

为落实毕节市委关于严格执法监管的相关要求，他们积极参与毕节市的卫片执法工作。测量部门派出 5 位技术人员全程参与，他们在市局设置办公点，与执法科、耕保科人员同时办公。项目负责人谭征说：“以前一直以为我们的工作辛苦，在市局这边来以后发现工作也不轻松，我们经常与市局相关科室人员加班到晚上十一二点，特别是季度卫片下发时，在一个星期内要审核十来万个图斑，不仅工作量特别大，而且责任重大。”

一年的时间他们共完成内业图斑审查40余万个，外业核查600余次，为毕节市及时发现、制止和查处各类土地违法行为提供了科学依据，也为更加准确地评价一个地区的土地管理秩序提供了技术支撑。

他们积极响应开展威宁彝族回族苗族自治县农村房地一体宅基、集体建设用地确权登记工作试点乡镇新发乡开展房地一体化工作。此项目在进行初期，国家、省都没有下发相应的工作方案，大家都在摸索着进行工作。为了更好更快地完成此项工作，工程测量部门负责人敖继斌同志积极同毕节市自然资源局对接，交流技术方案、工作模式，在项目现场带领技术人员制作工作底图，开展宗地丈量和房屋测量，权籍调查，成果公示，数据库建设，权籍资料的制作等工作，用一个村作为试点，最终通过质检，成功入库。在规定工期内完成了一万余宗房屋的入库登记工作，得到了县自然资源局的认可，对威宁彝族回族苗族自治县农村房地一体工作起到了很好的示范带头作用。

青山一道同云雨，明月何曾照两乡。近十年来，是该队从贵阳转战毕节的十年，是践行“服务民生、地质先行”的十年。十年来，他们牢记初心使命，成了防灾减灾的保障队、应急抢险的突击队、生态修复的先锋队、自然资源的守护队，充分发挥基础性公益性作用服务地方发展，获得地方政府的信任和地方群众的赞誉。

站在新时代新征程的起点，该队将继续发扬地质“三光荣”精神，立足毕节高质量发展，充分发挥技术优势，持续做好公益性地质服务，在服务毕节能源资源安全上有实效，在推动毕节绿色发展生态文明建设上有作为，在持续提高毕节地质灾害防治保障上有担当，为“一区三高地、五个新毕节”的战略行动贡献地矿力量！

放飞梦想的力量

赵 飞 刘 阳

壬寅仲秋，蔚蓝色的天空中飘着一朵朵白云，一缕缕阳光洒在装备中心双龙基地，激荡着一股澎湃的力量。

省地矿局党委副书记陈代军前往装备中心调研工作，装备中心党委书记、主任方开雄欣喜地汇报："党建引领去库存、追欠债、盘活资产，四年过去，装备中心挺过来了。2019 年初，探矿厂车间里又响起欢快的机器轰鸣声，抓技改、优服务、拓领域，文化融合，三年后，装备中心迈上新台阶。"

曾经失意不坠志

贵州省地勘装备服务中心是 2006 年 12 月，由原贵阳探矿机械厂、贵州省地矿物资总公司合并而成。最初探矿厂和物资公司一直分体运行，到 2013 年 7 月，省地矿局做出做实建强装备中心的部署，探矿厂和物资公司才正式整合到装备中心，作为其下属二级实体企业进行管理和经营。整合后的装备中心，局党委明确定位：立足为全局地质矿产勘查开发提供装备物资保障服务。

"曾经独立运行的两个单位如何围绕中心服务大局，成为摆在装备中心党委面前的难题，同时所属的探矿厂面临着基地搬迁人心不稳的复杂局面。”时任装备中心党委书记黄洪波回忆道。

贵阳探矿机械厂是一个老单位，成立于1956年初，厂址最初在油榨街。后来为支持贵阳城市建设，他们从油榨街搬迁到五里冲。记得那次搬迁，厂房都是职工自己一砖一瓦修建的。

“贵阳探矿机械厂技术人员白手起家，自己摸索，从仿造德国颚式破碎机开始，到自行设计、研发，最多时产品包含了颚式破碎、圆盘粉碎、双辊破碎、锤式破碎、切片、磨片、缩分、防污染、黄金制样等多个系列20多样产品。当时自行设计、浇铸生产的颚板，得到业内人士的一致认可，被称为‘行业内的老大’。”原技术科的傅关鑫回忆说。

筚路蓝缕，探索实践几十年，探矿厂发展成为全国破碎、制样选矿设备的主要专业生产厂家，其“虎口”牌选矿设备在全国处于技术领先地位，产品荣获国家机械制造行业最高奖“国家银质奖”、全国质量评比第一名、科技成果奖、省优、部优等荣誉以及多项国家专利。时任贵州省省长陈士能亲自到厂祝贺，给予高度赞誉。

现任省地矿局财资处长王秋生2011年8月至2013年5月期间担任探矿厂厂长。他回忆，探矿厂从五里冲搬迁到双龙基地期间，边重建边搬迁，还经历了水灾、火灾，但都没有影响生产，基本实现无缝对接。

2013年，探矿厂从贵阳五里冲迁址到偏远的双龙新基地。俗话说，无事生非。为稳住职工，开足马力生产，短短两年时间不到，产品就积压1200多台（套）。那些年，地矿行业进入调整下行期，表现最明显的是国家投入减少，项目大幅缩减，选矿产品市场需求收缩，探矿厂仿佛从夏季直接进入了严冬，低谷时年销售仅有300多万元。

如何走出严冬，班子成员、全体职工深深思虑着。

时间来到2016年12月8日。装备中心在发展陷入低谷的窘境时，迎来了新一任主任方开雄。方开雄，出生于贵州织金身高近180厘米的黑脸汉子，他怎么也没有想到，干了25年地质工作，会调到主营机械制造、物资贸易的装备中心工作。

班子成员交接工作，方开雄此前听说过装备中心的困难，但没想到会这么困难，心里咯噔了一下，他明白“苦其心志、劳其筋骨”的时刻到了。

“四步棋”让梦想再飞扬

在地勘单位深耕生产经营的方开雄，意识到要稳定装备中心人心，探矿厂不能再关起门来搞生产，必须尽快融入市场。党委班子形成共识，走出了“四步棋”，让梦想再飞扬。

第一步棋放在统一思想上。黄洪波书记是老政工，深知思想政治工作的重要性。一番商议决定，借势职工对装备中心的情怀，分头去组织召开座谈会，给大家讲清说透厂里的辉煌历史，产品优势，发展后劲，未来愿景，坚定发展信心。

第二步棋放在去库存上。自 2016 年暂停生产成套设备，计划用四年时间加大销售力度去库存，日常以生产配件和到市场承接零星加工业务维持生产队伍。

第三步棋放在售后服务上。企业如鱼，市场似水。在提供市场服务时，只有走出“本位主义”的狭隘格局，企业才能如鱼得水，打开一片新天地。

销售负责人卢光松在参加一次聚会后深有感触。2020 年 5 月，他参加湖南长沙某经销商办公楼乔迁庆典时，朋友的疑问直抵心扉。“啊，你们贵阳探矿机械厂还存在呀？”他痛定思痛，回来向领导汇报。单位立即调整经营思路，建立门户网站，印刷宣传册，让利给用户，与经销商建立友好关系。以满足客户需求为出发点，做好售后服务，要求每一次的售后服务，技术人员都要耐心细致，在技术层面上让客户心服口服。

一次给广东韶关宝武钢铁厂实验室售后服务的事情，让卢光松印象深刻。2020 年 4 月疫情过后，刚开始复工复产，厂里就接到广东韶关宝武钢铁厂实验室申请售后服务的电话。他们实验室车间有一条生产线，使用了探矿厂生产的 4 台机器，其中最大的一台出现了故障，无法正常运转。什么症状说不清道不明，视频指导维修难以进行。他们立即启程，穿过苍茫夜色，登上南下列车，去上门处理故障。

途中，同行的罗泽贵问卢光松："卢总，我们的机器坏了，原来不都是寄回来返厂检修，这次咋还要去上门呢？"

"不，我们去上门维修是有光荣传统的。只不过，前几年停产，这些光荣传统有些放松了。"

这次服务出乎卢光松意料的是，客户拿来了一份购货合同。"卢总，我们最近要上一条新的生产线，再订 4 台新设备。之所以最终选定你们的机器，是因为无论视频指导使用、维修，还是上门服务都得到我们实验室高度认可。尤其是这一次，你们不辞辛苦奔波，忍饥挨饿帮我们抢修机器，领导们都是看在眼里的。再说，你们的产品虽然价格贵点，但货真价实，品质保证，耐用也划算。"

第四步棋放在技术创新上。产品质量是夺取市场的法宝，犹如当下的战争，拥有坚硬的利器，才能掌控战争的主动权。

探矿厂从建厂之初的白手起家，自行设计、研发产品，到后来的颚式破碎机轴承座加工工艺改进、动颚板固定装置设计改进、调节总成加工工艺改进、锁紧装置加工工艺改进、磨片锻模工艺改进等多项产品改进的新闻曾在国家级、省级、局级报刊上刊登过。动颚板固定装置设计改进还被机械制造同行借鉴仿制，磨片锻模工艺改进荣获过中华全国总工会"节能减排优秀合理化建议奖"。

老前辈能做到的事情，我们咋就不行？

吕胜权、卢光松、韦林冲、杨晶、田文海几个年轻人以初生牛犊不怕虎的胆识，在老专家代金旭、罗加祥的支持下，迎难而上，向技改发起了挑战。2022 年 8 月 4 日，探矿厂举行了技改新机型下线仪式。新机型投放市场试用，赢得一片喝彩。

贵探人，不断创新，提高质量，收获荣誉，赢得市场。

转型服务点赞声声

贵州省地矿物资公司前身为局物资供应处，主要承担地质装备物资的采供调拨。因改革发展需要，1993 年成立了物资公司。

顾客夸你好，胜过登广告。长期以来，物资公司秉承真心、诚心、放心、细心服务理念，力求从细微处做起，从点滴处努力，收获各地勘单位的诸多点赞。物资公司一度成为效益靠前的单位。仅 2014 年获得省政府、省地矿局大额设备更新资金，为服务我局打井找水工程，装备中心投入 1800 万元采购了浅井钻机 11 台（套），空压机 12 台，随车起重运输车 4 台，一跃成为经营规模超亿元的贸易企业。

邓沛，毕业于成都地院探矿工程专业，曾在地勘单位当过机长、分队和大队探矿技术负责、副队长、地矿工程勘察公司副总工程师以及局经管处、企业处处长、地质工程处调研员等职，2013 年 6 月调任装备中心主任。经历丰富的他，深知局党委做出建强做实装备中心的重要性，如何发挥装备中心为地质矿产勘查开发提供装备物资保障职能职责，他思考着，经请示局领导，为确保找水打井任务的胜利实施，成立了设备租赁部。

黄兴，眼睛大而黑亮，是个精明能干的小伙子。他 2012 年到装备中心工作，先后在车间、技术、销售、财务、设备租赁部等多岗位锻炼。时任设备租赁部经理助理的黄兴回忆："我们接到兄弟单位电话后都是第一时间前往，一次接到 102 地质队项目部的电话，立即前往遵义道真项目现场。山路狭窄，爬坡下坎，驾驶员加倍小心，生怕越野车颠下山坡，心脏提到嗓子眼也随着车子抖了一路。到了山里导航也无法使用，连续问了几位村民才找到方向，一路穿山越岭过溪流到工地。他顾不上休息，立刻给空压机做了系统检查、全套保养，保证项目顺利进行。"

黄兴说："类似情况很多，但是客户的需求就是使命，缩短时间就是最大的效率，就是最好的服务。"

一次去 103 地质队工地时也是艰辛的。穿过市区进入村寨，行进在泥泞道路上，路的宽度犹如比照车的宽度量身打造似的，路边的茅草比车还高。晚上起雾，几乎看不见前进的道路，也不知道前方是哪。顺着这样的路行驶了半天才散见几户老乡，在老乡的指引下才找到工地。

“我们当时都会提前联系好客户，随即出发前往现场，定期给设备做保养检修是我们的服务宗旨。但是有时工地地址的改变都给我们带来了很大困难。不过每次给兄弟单位做完服务后，总感觉全身都轻松了不少，看着他们满意的样子，觉得再累再远也是值得，毕竟客户的需求就是我们的追求。”黄兴自豪地回忆道。

宁建军是位技术精湛、经验丰富的钳工，设备租赁部成立时调他任技术员。他说：“我是生产工人出身，设备到基地后，都会认真检查，原厂配备的钻机专用铁扳手硬度不够，使用经常断裂。为快速解决这一问题，到生产车间自行加工了铁扳手，遇到客户设备出现问题后，能第一时间克服困难用最短时间解决。”

一次到地勘单位工地项目上发现空压机油表异常，项目很着急需要赶工期，如果把损坏的零部件寄回厂家修好再寄回来，不知道会耽误多长时间，后来通过他反复研究，帮助解决了问题。“每次将送往地质队的设备我都要保证无一丝一毫的差错，他们能够顺利正常地使用设备我才能安心。”正是宁建军这种认真忘我的服务态度，保证了各兄弟单位项目的进程。

市场瞬息万变，受整个地勘行业市场的影响，传统地勘设备物资经营业务断崖式下跌，整个装备中心经济运行捉襟见肘。但不论市场如何变化，装备中心职工深知肩负的职能职责，工作重心仍然是立足地勘单位需求，用真诚服务创造价值。

吴颜林是个朴实乐观的苗族汉子，大学毕业后，在物资公司从事售后服务工作。他回忆道，2018 年初，为 111 地质队代购了一台 RPS-3200 地热井钻机，3 月 25 日，设备及配套陆续抵达锦屏县敦寨镇地热井施工工地。设备到场，技术骨干万愚和吴颜林立即驾车赶往工地，现场清点设备、配件，与厂家工程师一道仔细对照图纸进行安装、调试。

在敦寨镇工地工作中，他又接到112地质队往年代购的宝鸡ZJ20地热钻机电路、钻杆出现了问题，工程紧急。他们不敢耽搁，征得111地质队同意，立即冒雨驾车赶往112地质队工地。

路上细雨不断，大雾弥漫，能见度不及100米，遇见路面交通事故好几起，路面在雨水的浸泡下刹车不灵敏，只好挂1挡胆战心惊往前走，内心却像奔腾的野马恨不得飞奔起来，傍晚才到达工地。一下车，他们立即开展检查。经过细致排查，用不到一个小时就处理好了问题，开机运行半小时左右，设备运行很好，此刻大家脸上洋溢着满意的笑容。

顾不上休息，吴颜林连夜赶回公司，带着发电机组又驱车回到111地质队敦寨镇工地，完成最后的安装调试，于4月10日按计划准时开钻，正常运行一天后，才驾车回返。吴颜林满面春风踏入家中时，爱人说："你灰头土脸的，一身泥一身水的，笑个哪样？"他不无得意地答道："设备正常运行了、顺利开钻了。"

由于是新型设备，施工期间难免出现问题，钻机变速箱出现异响、发热，接到反馈后，立即与厂家沟通分析，确定是变速箱轴承损坏，吴颜林带上采购的新轴承再次驾车到工地，连夜维修。

凌晨3时左右，由于灯光视线不好，砸坏了一盘轴承，维修工作暂停。可是那晚，吴颜林却无法入睡，心里总是想着维修的事，焦急地等待着天亮。一大早驱车到200公里外的凯里市购买轴承回来安装，经过不断地维修、调试，钻机正常轰鸣，此刻的轰鸣声不仅是工地正式宣告回归正常，更是服务价值的体现。吴颜林自豪地说："由我们代购的钻机，从清点、移交、安装、调试，后期问题维修我们随时在现场。这工地还没处理完，其他工地又有新的问题，这已是家常便饭，但我们心中牢记服务是我们的使命！"

十年前，我省遭遇了百年难遇的严重旱灾，在抗旱救灾工作的关键时期，物资公司接到艰巨而光荣任务，及时抽调业务骨干，不分昼夜、不畏天气、不怕吃苦，保障打井物资材料供应。原物资公司市场经营部负责钢材经营。

市场部原经理何滨雁回忆道："时间紧，任务重，省内外的地质队都需要保质保量准时供货，货物调配压力很大，仅依靠自己现有库存量满足不了需求，常规向钢厂下计划生产也来不及，于是我们用尽所有资源渠道，将整个贵州市场的大口径无缝钢管都调用到齐，甚至从省外合作单位急发钢管到各大钢材货场半夜切割装货，每日清晨六点准时交货到指定地点。尤其是深夜更加困难，打开车大灯，帮助切割工按尺寸加工，一根一根地完成，一截一截地装车，准时交货后，大家才发现全身都湿透了，但没有任何抱怨，露出了满足的微笑。就这样，我们每天奔波在全省的每一条高速上，接应着每一辆载货车，与每一个抗旱打井地质队沟通，交付每一批来之不易的材料，虽劳累，却快乐。抗旱打井圆满结束时，得到了省内外抗旱打井队的好评。"

不怕吃苦，不怕累，勇于冲锋在前一直是市场经营部的最好诠释。

2016 年地矿基础公司实施贵阳市大十字老百货大楼项目，物资公司有幸成为钢材供应商。因项目位于老城区，按照交通管制要求，运输钢材的车辆须深夜 12 时以后才能通行。那年中元节，接到项目通知工地需要钢材两车，要求凌晨三点前送到。因货场车皮到站，所有调度优先车皮下货。没有吊装工吊装材料，加上过节库场人员很少，市场部的年轻人们在一名吊装工的指导下戴上安全帽和手套，拉上钢丝绳一根一根地将钢材全部套牢，直至钢材全部吊装完毕。深秋的夜里格外寒冷，汗水浸透了一身，顺利地完成了送货工作。何滨雁说道："虽然做的是一些苦活笨活，但这也是我们工作的之一，是我们作为经营人员的责任，只要客户有需要，我们没有节日假日，我们会克服任何困难做好我们的本职工作。"

周吉娜引人注目的是那浓厚乌黑的披肩发，犹如黑色的瀑布悬垂于半空，有一种极朴素而自然的魅力，是个科班生，大学学的是国际经济与贸易专业，毕业后一直从事地质设备的销售工作，现任地质物资科副科长。

2018年，为更好地服务各地勘单位，物资公司新增招投标代理的业务。她们先后为局属10余家单位组织开展了"三供一业"改造项目招投标服务，为实验室、贵州大亮锌业、房开公司、地质队开展了项目招投标代理。如今的周吉娜，通过学习实践，不仅是地质设备经营的行家里手，还是招投标业界的行家里手。

2018 年，根据局下发《关于加强地质专用设备及大宗物资采购管理的实施意见》要求，由装备中心牵头与西能电商平台公司合作建立局地质设备采购集中采购平台。物资公司常务副总周林洋说：“通过几年的努力，审核了供应商达千余次，通过达 100 余家，各地勘单位运用通过采购平台从陌生到熟悉，现在平台运作更加规范，服务更加到位。”

2020 年，经过局相关处室的协调，转变经营管理模式，装备中心委托地矿基础公司管理物资公司地专、钢贸等相关业务，围绕基础公司各项目做好采供保障，地矿物资经营成效显著。

担大义不辱初心使命

一阵急促的电话铃声，惊扰了疫情防控后经静波全家第一次聚餐。

经静波左手端着饭碗，右手拿起电话，一看是张元梅打来的，赶紧接了起来，边听边皱起了眉头。

张元梅是贵州天使医院院长，2015 年租用装备中心花果园商铺开设私家医院，租期还有 10 年之久，却突然提出退租。

“张院长，别着急，我们马上过来看看。”经静波放下饭碗，电话一边向分管领导汇报，一边通知科里几位同事，去实地查看。

探矿厂、物资公司实质性合并后，迁址到双龙新基地，原五里冲的经营性资产在花果园项目置换得到近 10000 平方米的写字楼和营业用房，加上三桥仓库、恒大写字楼等房屋资产规模就更大了。装备中心党委及时做出应租尽租、能租快租的快速租赁思路，最大限度盘活优良资产，否则，仅物业管理费一年就要拿出去五六十万元。将房屋 100% 出租，支撑了装备中心困难时期的经济开支。

房屋出租后，经管科人员分片区每周走访租赁户，了解经营状况，帮助协调、解决租户遇到的困难。

经静波知道，张元梅是个很有魄力的私家医院院长。2015 年初谈租赁装备中心花果园 1750 多平方米商铺开设医院时，就提出了租用 15 年的意向。装备中心本着双方利益风险考虑，一开始只同意每三年一签，经过长达七个月的协商，最终达成 15 年租赁协议。

张元梅当初雄心勃勃，强烈要求租赁 15 年，到 2020 年才短短 5 年，怎么会突然提出退租？副主任严钟随同经静波赶到实地了解情况。

原来疫情发生前，张元梅的“天使医院”经营还较为乐观，后受 2020 年初新冠疫情影响，慢慢就越来越困难，最萧条时病房里只有一两个人，经营难以为继。

“张院长，你们医院五年来打造出‘天使医院’品牌不容易，遇到的暂时困难我们可以理解，但要相信凭借我们的友好合作关系，只要坚持下去，大家携手解决问题，难关一定能克服过去。”

严钟这话在张元梅听来，无疑如一股暖流，温暖他疲惫而沮丧的心。

装备中心领导协商，结合该区域的市场行情，决定给张元梅减租，与租户共渡难关。将租赁合同单价由原来的每平方米 80 元调整为 60 元，张元梅看到了装备中心的诚意，打消了退租关闭医院的打算。

无独有偶，受疫情和市场环境影响，这一年有多家企业租户经营亏损，纷纷提出退租。装备中心加强市场调研，把控行情，降租稳住租户，最终没有一家退租。

良好的后续服务，吸引了中铁八局三公司贵南高铁贵安联线项目部、中铁八局三公司双龙偏好型物流项目部，租赁办公楼、库房，入驻装备中心双龙基地。随之，探矿厂主动与其联系，获得两个项目隧道支撑钢架外协加工业务，拓展了服务范围，扩大了增收效益。

而在新冠疫情肆虐大地来临之前的 2019 年 6 月，装备中心积极支持省重点招商项目落户双龙经济区，与双龙经济区置业公司签订了《土地征收补偿协议》。这块位于双龙区下坝的40亩土地，是探矿厂五里冲基地因贵广铁路拆迁置换的土地，通过运作，4年后转让，增收近1000万元。

2019年10月，装备中心实现外债清零，从此开启轻装上阵大力发展的新征程。短短几年间，贵州省“文明单位”、“精神文明建设工作先进单位”、“工人先锋号”、“省级和谐劳动关系企业”、省直机关工委“先进基层党组织”等奖牌把装备中心装点得熠熠生辉。

装备中心不忘初心，牢记服务地质矿产资源勘查使命，积蓄后发赶超新动能，在新的征程上放飞梦想，展现出绚丽恢宏的澎湃气势。

科技创新和成果转化

勇立数字化时代潮头

贵州地下更“透明”

展开实验科普之翼

春风发我枝上花

让测绘科技之花越开越艳

打造全国首个地质科技园创新平台

地质之塾

勇立数字化时代潮头

何毓敏

2021 年 10 月 12 日，首都北京，中国首届矿产勘查大会。

自然资源部基岩区矿产资源勘查工程技术创新中心主任、省地矿局首席科学家周琦在讲台上，激情洋溢地作全国率先开展固体矿产勘查全过程数字化的精彩演讲，电子显示屏上展示的一组组数据、一幅幅图片、一项项成果，让现场专家耳目一新，赞叹不已。演讲结束时，全场响起经久不息的掌声，周琦在掌声中走下讲台，立刻被记者团团包围，这一重大科技创新成果，吸引了媒体记者广泛关注，新华网、中国新闻网、中国日报网、科技日报、中国自然资源报、贵州日报等多家媒体铺天盖地地宣传报道，称赞这是“传统固体矿产勘查作业方式的历史性变革”！

2021 年 11 月，省城贵阳，省直机关目标绩效管理创新奖答辩会。首席科学家周琦再次登上演讲台，向省领导和专家全面介绍数字化勘查取得的系列创新成果，答辩结束后，这项成果从参加答辩的一百多个成果中脱颖而出，荣获一等奖。

这项数字勘查技术，是我局在全国率先开展，填补了国内空白，同时实现了“四化”，即工作流程规范化、工作内容标准化、工作成果数字化、人员现代化的目标，有力推动地质勘查行业数字化发展，为全国矿产勘查数字化转型提供了典型示范。自然资源部中国地质调查局决定，将我局作为全国矿产勘查数字化转型示范基地，将固体矿产勘查信息系统和相关标准向全国行业进行推广。

数字，从简单识数到加减乘除，从买菜算价到时间表示，数字与寻常百姓的生活息息相关。但是，当“数字”+“技术”，数字与技术深度融合，便成为一门深奥的学问！

数字技术，从1946年发明第一台电子计算机开始，历经计算机时代、互联网时代，伴随滚滚向前的时代洪流，2016年迈入新一代信息技术数字革命时代。这一时代的到来，如同当年发明蒸汽机一样，给传统的社会生产方式、生活方式乃至人们的思维方式带来深刻而巨大的影响，人类由此走向一个计算无处不在、网络连接时空、宽带永无止境、智慧点亮未来的时代，走向“数字化生存”时代，“数字技术”将人类推到新的时代起点。

长期以来，野外地质矿产勘查工作数据采集一直比较传统落后，几乎都是人工野外作业和手工整理记录，大量数据采集靠野外一线技术人员现场观察、综合研究。由于野外地质作业的特殊性，信息采集的复杂性，大大增加了地质勘查行业数字化转型难度，一直制约着地质勘查数字化转型发展。

长期与大山为伴和石头打交道的地质工作，能不能走出传统模式，打破这个瓶颈？如何紧跟“数字中国”、贵州“大数据试验区”时代步伐，将大数据引入地质勘查工作？敢不敢实施数字化勘查，站在时代前沿，勇立数字化潮头？时任省地矿局总工程师周琦，一直思考解决这个问题，寻找解决问题的突破口。

机遇偏爱有准备的头脑。就在寻找突破口的关键时刻，机遇来了，并且接二连三迎来三个好机遇。

第一个好机遇是2016年开展试点。当年，我国印发了《国家信息化发展战略纲要》，将信息化纳入国家战略，全面推进信息化发展。俗话说“无巧不成书”，就在这年，周琦总工程师领衔的科技创新人才团队，正在黔东地区开展锰矿勘查。他审时度势，果断决定，以黔东锰矿为试点，与国内一流研发团队中国地质大学（武汉）地矿信息系统研究所通力合作，历时一年艰苦努力，研发了全国第一个数字勘查信息系统，初步统一了地质勘查制图标准，通过黔东锰矿试点，基本探索出了数字化勘查的路径方法，同时培养了第一批数字勘查技术人才。

“从数据编录到绘制图件，从三维建模到成矿预测，黔东锰矿短短一年时间试点，证明数字勘查十分有用，这套方法必须持续深化。”周琦对试点工作感受深刻，他多次与地勘处长陈国勇、科技处长况顺达一起讨论研究，寻找深化推进的办法。

第二个好机遇是 2017 年科研项目。周琦领衔的科技创新人才团队，成功申报省科技厅科技支撑项目“数字锰矿”，同时列入局重大科研项目，这个科研项目有三大任务，“数字化勘查”就是其中之一。

次年，该项目纳入贵州省科研项目。省级科研项目，过去在地质工作者眼中是可望而不可即的，堪称“高山仰止”，以前几乎都被高校和科研院所囊括，周琦领衔开展的“数字化勘查”，开天辟地般首次获得，从此，数字勘查搭上了省级科研项目的快车。

2019 年，地调院承担了省自然资源厅下达的一个重要项目——“玻璃国土”即贵州省地质三维空间战略调查评价项目，作为局总工程师，周琦深知肩上担子重如千钧。“玻璃，是大家熟知的透明物质，让隐藏地球深部的地质信息，成为像‘玻璃一样透明’的地质模型，一看就知，一看便懂，难度可想而知。”周琦召集项目负责人张慧、蒋开源、曾禹人认真研究，用黔东锰矿数字勘查技术的三维建模的试点经验指导开展，项目进展顺利，并建成全国首个省域“玻璃国土”。

“工欲善其事，必先利其器。”在黔东锰矿试点和“玻璃国土”项目基础上，我局加强与中国地质大学（武汉）合作成立研发团队开展产学研合作，打造数字勘查的“利器”。这个“利器”就是系统，针对贵州锰矿、磷矿、铝土矿、金矿、铅锌矿、重晶石、萤石等优势矿产勘查需要，定制化研发了固体矿产勘查信息系统（QuantyPES)，其包含基于平板电脑的钻孔数据野外数字化采集、勘查数据综合管理数据库、勘查地质图件计算机辅助编绘、矿床三维地质建模与可视化、多方法资源储量估算、三维可视化地质信息系统基础平台等6个子系统，极大地节省工作成本。与此同时，全面统一制图标准，统一图式图例、报表模板和制作子图库，编制《沉积岩岩心编录与数据采集参考手册》，将烦琐的绘图工作由计算机自动完成，其制作的图件、相关报表等满足现行100余项地质勘查国家和行业技术标准、规范要求，大大提高了制图精度和效率。

第三个好机遇是2020年大精查平台。当年，省委、省政府批准在全省开展重点矿产资源大精查，我局共承担6个重点项目。“地质勘查是集实践性、科学性、探索性于一身的工作，涉及多学科、多领域。若要实现数字化转型，第一步要做的就是数字勘查，大精查是最好的平台。”周琦的意见得到时任局党委书记、局长付贵林和其他班子成员的一致赞同支持，局党委决定把大数据战略提升到全局发展高度，推进地质工作与大数据融合发展，攻坚克难，协同创新，破解地质勘查数字化转型难题。

为推进全局数字化勘查工作，局专门建立了勘查信息中心，制订了《贵州省重点矿产资源大精查项目数字勘查实施方案》，规范矿产数字勘查的技术要求，及时指导解决各勘查区遇到的技术难题，加强对勘查区内地质、地球物理、地球化学、遥感、钻探等多源、多维数据的计算机综合集成、处理和管理。

一花独放不是春，百花齐放春满园。2020年春，一场声势浩大的、具有历史性意义的数字化勘查，在101地质队、103地质队、104地质队、105地质队、106地质队和113地质队大精查勘查项目全面铺开。第二年，115地质队、117地质队大精查、大普查重点项目，也全面开展数字化勘查。

放眼贵州高原，从黔东到黔西，从黔南到黔北，贵州大地的青山绿水之间，多项目、多区域、多矿种的数字化勘查全面开启，涵盖锰矿、磷矿、铝土矿、金矿、铅锌矿、重晶石等优势矿产，传统地质工作“唰唰唰”的记录声，变成了“啪啪啪”的键盘敲击声，地质工作与大数据融合发展之门，正在徐徐开启。

“全面铺开后，能不能顺利推进，能不能达到预期效果，说实在话，我当时心里也是十五个水桶打水——七上八下。”周琦决定，专程到松桃高地超大型锰矿勘查一线实地察看，“103 地质队配备了很强的技术力量，钻孔编录、剖面绘图、资源估算，全过程推进十分顺畅，我心中才有了底。”随后，局退休老专家，科技处、地勘处、环工处专家，经常深入项目一线，从运用平板电脑等移动终端开始，手把手教授，精心指导数字勘查。

时光如白驹过隙，记忆却清晰深刻。从不熟悉到熟练，从被动到主动，从疑问到信服，参与数字勘查的各勘查项目地质技术人员，个个感受深刻，对这项工作如数家珍。

“旦坪铝土矿大精查工作中，开展全过程数字化勘查，实现了从野外原始资料收集到成果报告编制的三化——无纸化、信息化和精准化，体现了快速、高效的预期效果，传统手段无法相比。”指导正安旦坪铝土矿数字化勘查的 106 地质队首席专家翁申富激动地说。

“我感受到数字勘查的三大特点：准确的特点，在矿产勘查中减少了找矿的不确定性；高效的特点，提高了工作效率，缩短了工作周期；精准的特点，通过钻孔数据采集编绘勘查图件、三维矿床建模、利用普通克里格法进行资源储量估算，十分精准细致，任何一个数据的录入错误和操作错误都可能会导致图件和三维模型出现差错。数据采集翔实，数据海量丰富，图件绘制精细，云计算出成果；新科技，新技术，助推新时代地质事业新征程。”104 地质队福泉大湾磷矿勘查负责人宋普洪，用诗一样的语言称赞。

115 地质队清镇小院铝土矿项目负责人陈群欣喜地表示：“通过开展数字勘查，实现了地质矿产勘查与大数据的融合，实现了传统地质调查数字信息化，地质资料的直观化、可视化，提高了工作效率和质量，提高了专业技术人员数字化信息处理能力。数字勘查工作包括数字地质调查、钻孔数据数字化采集、勘查大数据存储管理、勘查图件计算机辅助编绘、三维矿床建模与可视化、多方法的资源储量估算六个方面。建立的三维地质模型能够将复杂多变的地质要素直观地展现出来，为后期资料利用和分析研究提供了良好平台。”

101 地质队石庆鹏深有感触：“天柱重晶石矿数字化勘查工作，从野外数据采集到室内综合整理，首次采用数字化勘查先进技术，实现了三维地质建模、数字化资源量计算和综合分析，不仅大大提高了地质工作效率，我个人也得到很大提高。”

一套套电子设备、一串串海量数据、一幅幅电子图件、一个个电子模型，我局抢抓数字经济战略机遇，在全国率先开展的固体矿产全流程数字化勘查，仅仅两年时间，亮点频现，成果丰硕，走在全国前列。

一是实现地质勘查全过程数字化。在野外作业全过程数字化采集方面，采用平板电脑、笔记本电脑、智能手机等移动设备，运用移动互联网技术，实现矿产勘查数据的野外数字化采集，实现在野外一次完成野外勘查数据的采集和数字化，存入固体矿产资源勘查信息系统和大数据中心永久使用。在历史地质勘查资料的数字化录入方面，采用人机交互方式，设计专门的标准化数据录入模块，录入历史上形成的原始数据、勘查报告等各类勘查资料，建立勘查数据库。在矿产勘查图件数字化编绘方面，通过提取数字化勘查数据，实现对矿区地形地质图、勘查线剖面图、矿体投影图、资源量估算图、钻孔综合柱状图等各类图件、表格的自动化编绘，有效提高绘图工作效率。

二是实现矿床精细三维建模。利用计算机三维可视化表达、分析、仿真、决策等信息技术，建立矿床地质空间精细三维地质模型，实现矿区地上—地下、地质—地理、结构—属性一体化的矿床精细、全息三维地质空间模型，构建完整的仿真三维可视化矿山虚拟环境，快速、动态、精细地表达矿区地层、构造、矿体等空间特征；实时展示、分析和管理矿山的各种三维结构信息、成分信息、环境信息和过程信息，为后续矿山采矿设计、数字矿山建设、矿山生产管理提供支撑。

三是实现资源储量动态计算。实现了多方法储量计算和编图一体化，即各种底图绘制、岩性花纹填充、样品自动组合与标注、矿体边界交互圈定、面积及平均品位自动计算、储量自动汇总、相关图件和报表快速编制与输出等。储量估算结果更加精确和可靠，与国内外同类软件的地质统计学方法相比各项误差均在 3% 以内，与传统方法相比误差在 1% 以内。

四是实现矿产资源数字勘查智能决策。利用数据挖掘、机器学习和人工神经网络算法，构建“全体数据 + 成矿模式 + 三维结构”的成矿预测新模式，形成在全流程中顺畅流转的勘查大数据链。利用各种多源数据的筛选、预处理和数据降维等功能，压缩数据量，挖掘和提取有用信息，发现与控矿要素、成矿机制和分布规律有关的新信息，为成矿预测和圈定找矿靶区提供智能化决策。

五是培养了数字勘查技术人才。通过建设勘查信息中心，实现对勘查区内地质、地球物理、地球化学、遥感、钻探等多源、多维数据的计算机综合集成、处理和管理，采用室内集中培训、野外现场演示等方式，培训专业技术人员 500 多人次，让一线技术人员熟练掌握数字勘查技术，为数字勘查工作培养了大批技术人才。可喜可贺的是，获得相关知识产权，出版数字勘查专著 1 部，公开发表学术论文 4 篇，获得软件著作权 3 项、授权发明专利 4 项，研编《矿产资源数字勘查工作规范》《固体矿产勘查钻孔数字化编录标准》《固体矿产勘查区三维地质建模技术规程》等贵州省地方标准（草案），申报贵州省地方标准 6 项。

六是助推全省重要矿产资源大精查快速突破。全省重点矿产资源大精查工作，时间紧、任务重，通过全面实施数字勘查，提高勘查效率，有力地助推松桃高地锰矿超大型锰矿床、福泉大湾超大型磷矿床、正安旦坪大型铝土矿床、贞丰者相大型金矿床、六枝平桥萤石（锂）矿床、天柱寨脚重晶石矿床、清镇小院铝土矿床、福泉王家院磷矿床等一批重点矿床大精查项目快速取得突破，为贵州“十四五”经济社会快速发展提供新的资源保障。

“习近平总书记2021年春节前夕亲临贵州视察，做出了‘在实施数字经济战略上抢新机’的重要指示，在局党委高度重视下，依托贵州发展大数据的优势，我们通过开展产学研合作创新，成立研发团队，实现了地质勘查从普查到详查、勘探全过程数字化转型发展，带来了传统固体矿产勘查作业方式的变革，有力推动地质勘查行业数字化发展，为全国矿产勘查数字化转型提供了示范。‘数字锰矿’科研项目，已列入贵州省重大科技成果转化十大工程，在全省推广应用。”周琦自豪地说。

“下一步，我们将把数字勘查技术运用到毕节试验区资源大普查项目中去，充分利用数据挖掘、蚁群算法、人工神经网络算法和机器学习，构建‘全体数据＋成矿模式＋三维结构’的成矿预测新模式，形成在全流程中顺畅流转的勘查大数据链，对海量信息进行筛选分析，挖掘和提取有用信息，为成矿预测和圈定找矿靶区提供智能化决策，更好地为全省新型工业化发展和新一轮找矿战略行动提供资源保障。”周琦满怀信心地表示。

从局部试点到全面铺开，六年艰辛探索，六年开拓创新。

我局率先开展的数字化勘查技术，不仅在全省数字经济战略中抢得先机，而且成为全国数字化勘查的领跑者、示范者。这项引领时代潮流的数字技术，是局党委高度注重科技创新取得的丰硕成果，是以周琦首席科学家为代表的地质专家，勇立时代潮头探索创新取得的重大突破。

数字新时代，点亮新未来。

连接新时空，开启新征程。

作为大数据试验区，贵州大地正涌动实施数字经济战略的时代春潮，数字经济增幅全国领先。

在这澎湃奔涌的时代春潮中，我局数字化勘查技术正如星火燎原拓展，如火如荼在苗岭高原展开，在全省更多项目、更宽范围、更深层次全面推进，助推新一轮找矿突破战略行动。

我们有理由相信，引领时代潮流的数字勘查技术，必将点亮地质事业更加辉煌灿烂的未来。

贵州地下更“透明”

——省地调院率先建成国内首个省域“玻璃国土”

詹海燕　曾禹人

“玻璃地球”是地质矿产科学大数据的最有效载体。省地调院围绕贵州“三大战略”行动，形成以平台育人才、以创新促发展的科研思路，率先建立了全国首个省域“玻璃国土”，实现了对地下空间战略评价的支撑及与自然资源管理“一张图”的无缝对接。该院在2022年全国地质调查工作会议上被评为2021年度优秀省级地质调查院。

探索：推进地质工作与大数据融合发展

让地下地质结构像玻璃一样透明，对一个国家而言，称为“玻璃国土”，对全球而言叫作“玻璃地球”。这是利用地质信息技术建立的多尺度、多要素、数字化的透明浅层地壳，是存储于计算机网络上、可供多用户访问和开展决策分析的三维可视化虚拟地壳。这个自20世纪90年代初提出的技术概念已受到各国重视，经过近20年的发展，目前已经成为引领地质信息聚合、表达和应用方式的主流。

2016年贵州省获批国家大数据综合试验区，恰如强劲的东风为贵州地矿工作数字化转型注入了新动力。省自然资源厅、省地矿局充分认识到实现自然资源管理与发展必须深入实施大数据战略，推进地质工作与大数据融合发展。

在这一思路指导下，省地调院主动适应国家深部探测重要发展战略，立足传统基础地质数据优势，聚焦国家、省发展战略以及自然资源管理需求，探索和学习国内外地质大数据技术应用的成功案例，申报了“贵州省地质三维空间战略调查评价”项目。

该项目得到了省自然资源厅、省地矿局的全力支持，并获准于 2019 年 5 月正式启动。

协作：产学研联合攻关三维地质建模技术

面对全国首个省域“玻璃国土”建设项目，国内尚属空白领域的这片“玻璃国土”，只有零星资料可借鉴，如何建设，成为摆在省地调院面前的一道难题。

作为探索自然科学的地矿人，从来都是拓荒者，善于从无路处寻找出一条路来。时任省地矿局总工程师、该项目首席专家周琦鼓励大家要敢于创新，勇当先锋。

该院通过与中国地质大学（武汉）及武汉地大坤迪科技有限公司组成百余人的产学研创新联合团队，系统收集并充分利用了全省已有地、物、化、遥数据。针对已有的地表地质数据和对深部地质结构的认知，补充进行了必要的地面调查和物探工作，特别是搜集了重要的深部钻探和地震勘探等数据。基于这些海量地质资料和成果数据，通过分析、综合和数字化、矢量化，建立起了用于建模的地层序列和虚拟钻孔，系统识别和标定了全省深部构造—地层格架，同步研发并建立了多层级、多尺度、多要素省域三维可视化地质信息系统。

“‘玻璃国土’不是一个简单的三维地质模型，而是一个三维可视化的地质信息系统，不但要实现地质信息的快速、动态、精细和全息的汇聚和建模，而且要能够进行地质信息的三维可视化表达、分析、仿真和决策。”与省地矿局长期合作的中国地质大学（武汉）地矿信息科技研究所所长吴冲龙教授介绍。

据项目技术负责曾禹人说，他们从前期准备、获取数据到海量数据集成开发，一步步地探索省域“玻璃国土”建设方法体系，其间有太多值得追忆的情景。还记得项目刚开始，团队内就地质数据如何表达才能满足模型可视化建设进行了反复讨论和推演，地大老师们十分热忱，从武汉到贵阳和院项目成员开了好几次碰头会，解决了不少初期问题，比如想到借用“钉子”这个概念应用到“虚拟钻孔”功能定义上，着实为项目开了好头；还有，在模型建设单元的划分、定义和属性含义表达方面，也是绞尽脑汁，虽然一开始就想到模型的地质格架一定要建立在贵州省最新区域地质志成果之上，但对于如何将二维地质信息推演到地下、如何融合已有深部地球物理探测，谁也没有经验，全靠团队成员开动脑筋，一点点摸索，就连多位副总和已退休院领导也受邀参与其中，尽心敬业、出谋划策；建模数据生产环节应该是耗时最长，也最辛苦的过程，离不开一线年轻同志的辛勤付出，项目实施中有一半的时间他们身处办公室通宵加班，大多都刚结婚不久，有的小孩才读小学，为了赶得上进度，硬是连着一两个月没回过家，而且冬月以后，单位所在园区下午6时就停止供暖，如果不是年轻，身子骨还真很难顶得住。值得回忆的点滴实在太多，但最后都凝结在了项目成果之中。凭着坚韧不拔的毅力，就这样摸着石头过河，靠着大家的努力，逐步形成了一套多尺度三维地质建模技术标准体系，突破了一批三维地质建模及信息系统关键技术难题，创建了一套省域多尺度三维地质模型体系，实现了一系列省域多尺度三维地质模型应用。

收获：云上建成三维可视化地质信息系统

历时3年，产学研团队初步建立起了贵州全省域17.8万平方公里、海拔–2500米以浅的1：50万尺度三维可视化地质信息系统，并且实验性地完成了对黔东北和黔西南两个片区近6万平方公里的1：25万尺度，以及其中3幅1：5万尺度的三维可视化地质信息系统建设。目前，已实现与自然资源厅全省自然资源管理“一张图”对接应用，同时进行基于微服务架构的云服务平台建设探索和尝试，为自然资源管理及地质矿产勘查提供数据和技术支撑。

事实上，三维地质填图成果最终还是要落实到应用端，模型成果能转化提供应用服务，才是项目的最终目标任务。对于贵州三维模型如何进行应用开发，其实在项目运作的过程中，项目组就已经在思考并着手相关谋划和布局。作为项目技术顾问和合作方坤迪公司负责人吴冲龙教授认为，模型的应用主要面向自然资源管理和矿政管理的需求，所以首先要确保模型和各项属性数据能与自然资源管理系统的国土空间基础信息平台挂接起来，也就是后来的“一张图”系统。2020年正值项目开发的第二个年头，在年度实施方案编制期间，项目组内部对是否将应用端开发写进目标任务意见还不太统一，原因是部分人认为应用端的指向性较强，开发过程繁简不明，项目经费和周期有限，开发结果存在不确定性，应用效果不好预估，如果贸然写入目标任务而却完不成，将对项目今后的绩效考核造成较大不利影响。针对这个问题，项目组内部有过几次讨论，其中项目负责蒋开源和技术顾问吴冲龙对于这个问题的看法基本一致，认为模型不能只飘在天上供看，一定还要落在地上能用。项目组最终还是把“与省自然资源厅‘一张图’系统的数据集成和软件集成”这条写进目标任务中，这点突出显示了项目团队的务实敬业以及破釜沉舟的决心和勇往直前的胆识。之后的应用对接工作比较顺利，与“一张图”系统的管理和维护单位贵州省自然资源技术信息中心成功对接上。在年度实施方案审查过程中，贵州省自然资源技术信息中心主任周丕基作为专家组成员，对项目的预期成果表现出了极大的兴趣，同时表示对模型成果和“一张图”的对接将从技术层面给予必要配合。这之后，项目组围绕贵州省自然资源厅管理中心工作的需要，在2020—2021年期间，结合矿政管理的需要，通过云上贵州专用域资源实现了“一张图”系统对全省4000余个矿业权三维地质模型的调用，并基于项目成果开发的web3D挂接到“一张图”系统，实现了与省自然资源厅管理系统的软件集成，不仅提供了存量矿业权库所有模型，而且实现新增矿业权的模型实时切制和推送，有效服务矿政管理。为了丰富应用层，拓宽应用端，项目组将地温数据、重磁数据、矿产等也拟合到了模型属性中，并在1：50万模型上扩展数据分析层，初步实现了模型上开展页岩气目标层有利区优选评价，使目标层埋深、厚度、盖层、构造关系等全部实现可视化分析。

地质矿产勘查工作本质上就是信息工作。省地矿局首席科学家、自然资源部基岩区矿产资源勘查开发工程技术创新中心主任周琦介绍，在全省域“玻璃国土”建成的基础上，贵州省在地质三维空间评价、地物化遥数据融合及三维地质模型创建方面，已经拥有较成熟的工作团队和技术方法体系，具备了成功创建省域—地州—矿集区—矿区多尺度、多层级、多要素三维模型的经验。这些成果和经验，已经在“毕节试验区优势矿产资源大普查项目”中全面推广应用。基于基础地质优势的省地调院，依托所建立的贵州省多尺度地质三维空间调查评价平台，将逐步加载、拓展，建立起全省域自然资源三维立体时空数据管理服务平台和三维时空数据库。

贵州多尺度、多层级、多要素“玻璃国土”项目的成功实施，成为产学研用联合攻关的典范，为数字贵州的地上地下一体化发展探索了新路，为地质大数据找矿预测与数字勘查推广应用提供可视化载体和信息化平台，也将为今后开展的全国三维地质填图提供借鉴和示范。

省地调院总工程师、研究员蒋开源介绍，省域地质三维模型，打开了本专业领域在省域层面深入地下探索地质空间结构的新视角，形成一系列原创性成果，引起中国地质调查局以及多个省（市）地调院的关注。

近期，《国务院关于支持贵州在新时代西部大开发上闯新路的意见》出台，要求“推动传统产业全方位、全链条数字化转型”，地质技术与服务支撑将大有作为。在可预期的未来，贵州省域“玻璃国土”将进一步充实、丰富和完善，实施更多区域1：25万～1：5万三维地质建模工作，增加矿山1：5000模型，形成全省地质三维云服务平台，为政府和专业领域提供可视化的地质数据检索、调度、融合、分析的操作和交换平台，为决策层提供矿产资源潜力分析、预测和战略评价。基于系统和平台的高扩展和开放性，地调院将持续探索地质资料信息挖掘，开展地质数据信息服务平台的维护和更新，促进业务生成，持续、科学地为自然管理等政府职能和公共事业领域提供长期的技术支撑服务。

展开实验科普之翼

——贵州地矿实验室开展地质科普活动纪实

贾双琳　陈丽荣

地质实验　揭开神秘的面纱

地质实验测试是地质工作的眼睛。

著名地质学家、时任新中国首任地质部部长李四光 20 世纪 50 年代就说过，在地质工作中“地质、勘探、实验三足鼎立，三分天下有其一”，精辟地阐明了地质实验工作的作用和地位。

贵州地矿实验室曾是黔灵山下、北京路上令人神往而难以亲近的单位：一堵高高的院墙，一道紧闭的铁门，显得那么清高傲慢，又神秘莫测。不但隔离了贵阳的市民，就连同一个地矿部门的人，也很难走进她那神秘的大门。

这也难怪，贵州地矿实验室最早可追溯至 1957 年 1 月成立贵州地矿局开始，由西南地质局化验室抽出部分职工与贵州省工业厅地勘处化验组合并成立贵州省地质局化验室，始终坚守服务地质找矿的职责使命，承担着全省岩矿石、矿产资源、水资源、黄金首饰、珠宝玉石等资源与产品的检测、鉴定、分析等工作。

在地矿实验室静谧的院子里，鉴定室、化验室、碎样间、黄金珠宝检测室等部门，安放着各种各样国内最新、或国外进口的昂贵精密实验测试设备。作为“三分天下有其一”的地质工作的眼睛，他们使命光荣、责任重大、地位重要、身份神秘。

当你偶尔从大门的缝隙，或办公楼未拉上窗帘的窗口，看到那些身穿白大褂实验工作服、神情严肃、操作严谨、走路匆忙的实验人员的身影，你就会对这个单位的封闭性与神秘性，有了一种心生敬意的理解和宽容。

情况的转机出现在新世纪。

随着地质工作体制改革的深化，地矿部门实行了属地化管理，省地矿局作为以往的中央在黔单位，成建制地划归地方管理，成为贵州省政府直属厅局级事业单位，开始承担更多地为地方政府服务的职责。面对新的形势和任务，迫切需要地质实验工作适应经济社会发展的需要，凭借人才和技术优势，与时俱进，坚持走“科技兴室”之路，测试技术从当初只有重量法、容量法和光度法，发展到今天集光谱、质谱、色谱为一体的多种现代化检测技术体系；分析技术实现了从化探分析 39 个元素到多目标 54 个元素，至 76 个元素的突破，实现了从手工经典方法向现代化仪器分析的突破；从单一的服务于地质找矿转向服务于农业、环境等行业延伸，为地质实验工作提供了广阔的发展空间。

根据贵阳市城市建设发展规划要求，在北京路与省地矿局老基地改造期间，地矿实验室依依不舍地从北京路整体搬迁到了乌当区新庄地矿园区。

实验工作环境也从一个传统的大院，进驻到了一座开放的大楼。这一下，实验室的神秘感似乎一下就消失了，人们当时的不适应感可想而知。

然而，地质实验工作要从科学的象牙之塔，走向社会，走进大众的视野，这一切才刚刚开始。

在新的工作环境中，在新的社会发展要求下，贵州地矿实验室在积极开展地质实验检测主责主业基础上，开始履行更多的公益服务职能，不但走出了过去工作环境形成的物理院墙，更走出了地质实验工作神秘的心理院墙。

2013 年 8 月，地矿实验室创造性地申报和建立了部级科研实验类科普基地，获得了自然资源部（原国土资源部）的授牌，成为贵州唯一一家省部级科研实验类科普基地，实现了实验室科普建设零的突破，有力助推了实验室从单一检测服务到多元化服务社会的有力转变，在科学创新发展的新时代天空，展开了地质实验科普的翅膀。

敢于突破　全员参与科普创建

科研实验类国土资源科普基地是积极推动我国国土资源科普事业发展、打造高水准国土资源知识普及和政策宣传科普平台、提升国土资源事业公众认识度及社会影响力而开展的公益性活动。2013 年 4 月，在局科技处的直接指导下，实验室积极开展了第三批国土资源科普基地命名的申报。同年 8 月，国土资源部发布《关于命名第三批国土资源科普基地的通知》（国土资发〔2013〕90 号），批准全国 30 家科普基地命名，实验室获科研实验类国土资源科普基地命名。为建设好具有科学性、文化内涵的地质实验特色的科普基地，寓教于乐，让参观的社会民众尤其是广大青少年体验的同时学到科学知识，并且不断将科普知识传播给更多的人，进而提高公众的科学素质，经室领导研究，将这副重担交给了单位重要核心部门之一——总工程师办公室（简称总工办），并配备科普基地专职人员贾双琳。

作为一位刚从测试中心这个单纯的分析测试技术部门调到总工办参与部科普基地工作的年轻女同志，贾双琳深感责任巨大。科普基地建设的起步阶段头绪多，工作繁杂，从哪里入手？该如何开展？千头万绪，贾双琳夜不能寐，一时陷入了困境。实验室领导启发她说：“你可以发动职工，调动各生产部门和一线职工的力量，大家一起做科普。”室领导的话像一盏明灯，为迷茫中的科普基地建设指明了方向。

于是，贾双琳沉下心来，开始了最基本的“对标对表”，认真研读《国土资源科普基地建设指南》，熟悉基地建设要求，多次征求室领导、专家和生产经营单位负责人意见，不断完善自然资源科研实验类科普基地建设规划。同时，她将基地展区规划的“科普知识、仪器原理、科研成果”三类展板的制作交给了各个部门，发动广大检测人员积极参与科普基地建设工作，两周后，收到了展板的初步设计。

出人意料的是，大家提交的展板图文并茂，语言又生动又准确，经过小幅修改和调整，最终顺利制作上墙。通过科普展板这个看似简单的事情，实验室科普管理部门掌握了科普工作的一大法宝——积极发动职工，凝聚职工智慧力量，共同完成艰巨而繁重的任务！

精心谋划　打响地质科普品牌

科普展区规划和建设好了，科普展板创作、制作并安装到位，但地质实验科普不能局限于地质实验测试的科普讲解，更重要的是要有吸引观众的科普特色活动。“要做出基地的特色”，这是全国自然资源科普基地管理办公室刘树臣主任到实验室科普基地指导工作时讲过的话，实验室科普基地要做出什么特色呢？

经过综合分析，科普基地领导小组决定，基地依托实验室开展的水质检测、岩石矿物分析鉴定、选冶和煤质分析、珠宝玉石鉴定来组织相应的科普活动。实验室科普基地建立了不同的科普小组，例如珠宝玉石鉴定师、珠宝评估师杨林同志担任组长，珠宝和鉴定专业技术人员组成的珠宝、矿物鉴定科普小组，将矿物标本、高倍显微镜带到学校、带进社区，为青少年送去“认识身边的矿物”科普讲座，为社会民众带去免费鉴定珠宝以及珠宝玉石知识咨询科普服务。

为了更好地发挥科研实验类科普基地的作用，科普基地组织科普志愿者和讲解员开发了“加密的信”等一系列科普实验项目，通过显而易见的实验现象，将其中的科学知识和科学原理传授给小学生、中学生。经过数次训练、演示和改进，科普讲解员开发和娴熟地调用易、中、难 3 个版本的科普实验讲解内容，为不同学历层次的青少年开展科普讲解。

科普基地建在新添寨新庄实验测试大楼1—7楼，建筑面积达6828平方米，分为实验室历史展示、岩石矿物、矿产品、珠宝玉石标本陈列室、实验仪器展示、科普知识宣传、实验室参观体验与现场检测互动等版块。2014年4月22日，正值世界地球日活动来临之际，科普基地以崭新的面貌正式向社会公众开放，迎来了第一批科普活动参与者。来自乌当二中60多名师生到实验室参观学习，同学们兴趣盎然地参与化学科普互动实验、矿物标本展示及显微镜观察科普互动课、浮选等矿产资源综合利用科普互动活动，通过近距离观察实验现象，聆听讲解及动手操作等，孩子们大开了眼界，增加了对科普知识的了解，激发了求知欲和探索精神。

随着时间的推移，在科普基地领导小组、基地专职科普人员、科普志愿者、科普讲解员等相关人员的努力下，科普基地逐步有了自己的“三板斧”：科普展览、科普讲座、科普互动，三者中最受欢迎的莫过于科普互动活动。这三项活动的良好运用，逐步为科普基地打出了名气。

练好内功　夯实地质科普基础

为进一步拓宽地质实验科普人员的眼界，大力提升科普人员业务能力，2017年，实验室派出专职科普人员贾双琳赴香港地学科普工作培训班交流学习。在交流会上，她深刻理解了科普要用受众听得懂的语言，传播科学原理、科学知识。组织科普活动既要重视提升科普讲座、演示实验、科普展览等活动的吸引力，更要注重提高科普活动的参与度。在为贵州师范大学求是学院学生做的“健康饮水”科普讲座中，科普专职人员在讲座中创新性地穿插有奖竞答环节。讲座进行到1/3时，抛出有奖问答环节，进一步调动了学生们的兴趣，三五元不等的学习用具、签字笔、便利贴成了学生们的“战利品”，最终讲座时间到了，学生们还意犹未尽，追着授课老师咨询关于水的各种问题。

2017年2月25日，贵阳晚报旗下56名小记者及家长来到基地参加“小记者探秘化学世界”科普活动。贵阳晚报从3月2日起，陆续刊登优秀小记者参加本次科普活动纪实文章，再一次彰显了科普人员能力和水平。

2019年11月1日，实验室到六盘水钟山社区独山小学开展科普活动，第一次走出贵阳，不断打磨科普人员专业技能，提升实验室综合科普能力和水平。同时，实验室专职科普人员通过参加区、市、省等各类科普大赛，宣讲地质实验科普知识，不断打磨自身技能，提升科普能力。在提升专职科普人员技术能力的同时，科普基地通过申请省科普项目，提高基地软硬件设施。

2019年是个收获年，基地申请并获批了省科普项目，获得了贵阳市科协重点科普项目资助，代表贵州参加了全国科学实验展演汇演大赛，从最初的自筹科普经费，到有了外部科普专项资金资助，通过实施科普项目，购买珠宝标本、矿物标本、团队讲解器、科普图书等，基地的软硬件设施和科普能力得到大幅提升。

2020年，科普基地承办的“地质科普进校园系列活动——2020年全国科普日活动”被中国科协评为2020年全国科普日优秀活动。

创新发展　迈向更大科普平台

2021年，实验室响应国家号召，以发挥公益职能为目的，以构建科技志愿服务队为载体，进一步建强地质科普志愿者队伍。志愿者活动开展以来，实验室注册科普志愿者82人（含正高级工程师7人，博士2人、硕士47人，有食品生产审查员11人、资质认定（省级）评审员6人、英国FGA珠宝鉴定师1人、国家注册资产（珠宝）评估师1人）。为保证开展科普服务的效果和活动质量，实验室制定《科普志愿者管理制度》《科普基地相关人员培训制度》《科普基地人员考核奖励制度》等，进一步明确了科普志愿者科普服务等工作内容，加强志愿者管理和服务工作。

志愿服务队从之前的服务学校逐步向社会民众和包括大学生、中学生、小学生以及学前儿童等青少年拓展，从地质科普讲解到面向社会民众普及珠宝玉石鉴定、健康饮水知识、岩石矿物检测和鉴定、矿产资源综合利用等方面的科技知识咨询服务等内容拓展。

近十年来，实验室志愿服务队以“世界地球日”“科技活动周”“全国科普日”等全国性重大科普活动为契机，与省科协、市科协、乌当科协、乌当教育局等组织合作，针对不同的科普受众，相继开展科普进校园、科普进社区、筑城广场黄金宝石科普知识咨询及免费鉴定、科普实验演示等形式多样的科普活动，进一步扩大了科普基地的社会影响力。

志愿服务队积极与贵州师范学院、成都理工大学、贵阳学院建立校企合作协议，充分利用基地的专业技术优势，对在校学生进行地质实验知识的科普教育，同时与贵州省科技厅黔灵讲堂、乌当区科协、新天三小、新天学校、贵州师范学院等建立合作，共同开展科普工作。实验室还积极参与帮扶村科普展馆建设，为帮扶村科普建设出谋划策。

2022年5月26日—5月27日，实验室联合贵州省地质环境监测院（贵州省地质灾害应急技术指导中心）等多家单位，抽调室二十余名科普志愿者，经过长达六个小时的车程，赶赴德江县革命老区枫香溪镇袁场小学、德江县枫香溪镇枫溪初级中学为1200余名师生送去地质科普的饕餮大餐，科普游园、科普大篷车、地灾应急指挥车、有趣的宝石鉴赏科普课、接地气的健康饮水科普讲座、地灾知识互动课等科普内容，让从未接触过前沿科普知识的农村学生们应接不暇……此次活动被天眼新闻、自然资源报等多家媒体争相报道，使科普基地的影响力在省内进一步扩大。

基地的顺利运行，离不开志愿者们尽职尽责的努力和付出，如2020年9月23日，正值全国科普日活动期间，基地讲解员张蕾一天进行科普实验讲解8场，作为非专业的教师，第二天，她的喉咙就无法发声了。讲解员黄苑龄，为了参加2022年贵州省科普讲解大赛，顶着两岁女儿高烧不退的压力，出色完成了科普比赛任务。还有更多的科普讲解员，他们克服自身的各种困难，以饱满的热情，将科学知识传达到广大青少年的心中……

正是因为大家的共同努力和付出，科普基地成绩斐然，先后获得全国科技活动周重大示范活动奖励、全国第二届科学实验展演汇演比赛优秀奖、省自然资源科普讲解大赛暨2020年自然资源科普讲解大赛选拔赛三等奖、省自然资源科普讲解大赛暨2021年自然资源科普讲解大赛选拔赛一等奖、省科普讲解大赛一等奖、全国科普讲解大赛优秀奖等奖励。

截至2022年10月，基地组织科普活动70余次，科普受众3.3万人。实验室科普基地先后获贵阳市青少年科技教育基地、贵州省科普教育基地的称号，2022年入选全国科普教育基地（2021—2025年）。

风雨多经志弥坚，关山初度路尤长。贵州地矿实验室在聚焦主责主业，服务社会服务民生，推进地质实验事业高质量发展基础上，主动承担起科学普及的重大社会责任，迈出了坚实有力的步伐。新时代新征程上，我们将以而今迈步从头越的豪迈气概，快马加鞭勇争先的干劲，贯彻落实党的二十大精神和习近平总书记“科技创新、科学普及是实现创新发展的两翼”重要指示批示精神，力争将地质科普工作做得更大更强，让实验室成为惠及全省社会民众的前沿平台，为夯实地矿文化建设，提升全省民众科学素质贡献自己的力量。

科学创新无尽头，科学普及未穷期。

贵州地矿实验室在新时代地质工作高质量发展进程中，正努力扇动着实验测试创新与实验科学普及的双翼。

春风发我枝上花

——贵州浅层地热能开发利用与创新实践纪实

邓裔麒瑞

贵州，位处云贵高原。这里山峦起伏，河谷弯折，骄阳出于远峰之巅，散射出道道朝霞；这里幽洞掩藏，伏流暗涌，寒月沉入群山之怀，凝结为点点夜露。

贵州，在她青山做眉，绿水似眸的外表之下，是隐藏着瑰丽雄伟的地下王国。这里有静谧的溶洞，有交错的暗河，这里有着复杂的地质结构，也蕴含了丰富的地热资源，那是她岩溶侵蚀后消瘦臂弯下炽热的内心和春风般的笑容。

起 点

南风卷淡云，碧空收春雨。

2013 年的夏天，首任贵州浅层地温能开发有限公司负责人的张浩正在案前敲击着键盘，他的桌上摊开着几本书。他一边浏览着资料，一边思考着局领导的讲话："党的十八大首次把生态文明建设提升至与经济、政治、文化、社会四大建设并列的高度，列为建设中国特色社会主义的'五位一体'总体布局之一。新的时代背景下地质队面临新的机遇和挑战，我们产业升级转型的方向在哪里？”

当时，农村饮水工程已经接近尾声，地质找矿市场环境下行，在这个时代背景下，省地矿局于2013年制订了新的产业发展规划，由局环境处牵头组织111队、114队等相关单位人员，历经半年时间，完成对山东、北京、天津等地浅层地热能产业开发利用情况的调研。

思绪回到翻开的书上，《中国浅层地温能资源》中写道：浅层地热能是地热能的一种，通常是指蕴藏在地表以下200m以内，温度低于25℃的岩土体、地表水和地下水中具有开发利用价值的热能，因其常年保持恒定温度，与自然界的冬、夏两季存在较大的反向温差，又名浅层地温能。通过开发浅层地热能，利用其恒温性可以在建筑体范围内建设地源热泵系统，进行冬季供暖、夏季制冷和制备供应生活用水。

如果说温泉、干热岩那些中深层地热能像地下热烈的太阳，那么浅层地热能就像和煦的春风，让建筑室内四季如春。

浅层地热能具有清洁低碳、分布广泛、储量丰富的特点，是一种安全优质的可再生能源。早在“十一五”末，全国有25个以上的省（市、自治区）推广出台了浅层地热能开发利用的相关政策，在全国特别是北方集中供暖和经济发达地区发展迅速。而之于贵州，由于经济欠发达、气候条件和供（采）暖方式等原因，发展就相对迟缓了。

为了向全省推广运用浅层地热能，推动贵州低碳能源和经济发展，改善生态环境，让经济发展、产业转型升级和生态文明建设并行，省地矿局于2013年8月开始筹备组建贵州浅层地温能开发有限公司，并于10月中旬完善工商注册等手续后，公司正式成立，这就是地温能公司的起点，也是省地矿局浅层地热能开发利用的起点。

而这个没有专业技术、没有项目经验、没有市场基础的公司，既是张不知从何下笔的白纸，也是块描绘美好蓝图的画板。

首先就是技术问题。张浩想起曾在遵义某院校接触过的一支施工队，这支从北京来的队伍带着数个北方浅层地热能项目的实践经验，信心满满地来到贵州准备大展身手,却在被复杂地层“折磨”三个月后败下阵来。是的,一些省外的设备经销商和空调公司都曾在贵州尝试建设浅层地热能空调项目，然而贵州独特的地质条件让他们遇上了难题。贵州省地热资源赋存情况、地下水文地质条件、岩土热物性特征、岩溶区钻探施工工艺等等与其他省份有所区别，单纯将省外项目经验搬过来 “依葫芦画瓢”后多少有几分“水土不服”，有的项目施工成本超出预期，有的节能效果差强人意。

张浩明白，浅层地热能开发利用的技术已经诞生百余年，在国内真算不上什么高精尖技术，但是要想结合贵州的气候、地质和经济条件落地生根、开花结果，还真需要下一番功夫。

大地脉搏中的春风正在涌动,如何谱写出新的地质颂歌,需要我们回答。

探 索

面对这个问题，公司首任领导班子是既有信心又有压力。信心源于充分的调研准备、成熟的技术原理、有力的政策支撑和良好的发展前景，更源于局党委的关心和支持；而压力来自缺乏项目实践经验，推广和宣传不足，投资方认可度低等诸多需要破题的细节。特别是技术应用方面，恰恰正是对地质情况的了解，让他们更清晰地感到浅层地热能开发，这一项在北方第四系分布区广为应用的技术，要适应贵州的岩溶发育，将会面临多少需要“入乡随俗”的改变。

坐落在贵阳市观山湖区的贵州省地质科技园，以其全国首家地质主题综合型科技园区的身份，在全国科技园区的建设中以地质为主题独树一帜，而这里也是地温能公司成立后打响的“第一枪”。

听说一帮搞地质的要去搞一种外省用的空调，人们质疑地问道：浅层地热能技术在贵州究竟能不能行？地温能公司究竟能不能行？

在经过现场勘察、热物性测试、图纸优化等紧张而充分的前期筹备后，2014年5月,贵州省地质科技园地源热泵中央空调系统建设项目开工建设,项目设计换热孔 815 口，设计总延米数 79000 米，为建筑面积共计 10.5 万平方米的 9 栋建筑提供制冷、供暖服务。

首先要进行的是换热孔的施工。在施工工艺上，大家各执一词，有人说用空气潜孔锤，效率高；有人说用回转钻进，孔壁完整；还有人说用取芯钻、牙轮钻……究竟哪一种钻探施工工艺更适合贵州浅层地热能施工呢？张浩认为：既要吸取经验理论分析，更要实践出真知。只有不断地探索，才能找到属于贵州浅层地热能开发利用的方法和路径。

开钻这一天，他站在彩旗招展的基坑中放眼望去，二十几台钻机按照设计要求，在各自的孔位上排布开来。为了尝试不同的钻探工艺并从中选优，现场配置了不同工艺的设备。随着一声令下，设备开始轰鸣，一米、两米……钻头破开地面，地下岩体以岩粉、岩芯的形态展现出来……二十米、三十米……完整的石灰岩地层展现出的硬度对钻进效率的影响愈发明显，取芯钻最先受到波及，进度被甩在了后面……四十米、五十米……在空气潜孔锤强大的压力作用下，地下水反冲而起，泥浆四处飞溅……六十米、七十米……溶洞出现得更加频繁，各钻孔返水量不同程度减少，钻进的速度减慢，经过加大泵量等处理，部分采用回转钻进的钻孔仍在继续……八十米、九十米……冲洗液的漏失已经非常严重，钻进的速度越来越慢……九十九米、一百米……终于，采用回转钻进的一个钻孔达到了设计深度，而其他钻孔工艺都还在与各自的困难做斗争。

然而钻孔施工完毕只是基础，接下来就是进行关键的下管作业，即是通过向孔内埋设一定深度的竖向 PE 管道作为换热介质的循环通道，最后换热管道在钻孔内向地下延伸的米数累计应达到设计总延米数。因此简单来说，换热孔施工质量如何关键在有效下管深度。

管道长 100 余米，在未下管前螺旋盘起呈现圆盘状。下管时，将管道前端沿垫着棉布的套管口放入，工人师傅们拉住管道后端，使管道依靠自身重力缓缓垂下。一米、两米……前三十米都顺利地放了下去，随着孔内悬着的管道越来越多重量也越来越大，一个机台的人拉着都显得费力，项目部的同志们一边挽起袖子，一边招呼着旁边机台的人，大家顺着铺开的管道一字排开，像拔河一样绷紧了身体，一点一点地放下管道。可到了穿越溶洞时，麻烦出现了。

由于管道有一定柔性，打开后并非完全笔直，在进入溶洞顶部后不能顺利对准底部洞口，只能通过反复提拉下管尝试进入，加之场区地下水丰富，浮力较大，每一次提起和放下都耗时耗力，大家站在泥浆中，握着湿滑的管壳，喊着“一二！一二！”的号子，不断地尝试，费了九牛二虎之力后才“进入正轨”。

就这样，又穿过几个溶洞之后，终于下管到位。接下来就是将管道静置一段时间，观察沉降情况后进行回填。这个时间顺便可以让钻机和人员进行休整，并将设备调整至下一个孔位上。刚刚成功施工的首个换热孔，让大家心情都放松了不少，说笑着记录着报表收拾着工具。可是张浩心中的石头放不下，他隐约觉得哪里不对。

他走到两个孔位以外还在摸索的空气潜孔锤旁。随着空压机的冲击，地下水沿着孔壁间歇反冲而起，却不能顺利带出岩粉，钻进深度迟迟没有进展，设备上、衣服上、机台周边都是泥浆，相对刚刚成孔的欢悦，这边就显得有些狼狈了。

“嘭！”的一声，大家下意识地侧过身去，可是这次泥浆却从另一个孔里冲起！正在纳闷的时候，又是一声，张浩马上意识到：“裂隙贯通了！”原来地下世界是错综复杂的，高压空气沿着裂隙前进，穿过十数米的距离，从另一个孔位找到了出口，这样“释放压力”不仅会影响不同孔位之间钻进效率，还可能会破坏已经埋设在换热孔内的管道。他当即叫停了施工，把大家聚在一起商议，综合地质条件和成孔效率分析后认为，目前来看全面破碎回转钻进相对更适合浅层地热能垂直地埋管施工。

就这样，在那个初夏的夜晚，他们通过尝试和比较不同的施工工艺，在黔中大地上得到了属于自己的结论。

他们在炎炎夏日里完成了全部换热井的施工，又在皑皑冬雪中完成了水平管网的敷设。

后来，进入室内安装阶段，这群从未接触过暖通施工和设备安装的地质人，向监理、总包、技术协助单位不断地学习、学习再学习。

再后来，技术协助单位撤场，并放下了“单凭你们，这个系统就建不成”的狠话；同一时期，公司整合调整，大量员工都离开了，好不容易积攒的技术经验出现了缺失。那一年的春节假期结束后，公司只剩下七个人。

然而，他们没有气馁，倒排工期、梳理关键、编制方案、组织施工……没有技术协助单位的支撑就靠自己，他们用白天扒开泥块的双手在夜晚编写报告，用踩过春天泥泞的双脚走进夏天的验收会议，地温能公司在张浩的带领下从零开始，一边学习一边实践，用一次又一次地尝试、分析、总结、再尝试……在摸索不断前行，最终于 2016 年 7 月 27 日，贵州省地质科技园地源热泵中央空调系统建设项目按照设计完成全部施工任务，通过验收。

如今，贵州省地质科技园项目已经运行 6 年有余，相比传统空调节能 57%，每年节约费用 110.88 万元，每年可节约燃煤量 2520 吨，减少二氧化碳排放量 6405 吨，减少粉尘排放量 48.8 吨，减少二氧化硫排放量 28.9 吨。

现在回到开始那个问题：“浅层地热能技术，在贵州究竟能不能行？地温能公司，究竟能不能行？”

那么贵州省地质科技园项目就是张浩和他的团队给出的答案：别人能，我们就能；在贵州，别人不能，我们也能！没有别人，靠我们自己，也必须能！

开 拓

只记几夜细雨，不知春去。忽闻两声蝉鸣，方觉夏深。

时间来到 2018 年的夏天，距离科技园项目结束已经过去了快两年，这期间地温能公司在 114 地质队的统筹和管理下，补充了专业技术人员、建立了党支部、完善了管理制度并且承接了一系列勘察测试工作和三个较大的市场项目，一切都在欣欣向荣的发展之中。

当时担任公司运营维护部经理兼任贵阳办主任的彭佳正思考着如何做好贵州省地质科技园浅层地温能空调应用示范项目的宣传推广和运行数据分析，一个电话却把她叫回了遵义的会议室。

原来，遵义大酒店地源热泵系统工程项目部正在紧张地筹备组建中，而这次叫彭佳回来，正是委派她担任项目经理。遵义大酒店为五星级酒店，建成后将用于接待国内外来宾以及召开各类大型会议，具有较大区域影响力和推广示范作用。然而，这意味着有大量新材料、新工艺、新技术的投入使用，公司技术能力虽然在近年有所提升，但在这些方面依然需要成长；其次，项目为勘察、设计、施工 EPC 总承包，相对于贵州省地质科技园那样单纯的施工项目，其技术难度和建设要求又更上了一个台阶；同时，项目计划总工期只有 180 天，仅为同类项目正常施工工期的五分之一。

面对这样的挑战，从未管过项目全盘工作的彭佳感到了巨大的压力。她知道她将要面对的是什么，她也知道她需要放弃的是什么。会上，大家讨论方案、分析问题、部署工作，大家鼓励她、提醒她、帮助她，让她思路渐渐清晰起来。

最后，时任 114 地质队副队长的张浩对彭佳嘱托道："这个项目将会是贵州省浅层地热能开发利用的新的示范性项目，我对你有信心，希望你把项目干好，也希望你能带着项目部的年轻人，成长为一个能打硬仗的技术团队。"

肩负着这样的重担，彭佳带领着她的项目部踏上了征程。

遵义大酒店项目所处地层为寒武系中上统娄山关群，岩性为白云岩和灰岩。整个场区岩溶裂隙发育、软弱充填，在钻探施工时漏风漏浆严重，钻孔浅部强风化，孔壁极易垮塌，而深部又有一层硅质岩，硬度较大，钻进十分缓慢；另一方面，岩体破碎、孔壁垮塌、溶洞裂隙以及丰富的地下水，使得即使是成孔后，地埋管下管难度也很大。

地温能公司的每一位项目经理都记得项目上第一个地埋管钻孔成孔的

时候。在遵义大酒店项目，经过无数的尝试和失败，现场的所有人都不知道这一个能不能成功。6月的夜晚是闷热的，汗水已经浸湿了安全帽里的海绵。连续的施工，管理人员和工人们都已经有些疲惫，随着钻孔里的管道一点点放下去，胸膛里的心脏一点点吊起来。三十米、五十米，过了垮孔段；七十米、九十米，进入溶洞区；看着管架上剩余的地埋管越来越少，彭佳知道，离成功也就越来越近了。在6月22日凌晨2时，终于成功下管。没有响亮的口号，也没有激动的喝彩。

因为彭佳知道，按计划此时他们应当已成孔一百个。

为了完成这极具挑战的工期要求，地温能公司与114地质队钻探工程院一起综合近年施工经验，不断改良技术工艺，总结成一套行之有效的方法。在勘察设计上，通过在场区内开展了系统全面的热响应测试工作，获得地下岩体导热数据后在传热性较好的区域更多地布置换热孔，从而达到在保证换热效果的前提下减少总延米数，从而降低总工作量、节省工期；在施工顺序上，采用了跳空施工，减少钻进时冲洗液对溶液裂隙通道的冲刷，降低岩层垮塌、窜沙对施工效率的影响；在钻孔工艺上，采用“复合片钻进＋泥浆护壁钻进”，辅以无固相泥浆和惰性堵漏泥浆材料，减少钻孔漏失、孔斜等现象；在管道埋设上，用上了兼具扶正、保护和配重功能的下管器，对于穿越溶洞、避免管道扭转、克服地下水浮力都有帮助……

下管时，回想起在贵州省地质科技园时摸索前进的艰辛，彭佳不由得感慨：套管口有了专用的PE保护套，不再是垫着破破烂烂的棉布；通过卷扬机和钢丝绳连接下管器放下管道，再也不需要像过去那样“拔河”了！

是啊，从最初的“依靠别人”到“模仿别人”，再从“自主实施”到“技术创新”，这一条逐步成长的道路上铭刻下的足迹，正是源自这些一点一滴的改进。

而浅层地热能开发利用技术的创新和实践却不止于此。作为运营维护部经理，彭佳在经过长期对科技园空调系统运行数据的整理后发现：运行数据反映了地温场的变化和主机、水泵、风机盘管等设备的运行情况，能够帮助使用者通过数据异常更早发现系统故障，有利于系统稳定和安全，但是这些数据的作用就仅限于此吗？

在科技园工作时她就时常在想，计算数据时在想，统计报表时在想，向来宾介绍系统原理时她也在想。当和工作人员根据系统的使用情况，不得不爬上爬下抄录数据、调整设备的时候，她想：“如果这个系统自己知道什么时候该开什么时候该关，而且它自己会开关就好了！”

她把这个想法告诉了仁怀市妇幼保健院浅层地温中央空调项目经理邓裔麒瑞。当时仁怀市妇幼保健院刚刚完成室外地埋管施工，正处于室内设计优化阶段，邓裔麒瑞带着这个疑问参加了项目设计会议，当看到消防自动化联动设计方案时，他豁然开朗。

对，就像探测到烟雾和高温后喷淋会自动喷水一样，要把数据反馈给系统，让系统自己去对照目标数据做出优化，这就是智能化控制系统。现今社会，建筑能耗已经占到人类活动总能耗的三分之一，而空调能耗又占到建筑能耗的一半以上。浅层地热能空调系统最突出优势之一就是节能，而智能化控制系统可以通过精确的能耗监测结合有效的设备控制，极大地降低空调系统能耗的浪费，进一步扩大节能效果。

同一时期，位于六盘水钟山区水月园区的马坝安置小区浅层地温热能供暖示范项目正在紧张地调试中。为了让困难群众早日搬进新房，项目经理罗登云带着项目部从 2017 年下半年开始奋战，大年三十都没有回家，因此还得到贵州省总工会授予的“工人先锋号”表彰。当他们完成最后一个换热孔施工后，罗登云望着正月里飞舞的鹅毛大雪心想：六盘水这个地方夏天不太热冬天又很冷，冬季负荷大于夏季负荷，但为了满足使用需求只能按照较大的冬季负荷配置地埋管数量。如果按夏季负荷配置地埋管然后有一个设备可以补充热能的差额，那么地埋管的数量能不能少一点？建设成本会不会小一点？工期会不会短一点？

其实这样冷热不均衡的情况贵州省内有许多，又岂止是六盘水。而沿着这个思路形成的“蒸汽能热水补热系统”融入了仁怀市妇幼保健院项目设计中，该系统平时可以提供日常生活用热水和高温消毒蒸汽，在极端气候时又可以为空调系统提供额外热源作为补充。这样不仅减少了地埋管的数量，也充分利用了蒸汽能，避免了单独购置补热设备增加成本。

而这样开拓创新的精神仿佛有着神奇的传染力：负责进行项目场区热物性测试的田小林，在整理测试数据时发现岩土热物性有一定规律，后通过与其他项目数据对比，不断提炼总结，成功申报了局管科研项目“黔北地区不同水文地质条件下碳酸盐岩热物性特征研究”；负责项目质量管理的唐忠伟，在一次又一次的现场巡查中发现换热井的浅部总是损坏，这是由于室外地埋管施工与土建施工存在大量交叉，管道很容易受到碾压和破坏，为了保护施工成果，他和公司同事们一起尝试了许多方法，后来才有了发明专利“一种直埋管道成品保护装置”；在项目系统调试时，需要对系统管道进行全面的冲洗，以排除异物确保畅通，而判断方法主要是通过进行前后水质对照，参加调试工作的罗林在接了无数瓶水后提出：能不能有一种设备可以测得水阻大小进而判断管道内的情况呢？而根据这个思路提出的发明专利“一种基于地埋管换热器水阻测试设备”如今已经进入实审阶段……

这样的创新和成果转化不胜枚举，春风从地下而来，萌动花蕾一片，后来这个团队培养了三位高级工程师、五位注册一级建造师，以及大量的工程师、造价师等专业技术人员，其中获得贵州省五一劳动奖章、贵州省五一巾帼标兵等省部级荣誉称号 5 次，获得省地矿局先进工作者、地质科技成果奖等各类局级表彰 19 人次……

攀 登

飞燕穿花，折下几枝春色。清辉凝香，又是一年秋实。

2020 年 7 月，全国地热能清洁供暖技术推广应用交流会在贵州省地质科技园召开。那一天，来自全国各地的专家学者们听取的是贵州地温能公司的报告，感受的是贵州地温能公司的空调，参观的是贵州地温能公司的项目……那一天，我们自信地展示着浅层地热能开发利用技术在贵州取得的本土化的创新发展。

2021 年 11 月，114 地质队受贵州省能源局委托编制的《贵州省地热能产业发展“十四五”规划》发布；同时期，贵州省 10 个行政区域中的 9 个委托省地矿局下属地勘单位为其编制区域《地热能开发利用实施方案》，这是服务贵州的机会，也是对我们技术能力的认可。

2021 年 12 月，国家能源局发布《全国可再生能源供暖典型案例汇编》，贵州共入选四个项目，贵州省地质科技园项目和遵义大酒店项目位列其中。这是对这两个项目的认可，也是对贵州省浅层地热能开发利用技术的认可。

2022 年 4 月，仁怀市妇幼保健院竣工验收。该项目首次查明了岩溶疏干区浅层地热能赋存条件和资源量，进一步强化了我们应对不同地质情况的技术能力，同时作为新一代浅层地热能开发利用项目，除了“蒸汽能补热技术”以外，该项目在智能化控制上更进一步：使用者既可以通过现场人工手动操作设备，也可以使用电脑、手机等终端实现远程操作，还可以依托智能化控制系统根据室内的使用人数和环境温度等自动调节各个设备的输出功率，实现了“人工、远程、智能”三级控制。会议上，当听完介绍后院方高兴地表示：“有了这样的空调系统，就可以在满足使用效果的前提下有效避免能源浪费，同时高度智能的系统又节省了管理的人工，平时需要六七个人现在只要两三个人就够了，既能省下不少人工和电费，又符合现在提倡的‘双碳’和高质量发展目标！”

目前，仁怀市妇幼保健院使用方已经开始陆续迁入，项目即将全面投入使用。“浅层地热 + 智能控制”这样节能组合是否能够攀登到贵州浅层地热能开发利用的新高度，我们将拭目以待。

如今，距离省地矿局决定在贵州发展浅层地热能产业已经走进第十个年头。

这十年，在省地矿局的领导下，通过大量研究探索与实践应用，我们建设了十余个浅层地热能利用项目，建成了全省首套地源热泵能耗及地温监测系统、全省首个区域性浅层地热能勘查评价项目，开展了“贵州省地热能及干岩热产业发展战略路径研究”“贵州省地下热水资源赋存条件及勘查关键技术研究”“岩溶地区埋管群对地质环境热—流—固耦合影响研究”等数个省部级科研项目……

这十年，浅层地热能开发利用技术从“异乡异客”完成了“入乡随俗”的蜕变，并在贵州这片土地上生根开花、茁壮成长。

数往昔，看今朝。2022年10月，党的二十大报告中指出：“完善能源消耗总量和强度调控，重点控制化石能源消费，逐步转向碳排放总量和强度‘双控’制度。推动能源清洁低碳高效利用，推进工业、建筑、交通等领域清洁低碳转型。”改善能源结构，实现“双碳”目标，推进高质量发展，这些都给浅层地热能开发利用带来了新的机遇和要求。

可正如唐代诗人张乔在攀登华山时所写：“浅觉川原异，深应日月殊。”随着贵州浅层地热能开发利用技术不断发展，走向深处，根据贵州气候和能源特点的多能互补复合式系统、勘察设计施工运维全产业技术链条等技术难题进一步显现，技术难度将越来越大。

路远且阻，只能风雨兼程。山高而险，唯有不懈攀登。

现在，我又想起那个问题，一群搞地质的人要去搞一种外省用的空调，能不能行？

如今来看，答案是显然的。

“纸上得来终觉浅，绝知此事要躬行。”我们的浅层地热能开发利用技术在学习他人和吸取经验的基础上，依托60多年来积累的水工环地质资料、地下水开发利用成果、地质工程钻探施工技术等专业优势，不断探索实践，不断技术创新，已然发展成具有自主实施能力的、属于贵州的开发利用方法。

“东风随春归，发我枝上花。”这朵名为“浅层”的花，如今已然深深地扎根在多彩贵州的大地之中。

这是开采自大地，献给贵州的春风。

让测绘科技之花越开越艳

——贵州地矿测绘院新型研发机构发展历程

吴慧萍　韦汉华

“科技是第一生产力，只有插上科技的翅膀，测绘事业才能高质量发展”，贵州地矿测绘院获贵州省第一批“新型研发机构”进行培育建设后，院长周安民感触颇深。

地矿测绘行业属于知识密集型、技术密集型技术服务行业，科技引领发展无疑是重中之重。作为从事地质测绘的专业地勘单位，无论是技术手段，还是项目成果，都与科技进步密不可分。近年来，贵州地矿测绘院持续强化科技创新，一张张耀眼的成绩单，无疑使人眼前一亮。

专利 2 项、省级科研项目立项 1 项、入选为省地矿局 2022 年 5 个创新人才团队之一、研发 30 个软件、成立 6 个创新研究中心……项目助推科研，科研服务项目，贵州地矿测绘院干劲十足、求实创新，开创了科技创新工作的新局面，打开了多领域、多元化服务的大门，无疑也谱写了传统测绘单位转型发展的新篇章。

夜郎“志”大

人们对于贵州历史的了解，都绕不开“夜郎自大”“黔驴技穷”，“天无三日晴、地无三尺平、人无三分银”更是生动形象地将昔日贵州的气候、地势及发展状况概括了出来。这样的垫底状态不仅体现在全省的发展上，贵州地矿测绘院在全国测绘地理信息行业的地位曾经也是如此“卑微”。

2022 年 6 月 29 日，这是一个让周安民难忘的日子。在国务院普查办召开的全国视频会议上，贵州地矿测绘院主导编制的《贵州省第一次全国自然灾害综合风险普查综合风险评估与区划工作指南》(以下简称《指南》)，得到了国务院普查办的高度赞赏，并被印发全国各地学习借鉴。

测绘院实现了“从无到有，从有到优”的转变，让周安民深有感慨：“之前参加全国行业会议，每次都是坐在最后面，根本不好意思抬头，我们要科技没科技、要专利没专利、要样本没样本，什么都是借鉴人家的。现在却得到了国普办的表扬，成为全国参考的样本，这是前所未有的事情，打了个翻身仗，这是无上的自豪啊，我们真正地打响了贵州地矿测绘的这张名片。”

“火车跑得快，全靠车头带。”打响名片，周安民起到了至关重要的作用。在科技部《关于促进新型研发机构发展的指导意见》和贵州省《省人民政府关于印发贵州省服务业创新发展十大工程行动方案的通知》《贵州省科技研发创新发展工程专项行动方案》相继出台后，周安民作为贵州地矿测绘院院长，他敏锐意识到测绘院科技创新发展的机遇来了。于是与院领导班子第一时间研究了政策，决定将推进“新型研发机构”建设纳入全院重点工作。2020 年 11 月中旬，贵州省科学技术厅副厅长安守海、省地矿局首席科学家周琦一行到贵州地矿测绘院进行了实地考察，对新型研发机构建设工作进行了具体指导并提出宝贵建议。2021 年 3 月，贵州省科学技术厅将贵州地矿测绘院有限公司纳入全省第一批新型研发机构进行培育。2022 年 4 月，周安民任贵州省第一次全国自然灾害综合风险普查专家组组长。同年，以他为负责人的贵州省自然灾害综合风险评估与区划技术体系科技创新人才团队入选省地矿局 2022 年 5 个创新人才团队之一。这次，在周安民的带领下，测绘院紧紧抓住了政策机遇，搭上了科技创新发展的快车。

如果说《指南》的推广使用，打响了测绘院的名片，为测绘院打开了另一番天地，如同沙漠之中的一棵棵树被种养成功，而这一棵棵树将成长为林、为绿洲。这成功的背后是无数“种树人”的艰辛付出，尹磊就是其中的一位。

2021年全国全面启动第一次全国自然灾害综合风险普查工作，综合风险普查工作作为习近平总书记“亲自出题、亲自部署、亲自推动”的一项重大的国情国力调查项目，时间紧、任务重、推进难度大，尹磊在担任贵州省综合风险普查办督导检查组组长期间，立足于测绘地理信息，创新发挥3S+技术优势，积极全力推动我省全国综合风险普查工作，服务防灾减灾救灾工作，在他的倡导下，初步形成的普查“贵州战法”在全国多次会议上被推广借鉴，为推进全国自然灾害综合风险普查工作做出了突出贡献。

想要打造“贵州样本”并非易事。回想刚接到此项工作任务时，尹磊是一个头两个大。根据工作安排，尹磊将全面负责全省自然灾害综合风险普查工作的技术统筹。任务下达了，职责也明确了，可他还是一头雾水，没有任何的经验借鉴，各级普查办做什么、行业部门做什么、第三方技术团队怎么实施、专家如何把关、质量审核如何开展、技术如何统筹等等一系列问题接踵而来。

得益于良好的工作思考习惯，面对棘手的难题，他没有唉声叹气，而是第一时间分析了问题，去繁从简后，解决问题的思路也随即而来了。技术统筹实则是位中间人，既然是技术统筹，那么就先从最基础的技术对接做起。脑袋这么想着，行动也立即跟上了。尹磊积极主动地与国普办、省级行业部门、专家组、市县普查办和第三方技术员进行沟通联络工作，都说沟通是一道桥梁，尹磊这位信息员就在这座技术对接的桥梁上来来回回地走了无数次，嘴皮子都磨破了几道。

“按省普查办工作要求规范统一全省普查技术要求，确保按质按量完成工作。”简简单单的一句话，实施起来可太难了。尹磊虽刚工作七年，在职场上还不算个“老人”，但他凭借着精通的业务技术、优秀的成果质量和刻苦的干劲，已成为单位的专业技术骨干。自2015年参加工作以来，个人多次荣获院先进工作者、优秀质量个人等荣誉称号，所带团队多次获“先进班组”荣誉称号，荣获局先进工作者、省“最美劳动者”荣誉称号等。尹磊说，参与编制的《贵州省自然灾害综合风险评估与区划工作指南》被国务院普查办转发全国学习借鉴，这是让他最自豪骄傲的事情。这位一直追求着精益求精、苦干实干、谦虚低调的年轻人，这一次破例高调地展现了他的欣喜。

事实证明，夜郎不是自大，是“志”大。我们勇攀高峰，奋力冲出了洼地，构筑了属于我们的荣誉高地。

十年来，贵州翻天覆地的变化是党和国家事业大踏步发展的一个缩影，在近4000万贵州各族群众心中，这是“黄金十年”。党的十八大以来，习近平总书记两次在贵州调研，擘画出了一条有别于东部、不同于西部其他省份的发展新路。殷殷嘱托化为不竭动力，在铸就“黄金十年”的奋斗之路上，凝聚成了“团结奋进、拼搏创新、苦干实干、后发赶超”的新时代贵州精神。凭借着这样的精神，十年来，贵州地矿测绘院在科技创新上取得了不小成就，获得了贵州省第一批新型研发机构进行培育，在全国测绘行业系统中属首家，也是全省6家单位中唯一的技术服务机构；获得了贵州省新型技术服务业颁发的《软件企业证书》和《软件产品证书》，成为贵州省“双软认证”单位，并通过了国家“高新技术企业”认证，成为国家高新技术企业。

2022年1月，《国务院关于支持贵州在新时代西部大开发上闯新路的意见》（国发〔2022〕2号）出台，是对贵州在新时代闯新路的最大支持，这是对习近平总书记视察贵州重要讲话精神的项目化、政策化、具体化落实，是推动贵州以高质量发展统揽全局的“施工图”“任务书”。测绘院聚焦贯彻落实国发〔2022〕2号文件对测绘地理信息技术的新需求，全力为新时代贵州发展提供技术支撑，结合实施“三大战略行动”、围绕“四新”

主攻“四化”等重大部署和重点工作，稳步推进了全域土地综合整治、高标准农田建设项目、第三次土壤普查项目、国土空间规划项目、乡村振兴发展规划、“房地一体”、建设用地增减挂钩、县域自然资源确权等项目，贵州省2022年度地理国情监测项目等工作，全力服务我省高质量发展。

腾空“飞”起

科技的进步让测绘地理信息行业发生了翻天覆地的变化，早前人们需要扛着笨重的设备翻山越岭，无数个日夜才能量下一个山头，现在借助科技之力，工作效率翻了几番。据退休干部、老党员游应均同志回忆，他们当时的测量方法是三角测量，三角测量法看似简单便捷，真正操作起来遇到不少困难。譬如他们在梵净山作业时，因山势陡峭，且山上风大，人和设备都站不稳更别说开展测量工作了。梵净山的各个山头耗费了测量小队不少的精力，几天几夜都测量不下来。可困难总要面对，游应均一行继续扛着设备上山测量，风大站不稳那就跪着、匍匐着稳住设备，垂直点不易找，有时手脚都麻了也不敢轻易挪动，就这样这群测绘人凭借着顽强的精神完成了梵净山的地形测量。

而今测量设备逐渐智能化、自动化，不仅褪去了笨重的身姿，还能独自“舞动”起来，不需要测量者再扛着它翻山越岭了。无惧高山，几个按键命令一下达，“嗖”，一举飞向蓝天，它在高空中俯瞰着，整个数据便轻松录入电脑中。自2013年引进航测遥感技术以来，测绘院将其应用于测绘地理信息各个方面，在土地整治规划、农村经营权确权颁证、省测绘资料馆遥感影像统筹等等项目上取得丰硕成果，为测绘院的发展做出了巨大贡献，航测遥感技术助推测绘院顺利完成了转型升级。

科技创新离不开科高精尖设备资质和运营机制。贵州地矿测绘院有动、静态GPS，全站仪，精密水准仪，无人飞机，航空数字摄影测量工作站，ArcGIS，MapGIS等设备和软件200多台（套）。通过实施贵州省全国第三次国土调查等重要项目，不断改进技术方法和历练技术队伍。

2022 年 7 月，从贵州省第三次全国国土调查领导小组办公室传来好消息，贵州地矿测绘院获得省第三次全国国土调查工作表现突出集体，周安民等 15 名同志获得工作表现突出个人荣誉，这是贵州地矿测绘院第三次承担国家土地调查类项目，又一次获得省级嘉奖。同年，还获得国务院“三调办”和自然资源部表彰的第三次全国国土调查先进集体，这是对测绘院工作成果的高度肯定。早在 2007 年，贵州地矿测绘院就曾承担贵州省内外 12 个县（区）的土地调查工作，并获得了省国土厅颁发的二调工作先进集体、先进个人等多项表彰。2018 年贵州省第三次全国国土调查正式开启，为全面查清省内国土家底，贵州地矿测绘院责无旁贷，陆续承担了贵州省 16 个县（区）的国土调查工作。开展此项工作，时间紧，任务重，困难重重。贵州地矿测绘院共投入调查费 7000 余万元，投入内业编辑建库、外业调查举证人员 20 万人次，车辆 2 万余台次，无人机 50 余架，完成外业实地举证 110 余万个。所有“三调”成果最终通过武汉督察局的督查和国家核查，成果质量优良，错误率低于全省平均水平，所有项目成果均按要求准时上报各级三调办，为全省“三调”工作的及时完成做出了突出贡献。

科技创新之路，崎岖坎坷，在贵州地矿测绘院测绘主业工作中可见一斑。在开展全国第三次国土调查的过程中，逐个检查图斑工作量巨大。为了解决一系列问题，测绘二分院副分院长王兵冥思苦想，无奈自己是学测绘的，对软件开发一窍不通，可他并不气馁，从网上买来教程苦心钻研，终于经过无数次的试验后，他发明了一个小软件，可以迅速筛选出疑问图斑，工作效率提高了至少 2 倍，原来十天完成的工作量，现在仅需三天就能完成。这只是技术员王兵同志工作中最普通的一幕。

“哎，飞机又丢了，你看我身上挂的这些彩都是深山老林找飞机的时候留下的。”听到出野外的同事的抱怨，又看了看同事身上五颜六色的伤口，王兵又开始冥思苦想，在开展国土三调野外举证工作时，采用无人机实地举证能够有效克服交通和拍摄角度的限制，具有效率高、质量好的特点，但用于开展外业举证的无人机，由于设备中没有考虑到贵州喀斯特地形的特殊性和气候等问题，时常因为山高林密而导致控制器信号中断，飞机经常不知所踪甚至坠毁，这无疑是野外举证工作中最棘手的问题。于是，他又有了一个大胆的想法，研究数字高程模型 DEM 在无人机航线设计中的应用，如果根据实际情况为无人机设计飞行路线，合理避开障碍物就能解决这个问题了，于是他立刻开始建立数字高程模型，提取高程，科学计算无人机离地高度，进行无人机可视性分析，最后通过反复实践，以实例验证，最终克服了贵州喀斯特地貌地形起伏变化大的缺点，使得无人机举证广泛应用于贵州省第三次全国国土调查项目举证工作，不仅举证效率高，还使无人机飞行更安全。王兵也因此荣获贵州省 2019 年职工“五小”优秀创新成果优秀奖。从 2019 年至 2022 年，王兵发表了 12 篇论文，以丰富的实践转化为理论成果，解决了专业技术领域的许多疑难杂症。

时代不辜负测绘人，测绘人也不负韶华。测绘院的科技创新发展之路正如这测量设备的演化进程，从人工丈量到遥感观测技术，从早期的测量仪器到今日腾空飞起的无人机，发展道路上的每一次进步、腾飞，都为测绘科技之花注入了强大能量。

科技之花越开越艳

技术上的突破创新，一定程度上满足了政府和社会发展的阶段需求，也推动了贵州地矿测绘院新型研发机构建设工作取得积极成效。但如何推动测绘地理信息技术更好地服务乡村振兴、大数据、大生态等产业发展，实现技术服务新突破、科技创新发展新格局，贵州地矿测绘院一直在路上。

2022 年 7 月 5 日，省地矿局党委委员、副局长周万强一行到测绘院检查指导工作，特别是对测绘院的科技创新工作给予了高度评价，强调“要让测绘科技之花越开越艳”。

如何做到越开越艳呢？周安民思考着。

就省内来说，贵州地矿测绘院在全省行业单位中首家实施了新型研发机构建设，我们创建新型研发机构条件较好，在全省行业内具有天然优势，具备产业优势，并且内生动力较强。但放眼全国乃至全世界，我们还有较大差距。

只有把握住未来发展的先机，才能实现测绘科技之花越开越艳。怎么把握？周安民在一次院科技创新工作会上强调："只有依托项目实践，将项目生产与科研紧密结合，才能推进新型研发机构不断取得新成果。"

对照2019年9月科技部制定的《关于促进新型研发机构发展的指导意见》和2020年6月贵州省服务业创新发展十大工程领导小组印发的《贵州省科技研发创新发展工程专项行动方案》，总体上看，贵州地矿测绘院通过建设培育新型研发机构，实现从粗放发展到高质量发展的跨越，进一步增强了科研力量、提升了服务水平、促进了成果转化、推动了产学研用的深度融合。科研机构的培育，进一步提升了贵州地矿测绘院的科技创新能力。

聚集了一批创新技术人才。高水平人才的注入，使贵州地矿测绘院由传统技术服务单位逐步转变为高质量科技创新型技术服务机构。全院目前拥有硕士研究生24人，高级以上职称63人，各类注册师29人。进入局专业组专家4人，局科技创新型人才11人，局级创新型人才团队1个。按照做实新型研发机构的具体实际进行整合，设置了测绘科学技术、国土空间技术、生态环境技术、摄影测量与遥感技术、空间信息技术、地质文旅体数字艺术6个技术研究中心。探索新型机构培育中的管理运行需求和结合实际，制定了《贵州省地矿局测绘院科技成果奖励办法》《测绘院高层次人才奖励办法》等管理办法。

生成了一批科技研发成果。贵州地矿测绘院以政府和市场需求为导向，以项目为依托，着力在应用成果研究上突破。2021—2022年，先后获得中国地理信息产业协会等机构部门颁发的测绘、土地、规划设计、抗震防灾、科技进步、抗震防灾等方面奖项20项。获得科技厅科技支撑项目2项，局级科研项目 2 项，立项院级科研项目 5 项，发明专利 2 项，软件著作权 11 项，发表科技论文近 40 篇，其中核心论文 2 篇。获全国地理信息优秀工程银奖 1 项、铜奖 2 项，贵州省测绘地理信息科技进步奖一等奖 1 项、二等奖 2 项、三等奖 1 项，贵州省测绘地理信息产业协会二等奖 1 项、三等奖 1 项，贵州省行业优秀工程奖二等奖 3 项、三等奖 1 项，贵州省土地技术奖二等奖 1 项，贵州省城乡规划设计三等奖 2 项，贵州省"多规合一"实用性村庄规划三等奖 1 项，省地矿局地质科学技术奖二等奖 1 项、三等奖 1 项。成为省农业农村厅高标准基本农田规划设计省级质检技术支撑单位和省级高标准农田建设项目上图入库技术支撑单位，有效提高自主创新能力和科技成果转化率，发挥了科技创新助推经济社会发展的引领作用。

推动了产学研用深度融合。测绘院结合行业发展需要和技术整合需求，强化与中国地质大学（武汉）、贵州大学、长安大学、天津大学、重庆大学、贵州理工学院、贵州省农业科学院、贵州省城乡规划设计院、贵州省土勘院、长沙规划设计研究院、南方集团公司等高校及科研院所的深入合作，在建立战略合作关系的基础上，以具体合作内容及问题为导向，深化合作细则，探索优势学科技术资源整合模式，实现科技研究合作和产业技术应用转化，助推产学研用深度融合，为创新转型升级打下了坚实基础。

两年来，测绘院将专利、各项研究成果和积极引进的新技术高新设备应用于生产项目中，促进了成果的转化和推广应用，创造了一定的经济效益和社会效益。

道阻且长，行则将至。行而不辍，未来可期。科技创新之路漫长而又艰难，我们要搭好搭稳科技创新发展这条快车，坚持培育自主研发能力，坚持技术领先战略，提高核心竞争力，相信测绘科技之花必将越开越艳！

打造全国首个地质科技园创新平台

王会琼

2016年冬，观山湖区石林西路171号，彩旗飘扬，人头攒动，历时5年，精心打造的贵州省地质科技园区正式开园，这是全国首家地质主题综合型科技创新平台。时任省地矿局党委书记、局长付贵林揭下匾牌上的红绸布，现场一片欢声雷动，掌声如潮。

开园当天，已有40余个科研创新平台入驻，科技园成了西南地区规模最大、配套设施齐全、科技含量和科研机构聚集最多的平台之一。

瞄准全国一流

科技是第一生产力，创新是第一动力。谋划打造全国一流地质科技园，为高质量发展提供新的成长空间、关键着力点和主要支撑体系，使科技创新成为高质量发展的强大动能，省地矿局党委历来十分关心关注。

2015年，随着贵州省大数据产业的蓬勃兴起，省地矿局审时度势，立即将原来作为改善基础型、公益型和具有科研性质地勘单位办公和科研环境的省地质科技园，重新定位为集地质勘查、地质找矿、技术咨询、地质科研等为一体的“互联网+”地质园区平台，并成立省地质科技园营运公司，负责园区的招商和营运管理。

地质科技园科技创新平台，是以提升区域创新能力为目标，以产学研等创新主体为依托，汇聚人才、资金、信息等多类创新要素，提供系列科技服务的设施平台。平台包括了科学研究平台、产业技术平台、创业孵化平台和公共科技服务平台等四种类型。不仅推动了科技创新平台发展，还顺应了科技发展潮流、提高创新绩效、带动产业升级的现实需要，而且对于提升区域创新能力、实现高质量发展具有重要意义。

这个总投资4.3亿元、占地99.87亩、建筑规模105339平方米的园区，从2011年获贵州省发改委批复，到2015年整个园区全部竣工落成，历时整整五年。走进观山湖区石林西路的贵州省地质科技园，在绿树红花环绕之中，九栋大气时尚的灰色建筑整齐排列，园区建筑群都有各具特色的庭院空间，屋内地温能循环，屋外林木环绕，为入驻企业提供了高标准的硬件环境。

地质科技园实现了华丽转身，也实现了转型升级，由原来单一办公用房向商业化转变，将建设成科技引领、自主创新、具备造血和再生机能的地质相关科技企业孵化器、成长平台，更好地服务于贵州经济社会发展。以“生态、人本、科技”为理念设计的园区，层次丰富，高低错落，功能结构明确、开放、共享，每组建筑群形成各具风格的庭院空间，结合自然环境构建生态廊道，加上引领现代意识的装修风格与高效的空间设计，体现了人本化、科技化、国际化的智慧有机型建筑特色。省地矿局党委书记、局长付贵林勉励大家，贵州拥有得天独厚的生态地质资源，有一支杰出的地质人才队伍，相信贵州省地质科技园能够推动地质科研成果的转化运用，服务经济社会发展。

如今随着越来越多的企业、工作站、基地落户园区，一条以地质科技创新为纽带的大数据集聚全产业链已初现端倪。

“三张金名片”打造云未来

园区建成了，如何推进科技园创新平台建设？园区管理者付出艰辛努力，着力打造智慧地矿、智慧地环、智慧科技三张金名片。

园区立足于空间环境、商务配套、政策措施、公共技术平台和增值服务等平台的搭建，以“园区智慧科技、产业跨界融合、运营专业极致、品牌创新生态”为发展目标，着力打造成为西南地区乃至全国知名的以地质为主题的综合服务大市场和地质产业集聚生态圈。说起地质科技园发挥的作用，省地矿局副局长朱春孝如数家珍。园区内建有地质资料档案馆、地质调查院、地质环境院、地质工程勘察设计研究院、地质创客空间等，以此不断挖掘地质成果，加大资料的二次研究开发力度。比如：旅游资源、山地资源、地热水矿泉水资源、浅层地温能资源、环境保护与生态建设、新材料、新能源等产业高速发展，都需要地质工作提供新的资源保障和支撑。

园区以大地质为基点，围绕国土资源部提出的“三深一土”科技创新战略，围绕贵州省生态文明建设、绿色发展产业在资源、能源、环境等方面推动地质科技创新，引进行业内科研院所，合作建立41个平台，有教授工作站、博士工作站、工程中心、工作站，通过人才聚集、技术聚集、成果聚集，进一步催生各类科研项目和科技成果，助推与地质关联产业的发展。园区还是全国唯一一家以地质元素为主题，着力打造智慧地质、智慧地环、智慧科技，以地质大数据、地质大生态引领发展的科技创新园区。可以说，园区在促进地质资料开发、地质科技成果向生产力转化、发挥地质科技创新驱动和引领作用、更好地服务贵州经济社会发展、发挥资源保障和技术支撑作用、彰显地矿综合服务能力等方面具有突出作用，也将成为地勘单位改革发展的载体、创新合作的平台。

“我们要着力打造‘智慧地质、智慧地环、智慧科技’三张产业金名片。”省地矿局副局长朱春孝在接受记者采访时透露，园区的目标是打造以创新、智慧、生态为理念的“互联网＋大地质”产业基地和西部地区最具知名度的大地质技术、数据服务综合大市场。

其中，智慧地质板块是探索“互联网＋地质科技”模式，将园区打造为集地质勘查、地质找矿、技术咨询、地质科研、测试与检测、金融服务、矿经咨询、矿业权交易、资源信息、矿企孵化、成果交流与转化为一体的地质大市场，实现推动地质行业转型升级的目标。智慧地环板块是结合能源优势拓展新能源及智能节控系统，结合技术优势整合灾害治理、地理信息系统工程、土地整治、环境修复规划设计及施工、土壤地球化学评价、水治理及保护等环境技术服务。智慧科技板块是引入大地质产业链周边中介服务机构及贵阳市重点发展产业：大数据产业、智慧旅游产业、电子商务产业等，文化与商品转化，吸引文创产业企业开发包装地质文化及周边产品，作为科技园文化技术支持服务平台。

贵州首座地源热泵系统采集浅层地温能建筑群，地温能中央空调是地质科技园采用省地矿局自主建设、国内先进的可再生清洁能源——浅层地温能空调系统，不仅实现了“夏季制冷，冬季制热”的功能，还成为省内节能环保的样板工程和示范项目。在浅层地温能中央空调的吹拂之下，园区建筑内冬暖夏凉，温度宜人。和传统的中央空调相比，我们的浅层地温能中央空调能节能 40% 至 50%，不使用任何化石燃料。

朱春孝副局长说：“园区还将天然气、页岩气、太阳能、风能等多领域进行‘多能协同’，发挥优势多领域延伸，增加了园区的科技含量。”

科普之路

2016 年夏天，小王离遵时有雨，雨淅淅沥沥下着，只是比天气预报的大雨温柔了许多。到达贵阳已是晚上 9 时，街头巷尾正是烟火氤氲美食密布的热闹景象。

2017 年春天，小罗也来了，她刚刚大学毕业。这一年，意气风发的十多个年轻人，汇聚到贵州省地质科技园，这是科技园建成开始运营的一年。所有的一切都是崭新的，包括人们的面孔。

年轻人们要迅速适应角色的转变，需要很快从大学生活转换到职场，一起从零开始。一天，小罗和同事一起筹备会场，刚摆好座牌，公司年纪大的老同事前来检查后，调整了她摆放的座牌。小罗这才明白，一个简简单单的会议，也有如此多的讲究。“纸上得来终觉浅，绝知此事要躬行”，以前这句话对小罗来说很普通，可现在她深深感受到，在地质科技园需要学习的东西还有很多很多。

运营中心每天举办各种会议和活动，每个人都在忙碌，有的电话对接客户、有的伏案撰写资料、有的搬桌椅板凳布置会场，虽然忙碌，但他们是快乐的，脸上流着汗水，内心充实而愉悦。

一次，公司组织读书分享演讲比赛，同事都鼓励小罗报名参加，她怀着忐忑的心情报名后，热情的同事帮助她改稿，指点她演讲。比赛那天，她用第一名的成绩，回馈了这个大家庭的关心友爱和青春追求。

团队不懈奋斗的青春汗水，浇开了科技园一朵朵荣耀之花，成功申报获批了全国科普教育基地、省级科普基地、省级众创空间、省级继续教育基地等等。更让人意想不到的是，原本害羞腼腆的小罗，接下了地矿展厅科普讲解员的工作。在这里，她认识了另一名新同事，同样是学计算机的小王，开启了两个女孩互帮互助努力奋斗的序幕。科普展区 2018 年 12 月成立并投入使用，科普展板、视频、展品、数字沙盘、三维模型一应俱全。最大的问题是，遇到专业人士或是不同层次的参观群众怎么去讲解，如果接待的都是专业人员，一讲都懂，如果参观者是学生或是非专业的群众，怎样浅显易懂为他们讲解，学生除了参观，还能参与什么样的活动？这确实是一件让她头痛的事情。秉承“少花钱，多办事；不花钱，也办事；最好是花别人的钱办自己的事”的思路，她们坐上了飞往杭州和上海的航班，依稀记得是下午六点多，在龙洞堡机场，第一次看着飞机的起降，像几岁的孩子一样，舞动着双手，笑着喊“飞机来了”……这一幕，永远留在她心里。

从杭州考察学习回来，她们终于明白，科普原来还可以这样子做，真是受益匪浅。小王立刻着手设计了以“石头老人、矿化石挖掘”这一拟人化形式和模拟挖掘宝藏的科普活动点，组织开展相应的科普活动，生动形象地介绍了不同岩石及其所处地质年代，更直观地向公众普及地质知识与技术，收到寓教于乐的效果。同时，根据不同年级的学生特点，开发了“学习单、研学堂”等一系列科普课程，将科学知识和科学原理传授给幼儿园小朋友、小学生、中学生。在举办“岩石是怎样形成的”科普讲座中，活动进行到三分之一时，进入“有奖问答”环节，极大调动了学生们的兴趣，3 到 5 元不等的宝石，成了同学们的“战利品”，讲座快结束的时候，同学们还意犹未尽，追着授课老师问各种千奇百怪的问题。这一创新举措，有利于调动社会各方投身科普的积极性，激活社会资源蕴藏的科普潜能。在大家共同努力下，科普基地逐步有了自己的科普讲座、科普互动、矿化石挖掘，三者中最受欢迎的莫过于矿化石挖掘活动，参与活动的同学，在不经意间了解到地质科普知识，加深对科学知识的了解，起到了寓教于乐的效果。这几项活动，为科普基地打出了名气。

2020 年 7 月，两个年轻人自主制作的科普教育基地——贵州地矿数字展示中心全新上线了。该平台运用创意与数字展现技术相结合，初期整合地矿展示中心 9 个厅的相关信息，打破时空界限，打造集地质科普成果、科技人物、科技成就为一体的虚拟网上展示平台，地质科普教育基地 360 度全景齐上线，用无接触式科普模式解锁了解地质科普、认知地质的全新途径，让公众足不出户便可在云端乐享地质科普大餐。

为了提升地质科普平台的能力建设，通过地质科普认识地球和矿产资源，她们俩自主制作“贵州地矿数字展示中心”。

科普教育基地自开放以来，一直作为地质科学普及和教育活动阵地、地质科普知识宣教基地。为了展示贵州地矿成果，该基地紧扣地质主题，凝练地质特色，突出创新、生态、自然、趣味、科普等展馆特色，力求实现地质环境科普教育的项目价值，以实物展示贵州地质特色的矿石标本，以用户切身体验为导向，让观众在参展的过程中近距离感受自然生态气息，循序渐进了解贵州地质的历史演变过程，提升他们对地质的关注度。

2021 年，是一个收获年，她们申报的贵州省科学技术协会科普基地获命名，从最初的自筹科普经费，到有了外部科普专项资金资助，通过实施科普项目，购买矿物标本、团队讲解器、科普图书等，进一步提高基地的软硬件设施和基地科普能力。

随着园区科普育人能力、文化服务力和社会影响力不断提升，受到社会媒体广泛关注。她俩还联合地矿实验室科普基地开展“乐享假期，筑梦童心”科普进园区夏令营特色科普活动，活动为小朋友和家长精心准备了“神奇的岩石”科普小讲座，“吹气球”“热闹的泡沫大爆炸”科普实验，岩石矿物标本展示，珠宝鉴定科学知识普及，显微镜观察矿物标本等项目，带给夏令营的孩子们一场神奇的科普体验。2021 年 11 月，小王和小罗迎来她们俩人生中的第一次大讲解，接待某地质局和学校 400 名工程地质类资源勘查专业的同学到园区开展教学活动，她俩内心难免有些心慌、忐忑、焦虑。在讲解的过程中，她们条理清晰，不仅使同学们全面了解到岩石、矿产、资源等方面的情况，而且也开阔了大家的视野，为下一步双方合作奠定了坚实基础。

她们俩接手科普基地的三年中，先后接待省内外相关企事业单位、中小学生参观 90 余批次，线下接待 6900 余人，线上粉丝 3400 余人，到高校、中小学、社区进行地质科学、化学、岩石矿物、防灾减灾等知识科普讲座 18 场，发放科普手册、科普海报及各类书籍共计 2500 余册，科普受众 10 余万人。科普基地运行几年来，背后有很多感人的故事。作为非专业的科普人员，在活动期间，一天要接待多场讲解，有时候讲着讲着，声音都哑了。还有更多的科普讲解员，他们克服自身的各种困难，以饱满的热情，将科学知识传达到广大青少年的心中……

多年的学习和成长，共同的努力和付出，科普基地取得一个个佳绩，先后获得省自然资源科普讲解大赛暨 2020 年自然资源科普讲解大赛选拔赛优秀奖、组织奖；省自然资源科普讲解大赛暨 2021 年自然资源科普讲解大赛选拔赛三等奖、组织奖；省自然资源科普讲解大赛暨 2022 年自然资源科普讲解大赛选拔赛二等奖、省科普讲解大赛优秀奖、组织奖。2021

年9月获贵州科学技术协会第五批科普教育基地，2022年6月获贵州省自然资源厅贵州第一批自然资源科普基地，2022年11月获得全国科普教育基地。

六年辛苦不寻常。从建园初期几十人，发展到现在有几千人在园区内工作创业，入驻率接近100%。六年来，园区已成为国家级科普教育基地、国家级专业技术人员继续教育基地、自然资源省级科普教育基地、省级地质科技众创空间、省级专业技术人员继续教育基地等众多平台，完全融入区域发展，持续发展科研、行政、社会服务等多项功能。

十年磨一剑，贵州地质科技园，当之无愧的全国一流地质科技园创新平台，大数据时代的地质科普佼佼者，正昂首阔步地走在地质科技创新的征程上。

地质之塾

葛　辰

一

2019年夏天的一个下午，贵阳的西照日头格外刺眼，李平模站在工地上一筹莫展。培训中心的装修工程竣工在即，一座四星级标准的酒店即将诞生，但由于先天条件不足，培训中心面临着手续不全、不能营业的风险。李平模心里一百个不甘心，当初信誓旦旦接下的项目，如今不能眼睁睁等着它夭折。

李平模是学地质出身。当年一个不谙世事的农村娃为了走出大山，独自从贵州遵义北上到郑州求学，只求不再吃家族世代做石匠的苦。但是4年学下来，命运仿佛还是跟李平模开了个玩笑。虽然不再握椎取石，但这辈子仿佛还是要跟石头打交道，虽然不用再拘泥于自己村寨之中，但要走遍贵州的山山水水。

从学校毕业后，李平模本打算扎根地质队，将一辈子奉献给贵州的找矿事业。或许正是这种勇往直前的找矿精神，才让李平模在以后的日子里从未畏惧、斩钉截铁。

人算不如天算，计划赶不上变化，李平模兜兜转转从野外队进入了地矿集团。这是省地矿局为推动地勘单位改革，整合全局企业，打造贵州地矿企业改革平台、投融资平台、资源整合平台和市场拓展平台而成立的地质矿业综合集团。全局大量的商业性资产需要专业团队运营保值，其中就包括位于贵州省地质科技园内的培训中心。

这栋建筑远看与园区内其他楼栋并无差别。楼体是钢架结构，总共 11 层，建筑面积 11000 平方米，外观现代且规整，是不可多得的办公用房。这栋楼根正苗红，是政府的划拨用地，规划属性上赫然写着办公科研。李平模有着多年经营管理的经验，他知道改规划性质的难度有多大。他在工地上踱来踱去，不时还要被工人喊借过，更是扰得他心烦气躁。他拔腿去了机关，希望能够得到点答案。

二

“距离交资料只有一个星期，我们没有退路，想尽一切办法也要将它拿下。”李平模坐在会议室，面对一群年轻人，手中握着一个神秘的文件，仿佛抓住了一根救命稻草，只有他自己知道这个军令状是给他自己下的。

“李总，我们肯定会全力以赴，但是这个方面确实没有经验，一周的时间太仓促了。”

李平模脑中飞速运转，这个突然来的机会的确是个难题。

原来，那天他去了机关刚好在人事处看到了贵州省人社厅关于申报第六批省级专业技术人员继续教育基地的通知，冥冥中他拿起了文件，从此踏上了通往光明的路。

整整一个礼拜，李平模与他的团队同吃同住，终于将一切准备就绪。李平模看着自己团队的成果，心中已经有了五成把握。

果然不负众望，地矿集团过关斩将进入了答辩的决赛圈。李平模带着四个年轻人来到答辩的现场，微笑着鼓励他们说：“别紧张，你们就挑最能打动评委的话说，真诚有时候就是撒手锏。”

答辩顺序表张贴在答辩教室的门口，十家单位参加，八所高校和两家企业，竞争异常激烈。地矿集团的名字赫然纸上，顺序是最后一位。等待的时间仿佛比直接面对评委更加煎熬。主辩手魏靓后来回忆说，她觉得那一天如果答辩顺序再靠前一点，成绩可能会更好。四位进入答辩室的年轻人说当他们讲到地矿局服务全省发展改革、自然资源、生态环境、应急管理等方面，并率先组建服务平台以企业的全新身份申请新的名片时，四名评委同时抬头，表情上写着想听他们继续讲下去。那个时候整个贵州地矿散发着成熟又担当的魅力。

那一年，贵州地矿集团在众多竞争对手中脱颖而出，破天荒地获评贵州省第六批专业技术人员继续教育基地，是当时贵州获评专业技术人员继续教育基地的唯一一家企业。从此，贵州地矿集团在整个贵州的地质行业中又有了新的名片和责任——专业技术人员继续教育基地，仿佛为地质行业量身打造的私塾，是人才培养的摇篮，勤苦耕耘，不懈奋斗。

2020 年初，《贵阳市人民政府关于加快中高端住宿业发展的实施意见》又给李平模带来新的曙光。培训中心终于在各方的努力下实现了由办公用地到商业用地的华丽转身。一切都来得恰到好处。

同年，培训中心获批四星级旅游饭店资格。

三

地质培训教育工作在贵州地矿的版图上开始描绘，李平模带领着这群年轻人开始搭建新一轮找矿突破之路上的“服务区”。

在这些“服务区”的建设过程中就不得不提到这样一个团队，他们就是在贵州旅游业创造过辉煌的贵州山水文旅。

贵州山水文旅组建于 2019 年，为适应地勘单位改革、实现高质量发展，将山水酒店、山水国旅两家公司有机融合，形成管理扁平、业务交叉的良性发展模式。贵州山水文旅的成立意味着贵州地矿文旅板块中的传统旅游在暮年依然有底气发光发热，酒店则担起了为国有资产保值增值的更大重担，历史意义不可小觑。

在贵州地矿集团专业技术人员继续教育基地的申报、运营和发展的过程中，山水文旅一直是主要力量，她像守护自己的眼睛一样守护基地的成长，悉心培土浇灌而光大之。

李平模就是在这个团队中成长起来的。回顾山水品牌的诞生和发展，李平模感慨万分，尤其是党的十八大以来的十年里，党和国家事业取得历史性成就、发生历史性变革，中国特色社会主义进入新时代，面临更大的挑战和更多的考验。山水人经历过顶峰也经历过低谷，但从未放弃。山水酒店2012年开始筹备，山水国旅更是在2012年到达巅峰。山水文旅在党的十八大到党的二十大这十年经历了从无到有、从小到大的演化和发展过程。“九万抟扶排羽翼，十年辛苦涉风尘。”山水文旅十载赶考路，时代在变、任务在变、环境在变，山水人一往无前的信心不变、恒心不变、初心不变，以平凡身躯在“万变赶考路”上砥砺前行，在“一路赶考”中永葆“革命理想高于天”的“赶考”清醒和坚定。酒店开业初期率先在贵阳市引领非星酒店的高品质服务，客房出租率和平均房价保持在同等酒店前列。地质科技园交付后，为国有资产保值增值，山水文旅临危受命投资建设培训中心，并于酒店运营前获批第六批省级专业技术人员继续教育基地，成为全省唯一企业性质基地。疫情期间认真研究政策导向，成为全省唯一办公用房作为酒店建设单位，成功申报四星级酒店。重温来时路，山水赶考人冲破一道道桎梏，发挥勇于创新的精神完成了历史性飞跃。

四

省地矿局拥有庞大的技术队伍，全局专业技术人员占总人数的60%以上，专业涉及地质、水工环、岩土工程、测绘、物探等多个工程系列。他们绝大多数战斗在生产一线，常年工作在野外或工地，日复一日，年复一年，为国家贡献大量的找矿成果。忙碌的工作让他们无暇接触前沿的科研和理论成果，而如今国家要求他们不仅要找到矿藏更要保护矿藏。

李平模从这个队伍里走来，如今他要做的是反哺，集团组建的初衷就是在新的舞台上有新的作为，不能用旧的思维和旧的眼光去看待事物。获批省级专业技术人员继续教育基地不仅是盘活国有资产，更是为将青春和梦想献给国家的地质人们创造一个知识加油站，让他们有机会走进课堂沉淀自己，拥有更多新概念、新理论、新方法，再次回到野外、回到矿山的时候才能探明矿藏、保护矿藏。通过专业技术人员继续教育基地的运维管理，做好专业技术人员知识培训和业务技能提升，立足省地矿局提升服务地方经济社会发展能力水平培训平台的职能定位，充分挖掘和运用在校企合作和教育培训方面的经验，激活地质培训全产业。

五

2019 年 11 月 1 日基地首发与贵州商学院合作完成省地矿局地勘会计业务水平提高培训班，开班有益、穰穰满家，是地矿集团拓展地质培训的一小步，也是贵州地矿人才队伍建设逐步成熟的一大步。从获批省级专业技术人员继续教育基地到 2021 年底，共承办自然资源系统培训班 44 期，系统外单位培训班 25 期，培训人次达 5944 人次，实现了地矿集团在地质培训板块的开疆扩土，实实在在为贵州地矿的人才战略做出新的贡献。其中，2020 年承办全省大精查项目数字勘查技术培训班、全省旅游产业与乡村振兴融合高级研修班、中国地质科学院地质力学进修培训班等多个高规格、高水平培训班。2021 年承办国家人社部国家级专业技术人员继续教育基地负责人能力建设高级研修班、全省大精查项目数字勘查三维地质建模资源量估算培训班和国土空间生态修复培训班。培训对象遍布全省乃至全国，所从事的行业专业包括资源勘查、地质灾害、生态环境治理等，辐射范围的广度和深度都进一步增强，切实起到提升地质工作队伍素质的目的。各专业技术人员在地质事业的道路上偶尔在地矿集团搭建的“服务区”休整、加油，重新开拔冲向下一个目的地。

除此之外，贵州地矿集团非常注重基地管理和长期发展。开阔视野和加强合作是基地发展的基本方法和途径，即使面对市场的错综复杂，基地运营团队依然保持高度的危机意识和警惕性，在平稳精准寻找合作伙伴，提高自身能力的同时，能够更好地服务地矿人才队伍建设。2020 年以来，陆续挂牌“上海交通大学海外教育学院贵州地区干部培训基地”“中国地质大学（武汉）贵州继续教育基地”“中共贵州省委组织部组织人事干部学院教学基地”“贵州省科普教育基地”，并与中国地质大学（北京）、成都理工大学、华南理工大学、贵州大学、贵州师范大学、贵州财经大学、上海时代光华教育发展有限公司、环球网校为战略合作单位。在师资库建设方面与上海交通大学、中国地质大学（北京）、中国地质大学（武汉）、成都理工大学、贵州大学等高校长期合作，达成联合培养协议，特聘包括 5 名院士在内的共计 35 名高校教师为客座教授；拥有能源资源、生态保护、防灾减灾、地质旅游等专业方向的专职师资 38 人，兼职师资 17 人。中国地质大学（武汉）地矿信息系统研究所所长吴冲龙教授多次亲临现场授课，受到技术人员的热烈欢迎，尤其是贵州省域玻璃国土建设，贵州省地质大数据资源体系建设，矿产资源数字勘查和基于大数据的智能预测等四个方面取得的成果将通过培训平台进行推广。基地做好自身工作的同时也清晰地认识到，地质工作进入全过程数字化的新时代即将到来，专业技术人员面临更艰巨的知识更新压力。

在基地从无到有、从小到大、从空到实的过程中，贵州地矿集团山水文旅团队走得艰难而坚定、仓促也稳定，他们从未忘记过自己的初心和党交予的使命——让专业技术人员学有所获、学有所用，助力他们在地质事业上再立新功。脚踏实地的工作让山水文旅党支部在 2020 年获得省直工委授予的“标准化规范化建设示范星级党支部”，也是当年全地矿局的唯一。

李平模谈起基地更是感慨万分，他说，于别人，做好基地是一项艰巨的任务；于他，基地承载的是梦想。走前路以梦为马、扪心问不负韶华。

或许在跋涉的过程中有过迷茫和被质疑，但那些从来都不是停下的理由。创业难、守业更难，而创国家的业、守国家的业则是以山川不改河道的决心在奋力向前。

六

2022 年 7 月，贵州地矿集团成功获批国家级第十一批专业技术人员继续教育基地，他们被冠上了最闪光的徽章，加上了更重的担子。从此山水文旅进入地质培训事业新的发展阶段。如何守好、用好、发展好这块金字招牌，成为山水文旅全新的考卷和通往成功的荆棘路。

收到国家人社部批复文件的时候，李平模的心情久久不能平静。整个贵州地矿都为之沸腾，只有山水文旅的小伙伴非常冷静。一方面因为培训班参与人员络绎不绝，实在无暇庆祝；另一方面，他们知道，这只是个开始……

党的二十大胜利召开，近十年来，中国完成了全面实现小康社会的蜕变，下一个目标将是为全面建设社会主义现代化国家、全面推进中华民族伟大复兴而团结奋斗。贵州地矿集团国家级专业技术人员继续教育基地时刻铭记自己的职责和使命，做好贵州地矿的服务区和加油站，努力打造适应自身发展更适应市场的地质之塾，未来将砥砺前行、勇往直前、主动耕耘，为地质事业的伟大腾飞添砖加瓦。

后 记

何毓敏

十年，在人类历史长河中只是短暂的一瞬。

十年，在单位奋斗发展中却是宝贵的历程。

用手中的笔，瞄准十年火热激昂的地质生活，记录如诗如歌的地质岁月，展现地矿事业的辉煌成就，讴歌默默奉献的地矿儿女，是贵州地质文联肩负的神圣使命。

党的十八大以来的十年，全局地矿儿女坚守初心使命，在贵州跨越发展、后发赶超的“黄金十年”奋斗历程中，大力发挥地质技术优势，在地质找矿、科技创新、生态文明建设等方面，亮点纷呈，成果丰硕，的确值得大书特书。

2021 年 9 月，贵州地质文联第三次会员代表大会上，我荣幸当选第三届贵州地质文联主席。局党委对新成立的第三届文联提出了“用手中的笔书写火热的地质生活”的要求和殷切期望。我深感责任重大，使命光荣，从 2021 年国庆节后，立刻着手从三个方面抓好落实。

重新登记会员。会员是文学创作的骨干力量，鉴于地质文联成立时间跨度长、人员变动大等原因，2022 年初对会员进行了重新申请登记，缴纳会费，颁发会员证，摸清家底，完善组织，更好地发挥“会员之家”的作用。

确定文学体裁。2021 年底，主持召开理事会讨论研究形成一致意见，决定用报告文学的形式，记录十年奋斗的光辉历程。接着开始精心策划，组织创作《铿锵脚步——贵州地矿奋进十年报告文学作品集》，制订方案，划分板块，由我和王琴、詹海燕、龚章河三位副主席担任领题人，分别领衔推进能源资源保障、生态文明建设、服务经济社会发展、科技创新和转化运用四个板块。

精心组织创作。创作反映十年成就的报告文学作品集，是一项浩大的文化工程，时间跨度长，涉及单位多，各类成果更是如群星闪耀，亮点纷呈。如何做到既展现全貌，又突出亮点，“四步曲”让这一浩大工程顺利推进：首先是申报选题，组织 21 家基层会员单位，申报本单位十年间最突出、最出彩的选题，短短一个月时间，共收到会员单位申报的选题一百余个；其次是遴选综合，组织专家对申报的所有选题进行认真讨论，按照在四个板块中的重要性、代表性进行取舍，对部分相同类型的选题进行综合，同时在面上兼顾各会员单位各得其所，各展其长，最终选定近四十个综合选题；再次是组织创作，根据四十个综合选题，“一题一策”理清创作思路，拟定创作提纲，明确创作时间，领题人亲自带头进行重点选题的创作，积极组织各会员单位的 60 多位文学骨干和爱好者“自己写、写自己”，深入一线采访，挑灯夜战写作，2022 年 12 月初完成所有选题的初稿创作。四位领题人分别对各自负责板块的初稿认真审读，提出具体修改意见，反馈作者修改后，再次逐字逐句进行修改完善；最后是审核把关，汇编《铿锵脚步——贵州地矿奋进十年报告文学作品集》送审稿，组织 30 位文联理事、监事和有关专家审读，提出修改意见，于 2023 年 3 月完成所有作品的修改完善。2023 年上半年，我对全书所有作品进行了反复的逐篇审核、全面修改和统稿工作。

经过近两年的辛勤努力，《铿锵脚步——贵州地矿奋进十年报告文学作品集》今天终于正式出版了。这是一座新的丰碑，展现了贵州地矿奋进十年的丰硕成果，这是一部新的华章，展现了全局干部职工辛勤奉献的崇高精神，这是一项新的成果，展现了贵州地质文联高扬主旋律的坚定脚步。

在本书顺利出版之际，我代表贵州地质文联，感谢局党委班子成员高度重视，陈代军副书记亲自为本书作序。感谢各单位大力支持协助，为报告文学创作提供条件。感谢基层单位主要领导和相关处室领导，亲自审核修改把关。感谢本书所有作者，跋山涉水深入采访，夜以继日挑灯撰写，以创作文学精品的态度精雕细琢。感谢所有为本书出版做出支持帮助和努力的人们。感谢贵州出版集团关心支持，使本书能够及时顺利出版。

“长风破浪会有时，直挂云帆济沧海。”阔步新征程，展现新作为，祝愿贵州地矿儿女在谱写多彩贵州现代化建设新篇章的新时代新征程上，书写更多更优美的地质华章。

（作者系贵州省作协理事、贵州地质文联主席）

2023 年 8 月